U0858385

纪念世界反法西斯战争暨中国人民抗日战争胜利70周年

原创长篇小说丛书

李振平／著

那 木

作家出版社

作者像

李振平，1983年生于辽宁义县。2005年毕业于辽东学院计算机系。中国电视剧创作摇篮网责任编辑，自由撰稿人。

根据同名小说《鬼商》改编二十集电视连续剧；创作二十集电视连续剧《北京，养狗的女人》、二十五集电视连续剧《凤凰情人》、四十集电视连续剧《红尘老子》、二十四集电视连续剧《带拖油瓶的女人》等。

一

当孙悟空戴上金箍儿，就不得不履行和唐三藏的不平等师徒契约关系。小到如何走路，大至什么样的妖怪该打什么样的妖怪不该打。因为有了紧箍咒的约束，孙悟空从此不再是孙悟空，而成了取经路上的孙行者。

那木只看了一遍《西游记》，便再也不想去看。那只戴着金箍儿的猴子，让他产生莫名的悲凉之感。为什么要成佛？成佛有什么重要？谁能断定留在花果山就不如成佛快乐，或者说有意义？他不过是因为那个生在大唐盛世的三藏和尚自虐性质的坚持，才从五指山下的噩梦中身不由己地进入另一个噩梦。

其实，世人都是孙悟空，就算没有唐僧耍手段给戴上的金箍儿，也会受制于自己心中的紧箍咒。

“婚期已定，速归。”收到祖父拍来的电报，那木第一个反应就是吩咐韩百济收拾行李买车票。

“怎么办？这是早就订好的姻缘，我没法拒绝，祖父的决定肯定是对的，我别无选择，我不能忤逆祖父……”那木看着韩百济，用朝鲜语对韩百济说着。

韩百济是朝鲜人，祖上成为那家的家奴，这要追溯到那家的祖上为朝鲜平定内乱而暂时驻兵平壤的年代。几世传下来，到了韩百济这一代，早已同那家融为一体。韩百济是那家的“包衣啊哈”，这是满语的说法，用汉语来说就是“包衣奴才”。

跟韩百济，那木从来都说朝鲜语。如同在圣约翰大学，那木一直讲英文一样。那木求学于圣约翰大学医学部。当时的圣约翰大学所谓英文系统包括了整个大学文、理、医，那时约大就分此三院。三院应列的全部科目，因其全用英文授课，故把它划成英文系统，以别于用国文教的中国哲学、中国文学、中国史地等中文科目。如果那木的英文不足够好，就不能够直接进被称为正馆的大学部，而需要先进被称为备馆的大学预科。

那木出生的宣统三年，是一个动荡而剧变的年代。紧跟着溥仪下诏退位，清王朝灭亡。最后的封建帝制彻底瓦解，但它存在的痕迹是不容磨灭的。那家的传统并未真正改变，在那家还延续着以往的满族风俗习惯和名门望族中不成文的规矩。那就是主子岂能说奴才的话？韩百济不止一次跟那木说过，要是让老太爷知道了，会牵累于他的。但那木解释说这是为了强化语言训练，况且是在上海，老太爷又听不到。

时代交替，一切看似都发生了变化。韩百济在那家的称谓也变了，但无法改变的是他家奴的身份。作为那木的贴身用人，韩百济一直跟随着那木，照料他生活上的一切。

那木明显带有恳求意味的话用朝鲜语说出来，不免带有一种甜腻腻的味道。他希望韩百济用更强有力的理由来劝说他不去理会这个婚约，继续留在上海。

“正所谓‘饿死事小，失节事大’，要是你不回去娶明珠，她以后可怎么办？你是男人无所谓，她可是女人……还是个小女人，你说是不是？”韩百济当然明白那木的心思，但显然，他并不想怂恿那木违抗祖父之命，可他偏偏用戏谑的语言侧重了这一点，也许是因为比那木大八岁，自以为在男女关系上更有发言权，韩百济说起类似话题的时候未免带有一些过来人的口吻。

韩百济着重语气在后面的一个“小”字上，让那木寒气袭人的心上沁出了一层冰霜。

明珠出世的那年，那木六岁，算起来，明珠比那木的妹妹索隆高娃还要小半岁。

那木来上海之前，见过明珠最后一面。他不想成亲自然另有他因，但他执意把跟明珠成亲的恐惧归罪于那次见面。那时明珠正值换牙的年龄，瘦小的身材裹在纱质的衣裙里，跟索隆高娃追着闹着笑着，缺少两颗上门牙的画面一直留在那木的眼里。也许那时不该偷偷去见明珠的，可那时他怎么会想到这就是自己未来的妻？四年过去了，明珠肯定度过了换牙期，但在那木眼里她仍然还是那个缺牙的孩童……

慷慨赴死易，从容就义难。如果那木在安东，凭着祖父权威的不可侵犯，一时冲动说成亲就成亲了，也许就没有了以后的种种，只是因为那木身在上海，等各种思想在脑海里转了几圈之后，想让他娶亲显然并不如那老太爷想象的那么容易。况且，他现在二十岁了，自认为是成熟的男人，是不会做出幼稚决定的。

那木把十五岁那年的心动称之为青春萌动期的不符合实际的空想。那段时间，那木迷恋上了每月一次的理发，只有那天，他才有机会看到理发师傅的女儿李迎春，只要看上她一眼，空荡荡的心里就被填得满满的。

事情的开始很简单，结束却显得过于复杂。这段朦胧的感情对那木只是单纯的爱恋，对李迎春则关乎名节与未来。那木仍沉浸在每月一次的相见上，而李迎春则提出了实质性的问题。娶还是不娶？这可吓坏了那木，被李迎春逼婚对于那木不亚于大姑娘未婚先孕般恐惧！

如果说在学识上此时的那木可以超越八十岁的老翁，但是在关乎男女的问题上他还如孩童般天真，那些从小学习的多国语言、文学、书法、音乐、武术、骑术等等，此时全然解不了他的急。

李迎春由原来的镜花水月不可触碰突然变成了邻家大嫂般充满俗气唾手可得。下了凡的七仙女最终也走向了生儿育女的琐碎家事，倘使不是被王母抓回天庭，难保牛郎对她还会那么死心塌地。

那木退缩了，借口读书为重，蓄了三个月发。

再次登门的时候，发现理发店关门大吉，竟是李迎春出阁之日。后来，李迎春新婚之夜克死丈夫，后来李迎春跳江自杀未遂，再后来，对于那木真的只能是再后来了……

经历过这样一件情事，还没在情海中翻云滚浪，那木似乎就成了凡心难动的修行者。在圣约翰大学的四年，那木心无旁骛醉心于学识之中。每日的课外时光除了必不可少的运动锻炼，就是泡在图书馆，那木的求学生涯与青少年时期那老太爷给规定的生活，无论本质上还是形式上都没什么改变。

因为好奇或者是对异族的一种警惕，一些原本就跟那木保持距离的同学越发觉得他的孤僻是一种蓄势待发的阴谋。种种猜测之下，他们眼中的那木变得更加难以捉摸。这当然是一些男同学的看法，也说明了男女对同样事情的看法真是大相径庭。若按女性的审美法则，那木的沉默寡言上进求实虽然不可高攀，但会是神秘高贵的标志，不知会引来多少人的暗暗倾慕。只可惜那时的圣约翰大学还未招收女生，不知道这是那木的遗憾还是幸事？

清末民国初年，中国不仅在政权上四分五裂，在学识教育上也是五花八门。传统的教学内容与教学方式被彻底颠覆，时局动荡又严重影响了办学的宗旨。

康有为在《大同书》中说："太平世以开人智为主，最重学校。自慈幼院之教至小学、中学、大学，人人皆自幼而学，人人皆学至二十岁，人人皆无家累，人人皆无恶习，图书器物既备，语言文字同一，日力既省，养生又备，道德一而教化同，其学人之进化过今不止千万倍矣。"

那木出世之时，那家已经不复早年的盛况，但那老太爷认为那木一定会让那家再度辉煌。余生的唯一信念，就是要培养一个全才。那老太爷倾其所有将那家的一切押在那木身上。

那老太爷并不完全认同《大同书》的思想。熟读《礼记·礼运》的人都知道大同一词最早出自孔子之口，那老太爷自然不例外。

孔子曰："大道之行也，与三代之英，丘未之逮也，而有志焉。大道之行也，天下为公，选贤与能，讲信修睦。故人不独亲其亲，不独子其子，使老有所终，壮有所用，幼有所长，鳏寡孤独废疾者皆有所养，男有分，女有归。货恶其弃于地也，不必藏于己；力恶其不出于身也，不必为己。是故谋闭而不兴，盗窃乱贼而不作，故外户而不闭。是谓大同。"

之所以不完全赞成康有为，是因为他的"大同"与孔子口中的"大同"有本质的区别。孔夫子的"大同"如此务实又喊了两千来年尚且无法实现，何况乎康有为"大同"中的空想呢？

晚年的那老太爷不在这些问题上钻牛角尖。自认为到了行将就木的年龄不如本本分分莫谈国事，连忧国忧民也只能从自己能做的事情做起，那就是教育好后代。除此之外也只能是跟孔夫子一起"喟然而叹"罢了！可"大同书"中关于教育的那段话则真是说到他心里去了。那老太爷遂将孟夫子的"得天下英才而教育之，三乐也！"活用为"得一英才而教育之，大乐也！"

那木的成长过程，就是学习学习再学习的过程。用那老太爷的话概括则是"中外结合，拔苗助长"。

"知己知彼，方能百战不殆"。那老太爷是武将出身，他常用《孙子兵法》来为那木的教育支招。若要知彼，则语言为第一关，有了运用自如的语言基础，就能够将彼方经济、文化、自然科学等等一一尽览。

基于此，除汉语外，那木精通满、蒙、英、日、朝五种语言。文能吟诗作赋挥毫泼墨，武能策马扬鞭弯弓射箭。更为重要的是，那木除了在学识上让那老太爷满意之外，在品行修养上更是达到了让他自豪的地步。

那木之于那老太爷无异于孙悟空之于唐三藏，唯一不同的是不用那老太爷念紧箍咒，那木也已经被自己心中的紧箍咒缠得死死的。

虽然学贯中西，虽然处于新旧交替的思想大碰撞期，但是，这就是那木，传统的士人精神让他无法挣脱那老太爷。

正所谓百善孝为先，何为善？何为孝？善是孝的本，顺为孝之用。既然如此，那木又何以敢真正拂逆那老太爷呢？

那木以论文尚未截稿为由拖延了数日，以买不到头等车票为由又拖延了数日，直到第九封电报催来……那木想，纵然是岳武穆在世，在十二道金牌的催召之下也还是屈服了，自己又如何呢？况且，自己背上不孝不义不仁不信的骂名就等同于给祖父、给那家、给列祖列宗背上骂名，同明珠成亲总不至于比这个还可怕吧？

那木跟韩百济如此说，希望得到韩百济的支持，以稳定自己动摇的心。谁知韩百济却说，岳武穆保全名节是以没有尊严的屈死为代价，壮烈的愚忠没啥价值。如果执意坚持到底，迎回“二帝”，就算功高盖主也不至于被奸臣昏君所害呀！

那木突然觉得韩百济的话有着不同寻常的意义。只是一时还无法明白看透。那木看似总能被别人的思想所左右，但最后关键性的主意都是他自己拿。这样看来，与其说他犹豫不果决，不如说他权衡之术掌握得好。可能因为太了解那木的这个特性，韩百济说话从来都是反复说，并不把自己的意见执意钉在某根树桩上。这样，无论主子做了什么决定，自己都算有功劳。也正因为这样，那木认为韩百济聪明有余，但太过反复无常，对于他说的话，从来都只不过听听而已。

那木没再说话，在韩百济眼里似乎又是犹豫不决的样子，趁势欲再说什么的时候，那木已经转身走出了宿舍。

韩百济想，主子已经决定了，自己无需再多言。

实际上，那木这一次还未真正做出决断。

在那木理性的天平上，祖父与家训那一头重千斤，自己反抗之心的这头不过四两。可支点换了位置，就成了四两拨千斤。

在圣约翰大学的这四年中，好多事情彻底颠覆了那木的世界观。

校长是美国人，可娶了位中国太太，难道自己还要守着“满汉不能通婚”的令？同样都是人，这样的坚持是不是一种狭隘的种族之见？班上的同学早已经高举恋爱自由的大旗开始公开约会，而自己连结婚对象是谁都不能决定，这符合社会潮流吗？如此开明的祖父，为何在这件事上如此的固执与不近人情呢？

沿着横穿校园的苏州河，那木漫无目的地走着。

那木抗拒的不是明珠，也不是婚姻，而是不能自主地选择！

空气中雨的味道越来越浓，湿漉漉的像雾气又像是细雨裹在那木的身上。气压越来越低，那木浑身黏糊糊的。纱质的白衬衣看起来飘逸洒脱，只是并不如那件粗布长衫吸汗，当然此时就更谈不上舒适了。

那木加快脚步，沿着苏州河畔，向心中幻想的真正自由跑去。

那木想，如果是在电影里，这个时候应该打闪打雷，继而暴雨倾盆，来表明自己的心情。不过生活远没有那么夸张而戏剧化，湿漉漉的雨丝仍然包裹着那木，纱质白衬衣紧紧贴在他的身上。那木越跑越轻松，浑身出了一场透汗，似乎能听见周身血液循环流动的声音，先前因缺氧导致的种种憋闷的感觉一扫而光。

当那木停下来的时候，已经想到了该如何做。生活如电影，只是剧本更为真实。

那木回到寝室，洗了个热水澡，换上干爽的粗布长衫，准备明天去找导师詹姆士请假。

为了准备明年的研究生考试，那木才决定留在学校过暑假的。

那木心中对詹姆士十分敬重，若不是詹姆士的执意推荐和鼓励，恐怕他也无心应考研究生。“你以后在医学上会有成就的。”詹姆士不止一次对那木这样说过。这种既是鼓励又是伯乐预言的话，让那木惶恐之余心里不免总是甜兮兮的。跟詹姆士亦师亦友的感觉，让那木在求学过程中享受了充分的自由。但是一想到要跟詹姆士请假回家，而且是为了一门没有感情的婚姻，那木不禁有些头疼。詹姆士在某些方面显得过于固执。如果跟他实讲，他是不会同意让那木走的。

当初，那木对詹姆士说，感谢老师对我的知遇之恩，可詹姆士回说，我们都各尽本责，“恩”？别傻了。

他说自己宁可在医学的领域里做你们中国人的导师，也不要在搞不懂的礼数上当小学生。

那木虽然期望恩师有所改变与通融，但却并不抱有太大的希望，就如同对祖父，那木也不过是心存期望却不敢奢望一样。

做别人眼中的自己和做自己心中的自己，世人往往都在这两个界限上来回徘徊。那些做自己选择的自己并能够贯穿始终的人，都需要非凡的勇气。

那木想来想去，既不想撒谎，又不想跟詹姆士据理力争，只好写了一封信不告而别。信的末尾，那木郑重注明回来的日期，并请求詹姆士的原谅。

二

那木乘坐的是上海到北平的火车，所在的头等车里除他之外还有四个人。除两个高大的白种人面对面坐在一起之外，其他几个人都保持一定距离各自占着一个铺位。其中白头发的老者闭目养神，一条金链子明晃晃地垂挂在衣襟儿上。还有一个年龄和那木恍上恍下的青年，一身中山装，上衣口袋里露出钢笔尖却不见钢笔帽。

那木靠坐在窗户旁，借助窗玻璃暗暗打量这几个人，并在心里猜想这几个人都准备去哪儿，都是什么背景。头等车的乘客不是政府要员就是大商人或者社会名流，至少也得是外国人，就是二等车，如果不是有些钱有些势的人也是无法承担的。那木被划分在所有这些人之外，但还是坐到了头等车的软铺上，这都要靠韩百济的手段。当然，最根本的还是韩百济忠诚地遵循那老太爷对他的训导，那就是务必要使少主人过得舒适而有尊严，不要怕花钱。

那木显然并不了解这些，更不会关注韩百济为了这张头等车票而交给了黄牛党多少大洋。在优越的生活中过惯了的人，对这些生活上的事情是不会刻意关注的。在平时，那木也绝不会这样无聊，至少不会这么没礼貌地偷偷观察人。但现在，他只有通过这些于己无关的事情才能让大脑减慢运转的速度。

每当火车停站，看着那些在三等车门前为了抢座位而礼仪尽失的人们，再看看整个车厢里空着的座位和全都一脸事不关己高高挂起的人们，那木就总有一种憋闷的感觉。那木想，所谓优雅与高贵的人，若没有强大的经济实力做后盾，将会比原本就粗俗而低贱的人更为丑陋与难堪。

韩百济在三等车，为此他每次都需要穿过三节二等车厢、两节头等车厢来看那木。他所在的三等车只有五节，但是要承载的人却不知是头等车和二等车总共人数的多少倍！

那木有悲悯之心，但却不知该如何用才对？那木最先同情的是身边人韩百济，可偏偏韩百济最不需要的就是同情。一个人的所得远远超出了他的预期，就会产生这种情况。韩百济并不觉得自己需要被同情，自己四肢健全，头脑聪颖，吃喝穿戴不愁，每天陪着少主人，难道还需要被可怜吗？如果这样也要人可怜，那么那些远远不如自己的人岂不是要活不起了？

所以，当那木一开始让韩百济跟他一起吃饭，一起坐车的时候，韩百济非常不习惯。如果主子和奴才没有了差别，这世道还得了？

被韩百济拒绝多次之后，那木也养成了一个习惯，他惯于冷眼旁观大众的苦难。因为是别人的苦难，自己又不疼不痒，何必假惺惺地这边刚陪着流泪，那边回过头就问晚上安排在大丰饭店好不好？与其虚假的仁慈，倒不如真实的冷漠。

那木的心不习惯坐头等车，但是他的身已经适应了。

那木被吵醒的时候，车窗外正闪着一片片火烧云。那木爬起来，趴在车窗呆看。他没想到自己会睡得这么熟，正想看看是谁在高声说话，韩百济端着吃的走了过来，在那木对面坐下，并向那木努了努嘴，示意他看那边。

那木一时看不出那两个女人的模样是美是丑，鲜红的嘴唇，惨白的面庞，漆黑的高高的盘发，堆砌在一起，只能证明是女人罢了。两个女人可以说是淫声浪气，说着汉语，不时夹杂一些让人听不懂的方言。那木无聊地在心中重复了几遍，突然笑起来。他突然明白，两个女人说的并非方言，而是汉语化了的英文单词。那木想，这对那两个白人男子更是一种考验，不过看四个人的神态，语言似乎是多余的。两个白人男子带着居高临下轻蔑的表情，让那木觉得女人很可怜，可那两个女人发出肆无忌惮的爆笑，看起来又是真正的开心。管他呢，不过是旅途中的消遣罢了。为什么非要固执地认为女人是被消遣的一方呢？

那木想了想，不知道这两个女人是何时来到车厢的。但有一点可以肯定，两个女人是受到了邀请才来的。

晚饭是清粥、小菜，还有一份煎鱼。那木喝了粥，吃了菜和鱼。韩百济收拾好餐具，用朝鲜语跟那木发牢骚，言谈之中流露出对那两个女人的鄙视。那木什么都没说。

其实，表面上，大部分男人都对这样的女人表示鄙视，实则内心中好奇得很。鄙视是给别人看的，好奇则留给自己。

那木留意到那个青年一直在写着什么，不写的时候则直接把钢笔插进上衣袋，仍是不扣钢笔帽。或许这是一支没有帽的钢笔？那就更让人想不通，为何一个能坐头等车的人却不去买一支带帽的钢笔呢？

白发老者从车厢一头踱回来，衣襟上的金链子随着身体的晃动滑来滑去。那两个女人突然醉醺醺地站起来欲走，看起来很自然地向老者身上撞去。那木本以为这下可有看头了，却不料，老者身形移动之快令所有人心中都暗为一惊，连那两个真醉假醉莫辨的女人也趁势酒醒了三分。

韩百济端着餐具附耳嘱咐了那木几句之后走了。那木觉得韩百济有些好笑，这两个女人是否是风尘女子跟自己有什么关系？从来听说的都是男人欺负女人，女人欺负男人这得需要多么强硬的手段啊！

两个女人只得到了一顿免费的晚餐，并没有得到预想的实惠，仍旧装醉不肯离开。乘务员及时地过来收拾餐桌上的残局，白人男子则趁机躲到别的空位。这已经表明，他们对她们的兴趣也仅到此为止了。

那木搞不懂女人的类型，更搞不懂女人的心思。如果有一天医学发展到只要解剖开人心就知道他想什么，是不是就简单得多了？但为了弄清楚别人想什么，就要剖心杀人？这个时候就算知道他想什么，人都已经死了，还有意义吗？

那木坐得浑身酸涩，站起来走动，走到车厢一头再返回来走到另一头。突然他本能地挥手，一把抓住了一个人的胳膊，紧跟着听到一阵放肆的挑逗之笑。回头看清后才发现抓着的是一个女人的胳膊，那木触电一般甩开，表情有些错愕。

女人留着长长的指甲，涂着血红的颜色，跟嘴唇上的红遥相呼应。

“得罪了，请！”那木侧过身去，说出的话比外国人还要生硬。

两个女人又是一阵笑，并没有马上走的意思，无论脸上是如何的媚态，那木注意到女人的眼神是空洞的。那木有些愣住，不知该如何应付。乘务员端着餐具走过来，两个女人僵持着不动，乘务员眼神毒辣地在二人脸上扫视。

女人不去理睬乘务员，只是水蛇腰晃来晃去，晃得那木尴尬不已。

“三等车的命，二等车的运，别妄想做头等车的梦啦！”乘务员端着餐盘侧过身躲开水蛇腰女人，假装自言自语其实针对性极强。

那木明显看到水蛇腰女人的眼神不再空洞，突然有了内容，也许是受到攻击后的本能反应。两女人放过对那木的挑逗，一扭一扭追向乘务员。

任何人，只要有尊严意识，只要心中还有最后的底线，终究还不能沦落到无所顾忌。

那木觉得韩百济也好，乘务员也罢，都表现出涉世已深的姿态，实际上又真正了解多少呢?

车厢外面传来尖利的争吵，定是水蛇腰女人同乘务员的交战。那木有些悻悻地回到座位坐下。声音持续不久便被火车机械的咔咔声掩盖。尊严啊，自尊心啊，仿佛都在各种强势面前弱了下来。

两个白人男子用英文交谈着，在那木看来有些肆无忌惮，因为这两个白人男子所讲之事涉及太多隐私。哪个舞厅最开放，哪儿的姑娘最疯狂……谁谁谁最虚伪，看起来不好追求，其实一勾就上手……中国的女人太精明，因此就显得更傻……

那木被迫地听了一阵儿，觉得有失斯文，想不听，无奈又听得懂。那木甚至想冲过去警告他们，对女人要尊重，这才是绅士所为。可方才扭着水蛇腰的女人如果听到，会不会笑得说不出话?

男人若是在背后也说一个女人的好话，只有两种可能，一种是他希望听到的人告诉那个女人，另一种就是假装不知道那个女人就站在他后面。

老者和青年都在做自己的事，看起来似乎毫不受干扰。那木觉得自己的修为还有待提升，遂开始用意念抵制那两个白人的黄色演说，可还是时断时续地心猿意马。

那木对这样的自己感到羞恼，没奈何之时，眼前突然闪现出明珠的童颜，那木一下子清心寡欲了。好似干旱的土地瞬间吸收了零星的碎雨一样，开始冒出来的热汗突然一下子被吸了回去。

那木惊恐地发现，明珠就好似一块冰，能够让任何狂热的念头冷下来。这是典型的心理疾病，慢慢地会导致生理疾病的。学医的他很明白其中的道理。

漫长的旅途本来以为可以不去想与明珠成亲的事，但因为两个白人男子却又不得不靠想起明珠让自己冷静下来，那木哭笑不得，世事弄人也不过如此吧?

好在两个白人说累了就睡，并且早于那木在静海县下了车。

过了静海县，离北平也就近了。

那木所接触的洋人大都是学者型，像火车上遇到的这两个实属出乎意料。这让那木想到，害群之马是不分国界的。洋人认为中国人三妻四妾，没有人权，是对女人的戕害，可他们连三妻四妾的名分都不肯轻易给女人，还美其名曰对女人的尊重，这又怎么说呢？西方的女权主义者会认为那木的所想真是迂腐，男女平等之下，女人才不稀罕什么名分呢！何况还要被冠以三妻四妾，岂不是可笑又可笑！但哪个女人不渴望伴侣？纵然才貌如吕碧城，终究也还是发出“生平可称许之男子不多”的感慨。

如果说缠足的最初目的仅是对女子身体的羁绊，那么“女子无才便是德”绝对是男权社会里对女人最强有力的精神统治。不能识文断字，不能了解外部世界，不能进行精神交流，这一切最终导致女人只能是男人的附属。

清廷贵族之女的教育都是在私塾中完成的，正所谓“阖闾城里痴儿女，始识千金重聘师”。随着国门被打开，新思想的不断涌入，在一些有识之士的努力之下，女性教育也越来越被社会所重视。

中国女学的创办，最初始于清道光二十四年（1844），由英国东方教育促进会在宁波创办了一所女子小学。当时的女子学校大多是教会学校，被排除在正规教育体制之外，没有平等的社会地位。从“洋务运动”后期开始，中国本土的官绅也逐渐开始兴办女学，直到清光绪三十三年（1907），清政府颁定女学章程，此时才算正式承认了女子教育的合法地位。

几千年来强加在女人头上的旧思想被一层层解除，女人们不断从冬眠中苏醒。女人逐渐走出厨房、绣房，并且发现，女人一点都不比男人差。这使得女人发现了新天地，一股压抑了几千年的潜力集中喷发，致使女权主义一路高涨。

盛极必衰，否极泰来。世间事多循此道。

脱缰的野马与被驯服的骡子虽各有各的好处，但同样是取不得的两个极端。

女人的觉醒，也同样存在极端。

那木想，水蛇腰女人言谈新颖，又肯于学习英文，必是以新女性自居，但方才的举动又岂是新女性所为？明摆着是活学活用篡改了新女性的主旨。那些真正有才华有见识的女子，绝非是如此的庸脂俗粉可比。

排云深处，写婵娟一幅，翚衣耀羽。
禁得兴亡千古恨，剑样英英眉妩。
屏蔽边疆，京垓金币，纤手轻输去。
游魂地下，羞逢汉雉唐鹉。
为问此地湖山，珠庭启处，犹是尘寰否？
玉树歌残萤火黯，天子无愁有女。
避暑庄荒，采香径冷，芳艳空尘土。西风残照，游人还赋禾黍。

那木突然想起这首百字令，是因为突然想到大才女吕碧城的惊世骇俗之举。

光绪帝与慈禧太后在不到二十四小时之内相继驾崩，国家社稷没了主心骨，这让朝中内外一大批人顿觉塌天一般。不知是出于自欺欺人的惶惶不安还是愚蠢至极的临终抱佛脚，有人将慈禧画像挂在万寿山排云殿内。

吕碧城的《百字令·排云殿清慈禧后画像》就在这时登在了《大公报》上。

此举引起的轰动可想而知。

这些风靡一时的佳话，那木当然都是后来道听途说的。但足可见女子一旦受了教育，有了才识，若再兼具勇气果敢，十足男子不能比也。

不知为何，当想过吕碧城，再想到明珠，那木竟然有了些许的温暖之感。男人欣赏坚强成熟独立的女人，这样的女人可以为师为友，甚至超越众多男女关系，只是谈到娶她们，终是让男人退却。相比起来，温润贤良的大家闺秀就更适合成为人妻了。

世人都说女人择夫仔细又挑剔，但殊不知男人更甚一筹。女人更爱凭感觉，男人更趋于理智。感觉上的东西，标准模糊，界限不明，当然给人挑剔之感，为此女人担了虚名。男人靠理智上的权衡，孰优孰劣，是否匹配，一经对比，一目了然，简单明快又不露声色。

看透这个道理，那木顿觉其实男人更势力更世俗，不觉对自己有些厌恶。对婚姻的恐惧突然变成了饶有趣味的男女剖析，那木真不愧是学医出身，什么事都要找因由，而这因由则又越追越远。

由上海一路北上，漫漫旅程就在这样的思索中被一点点耗去。

以往略嫌疲惫与单调的旅程，如今因为能够对即将面临的婚姻做一下缓冲而变得不那么讨厌。好似小孩子品尝难得一见的吃食，需要一点一点用舌尖上的每一丝味蕾来品咂才能够解馋一样，此时的那木，旅程所用的时间已经被概念细化到比秒还要小的单位。

因为是在夏末初秋的交接点上，从南到北温度并没有太大的反差，只是越来越干燥。从北平到奉天，再由奉天到安东，则明显感受到昼夜温差越来越大，赶上一两场雨，气温竟下降得更快了。

三

那木觉得被跟踪了，是在奉天到安东的火车上。那个从上海就一直同路的青年，从北平到奉天也同路，而今，从奉天到安东，仍是同路。此人不言不语，只是随时随地保持记录着什么，更让那木心生疑窦。这个人不动声响地一直跟着自己，到底有何目的呢？

高手过招，谁先动谁就输了。

被跟踪有什么可怕？在上海，在北平，在奉天，如今就要到自家门口了，他能把自己怎么样呢？这样一想，那木由开始的心慌改为不动声色的等待。甚至带有一种隐隐的期待，似乎那个青年真要对他怎么样一般。

民国二十年夏末秋初之际，那木怀着复杂的心境回到了故乡安东县。

那个一路跟踪那木的青年从火车站出来，就融入人流不见了踪迹。假想的高手竟然不过是个匆匆的过客，让那木顿觉失落。

事实上，人世间哪里有无缘无故的过客呢？只是此时还未到交集之处罢了。时间是永恒凝固的，总有那么一段要留给未来，或是未来的某些人，或是未来的某些地方。再由这些人这些地方，衍生出人世间的种种异象之态。

当那木领悟到这些的时候，才是蜕变后真正的他。小到一个人，大至一个国家，都需要这种脱胎换骨的蜕变。疼痛是在所难免的，付出的代价也是不可估量的，但无以如此不能够重生。

那木回来的这天正赶上七夕节，也就是传说中牛郎和织女一年一度相会的日子。

回家的路上，那木看到很多人家的门前都做了节日装饰。有的比较简单，只在门前插上矮竹，枝枝杈杈上绑着各颜各色的许愿纸。有的则插着高高的竹竿，竹竿上挂着五颜六色的“短册”。

“短册”分上下两部分，大都配以鲜艳醒目的颜色。上面的檐头造型多样，有的像仿古的灯笼，有的像抛掷的绣球，有的则是看不出像什么的抽象派。下面的造型则相对统一，大部分都是用长条诗笺制作而成，围成一圈连接在檐头下。诗笺上写的大多是祝福和祈愿，随风飘荡，将好意传播四方。

因为是七夕节的最后一天，一些商户趁机打出清仓甩卖的广告条幅。七夕节所用的东西更是被搬出店铺，展示在店门前供过路的人随便参观选购。其中七夕必不可少的“短册”是最主打的卖品，众多的“短册”让整条街道看起来五彩缤纷。

自从日本人来到安东县，所有中华传统节日都变得比原来更有节日味道，但却越来越淡出中国人的生活。

七夕无疑是从中国传入日本的，当时可是日本宫廷贵族的祭祀活动，又称乞巧奠。日本人将中国的七夕节在原汁原味的基础上添加进了诸多本土化的调料，历经了奈良时代、平安时代、镰仓时代、室町时代、安土桃山时代、江户时代之后，慢慢传入民间，成为一种全国性的庆祝活动。经过一代代的相传，俨然变成了日本的传统节日。日本的庆祝时间本来跟中国一样，是旧历的七月七日。随着日本不断加快脚步追赶世界节奏，日本政府为保留传统，又不愿因为旧历新历而生分歧，遂于明治六年（1873）将七月七日设定为七夕节。有少数地区仍然沿用旧历，也只能是非主流了。

安东县的七夕节，内容当然是日本人的内容，但时间却仍是中国人的时间农历七月初七。

老祖宗之所以将此日定为节日，必然是有感于天时与人愿才做此决定。

日本人有本事有勇气将几千年的纪年法改掉，但却无法改变银河的位置，毕竟那数量庞大的星星只有在特定的时间才会到特定的地点聚合，不会跟着谁的人为历法走。

日本人占据了安东县的大部分街区，并且像树根一样将触角不断伸向四面八方及更深更远处，这都要从那两场震惊国际的战争说起。

甲午战争，日俄战争，两场恶战的来龙去脉，那老太爷已经不止一次地对那木讲过，可以说，这是不共戴天的国仇家恨。

那木印象非常深刻，祖父的书房挂着多幅不同类型的地图。在对他讲这些事的时候，祖父总是从战况地图转移到战略地图，再引申到生活地图。从时间、地点到起关键性的主要人物和不起眼的一兵一卒，从各国政要的微妙发言到大清国君主重臣的唯唯诺诺，在祖父由简入难深入浅出的讲解中，那木了解了国史家事并形成了一定的认知定势。

甲午战争之前，大清国对外签订了一系列的不平等条约。第一次鸦片战争时的《中英南京条约》,《中美五口通商章程》即《望厦条约》；第二次鸦片战争时英法联军火烧三山五园，美、俄帮腔，四国强迫清政府签订《天津条约》和《中英续增条约》即《北京条约》，继而俄国又以调停有功为由向清政府要好处，迫使清政府签订《中俄北京条约》，至此，彻底撕毁《尼布楚条约》，清政府不得不承认此前中俄签订的《瑷珲条约》；1885 年（光绪十一年）6 月 9 日清朝与法国签订《中法新约》，随后两国又相继签订了《越南边界通商章程》《续议界务专条》《续议商务专条》等确立法国侵略权益的条约……

如果说之前的条约都是在列强的洋枪大炮之下被逼无奈，那么《中法新约》的签订则是实属出人意料。

法国不胜而胜，大清国则不败而败。

左宗棠为此呕血而死，死之前对当时主和的李鸿章做出以下批评："对中国而言，十个法国将军，也比不上一个李鸿章坏事"；"李鸿章误尽苍生，将落个千古骂名"。

成王败寇谈笑间，是非功过岂相抵？

李鸿章走在历史既定的轨道上，成也败也，根本在于他不过是一介官僚。荣辱观并不在于外，而在于内部的君主如何看他。

在当时，中法双方势均力敌战局对我方有利的情况下，居然也能签订如此丧权辱国的条约，实在让国人不能理解，更让身旁一直以天朝大国为榜样的日本不能理解。带着这样的情绪，唯中华为榜样的日本既觉得有些悲哀又有些跃跃欲试的欣喜，这是典型"肥肉人人有，不能少了我一口"的心态。

看透大清国的过去，分析大清国的现在，日本人也猜透了大清国的未来。

如果纸上谈兵只按照军事实力来衡量这场仗能不能打，只能说日本人实在是太冒险了。如果战损达到六成，交换比达到一比一，甚至稍低那么一点点，联合舰队的神话就将在此埋葬。

但当时，满汉权贵、精英离心离德，满洲贵族和汉族军阀官僚严重对立，北洋舰队名义上是大清国保家卫国的海军，但说到底不过是簇拥在李鸿章周围的私人保镖。

军事与政治是不能分割的，在这样的背景下，日本人将赌注下到最大。一边是倾全国之力伤其十指不如断其一指的日本人，一边是各揣心中事精打细算相互提防的大清国满汉君臣，对日本人来说这一仗是赌上日本五十年国运来打的攻坚战，对大清国而言则是结果已定匆匆上阵走走过场而已的战争秀。

尽管大清国以往在对外的表现上软弱可欺，但日本还是做了更充足的准备。它将明治维新前从被侵略被压榨中学来的一套活学活用，甚至用得更为巧妙。

日本的讨伐檄文《告十八省豪杰书》就在这个时候应运而生，并且在战争之初就散布在中华的土地上：

> 先哲有言曰："有德受命，有功受赏。"又曰："唯命不于常，善者则得之，不善者则先哲有言曰失之。"满清氏原塞外之蛮族，既非受命之德，又无功于中国，乘皇明之衰运，暴力劫夺，伪定一时，机变百出，巧操天下。当时豪杰武力不敌，吞恨抱愤以至今日，盖所谓人众胜天者矣。今也天定胜人之时且至焉。
>
> 熟察满清氏之近状，入主暗弱，乘帘弄权，官吏鬻职，军国渎货，治道衰颓，纲纪不振，其接外国也，不本公道而循私论，不凭信义而事诡骗，为内外远迩所疾恶。曩者，朝鲜数无礼于我，我往惩之，清氏拒以朝鲜为我之属邦，不容他邦干预。我国特以重邻好而敬大国，是以不敢强争焉，而质清氏，以其应代朝鲜纳我之要求，则又左右其辞曰，朝鲜自一国，内治外交，吾不敢关闻。彼之推辞如此也。而彼又阴唆嗾朝鲜君臣，索所以苦我日本者施之。昨东学党之事，满清氏实阴煽之而阳名镇抚，破天津之约，派兵朝鲜，以遂其阴谋也。善邻之道果安在耶？是白痴我也，是牛马我也。是可忍也，孰不可忍也？是我国之所以舍樽俎而执旗鼓，与贵国相周旋也。
>
> 抑贵国自古称礼仪国，圣主明王世之继出，一尊信义，重礼让。今蔑视他邦，而徒自尊大，其悖德背义莫甚矣。是以上天厌其德，下民倦其治，将卒离心，不肯致心，故出外之师，败于牙山，歼于丰岛，溃于平壤，溺于海洋。每战败衄，取笑万国。是盖满清氏之命运已尽，而天下与弃之因也。我日本应天从人，大兵长驱。以问罪于北京朝廷，将迫清主面缚乞降，尽纳我要求，

誓永不抗我而后休矣。虽然，我国之所惩伐在满清朝廷，不在贵国人民也；所愿爱新觉罗氏，不及耸从士卒也。若谓不然，就贵国兵士来降者证之。

夫贵国民族之与我日本民族同种、同文、同伦理，有偕荣之谊，不有与仇之情也。切望尔等谅我徒之诚，绝猜疑之念，察天人之向背，而循天下之大势，唱义中原，纠合壮徒，革命军，以逐满清氏于境外，起真豪杰于草莽而以托大业，然后革稗政，除民害，去虚文而从孔孟政教之旨，务核实而复三代帝王之治。我徒望之久矣。幸得卿等之一唱，我徒应乞于宫而聚义。故船载粮食、兵器，约期赴肋。时不可失，机不复来。古人不言耶：天与不取，反而受其咎。卿等速起。勿为明祖所笑！

配合师出有名的讨伐檄文，日本军方同意西方媒体随军，聘请知名记者为其侵略行径包装，随军记者达一百一十四名之多，从宣战诏书到所有对外发表的言论都进行了深刻而细致的包装。

相对较日本的冠冕堂皇与刻意伪装，清政府的宣战谕旨显然因太过于实事求是而被世界公认为落后野蛮：

朝鲜为我大清藩属，二百余年，岁修职贡，为中外所共知。近十数年，该国时多内乱，朝廷字小为怀，叠次派兵前往戡定，并派员驻扎该国都城，随时保护。本年四月间，朝鲜又有土匪变乱，该国王请兵援剿，情词迫切，当即谕令李鸿章拨兵赴援，甫抵牙山，匪徒星散。乃倭人无故派兵，突入汉城，嗣又增兵万余，迫令朝鲜更改国政，种种要挟，难以理喻。我朝抚绥藩服，其国内政事向令自理。日本与朝鲜立约，系属与国，更无以重兵欺压强令革政之理。各国公论，皆以日本师出无名，不合情理，劝令撤兵，和平商办。乃竟悍然不顾，迄无成说，反更陆续添兵。朝鲜百姓及中国商民，日加惊扰，是以添兵前往保护。讵行至中途，突有倭船多只，乘我不备，在牙山口外海面，开炮轰击，伤我运船。变诈情形，殊非意料所及。该国不遵条约，不守公法，任意鸱张，专行诡计，衅开自彼，公论昭然。用特布告天下，俾晓然于朝廷办理此事，实以仁至义尽，而倭人渝盟寻衅，

> 无理已极，势难再以姑容。著李鸿章严饬派出各军，迅速进剿，厚集雄师，陆续进发，以拯韩民于涂炭。并著沿江沿海各将军督抚及统兵大臣，整饬戎行，遇有倭人轮船驶入各口，即行迎头痛击，悉数歼除，毋得稍有退缩，致干罪戾。将此通谕知之，钦此。

长期以来，除了朝鲜之外，像琉球（今日本冲绳）、安南（即越南）、苏禄（菲律宾的苏禄群岛）、缅甸、南掌（今老挝）、暹罗（今泰国）等都曾是大清国的藩属国。但事实上，大清国与藩属国的纳贡称臣关系与西方的殖民地概念不能够混为一谈。

《道德经》有云："大邦者下流，天下之牝，天下之交也，牝常以静胜牡，以静为下。故大邦以下小邦，则取小邦；小邦以下大邦，则取大邦。故或下以取，或下而取。大邦不过欲兼畜人，小国不过欲入事人。夫两者各得其所欲，大者宜为下。"

作为一种中华文化所特有的大国概念，几千年来，纳贡称臣的所谓藩属国大都是不会被宗主国干涉其内政的自治属国。

唯有在小国内乱或被其他外敌入侵需要大国出来主持正义的时候，大国才会充当公平家长的角色。等到小国平息了战乱，大国退兵回朝，这跟西方抢占一个地方留下一队人马的殖民统治形式完全不同。

日本人的强词夺理让早就对物产丰饶的中华大国垂涎的西方列强找到了切入点，打你的理由原来在这里，真是太好了！

蓄谋的主动出击和被迫的匆匆上场，两种截然不同的战争观，让国际舆论一度偏向侵略者日本一方，而对大清国则是痛打落水狗的姿态。

包括日军在旅顺制造大屠杀的时候，这些媒体还在喋喋不休地向世界宣扬，日军之所以只留下三十六人掩埋尸体，制造如此血腥的屠杀，是有因由的。

日军攻占旅顺并没有费多大力气，有日军将领曾直言"那仅仅是步行去接管"。前进中，先期派出的十五名日军斥侯兵被清军逮住，并被绑在行刑柱上剥了头皮折磨致死。一些人把日军制造旅顺大屠杀的因由归结于此，但确切地说一直根植在当时的侵略名将乃木希典心中狂热的军国主义思想才是最根本的诱因！

"肥马大刀尚未酬，皇恩空浴几春秋。斗瓢倾尽醉余梦，踏破支那四百州。"这是乃木希典在战争之初就发表的战争宣言，可以说正是有了这样的思想才有了制造旅顺大屠杀的先决条件。

日军坚称自己是一支军纪严明的队伍，自己的所作所为都是在战争公约的框架下进行，而清军的落后野蛮不符合战争法。国际舆论虽然承认了旅顺大屠杀的实情，但是却认为日军情有可原。

因为日军的情有可原，竟然一时成为了引领文明超越落后的国际风潮。

大清国垂垂老矣，清政府的腐朽与软弱无能是一个无法回避的问题。但是，无论何等积贫积弱的家庭，都不会允许狗的随便闯入。

我打死了闯进我家的狗，遭到了狗群的疯狂报复，而这报复的因由居然可以归罪于我打死了闯进我家的狗？难不成我还要把狗供起来，等着它们一次次冲进我家放肆吗？

如此说来，日本人的标准不仅可笑，更是一种邪恶，所谓的媒体对这次战争的解读则更像是拉偏架的人渣。

卑鄙的蓄谋已久的侵略行径包裹上文明解救落后的华丽外衣，不过是自欺欺人的把戏，世人一时看不穿，并不代表永世看不穿。

《马关条约》的签订彻底印证了华夏“三千年未有之变局”是何变何局。日本人大获全胜，所得远远超出预料。

迫于俄法德三国的压力退还了辽东半岛，竟然还得到了大清国慷慨的三千万两赎银，实在是意外的偏财。

俄法德游说有功，俄国趁机租借大连港旅顺湾，德国顺便租占胶州湾，遏制了日本，法国正好对台湾下手。

大清国被肢解了。

甲午战争之后，日本人用了十年时间积蓄力量，以报当时的奇耻大辱。俄国也在十年时间将势力扩大到整个东北三省。日本觊觎俄国在东北三省的控制范围，俄国觊觎日本在朝鲜半岛的统治。光绪三十年（1904）初爆发了日俄战争，清政府承诺不参战。两个强盗在大清国的土地上为了争夺地盘展开了角逐，大清子民在经历了血腥的屠杀和无序的战乱之后熬到了次年日本获胜。重新划定了势力范围，日本得到在东北三省驻军的合法权利。

这些事，就是重复一千遍一万遍，那老太爷也不嫌多。既是对那木说，也是对自己说，更是对地下有知的祖宗说。

每一次揭开自己的伤疤，对那老太爷来说都是一次警醒和自省的过程。一个人时刻怀有如此决心，定然能振兴家族，一个国家若能够如此，定然会重振国威！

四

读史可以鉴今，那老太爷的满腔豪情如今只能化作对那木的政治世界观教育。如果那家的子孙忘却历史，忘却耻辱，则是另外一场灾难的来临！

从甲午战争获得对朝鲜半岛的统治权到日俄战争对辽东半岛及整个东北的驻兵权，日本将朝鲜半岛作为跳板，把与朝鲜仅一江之隔的安东县，完全当成了联系本土与东北三省的跨国重要枢纽和有利据点。

荒芜，但资源富饶，有待开发。

偏远，但处于连接枢纽，备受青睐。

沿边，地理位置上属于政治文化经济的交融区。

光绪三十二年（1906），清政府宣布安东开埠通商，越来越多的日本人拥进来。

安东火车站，鸭绿江大桥，满铁病院，满铁苗圃，大和小学校，朝日小学校……一系列教育、医疗机构及生活基础设施不断建立，最初只是为日本人自己服务，慢慢地逐渐渗透到整个安东县，面向广大中国人民。

这也就是为何那木对安东县的日本风俗不以为奇的原因了。

甲午战争之时，那老太爷亲身经历了大东沟海战。战争结束后，那老太爷大病一场继而引咎辞职，从此不再过问政治，一心经营家族产业。那家的产业涉猎很多，包括缫丝厂、绸缎庄、林场、渔场等。

日俄战争之时，那家的产业遭到了不同程度的破坏和影响，但并未动摇根基。

民国成立之后，满洲正式改称满族。当溥仪在紫禁城过着自己的“小朝廷”之时，很多旗人却在遭遇疾风骤雨。也就是在那一年，那老太爷将祖上几百年来的姓氏叶赫那拉氏改为汉姓单字一个“那”，这是对自我的一种保护。当无力靠天、靠君主、靠祖宗的时候，任何能够自救的方法都要试一试。

那家的祖宅坐落在小沙河的上游，背靠青山，前有流水。按照风水的角度并不是最佳的一块地，这是因为遵从月满则亏的训导，凡事不可占满，满就离亏不远了。

光绪三十一年（1905），日本僧人细野，法号南岳禅师来到安东县，他四处游说百姓，向百姓传播南方佛教，将那木家背靠的山取名为镇江山。并在山上建临济寺、安东神社、忠魂碑。

细野的所作所为是完全仿照在台湾进行的精神侵袭。甲午战争后，细野同样以布教之名抢先渡海到台湾，建立台湾神社，命名所在山为镇南山……

镇南山、镇江山，南北遥相呼应，是日本人一厢情愿的设想，设想从南至北，将中华尽揽手中。

武力征服之后，需要精神引导，让中国人在不知不觉中接受他们的思想和风俗习惯，成为没有国家民族意识的顺民。打着布教的名义，实则是为了在精神上麻醉中国人民。

日本人研究中国，那老太爷则研究日本。

日本人的"明治维新"比"洋务运动"还晚了八年，为何超越了大清国？

孔子曰：己所不欲勿施于人。日本人虽然推崇中国文化，但却显然不想这么做。

那老太爷认为，恰恰是大清国在洋务运动前的种种失败，让日本人吸取了经验教训，委曲求全地接受了西方列强的入侵和蹂躏，转而吸取他们野蛮与侵略的功夫，继而用在了本国对外的扩张上。

日本领事馆和英美领事馆的土地都是那家的。日俄战争后，俄国人败走，日本人对安东县百姓的土地低价强买，整个安东县主要街区都被划为日占区。

那家自然也在日本人的觊觎之中，只是碍于那家的实力才未敢轻举妄动。谁知，那老太爷却主动将自家的土地无偿提供给日本人建领事馆。

这在当时实属惊人之举，也是剑走偏锋之术。但那老太爷自有打算，与其强硬地对抗又得不到好处，不如学日本人对待洋人的态度。英美领事馆的土地也是那家的，这下，日本领事馆也被建在了那家的土地上，把敌人养在自家门口，看看他们到底是如何修身齐家治国平天下？反正土地是不长脚的，谅他们再有能耐，还能把祖宗的土地搬到日本英国美国去？

当时，英国领事馆同时兼任美国领事权。

英日两国的领事及各界名流对那老太爷的友好，一方面带有对顺民的怜悯，另一方面就是对金钱和实力的崇拜，当然，更多的则是急切地需要把各自宣扬的文明进步，不遗余力地输灌给中国的上层社会。

此时，日本人对台湾和朝鲜的统治已经初见成效，奴化的过程就是同化的过程，同化一群羊，不如同化一只狼，越有影响力的人越值得拉拢。

那木的童年就在领事馆附近度过。那老太爷这头老狮子将自己平生所学倾囊传授给那木这头小狮子。

八岁的那木以“甲午战争及其遗毒”为命题，结合祖父所讲再加上自己的思索用满文写成了一篇作文，作为作业交到了那老太爷的手中。

“打人之前要先想好打他的理由，尤其是要想出一个合理的理由，没有合理的？别怕，那就编造一个让大众认可的冠冕堂皇的理由。这样，无论打人的结果如何，都会有一些别有用心的人替你自圆其说。”那木在作文的结尾如是说。

那老太爷为此又惊又喜！

历史与政治，实在是太沉重的枷锁，既然知道那木已经打下了这样的民族荣辱根基，那老太爷就不再害怕那木被他国文化精神所蒙蔽，八岁的那木被那老太爷送到了丹麦人开的教会学校，开始进入另外一个天地，这就奠定了那木学医的基础和开端。

丹麦人来安东县说起来也是因为甲午战争。在经历了黄海海战、鸭绿江江防之战后，日军在旅顺花园口登陆，号称“东亚第一要塞”的旅顺口陷于日军手中。日军攻陷旅顺后，进行了三天三夜的大屠杀，被解除武装的清军和手无寸铁的中国居民，共有两万余人惨死于日军的屠刀之下，残暴的日军将旅顺变成了一座空城、死城……

那些开战之前日军所宣扬的进步和文明，在人皮的包裹之下终于露出狰狞的鬼面。

丹麦红十字会女护士 Caroline Johansen，随美英等国红十字会组成的伤病员救助小组乘汽船“图南”号驶抵旅顺，准备上岸进行医疗救助，并提出将伤员接回天津治疗，但遭到日军头目大山岩的一口拒绝。

1895 年 Caroline Johansen 护士回国后，将这里发生的惨案告知自己丹麦的朋友。不久，一部分丹麦医生、护士、园艺家、教育家、建筑师等七十余位志同道合的丹麦人先后来到了中国。

丹麦人在安东县除了建立学校之外，还建立育婴堂与医院。相比较日本人的排外，丹麦人更加注重的则是中国人民的教育和医疗。

最开始那老太爷资助了丹麦人的育婴堂，这才开始逐渐接触丹麦人。整个育婴堂收留的都是中国人的弃婴，这让那老太爷的思想受到了冲撞。异域他乡的人，因为信仰而来到中国，在这里扎根宣扬教义，用实际行动证明他们的坚守。

八年后，那木在安东县基督教会学校校长的推荐与鼓励下，以入学考试第三名的成绩直接进入上海圣约翰大学医学部。

每当听到祖父回忆起自己小时候的趣事，那木总是显得很呆。那些往事肯定是属于别人的，属于那木的童年趣事只有一件，那就是沉溺在别人融不进来的精神世界，偷偷地傻笑又傻笑。

现在的那木也是如此，没人知道他想些什么，可笑的是，他也不知道自己想些什么。在祖父为他铺就的既定人生之路上，那木每一步都走得很顺，这就让他显得更为头脑简单。

绕过领事馆区旁边的银杏树林场，那木回到了家。

那老太爷不在家，用人都说不知去哪儿了，只说早上就出去了，说是很快就回来。这让那木得以喘了一口气，他现在还没想好怎么面对祖父。

一股旅途的疲劳感顿觉涌上身来，那木急于放松一下。

得知那木回来，用人早就准备好了洗澡水。

那家的后山有一股清泉，从山崖缝中长流不断，每到一年夏天的“伏”中，会在池中蓄满泉水，并且采集多年生长着白灰的艾蒿背干，所谓“背干”就是在阴凉处通风晾干，不能在太阳下直接晒。

用山泉水煮干艾蒿，洗澡水装了整整的一大桶，泛着绿光。这是那家夏天的养生传统，趁着伏天里毛孔大开，祛湿驱寒，很能解除疲乏、祛除旧疾。

那木枕着浴桶，额头上放着一块白毛巾，在缭绕扑面的艾蒿味道中享受着，却冷不防被推门而进的索隆高娃吓了一跳。

索隆高娃又长高了，当她推门而入的时候，好似她母亲复活了一般，一样的眉眼，一样的体态。只是，那木并不知道她母亲的样子，否则还不得吓死。

“哥哥，人家去车站接你，你倒好，跑回家来享受！”索隆高娃并不避讳那木，径直坐到浴桶旁边摆放洗浴用品的矮几上。鼓着嘴，瞪着眼，看着那木，手在水桶里搅来搅去，溅了那木一脸水。

那木用毛巾一边擦脸一边面露无奈。

看着那木的窘态，索隆高娃调皮地笑起来：“哥哥，你脸上长了个痘！在左边儿，对，左边儿耳垂下边……”

那木用手去摸，疼得吸了一口气。

“哥哥，你这是上火啦！这可不行，我去给你拿败火的核桃水！”索隆高娃转身往外走去，又笑嘻嘻地回头看那木。

那木被笑得有些不自在：“你干吗一直笑？”

“我跟明珠一起去的火车站，我们俩一路从后面跟着你回来，你还给我买了一套人偶，我们都看见了。哥哥，明珠说你太小气啦，居然跑回安东县给我买礼物……”索隆高娃一口气说完，像兔子一样跳出去，留下一连串哈哈笑声。

那木张嘴想喊她回来，但却发不出声。

索隆高娃是那木同父异母的妹妹。是那木的父亲在外风流，与一个汉族青楼女子所生。直到此女子生产之时，那老太爷才得知这个消息。那木记得，那时的父亲一直在奉天，并且一直未曾提起过在外有这个姻缘。

毕竟是那家的骨血，在那家人丁稀少的境况之下，那老太爷只好抛弃众多的偏见，带人赶去接她们母女。

索隆高娃的母亲没来得及多看女儿一眼，这个薄命的女人就闭上了眼睛。

索隆高娃的名字是那木随口说出来的，是彩虹的意思。那老太爷点头同意道：“女孩子有个名字就行了，何必有那么多的讲究。更何况，彩虹也很美呀！”

泡澡的闲情被搅乱，那木索性擦干身子换上衣服出去找索隆高娃，他急于探听些关于明珠的消息。

索隆高娃并没有给那木弄什么败火的核桃水，而是翻烂了那木带回来的所有东西。那套日本人过女儿节时有钱人家才会买的名贵人偶，被索隆高娃弄得面目全非扔在地上。

这才是真正的索隆高娃。那个表面看起来友善开朗一心想着哥哥的索隆高娃，只是一个表象。那木从小到大一直被这个表象所迷惑，总以为妹妹有两个。因为忘记给索隆高娃带礼物，那木已经不止一次受她的捉弄。

这次也是一样，索隆高娃去接那木是真的，可明珠又怎么会跟她一起去呢？算起来，自从有了婚约，明珠就再也没来过那家了。

索隆高娃借明珠之嘴说那木小气，不过是想挖苦那木，让那木难堪罢了。她岂知那木的心中哪里有这个概念，除了对明珠好奇之外，别无他想。

越在乎一个人才越会在一些小事上斤斤计较，没看过谁对一个萍水相逢的人追着闹着的太认真。索隆高娃明显错误地估计了明珠在那木心中的位置。

那木一直觉得自己跟索隆高娃同命相连，因为都是没有娘的孩子。对这个唯一的妹妹，那木是包容的，那老太爷则不然。

无论索隆高娃如何曲意逢迎，都不太讨祖父的欢心，这一点她自己也知道。所以大部分的时候，她都躲着那老太爷，巴不得那老太爷不在家，这时才是她的天下。

那老太爷不喜欢她，大体上也是因为她的这种脸谱化个性所致。谁喜欢什么样，我就变成什么样。投机取巧，献乖邀宠，这是典型的婊子行径，那老太爷一生阅人无数，岂能看不透一个初出茅庐的嫩雏儿？

一想到索隆高娃母亲的出身，那老太爷本能地觉得是家门耻辱。为了改一改索隆高娃的天生脾性，那老太爷让她去日本人开设的县立女子学校念书，学习家政、育儿、裁缝、手工等，又在家里聘请老师教她英文、绘画、弹琴……期望通过后天的培养掩盖掉先天的不足，这样嫁人的时候才不会有太多的阻碍。

可索隆高娃每一样都学得不伦不类，那木的出色每每映衬得索隆高娃黯淡无光，那老太爷索性只好放弃。

但索隆高娃再怎么不靠谱，毕竟也还是一个未满十五岁的孩子。那老太爷又岂能跟孩子一般见识？

那老太爷一度认为那家有一个那木就足够了，从而更加放纵了索隆高娃。

但那家只有一个那木又怎么能足够呢？那家要开枝散叶，那家的香火要继续下去，那家要留下血统纯正的满族后裔，就一定要与正宗的满族结亲，富察家是最好的选择……

五

直到晚饭的时候，那老太爷还没有回来。索隆高娃正为晚上去镇江山神社参加七夕庆典集会做准备，为了穿下新买的衣服，宁可饿肚子。那木只好自己吃。回来半天，见不到祖父，又被妹妹捉弄，那木吃得没滋没味儿。

知道那木今天回来，那老天爷本来满心欢喜地等待。谁知却接到通知，要去会议所开会。会议由“满铁地方事务所”和“安东商工会议所”联合举办，参加者多是安东县的商业名流和地方教育界的首脑。会议的主题是配合安东县经济的发展，教育与文化的软实力建设。

日本人主持的会议，像那老太爷这样的安东商户大多时候都不会拒绝。心里清楚日本人口号喊得再好，也无非是要当地商户做出更多让步的一种变相压榨。这种打着为地方经济和文化发展的旗号，暗中牟私利的行径，虽然厌烦，但又着实让人无奈。

“安东商工会议所”是日本人为了配合“南满洲铁道株式会社附属地”而设立的机构，此时的安东县主要街区上好地段大部分都被日本人占领，工商企业多达四百多家，主要商业活动由原来的仅为日本人服务，逐渐发展到通过低价强买中国原材料，转手向外出口从中赚取暴利的不公平商业竞争。

这严重地控制了安东县的地方资源和经济，对地方官绅也是很大的冲击。可就算这样，日本人还不满足。

从幼稚园到中学，日本人相继建了好多学校。这次会议摆明了是要通过在经济上施压来换取对教育的支持。

那老太爷敏感地意识到，这似乎是一个信号，让他隐隐产生不安。他可以让唯一的孙女去日本人的学校念书，但要让他大力支持日本人的教育，并且为日本人振臂高呼摇旗呐喊，这可就是两码事了。

当初日本人用离间计的手段让大清国满汉分离直至灭亡，如今恐怕又是在耍什么花招，欲蒙蔽中国人。正所谓“欲盖弥彰”，日本人大概是要从精神与文化上对中国人进行软殖民了，所以才大肆宣扬日本的文化，先让一部分中国人支持，最后达到所有的中国人参与的目的。

会议开了整整一天，没有什么实质性的进展。日本人虽然豪横，但是面对的毕竟是这个县城里最有实力的人，只能劝说与诱导，来不得太强硬的。

虽然大部分人当时没有表态，但日本人发出的做名誉校长或董事可以享受通商优惠的条件，还是引起了不小的震动！

名利这两把利剑，自古以来就没有刺不穿的人……

既可以当日本人的校长或董事，又可以减少生意上的损失，没有比这更划算的买卖了。日本人这是怎么了？难道他们真的是为了安东县经济和文化的发展？

会议结束的时候，夕阳正好卡在镇江山巅。余晖透过银杏树叶落在那老太爷的头上。沿着六纬路的银杏大道再拐个弯就到了家，那老太爷一边思索一边走着。七经街，六纬路，经纬划分，两旁银杏树整齐划一，街道两旁建筑有序。想想日本人这些年在安东县的建设，那老太爷也有些犹豫和疑惑。如果不是自家的房前屋后，谁会如此尽心尽力地搞规划搞建设呢？

一阵自行车的铃声响起，那老太爷停住脚步，侧身回头望去，居然看见了一个不想见到的人。但已经看见了，又不能马上转过身，而这时自行车也已经驶到了身边。

骑自行车的小山一郎是小山日文学校的创办人，也是带着使命第一批来安东县的日本人。

正所谓“欲修其身者，先正其心”。反之，乱其心，则一切皆乱。扰乱中国人的心，试图让中国人忘记自己的祖宗和文化，日本人的野心和阴谋是在一开始就设想好的。只是，用高明的手段隐藏得很深。“小山日文学校”在安东县众多日本学校中很不起眼，但是，小山一郎却是对华奴化教育的最忠实践行者。

经历过在台湾新竹县、朝鲜新义州的办学，在安东县开办小山日文学校，对小山一郎来说实属轻车熟路。安东县的中国人对日文的接纳，小山一郎的教育法功不可没。

不仅仅是一些中国孩子在学日文，连好多中国老头老太老顽固，都会来两句日文赶时髦。

“框你其哇”（こんにちは）、“阿里嘎都够杂役马斯”（ありがとうございます）、“哈吉买玛时代”（はじめまして）、“私密马桑”（すみません）、“狗麦纳萨伊”（ごめんなさい）……

当然无非是些最基本的日常生活用语，你好，对不起，初次见面请多关照等等，用汉语方言的腔调再加上滑稽的模仿，说出来不免让人感到可笑又不解。

不管是出于揶揄取笑，还是出于真心向学，小山一郎都一一接受。他觉得只要中国人开始对日文、对日本感兴趣就算教育取得初步胜利！

那老太爷看得出日本人很矛盾。一方面极力地排斥中国人，那种发自心底的轻蔑隔着肚皮也能传递出老远，另一方面又竭尽所能地向中国人渗透日本文化、民俗习惯及整体国民世界观。

如果中国人无意中靠近日本在安东县的驻军区及其附近，轻则一顿臭骂，重则拳打脚踢都是家常便饭。但是，在日本人占领的生活区，到处可以看到中国人的身影。比起本国人，日本人更需要中国人。中国人的思想需要解救；中国人的生活习惯需要改变；中国人应该跟日本人一样，接受普世价值观。最重要的是，中国人比日本人低一头，可以做所有日本人不屑于做的事。

带着怜悯，带着拯救中国人的热心，大部分日本人投入了空前的热情，可收效甚微。

没有无缘无故的爱，也没有白吃的大黄蚬子，这是典型的安东县人的逻辑。日本人低价强买中国的祖宅和田地，还假惺惺地讲什么文明和进步？

中国人宁可当最廉价的劳动力去赚日本人不愿意赚的钱，也不会去他们的学校上学，更不会去听他们平日宣扬的什么新理论。打到别人家门口的强盗，还有啥歪理可讲的？当时的《告十八省豪杰书》写得多冠冕堂皇啊，什么满清是异族，压榨盘剥中华人民，日本人跟华夏是同种族有共同语言，是来解救受苦受难的华夏子民啦！

可事实呢？

大清倒台了，日本人不过是极尽可能地为自己榨取了好处，华夏子民仍处在水深火热之中。而这么深的水和这么热的火很大程度上就是日本人给带来的！

打一巴掌再给个甜枣的事儿，三岁的孩子也会有所犹豫，何况是被压榨、欺负得喘不过气来的中国人呢？

所以，为了树立更大的权威性，招收更多的中国学生，小山一郎急切地需要一个有号召力的中国人来担任校长。他不止一次找到过那老太爷，恳请他准许那木作为他们学校的校长，哪怕只是名誉校长也行，只要那木在时间许可的情况下，为学校做一点点宣传，在学校露露面儿就可以了。

“学业未竟，年轻不堪重任，没有管理经验，不懂教育学……”那老太爷以诸多借口婉拒过小山一郎。

今天开会，并没有看到他，让那老太爷松了一口气，谁知却在这里遇上了。那老太爷不想与他啰嗦，打个哈哈想尽快离开，谁知小山一郎却一再纠缠不休。

就在那老太爷耐心快要耗尽的时候，远远地却看到熟悉的身影。

“那木君，是那木君！”小山一郎兴奋之情外露，冲着那木挥手喊着，看起来比那老太爷还激动。

那老太爷眯着眼，带着欣赏的眼光看向走过来的那木。

夕阳已经落山，火红的云也开始淡去。在这样的怀旧色彩背景中，那木的身材显得愈发高大，身穿粗布长衫，俊逸洒脱。

那木加快脚步，迎向祖父。

除了那老太爷和小山一郎，路边拐角处的一双眼睛也在看着那木。李迎春身穿和服，打扮成日本姑娘的样子，神情痴痴地看着那木从自己的视线中走过去。

现在的那木比以前成熟，像个男人了，只是看起来更加遥远……

镇江山上已经开始喧闹，李迎春的脚却钉在原地迈不开步。

那木替祖父解了围，小山一郎识趣地说改日再去拜访，有些事正好与那木面谈。那木当即回说，有事还是等自己娶亲后再说吧，现在忙着筹划婚礼，再说没有成家立业的人岂敢越过祖父谈什么事？那家凡事都由祖父拿主意。

小山一郎干笑了几声之后吞咽了几口唾沫，似乎被什么东西噎住了似的，没再说话骑上车走了。

“何必这么折他的面子？”那老太爷喜怒不形于色，内心明明为那木叫好，嘴上却反着说。

“玛法，他还总缠着你吗？”为了配合祖父的步伐，那木踩着碎步跟在那老太爷右侧。

那老太爷没回答那木的问话，脚步有些加快，却借低头时假装不经意地偷看那木的神色，冷不防被那木捕捉到。祖孙俩目光交集之时，双方都有些尴尬。

其实，祖孙俩都在观察对方的神态，都是一种试探性的窥视。

“木，你在外这些年，没学他们搞什么自由恋爱吧？刚才，你说的那些话，是真心的？”

“当然是真心，我在外面不受欢迎，没有女孩子喜欢，也没有喜欢的女孩子。”那木想都没想，脱口而出。不是敷衍，当然也不完全是实情。因为他避开了直接回答愿意不愿意娶明珠为妻的问题。

那老太爷听了却很是感动。

“木啊，我还以为你心里有人，不满意玛法给你这样的安排呢！玛法一天不如一天啦，希望看到你成家立业，要是能再抱上重孙，我也有颜面去面对列祖列宗啊！”

无论那木是跟明珠成亲还是跟其他任何一个女人成亲，都一样能够成家立业，生儿育女，那老太爷也同样可以毫无愧疚地去面对地下的祖宗，这并不是相悖的事情。可逻辑是那老太爷的逻辑，前提就是娶明珠为妻。

那老太爷大约一米七五左右，按理说不是矮个子，但站在那木旁边，还是被比得有些瘦弱矮小。加上这虽然老套但却发乎于情的真言，让那木顿觉时光无情，不免有些伤感。当年自己眼中高大威猛从来只说鼓舞士气之言的祖父，今日却在自己面前示弱了。

那木感慨地看着祖父，满肚子的话生生地咽了回去。

对人生，对婚姻，此时的那木更多的是迷惘。那木每走一步都是祖父在前为他铺路，一路走来，自己只管遵从执行，一时半会儿这个习惯是改不过来了。幸好没有辜负祖父的期望，这也算是一种安慰。否则既没有决断之才，又没有执行之力，又怎么去振兴那家呢？

从上海到安东这一路上翻来覆去的思考在祖父面前都成了无用功，那木突然有些自嘲似的想到，自己生于辛亥年，属猪，这是命中注定的啊！

因为那木的爽快回答，那老太爷显得如释重负。遂转换话题开始聊一些家常话，问了问那木的学业，如果读研究生是不是还要去国外，在学校里生活是否满意等等。听到那木如此得到导师的欣赏，那老太爷开心不已。

夕阳的余晖彻底不见，祖孙俩也到了家。

镇江山上时隐时现地传来歌声，各色灯笼发出晕染的暗光将山头笼罩起来，与天上的银河遥相呼应。

李迎春没有去参加七夕庆典，一直跟在那木后面。直到那木进了大宅，她才转身往回走。这条路，比回家的路还熟悉。在过去的几年中，李迎春无数次在这条路上徘徊，希望能够遇到那木，上前斥责他，甚至痛骂他。这个懦夫，这个骗子，因为他，自己受了多少的折磨。

而今天，在这样的一个日子里，真的相遇了，李迎春却失去了往日的理直气壮，甚至没有勇气走到那木面前。以往演习过无数次的台词突然一下子沉入心底，再也浮不上来。

深入骨髓的恨是因为透彻心扉的爱，不过是以另外一种方式在酝酿着罢了。

能够再见到那木，让李迎春压抑了许久的情感彻底爆发。李迎春边走边哭，觉得太委屈，觉得太不公平，又觉得太迷惑……甚至一度产生错觉，以为跟那木的事都是自己一厢情愿幻想出来的。否则为何受苦的只是自己，而那个逃跑的男人却活得越来越潇洒？

等到平静下来的时候，她突然明白自己是何等的软弱，这么辛苦才见到那木，却只会躲在暗处哭泣。李迎春擦干眼泪，突然笑了，幸好没有追上去，否则像个怨妇一样，自己会更觉羞愧。

李迎春嫁过一次人，索性撇开大姑娘羞涩的面纱，变得泼辣成熟了。李迎春死过一次，就好比脱胎换骨重新做人了一般。李迎春暗暗想，自己再也不是当初的自己，那木应该害怕自己才对。生出这样的勇气之后，李迎春顿觉有了见那木一面的自信。

六

全家人都在为那木的婚礼做着准备，那木就显得更加无事可做。那老太爷说，新时代了，别让你们觉得我是老古董，除了必不可少的礼节，不搞繁文缛节那一套，这样就没太多要准备的。你跟明珠又不是没见过，省去相亲这一过场。生辰八字早就交换了，是克中带合的好姻缘。

韩百济则打趣那木说，你放心只等着洞房就行了。

学医可以让那木对人体结构了如指掌，却不能作为感情的参考，更不能作为以后婚姻生活的指导。虽然跟祖父是最亲近的人，但那木还是羞于启齿去问关于男女之间的事情。

这大概也是中国人的通病。

等以后就知道了，一辈一辈的中国人都是这样告诉他的下一代。不管社会如何进步，科学如何发展，但是，在男女关系上，每一代人都需要自己摸索，自己经营，没有任何的规矩可循。如果说非要有些规矩的话，也无外乎是“饮食男女，人之大欲存焉”、“食色性也”这样笼统又概括的圣人之言。与其说这是在讲男女关系，倒更像是在说人生哲学。

那木属猪，钗钏金命，宅院圈内之猪。

明珠属马，天上火命，云中奔驰之马。

本来照中国传统阴阳五行学说，明眼人一看都知道火克金，尤其是妻克夫，断不足取。但那家与富察家结亲，在需要考虑的因素中，这一点只能被排到次位。尤其是找了位盛名威望的算命先生，根据生辰八字五行八卦得到的是克中带合的好姻缘，这恰恰弥补了那老太爷心中的那点遗憾。

后来的事实证明，那木与明珠的姻缘完全不如算命先生说的那么好。而俩人的命相解释，看起来也应该是调换的。

那木一生四处游走，岂能是宅院圈内之猪？明珠一生心无旁骛地做她的大家闺秀、名门贵妇，又怎能是云中奔驰之马呢？

本来相信命运的那木也不得不怀疑命中注定之说了。

但事实上，那木看起来浪荡四野，奔驰于世间，心中的牢笼却伴随着他的终生。

明珠虽则一生受困于家，但却心有四海，实则是个勇敢面对自己内心并付出实践的人。

相对照一看，命运之说又怎么是无稽之谈呢？

只是，人们只看到眼前和表象，当时不理解也是理所当然的。

李迎春家的理发店开在中富街的街尾，也就是日占区和中国城区的交界处。

李迎春新婚之夜克死了丈夫的事闹得满城风雨沸沸扬扬，原本就体弱多病的迎春妈受不了这个打击一下子就瘫痪了，一年后又去了另外一个世界。李老爹仍然操着手艺讨饭吃，只是帮忙的不再是李迎春，而是一个十一二岁的小学徒。因为成了出名丧气的寡妇，安东县没有商家愿意雇用李迎春，整个李家一直都靠李老爹支撑，直到半年前李迎春去了小山日文学校当音乐教师。

李迎春非常珍惜这个机会，对小山一郎也很感激。音乐教师很适合爱唱爱跳的李迎春，在学校里，可以忘记所有的烦恼。因为是小山日文学校里唯一的中国老师，这让她感到很有安全感。日本人不知道她的过去，才会雇用她，要是知道了，自己就真的没有立足安身之处了。

李迎春哪儿知道，她的担忧实在是太多余了。如果不是因为她的名气，小山一郎也不会把目光放到她身上。正是因为全安东县的中国人都在讲李迎春的闲话，小山一郎才下定决心雇用她。这是最好的广告宣传，也是最有力的拉拢。在小山一郎看来，十里飘香与臭几条大街具有同样的效果。李迎春的衰名远扬恰恰可以起到这个作用。雇用了她，安东县的所有中国人都会把目光投放到小山日文学校上来，这就足够了。

如果李迎春知道了小山一郎的真实用意，恐怕会生出再跳几次鸭绿江的勇气。只是，小山一郎是何许人也？他巧妙地利用了李迎春，李迎春却对他感恩戴德。他在那老太爷等中国富商面前谦恭又低调，背后却手段强硬，心肠毒辣。

小山一郎绝对是一个高超的表演大师，在他为自己写的剧本中，每个身份都有不同的魅力。跟他演对手戏的人，大部分都被他蒙蔽了。久而久之，连小山一郎自己都不知道哪个才是真正的他，而他却恰恰为此乐在其中！

音乐和舞蹈既可以陶冶情操又可以鼓舞士气，是一种美的享受更是一种精神的洗礼。在小山日文学校的这半年，李迎春突然觉得人生有了意义。什么结婚不结婚，什么寡妇不寡妇，这些残留的落后意识逐渐从自己的脑壳中被挤了出去。一时之间，大脑被教育的重要性、文明与先进的指导等等理念占据。李迎春总算从死亡中真正地活了过来。

可自从再见那木，李迎春又变回了以往那个痴痴傻傻的旧式女子。

中元节那天的晚上，每一个十字路口都有人在烧纸钱。李迎春也不例外。

中元节是道教的说法。中国古代以一、七、十月这三个月的十五日分称为上元、中元、下元：上元一月十五是天官赐福日，中元七月十五为地官赦罪日，下元十月十五为水官解厄日。所以会在中元时普度孤魂野鬼。

还有一种说法，将其称为“盂兰盆节”，这种说法则来自于佛教。印度佛教仪式中佛教徒为了追荐祖先举行“盂兰盆会”，《盂兰盆经》记述佛陀之大弟子目连，因不忍其母堕饿鬼道受倒悬之苦，乃问法于佛，佛示之于七月十五日众僧自恣日，用百味饭食五果等供养十方佛僧，即可令其母脱离苦难。经中强调的孝子思想恰恰与中国人追悼祖先的习俗相符，于是愈加普及。从中国南朝梁代开始照此仿行，相沿成中元节。

除去这两种叫法，在民间，大部分百姓都称其为“鬼节”。本来，节日这天，人们应该带上祭品，到坟上去祭奠祖先，与清明节上坟相似。后来，那些不能亲自到坟上去拜祭的人只好在十字路口画圈烧纸钱，为了防止烧错纸钱被别的鬼错领，要一边烧一边念叨被祭奠人的名字。久而久之，就形成了不管身在何处，只要在十字路口就可以烧纸钱的新规矩。再后来，连离祖坟很近的人们，也为图方便只在家附近的十字路口烧纸钱。

这就形成了七月十五这天晚上的特殊夜景，整个安东县烟气缭绕，火光冲天。知道的不以为奇，让那些不了解情况的外国人以为中国人集体失心疯，要焚毁整个世界了呢！

安东县的日本人过中元节有自己特定的习俗，而且他们称之为盂兰盆节。他们习惯在家门口挂一盏灯，迎接祖宗回家。但安东县不是日本人的家，那么要把死去的祖先从日本迎接到安东县的新家吗？

没有人探讨这个问题，但节总归是要过的。

临济寺要大做几场法事祭奠先祖，更重要的是祭奠那些在战争中客死他乡的亡魂。

镇江山公园照例会举办节日集会庆典。内容由七夕的自由浪漫转为对祖先的怀念，但仍然少不了歌舞。

安东县的中国人可以跟着日本人一起过七夕，但是绝对不会跟着日本人一起过“鬼节”。银河是全世界人的银河，但祖宗又岂会是一家的？尤其是那些日本人口中在战争中战死的大英雄，对中国人而言则是杀人的刽子手。这已经不单纯是风俗习惯的事情，而是上升到敌我对立的境界了。

别说是中国人与日本人的节不同，就是中国人与中国人也不同。那木与李迎春就过着截然不同的中元节。

李迎春手里拿着一截枯树枝充当烧火棍，用它在地上画了一个圈儿。然后一边烧纸，一边念念叨叨，这是在呼唤因自己而死的母亲。圈中的纸钱越烧越旺，李迎春的脸被映得黄黄的。大概纸钱是黄色的，火光也发出黄黄的颜色。

火借风势，很快纸钱烧得只剩下一点点火星，李迎春用树枝扒拉来扒拉去，试图让最后的一点火星尽快燃尽，这时一股邪风袭来，在众人的惊呼声中，各自圈中的火灰被卷夹着混在一起向空中飞去。

李迎春笑了起来，这下用不着分谁家的祖宗了，钱都混在一起，大家去平分吧！

在烟气氤氲、烛火摇曳的中元节晚上，裹挟在回家的人流中，分不清人间与地狱，李迎春突然觉得这不是在祭奠先祖，而是在祭奠自己逝去的青春和没有希望的未来。

也许是亡故的母亲给了她愤怒的理由，支撑着她不由自主地向那木家走去。

人影越来越少，直到四周再也看不见其他人。李迎春停留在那木家附近的那片银杏树林边，思索着幻想着。突然，李迎春被一阵嘈杂声惊动，紧跟着只见那家大宅上下灯光大亮，一群人吵嚷着相继从大院里跑出来。

整个安东县还笼罩在一股股浓烈不散的纸钱灰烬味中，一群人在摇晃的灯盏中向李迎春这边跑过来。人群越来越近，李迎春清楚地听到一个人因快速奔跑而吸进烟灰发出的猛烈咳嗽声和让她心跳加速的问话。

“你亲眼看见的，肯定是往那边跑了？”

就在这时，李迎春感到后脊梁上传来钻心的疼，“啊”字还未喊出口，嘴巴就被捂住了。因为惊恐，李迎春身体僵硬，一时感到喘不上气来。

看到李迎春没有反抗的举动，身后的刀子抽离了李迎春的要害部位。

树林里刮过悠悠的初秋之风，吹散浓郁的烟火气，带来一缕缕混杂着安东县特有的江海混合水的味道。这熟悉的味道让李迎春的身体稍稍放松了些。

李迎春的喉咙干干的，整个人犹如被抽光了水的井，只留下一副空空的躯壳。此人的嘴巴紧紧贴在李迎春的耳朵后面，悄声地说着什么，最后反复问李迎春，明白了吗？因为害怕，李迎春其实并没有完全听懂他说的是什么。可又因为害怕，她不懂装懂地点了点头。

黑夜中，李迎春想，自己一定是撞鬼了。

那木没有料到竟会在这样的日子这样的情形下见到李迎春。当李迎春从树林中尖叫着"救命"跑出来时，那木和韩百济一时都呆住了。

李迎春第一次走进那家大宅，却是以这样的形式。在真切地看到那木的生活之后，李迎春沮丧得忘记了疼痛，也听不清他们的问询，更没有听清那家到底发生了什么。她的脑子里一时也实在想不出该怎么解释自己在那家附近干什么。

语无伦次不知所云，神情慌恐似鬼上身。李迎春只能这样形容自己。

那老太爷别有意味地看着李迎春，又看了看韩百济，两个人似乎在交流些什么。只是那木那时正在忙着给李迎春包扎，并没有留意到。

那木挽留李迎春留下，说是会派人去通知她爸妈的。

"还是免了吧，通知我爸会让他担心，我妈？谁能去通知我妈呢？她老人家在地下恐怕也早就睡了。"李迎春苦笑着说出这番话，带有着无尽的哀怨。

那木不知该再说些什么，只好让韩百济送李迎春回家。

李迎春看也没看那木一眼，似乎双脚离地轻飘飘地浮出了那家。直到韩百济抓住她的胳膊，才好似从云端晕乎乎地坠落下来。

夜色中，韩百济的目光仿佛如鬼火一般明亮。

"你还是不死心，对吧？"每一个字韩百济都说得很用力，既是气恼也是威胁，"这件事，如果跟你有关，那家不会放过你！"

"我不知道你们说的是什么事……那木是个混蛋！我恨他！"出于不了解内情，李迎春很平静，只是说出了自己的心里话。

"我家少爷对你不错吧！当初，知道你要出嫁，他可是给了你二百块大洋当嫁妆啊！”

李迎春冷笑：“托他二百块大洋的福，我成了寡妇丧门星，我娘也因为这个死了……”

“少爷跟你是不会有结果的，你应该比他还清楚，要不然为啥收了钱嫁人，也不等他？”

韩百济的话迎面刮过，一时让李迎春愣住了。

“你说什么？你再说一遍！你说，你说啊！”李迎春的心差点没从喉咙里喊出来。

这个狗奴才韩百济，他怎敢如此说话！当初就是他送来的二百块大洋，口口声声说这是我家少爷送给你的当嫁妆，他让我转告你，说你俩有缘无分，长痛不如短痛。时至今日，这些字就像刻在李迎春心上一样，让她无时无刻不痛苦，怎么突然变成了她爱财抛弃那木呢？

“别装了，成了寡妇变得泼辣了吗，哈！”韩百济露出轻浮放肆相，“怎么？还做梦当那家少奶奶呢？”

“怪不得，怪不得……”李迎春的下巴抖动得厉害，上下牙齿发出叮叮咚咚的撞击声，“怪不得他这么对我……”

李迎春突然扭转身跑起来。

韩百济有些心虚地假意喊了几声，紧跟着追了上去。

那家的族谱丢了，除了索隆高娃之外，全家上下都为此不安。

那木本想亲自去送李迎春，但碍于祖父在场又丢了族谱，只好冷下心肠让韩百济去。

那老太爷的书房，曾是那木小时候学习的地方。小时候觉得书房很大，这么多书一辈子也读不完。谁知自己十五岁就读完了这里所有的书，不免觉得有些怀念也有些惋惜。

那木站在一幅大东沟地图边，想起当年祖父给自己讲解海战的事。

族谱就装在地图后面的暗匣里。

这么隐蔽的地方，外人怎么会知道的呢？族谱是记录一个家族历史的东西，对自家人来说是无价宝，但对外人来讲既不值钱也没有啥收藏价值。有谁会偷这个呢？

为了防止穷寇乱贼胡乱行窃而偷走对他们没有价值的东西，那老太爷还在暗匣中放了两根金条。可金条没动，只把族谱拿走了。

那老太爷和那木分析来分析去，除了意识到这个贼不是一般的贼之外，实在理不出头绪。到底是谁对这本族谱感兴趣？要这本族谱干什么？没有任何线索，让人找不到切入口。

“木，你认识那个姑娘吗？”

“啊，认，认识。”那木想回答不认识，但突然想到撒一个谎必然要用更多的谎言去弥补，所以，只好实话实说，“她是，是中富街剃头匠李老爹的女儿，早些年认识的。”

“哦，有没有可能是她……”

“不可能！”那木的话当机立断，但出口后似乎又有些疑惑。

“她要我们家的族谱有什么用？怎么看她也不像身手不凡的贼啊！”那木极力向祖父解释，这也是明摆着的事。

那老太爷并不想多说李迎春的事，不过是胡乱猜想可能性。有人想打那家的歪主意，这让那老太爷的警惕性一下子提高。

那家的祠堂在大清国灭亡的时候被毁坏了。委曲求全也好，无力重整门庭也罢，那家的祠堂再也没有修葺。但是，那家的族谱却必须完好无损地一代代传下去。现在，居然有人偷走了族谱，而且是在那木即将成婚的时候，这让那老太爷大为光火。

“要是退回三十年，发生这样的事儿，我非把整个安东县翻上三个个儿！”那老太爷自言自语了这句话就回去睡觉了。

那木知道，这次，祖父是真的动了怒。

七

有些人为了显示自己有本事又厉害，遇上不高兴的事儿就大吵大嚷，要是遇上大事紧要事，没等想出解决的好办法，早就嚷嚷开了。殊不知静水深流，只有修炼到像那老太爷这样，才是一流的功夫。如果没有这样的修为，只怕那老太爷没死在甲午海战的战场上也要死在战后受的窝囊气中。

越是生气，那老太爷就越冷静。那木深知祖父这一点。当下也安下心来，默默地想些对策。

韩百济违心地说着刺激李迎春的话，并不都是为了遵从那老太爷的嘱咐，还有一部分则是在打自己的小算盘。这小算盘是从一开始就扒拉开的。

那木和李迎春在对待俩人的那段感情上，明显存在着认知上的差异。这其中的奥妙就在于当初的整个过程并不如俩人各自认为的那样，而是掺杂进了为俩人所不知的人为因素。

学业未成再跟一个身份低微的汉族女子勾搭，这岂能被那老太爷容忍？那木心里不以为意，岂知那老太爷已经如临大敌！为了那家的未来，那老太爷只好扮演了不光彩的角色，他给韩百济下令，让他不露痕迹地拆散那木与李迎春。

韩百济假借那木之名用二百块大洋羞辱了李迎春，又在那木与李迎春之间搬弄了些许小是非。本来那木与李迎春两个人就羞答答青涩涩的，被这么一搅和，就完全不是滋味了。

等到李迎春成了寡妇，韩百济才觉得终于可以配得上她了。如今，这个寡妇还在打自家少爷的主意，真是让他瞧不起。

韩百济先是瞧不起自己，现在又瞧不起李迎春。可能有一天还要瞧不起主子那木，一辈子都是在瞧不起当中度过，可见内心是何等的卑微？如果不是几世修来的奴才身份，想如此都难啊！

无论韩百济怎么劝说，李迎春都要找那木理论个明白。

韩百济觉得女人被情感网住的时候是没有智商的。他有些粗暴地扛着李迎春走在中富街，直至将她扔进家门，并且大声豪气地告诉她，过了今天，你爱怎么闹怎么闹，别让阴曹地府的怨鬼们看你的笑话了！

这么一弄，李迎春一下没了动静。不管哪个年代，大抵女人都是这样，越是有人哄着捧着越是闹得欢。就好像得宠的小孩子一样，跌倒了也不要自己爬起来，非要等到大人来抱，本来睁着眼睛静观其变，谁知被抱起来就开始闭着眼睛瞎哭。

李迎春也是一样，在那木面前不得发作的女人病，在韩百济面前可以肆无忌惮。等到韩百济也不耐烦，她也闹得够了。

“唯女子与小人难养也，近之则不孙，远之则怨。”当年革命党大喊破除封建礼教，第一个拿出来批斗的就是这句话。但细想想，孔夫子还真够冤的。

一个女人把最世俗与粗陋的一面展示给一个男人之后，这个男人仍然能够接受她，这大概就是除了举案齐眉相敬如宾的另一种爱情模式。

李迎春在毫无准备的情况下把这一切都给了韩百济，留给那木的还能是什么呢？

人间的月光照得亡魂的路透亮，世人的路却被乌云遮挡。

对于那家来说，这个“鬼节”，鬼闹得可真不轻。

一连几天，都没有族谱的消息。因事关那家的尊严，不能大肆张扬大动干戈，更不能满城发布告，只好在可控的范围内寻找，并随时留意可疑的异象。

那木的婚期已定，那老太爷虽然嘴里说不搞繁文缛节，但还是要走程序。在媒人的陪同下，那老太爷去富察家送聘礼。韩百济则被安排在那木身边充当耳目，以防他跟李迎春再生什么枝节。

那老太爷愿意相信那木娶亲的诚意，但还是做足了防备措施。这跟他是军人出身不无关系。

听闻军事中的作战计划都有两套。如果当统帅的做打胜仗的计划，军师肯定要做打败仗的计划，两套计划分别制定，但要配合着用。不能都做打胜仗的美梦而忘了留后路，也不能悲观地都做打败仗的计划而放弃了主动进攻的勇气。总之，统帅和军师要做不同的打算。

除非如诸葛孔明般千年难得一见的军事奇才，才可以一人身担两角，同时做好胜仗怎么打和败仗怎么逃。

那老太爷无非是一个水军小头目，不是将才，但把这套军事规矩带到生活中，反倒屡试不爽。

韩百济不想让那木感觉到被监视，只好若即若离地在远处瞥着那木。

那家在河边有一小块菜园，里面种满了应季的蔬菜瓜果，足够一家人随时取用。韩百济一边在菜园里做帮工浇水，一边留意着那木的动向。

那木闷在屋里读书，可心却沉静不下来。拿书的手细长而白皙，血管像地图上的河流一样在手背上若隐若现。那木有一双完美的医生的手。想到这双手在李迎春的背部娴熟地处理伤口，那木不禁放下书，端视起来。

李迎春背部的伤口在位于心脏右边三公分处，是匕首的尖刃直刺造成的皮外伤。

李迎春为何在自家附近？李迎春跟盗贼真的没有关系吗？到底是谁伤害了李迎春？李迎春现在过得怎么样？

想到今生跟李迎春不会再有任何关系，那木不禁生出一种悲悯。转而又把这悲悯转化成对明珠的愤怒。这看起来实在好没来由，但却是那木的真实心境。

想起李迎春又想起明珠，想起明珠又想起结婚，想起结婚又想起李迎春新婚守寡……转了几圈之后，有些迷糊的那木换了身衣服出了大宅的院门。

还没等那木想好去找李迎春的借口，韩百济光着膀子挥着手冲那木喊起来："少爷！少爷！快过来！来呀！"

阳光有些热辣辣的刺眼，但风是凉爽的。那木故意对着太阳瞪大眼睛，虽然只是那么一瞬，但很快一阵酸涩袭来，眼泪不由涌上眼球。

这是最调皮的行为，也是那木唯一抗拒那老太爷的孩童行为。那木有些丧气地向河边走去，去问问韩百济吧，就算他没什么主意，有个人商量总归比一个人闷想好得多。

韩百济看起来很兴奋，不过是为了吸引那木而已，其实菜园里能有啥稀罕的东西。

"给，顶花带刺的嫩黄瓜。看，像不像戴着花帽子的小姑娘！"韩百济像逗小孩 样说给那木听。

那木接过去，对着黄瓜尾巴咬了一口。

韩百济噘了噘嘴，像是失望的女人一样："就这么吃了呀？"

"李迎春家还在老地方吗？"那木装作毫无私情似的直奔主题。

韩百济料到那木会问自己这事，虽然有所准备，但摘西红柿的手还是用力过猛，一下将熟透的柿子捏了个稀烂。

"嗯，还在老地方。"

"我带了点消炎药，想给她送过去。"

"这事吩咐下人去就行了，再说前天刚送过去，还去呀？"

"怎么？我想去看看她的伤口恢复得怎么样，有什么不妥吗？"

"不是我当下人的说过格儿的话，今天老太爷可是去富察家放大定，少爷您是要娶亲的人了，总归避讳避讳吧？"韩百济少有的立场鲜明，他以为提到老太爷一定会让那木退却，但想不到那木快速而有力地回击了他。

"都什么年代了，有什么好避讳的？再说，我有事要找她问个明白。"那木将韩百济送他的小黄瓜带花一口吃掉，"你再帮我摘些，都要跟方才的一模一样，像小姑娘的。"那木故意拿出主子的腔调指挥韩百济，实际上是一种戏谑的心态。说完自己笑个不停。

韩百济的整个嘴都裹在西红柿上吸吮着，以为那木要问李迎春的是当年的情事，为了急于阻止那木，汁液呛得韩百济一阵咳嗽，红色的汁液顺着嘴角流出来，越是着急越说不出话。

"看你这猪样！怎么光顾着吃！快去帮我摘啊！"

韩百济为了拖住那木，顾不得擦脸，只在水桶里洗了洗手，就跑去黄瓜架旁。

等到韩百济手捧着顶花带刺的小黄瓜过来，那木已经不见踪影了。韩百济顿脚，扔了小黄瓜，将一桶水从头直接浇下来，然后擦干身子穿上衣服匆匆跑了。

那木以为李迎春还在店里当帮工，不紧不慢地向中富街走去。想到当年也是这样走着去理发，那木突然一个激灵，仿佛李老爹的剃头刀子刮过头皮时凉飕飕的感觉。这个促狭的韩百济，偏偏要跟我作对，难道我连见一见李迎春的权利都没有了吗？难道去见李迎春是什么见不得人的事儿吗？

等到那木从李老爹的口中得知李迎春不在家，又转回头去小山日文学校的时候，韩百济早就以李老爹突然生病为借口将李迎春叫走了。

那木有些沮丧，来时路上的兴冲冲一下子变成回去时的腿酸脚乏。人力车的铃声正在这时响起。

“车夫！车夫！”那木挥手招呼人力车，一时精神松懈索性蹲在地上等。

人力车来到身边，那木正要上车，却冷不防被身后冲出的一个人抢先一步。

人力车夫与那木都有些吃惊地看着车上坐着的人。

“是你！”那木打量着他，认出是那个从上海到安东一直同路的年轻人，仍是一身中山装，口袋里插着没有帽的钢笔。

“我要去城隍庙。城，隍，庙……”乘车人说了句日文，然后一字一顿地重复了几遍城隍庙，看也没看那木一眼。

听到乘车人满口日文，车夫不觉面露难色地看着那木。

那木不理会车夫的眼神，觉得这个日本人真是不讲道理还理直气壮的样子。

“这是我先叫的车，请你下来！”

日本青年不为所动。

那木又重复了一遍，日本青年理也不理。

车夫拉了拉那木：“大爷，他是日本人，可能不会说汉语，您别跟他一般见识，再等等，一会儿别的车夫就来了！”

那木没有受过这样的屈辱，最主要的是他认为，这明摆着不公平！如果这个日本人态度客气，说他有急事，这又另当别论。可看他的神态，明显是目中无人的冷漠与傲慢。既然如此，自己如果让步就是耻辱！

“这事不用你管。”那木甩了一下胳膊，想挣脱车夫拉扯的手，谁知，车夫的大手竟像螃蟹钳子一样夹得紧紧的。

“你这是干什么？”那木这才把目光投向车夫。

人力车夫膀大腰圆，全身上下裸露的皮肤都被晒成古铜色，与偶尔露出来的皮肤形成鲜明的对比。拉车时长期弯着的腰似乎直不起来一样，谦恭地甚至带有一种可怜巴巴的恳求看着那木。

“还不快走！我要去城隍庙！”日本青年再次发号施令。

“车是我先叫来的，车夫不会拉你去城隍庙！”

“支那猪，听不懂日文吗？”

那木想都没想，一拳打过去。日本青年看起来又矮又瘦，但反应很机敏，竟从车上弯腰滚下来，躲过了那木的侧勾拳。

车夫仍旧拉着那木，让那木有些愤怒：“你拉着我干什么呀？松手！”

“支那猪，看你挺有种，来吧！让你领教领教……”日本青年的语速过于快，加上跳动躲闪的动作，活像一只猴子。

“你这杂种！”那木被完全激怒了，边用日语回击，边摆开架势。

车夫的手慢慢松开那木的衣襟，躲到安全地带。

那木与日本青年不再对话，只想制服对方。虽然那木身材高大，但却没有占到太多优势。日本青年仿佛一只醉酒的公鸡，血液沸腾，斗志昂扬。

那木不理解，那个在火车上一言不发看起来文质彬彬的人，怎么突然就变成了这样？

虽然一直以来日本人在安东县多有得意，也不乏欺负中国人的事件发生，可还没激化到一定矛盾。但这个家伙已经完全超出强烈的优越感转变成对中国人明目张胆的歧视，这实在让那木不能容忍。

那木的愤怒与日本青年的轻蔑，两个人被各自的精神鼓舞着打得不可开交。

周围开始拥上来一些人，更多的是日本人，并不去拉架，而是在一旁评头论足。

一些中国人也凑过来看热闹，听了车夫讲的因由，都替那木不值，这么点小事，跟日本人斗干啥？

那木在安东县算是个名人，仅限于名气比较响亮，一般的平民百姓又有几个知道那家的少爷长什么样呢？更不会联想到那家的少爷居然文武双全，打起架来不比卖鱼的张三斯文多少。本着在日本人的属地上中国人老实本分不插手的原则，众人也只是看着，小声嘀咕议论。

开始俩人还有套路，打了一会儿就没了风度，为了取胜不免开始走下三路。

那木终于抓到一个机会，一把拽住了日本青年的脖领子，随即施展中国式摔跤的功夫，一个大背将他压在地上。借助体重的优势，日本青年只好老实挨揍。旁边的中国人发出一阵叫好声，奇怪的是日本人也一样。

“支那人是日本人对华夏先祖的尊称，如果你叫祖宗为支那猪，你自己是什么？”那木气喘吁吁质问日本青年。

日本青年龇牙咧嘴的脸露出一些不明所以的笑意：“斗转星移，海枯石烂。没有一成不变的东西！”

那木重重地用胳膊肘捅了一下日本青年：“回答我！”

“华夏先祖早就灭亡了，剩下的不过是支那猪！”

那木的耳朵好像是被打坏了，日本青年的话听起来带有嗡嗡的双音。

“支那猪，支那猪……”那木被这咒语一般的话刺痛得无以复加，突然像暴怒的狮子一样开始对日本青年拳打脚踢。

围观的人看得有些不忍。

日本青年在那木的暴怒中发出尖利的笑声，仿佛是一种无形的能量附着在他的身上。

如果不是小山一郎的出现，那木险些酿成大祸。

当得知这是小山一郎的次子小山广文时，那木仍有些缓不过神来。不过，挨打的身体开始四处发射出疼的信号给大脑，这让他开始清醒了一些。

小山广文伤得不轻，被立即送到了满铁病院。其实也不过是做做样子，那木不是嗜血的暴虐之徒，在被激怒的情况下也还留有分寸。

小山广文其实认识那木，并对他做了很多的分析。他来到安东县的这几天，全面分析了小山一郎实行的措施，对父亲的做事风格很不以为然。觉得对待那家这样的满洲狗何必软塌塌，只需要给他几拳问题就解决了。

日本人中持这种论调的为数不少。其实小山一郎心里也曾有过类似的念头，只是没太敢冒进。况且，大日本帝国国内形势如何，他还不能做出切实的判断。

小山广文说，当初大日本帝国与清政府实力相差悬殊，但却准确地找准了战争的契机，这都是因为先期的试验起了作用。他还说，我们对付那家也是一样，别看他们是名门望族有钱有势，不痛不痒地从各个方面刺激他，看看他的反应，再判断怎么对付他。

八

小山广文的一番剖白，让小山一郎像脱轨的列车一样随着惯性停不下来。虽然内心中对小山广文的鲁莽非常不满，但小山一郎出于脸面及其他因素的考量，还是要去那家交涉的。

“那木君不是暴虐的人，为何做出这样的事？”小山一郎两眼泪汪汪地看着那老太爷，只是不断地重复这句话，他这是来讨说法的。摆出这样的可怜相，无非是扮猪吃虎的一种把戏。

那老太爷看明白了小山一郎的姿态，但却不清楚那木怎会做了这件事，想质问韩百济，又找不到他的人。况且，那木也伤得不轻，已经被送到安东县基督教医院去了。

“我亲眼看到那木君狂怒地暴打广文，这究竟是为了什么呀？”

“事出必定有因，老夫定会给你一个交代！”那老太爷的几十年人生经验总结出来就是打官腔。对于不方便回应的事都采取这个策略。

“我哥哥不会乱打人的，回去好好问问你儿子吧！”索隆高娃摆出盛气凌人的架势，对小山一郎毫不客气，更别谈啥礼貌不礼貌了。

索隆高娃刚从医院回来，看到那木被打，气得不行，见到小山一郎又正在对祖父施压，真是一肚子的火。

小山一郎被索隆高娃的话噎住了，但看到是那家的小姐还是压下了不满：“小姐何出此言？那木君说了为什么吗？”

索隆高娃不回答，走到那老太爷身边，给那老太爷捶背：“玛法，哥哥的耳朵好像聋了，我说话，他就这样看着我，‘索隆高娃，你说什么，你再大点声，再大点声……’玛法，哥哥就要成亲了，要是真聋了可怎么办呀？哎呀，哥哥的脸上都是淤青，成亲那天也不知道能不能长好啊！”

那老太爷叹气，不言语，脸色很冷。

小山一郎把目光停在索隆高娃的脸上，认真地打量了几下这个早熟狡猾的小姑娘。

等到小山一郎走了，还没等那老太爷发问，索隆高娃就噼里啪啦说开了。那木的耳朵没聋，就是有些发响，自己是吓唬那个日本佬的。打他儿子又怎么样？还不是因为他该打？谁让他骂人来着！

那老太爷心里有些不满意，打人这样的事儿怎能亲自动手？这该死的韩百济不知道去了哪儿，让他看着那木居然还发生这样的事儿！要是传到富察家这可成了什么事儿？要再为此影响了婚期，打折他的腿也支不起丢人的架！

韩百济骗走了李迎春，只好用另外一个谎言来骗她，在李迎春的催促下情急地说出了在基督教医院。李迎春埋怨韩百济，你咋把我爹送那儿去了？为啥不就近送到满铁医院？

韩百济一路尾随李迎春，本以为到了医院再揭开老底，谁知阴差阳错，就这样让李迎春和那木见了面。

韩百济在旁边抽着自己的嘴巴懊恼，早知道这样，自己忙乎半天为啥呀？少爷被打了，自己这祸可惹大了。

李迎春不再追究韩百济撒谎的错，但韩百济却不得不考虑该怎么向那老太爷交代了。

谎言有时候也是谶语。

韩百济的嘴被抽得有些麻，可还是难以挽回已经发生的事实。谁让自己非要说她爹病了！非要说在基督教医院！现在，那木可不就是李迎春的"爹"么？

李迎春终于找到了跟那木见面的机会，因为实在太难得，看到那木的第一眼她只想问为什么，可看到那木的第二眼，满心的怨言又都变成了无语。

那木拍了拍床沿："过来坐吧！本来去找你，谁知找了一顿打。"

李迎春在床尾坐下，神情讷讷的，瘦削的瓜子脸就显得更尖。

"找我做什么？那晚不是已经审问过我了吗！我真是贼也偷不进你家的高墙大院。"李迎春试着接过那木的话茬，但言辞之间不免带有攻击性。

那木心里一下放松了，女人的心本来就难以琢磨，若是再加上不说话，就更无从下手。李迎春既然肯跟自己说话，接下来再难毕竟可以沟通。忍着身上传来的疼痛，那木试着坐起来，但不由得喊疼。李迎春的眼里闪过一丝火光，但瞬间又被某种情绪浇灭。

“我不是说这个，被你这样一讲，都不知该说什么了。”那木确实不知该说什么，“你怎么样？伤口彻底好了吗？”

李迎春满腔怨怒无处发泄，嘴唇有些僵硬地道：“既然不知该说什么，还去找我干什么？难不成真是为了找顿打吗？”

“我要成亲了。”那木突然说出这样一句话。

李迎春冷笑道：“恭喜你终于找到门当户对的如意伴侣了。”边说边站起来，冷不防有些头晕，差点扑到那木身上。

“我早想过这一天，只是，只是……”李迎春理智的防线瞬间被这一句话撞破，“成亲就成亲，你告诉我干什么？那木，从今往后，你我没有任何话说，再也不要见面了！”李迎春说完转身就走。

那木情急中伸手去拦李迎春，不小心滚下床，疼得咬牙切齿，话也不那么中听了。他近乎怒吼着对李迎春喊道：“你的心还是这么硬，六年过去了，一点都没变。一个女人家，怎么就这么争强好胜！你不会低头吗？不会让步吗？不会给自己也留一点空间吗？搞到如今这个地步，你怨谁?！你要一辈子都这么咄咄逼人下去吗？”

李迎春本能地去搀扶那木，但却被那木的话震惊了，拉着那木胳膊的手不知是放还是收，就那样看着那木。

“你扶我起来。不要走，你若是走了，以后就真的没有机会再见面了。”那木的一只手抓住李迎春的胳膊，本来非常霸道，但那细瘦的骨感让他心里不免一酸，话很硬气但语调还是放柔了许多。

自卑与倔强是双生的姐妹花，外人很难分别，只有自己心里清楚。在那木面前，李迎春一直被自卑感所困扰，看在那木眼里就是强硬和倔强。此时，那木唯有通过伤害李迎春来换取平等对话的权利，这也是太多男女之间的非常相处之道。如果这样能解释得通的话，那么这个世界上的一切伤害与被伤害，侵略与被侵略，也都可以说成是为了获得某种平等的权利吧！

李迎春将那木搀扶到床上，站在床边等着那木的下文。

那木闭着眼睛，拍了拍床边，仍是示意李迎春坐下。

这次李迎春乖乖地坐在了那木指定的位置。那木的男子汉气概让李迎春很受用，如果当初那木有如此魄力可能俩人也不会是今天这样的结局。

等到俩人互诉衷肠之后，才惊讶地发现当初的秘密，不觉得都有些发蒙。

人与人之间相处，最害怕的就是这种时过境迁无力回天的感觉，有谁能让时光倒流呢？突然间的真相大白，让李迎春抛开了对那木的原有成见，因为没有了怨恨的根源，竟突然产生一种空荡荡的虚弱感。不管是爱还是恨，一旦没有了因由，就没有了目标和意义。而那木则重又跌入愧疚的深渊，这种愧疚刮起一股浓烈的爱之风，助燃了暗藏在那木心底追求自由爱情的火焰！

那老太爷和韩百济在那木与李迎春之间的所作所为无非是让他们两个绕了个弯子，恰恰因为兜了一圈，俩人更成熟也更懂得爱。对现实的抗争，对命运的不屈，两个人反叛的内容各有不同，但却主旨明确。只是俩人似乎还是太天真，用嘴说说很容易，真要面对强大的现实和无法参透的命运，不是光靠勇气就行得通的。那些早已经成为事实的往事，岂能容你随便翻案？

就算那老太爷突然老年痴呆允许那木悔婚然后迎娶李迎春，韩百济也不会答应的。对韩百济而言，李迎春就像已经到嘴的骨头，谁想把它拿出去都是不可能的。这是狗的本性，也正是奴才的本质。他可以对主子忠诚，但前提是不要动他碗里的肉。

看到那木跟李迎春和好，韩百济犹如百爪挠心，抛开被那老太爷惩罚的念头，豁出去了的韩百济毅然拿出积攒的“老婆本儿”去醉生梦死。在安东县最有名的风月场所，韩百济自欺欺人地做着有今儿没明儿的荒唐事，喝着小酒，抱着美人。沉浸在酒色之中真的可以忘却很多烦恼，怪不得人人都想当主子。

夜半时分，韩百济的身上再没有一分钱，这比被榨干了身上的每一滴精血还要可怕，因为这意味着又要回到现实的世界。只是韩百济真的喝醉了，忘记了自己的真实身份，还以为是有钱的大爷一般搂着美人不放，恣意求欢。也许是黑夜帮助韩百济掩盖了人性中怕羞遮丑的一点，直到被光着身子拖出去，并被一顿拳脚加臭骂，他仍沉浸在虚幻的美景中不愿醒来。

清早的凉意让他瑟瑟发抖，赶早去医院看望小山广文的小山一郎正好发现了韩百济。

这种相见，在日后的韩百济看来是撕破脸皮的坦诚相见。但在当时，却还是让他难堪又惶恐！

韩百济就这样失踪了……

没有了韩百济在身边当监视，在那木住院期间，李迎春一直偷偷来探望他。

李迎春长着瘦弱娇小的身材，但却有着豪爽的男孩性格。跟那木谈起时事来头头是道，她对日本人的教育观颇为赞成，讲起在小山日文学校的见闻更是有自己的见地。李迎春越来越向着新女性的方向走去，真的像吸收了春日气息的迎春花一样绽开生命的光彩，这让那木更加以欣赏的目光看她。温馨绚烂的春日之后，就是酷暑。只是此时两个人沉浸在新式恋爱中，都对即将到来的婚期采取了能躲一天是一天的策略。

那木不说是因为没有好办法说了也是白说，李迎春不提，是想以此来试探那木的真心。两个人本应齐心协力共渡难关，可在关键问题上还是小驴拉车——各拉各的套。

韩百济无故失踪，让那老太爷一时找不到发火的对象。从那木那儿明白了事情的经过，就更让那老太爷生气。这时候，小山一郎又登门讨说法来了，让那老太爷找到了一个出气筒。

比起上次的装可怜，这次的小山一郎有些奇怪。之所以说奇怪是因为还没等那老太爷发火，他就主动承认了错误。小山一郎一再称犬子鲁莽，请求原谅，说的时候似乎发功运气了一般，头上直冒汗，只好一个劲儿地擦自己的光头顶，那已经寸草不生的头顶仿佛被擦得更亮更圆，晃得那老太爷一阵晕。

都是场面上的人，不管出于什么理由，毕竟小山一郎演了大度的求和，那老太爷也只好配合下去。就这样，那木与小山广文的事以和解终结。

小山广文为此以绝食抗议小山一郎，但听了小山一郎的计谋之后，不禁拍手称好……

李迎春还是没有等来那木给她一个结果，不免心事茫然。无数次从期望的顶峰跌落，李迎春已经习惯了失望。虽然一再放弃期望，但没到最后关头仍然抱有不切实际的幻想。幻想那木能够对她说一句掷地有声的话，哪怕是对不起，李迎春也认了。

月亮在逐渐变圆，等到满月的时候，又是一个节日了。可那时，那木会陪在他的妻身边看月亮，自己又当如何呢？李迎春想不出与那木长相厮守的好办法，但却总是把那木以后的生活幻想得无比美好。这简直是虚拟的自虐，却比被真实的刀子捅了还让她心疼。

那老太爷最近几天总是处于微醺状态，虽然近期发生了很多不愉快，但那木还是如期成亲，那家的大树又向下扎了一条根，这是多大的喜事啊！族谱一定要不惜一切代价找回来，到时定要杀三头黑毛猪，再修族谱！

那木与明珠的婚期定在八月初八。从八月初六开始，那家就开始全天流水席款待各方来宾，并为婚礼当天做相关的准备。

初六晚上，那家一片喜庆。大红的灯笼按照房子的轮廓一排排挂满屋檐，整个大宅红光普照，就连背后的镇江山也被镀上了红光，仿若开光的圣像散发出无穷的魅力。

就在众人碰杯欢笑的时候，外面有人喊叫着冲进来，来人衣衫褴褛扑通跪倒在那老太爷跟前，抓着那老太爷的鞋面，呜呜噜噜又哭又号。等到众人听明白说的是什么，也就知道了他是谁。

失踪的韩百济回来了，并且捎来了那木被绑架的信儿。绑匪在信上说要不是抓到了真公子差点被这个冒牌货给骗了。那家少爷那木现已被绑架，赎金十万大洋，限三日内交钱赎人，过期不候！

那老太爷吩咐众人去书房找少爷，直到众人找遍了整座那家大宅，确实没有那木的踪迹，那老太爷才确信这是真的。

可事情实在太巧了！为什么是韩百济呢？那老太爷仔细打量韩百济，韩百济眼角淤青，嘴唇干裂，双目充血不住流泪。没时间追问太仔细，明天还有一天，后天就是成亲的正日子。那老太爷扶起韩百济，郑重地对他说，也是对众人豪迈地宣告，等不了三天了，告诉绑匪，明日午时一手交钱一手交人。下午给新郎倌压惊，后日的婚礼不能改！

众人都为那老太爷的临危不乱与财大气粗而长长地出了一口气，这才不愧是安东县首屈一指的豪族。

小山一郎带头鼓起掌来，其他人陆续跟着鼓掌，继而发出自豪的欢呼。流水宴一直开着，众人兴致不减，这都要感谢那老太爷。

等到稳定下来，那老太爷在书房里一边看着韩百济吃饭，一边跟他分析这是哪伙匪徒。是油盘沟的，还是边门的？只要能查出是谁干的，哪个地盘上还没有几个熟悉的人？阎生堂，韩大腿……这些人，那老太爷都有联系，讲起来谁还不给他们个面子？可惜，韩百济说自己一直被当成那家少爷关在地窖里，实在不知道是啥地方。谁知道今天中午竟看到了少爷，这时他们才决定把他放了。

那老太爷有些担忧地说：“按照规定是三天后交钱，提前交钱会不会有些差错呢？”韩百济回道：“这么一大笔钱，绑匪会时刻关注吧！就怕得了钱还不放少爷，老太爷，您可得把少爷救回来啊！”那老太爷试探性地道：“这么点钱，对平常百姓是大数目，对那家来说算什么？百济啊，你说的话可要当真啊！”韩百济一愣，继而放下碗筷扑通又跪倒在那老太爷的脚下，一阵痛哭，哭得发出干呕连话也讲不出来，表情痛苦又委屈。那老太爷对韩百济的怀疑只好暂停。

索隆高娃怯怯地躲在书房外面偷听，一片模糊的红光中，看到一个人影一闪而过。索隆高娃提起裙摆追出去，大院里人们走来走去，搭起的明灶上几口大锅不断冒出蒸汽，索隆高娃不好分辨方才的人影是谁，心中犯着合计走进那木的卧室，却听到床上发出一阵鼾声。“哥哥！”索隆高娃的心有些跳得厉害，走近一看，竟然是小山一郎。“谁让你睡在我哥哥的卧房？快起来，起来！”索隆高娃拉扯小山一郎的耳朵，手指甲深深地嵌进肉里去，疼得小山一郎摆着脑袋坐了起来。

“索隆高娃小姐，我贪杯喝多了，有什么醒酒的东西吗？”小山一郎看起来真是喝多了，呼吸很重又急促。

“我哥哥打了你儿子，你真的不生气？”索隆高娃故意问道。

“我真的喝多了，难受，给我杯醒酒汤……”

小山一郎不搭理索隆高娃的问话，让索隆高娃无处撒气。

索隆高娃说什么也不会想到，刚才那个人影就是小山一郎。他为了掩饰偷听那老太爷和韩百济的谈话，匆匆跑进那木的卧室装醉酒。

那家的产业是小山一郎觊觎的，那家在安东县的名望是小山一郎急切需要的，总之，那家的一切是他实现梦寐以求理想的巨大基石。

从看到狼狈的韩百济的那一幕开始，小山一郎猛然灵感顿出，想出了这个计划。比起小山广文的鲁莽冲动，这明显更有力量。明着是争，暗里是斗。谁不懂这个规则，注定是要被玩弄于股掌之中。

九

好比鬼只能附在人身上才能显示威力，小山一郎需要找一个替身来让他支配。韩百济就是这个替身。在街上替赤裸的韩百济解了围，又成功地利用韩百济的畏罪心态及对李迎春的垂涎，小山一郎策反了韩百济，并亲自导演了绑架那木的闹剧。

那木以为是在与李迎春私奔的路上碰到韩百济的，但实际上是被韩百济跟踪再假装偶遇的。那木惊喜遇到了韩百济，而韩百济对于那木会放弃与大家闺秀明珠成亲带李迎春私奔，则是又惊讶又愤恨。惊讶是装出来的，愤恨则来自于心底。韩百济不懂那木为何要跟自己争一个寡妇？一个李迎春值得吗？值得为此放弃做那家大少爷吗？值得放弃明珠吗？值得为此得罪那家的祖宗吗？！

在韩百济眼里，那木做出这个决定，一定是因为跟李迎春有了什么苟且之事。这就更让他发自心底的暴怒。

韩百济强忍着因极度的嫉妒而加快的心跳，自圆其说地对那木讲了早已编造好的谎话。韩百济说自己害怕被那老太爷惩罚跑到乡下去了，在大东沟的海边抓了几天大蟹子，可内心受着煎熬，还不如回去受罚。

那木本来对韩百济阻隔自己跟李迎春见面有些想法，但在私奔的节骨眼上，早抛诸脑后。那木并没有想好带李迎春去哪儿，只想找个地方躲几天，等到那老太爷发完雷霆之怒再带着李迎春回去争取一个小小的话语权。遇到韩百济，就好像是上天给他指出的一条路似的，那木果断地决定让韩百济带他和李迎春去大东沟，这个时候正是梭子蟹开始变肥的季节，他也要去抓几天蟹子。

韩百济假意地推三阻四，并且拉过那木做最后的攻心战，期望他改变主意。韩百济甚至暗下决心，只要那木决定放弃李迎春，回去与明珠成亲，小山一郎的狗屁计划就会烟消云散。他宁可回去被那老太爷惩罚，打得屁股开花也无怨无悔。只是，那木哪里听得进去？既然已经走到了这一步，怎么也要试试，没理由再退回去了。那木最后以大少爷的身份命令韩百济快带他们去大东沟。

韩百济将那木和李迎春安顿在大东沟一户渔民家里，就匆匆赶回安东县实施余下的计划了。

那老太爷紧急地筹措可动的资金，准备第二天赎人，无论如何都要赶在婚礼当天将那木救出来。壁立千仞无欲则刚，欲望就是执着心，也就是自身的致命弱点，当这个弱点暴露给敌手之后，就是满盘皆输的残局。

那老太爷对那木的执念，就是重振那家的执念，也是对大清朝灭亡的心有不甘。小山一郎的执念隐藏在外衣之下，而那老太爷的执念则暴露在众人眼前。强壮的猎人抵不过饿狼的背后偷袭。犹如当初的大清国一样，怎么也料不到小小的日本会突然张开利齿向自己扑来。那老太爷虽然提防着小山一郎，但却出乎意料地一步步被带入了布置的陷阱……

大东沟是一个小小的港口，在地图上不过是一个小点，但在现实中，却仍然是让人们心旷神怡的大海。

因为云的缘故，海天交接处，层次分明。仿佛被谁用扫帚匆忙地扫过似的，白云薄厚不匀地铺在蓝蓝的天上。

那木和李迎春走在黄色的沙滩上，仰头望天，低头看海，对望中则看到彼此眼球中自己的缩影。

在海浪声中，在拂面的海风中，两个人犹如走进古旧山水画上的仙人。一切的语言都是多余的，两个人贪婪地享受着发自内心的自由之乐。无言地度过整整一个下午，直到夕阳仅剩一个小边儿夹在海天交接处。

那木有意无意地碰到李迎春的胳膊，甜蜜地道："是不是觉得冷了？我们回去吧！"李迎春本能地躲闪开，又慢慢地凑过来，羞涩地道："我们是不是太幸运了，一切发生得太突然，我总觉得心里空落落的。"那木笑道："这就是我不早告诉你的原因，要是早说了，你可能会一直失眠。到时候，连累得你更瘦我就罪过了。"李迎春笑着学那木说话："'连累得你更瘦我就罪过了'怎么说起话来跟个老古董似的！"那木感慨地道："跟你在一起，我好像变了一个人。"李迎春更是感慨："说的也是，好像那二十年都是在活别人似的，只有今天才做回自己。"

那木停住脚步，看着李迎春，李迎春突然不敢直视那木的眼光，低下头注视着自己的脚面。细碎的沙粒粘在鞋子的周围，李迎春觉得自己就像是沙粒，平时静静地躺在海滩上，随潮水涌动，遇到有缘人则不顾一切地抓住他，哪怕是卑微地粘在脚底，也宁愿跟随。

在此时此刻，怀着这样的想法，李迎春喜极而泣，却冷不防被那木抱起。那木在软软的沙滩上转着圈，仅有的余晖像搅乱在一起的水彩颜料渲染在俩人的头上、脸上、身上。李迎春挽起来的长发披散开来随风而舞，这次是李迎春得以在那木的抱举中俯视心爱的男人……

这个晚上几乎是所有人的命运交界处——那木与李迎春，小山一郎与韩百济，那老太爷及他的百年家族，这一切都在毫无征兆中发生了翻天覆地的变化。

民国二十年旧历八月初六，也就是公元 1931 年 9 月 17 日，等翻过了当天的日历，在华夏的大地上再次爆发了震惊中外的大事件。“九·一八事变”的发生让整个中国为之地动山摇，整个东北直接进入战乱状态，整个安东县一片混乱，那家更是一片混乱！

按照满族风俗，女方的嫁妆要提前一天送来，富察家的嫁妆足足八大箱，在半路上被耽搁了，直到晚上才送到那家堂前。战事每隔一会儿就传来新报，可那木还是没有任何消息，如果那木不回来，这嫁妆又有何用呢?

看着摆在堂前的嫁妆，看着一派喜庆装扮的那家，本来还算镇静的那老太爷突然慌了神。用钱能摆平的事儿就不叫事儿，可光绪皇帝、慈禧太后比自己有钱，也无法摆平割地赔款的战事，在他们面前，自己这点钱还算什么呢?

天赐良机让小山一郎再次准确地把握了主动，他告诉韩百济，别说什么十万大洋了，整个那家都是我们的。看到韩百济还有些犹豫的样子，小山广文粗暴地打了他两个耳光：“清醒吧，现在是大日本帝国的天下，你的主子换人啦！”

韩百济只想跟小山一郎合作从那家骗些钱而已，他想要的只是一些钱和李迎春，他并没有想到真的绑架那木，就算在他心里翻天滚地地想过那木可能已经占有了李迎春，他也没有想过真的绑架那木。他甚至可笑地想，李迎春成了残花败柳正好匹配自己“家养奴才”的身份。可日本人占领了整个安东县，识时务者为俊杰，眼下的形势容不得自己反驳，唯有顺从小山一郎父子，否则自己什么都捞不着。

绑匪再也没有联系过那家，那老太爷在一连串的打击之下，犹如风中残烛枯朽之木。那老太爷仰天长叹，一把把撒开叮咚作响的银洋，被痛苦浸淫的躯体似乎没有了知觉，一种飘飘然升天的幻觉击中了他。

六天之内，辽宁、吉林两省全部沦陷。仍然没有一丝那木的音信。传说中美人倾国倾城，这那木何德何能竟然让整个东北倾覆？

那老太爷来不及交代后事，猝死在太师椅上。

索隆高娃作为那家唯一的主人，在韩百济的帮衬下替那老太爷筹办了丧礼。

那晚偷走族谱又挟持李迎春声东击西的人原来是小山广文，他偷走那家的族谱，也不过是仿照了中国古书上“红线盗盒”的故事，谁知还没等拿出来给那老太爷下马威，事情竟然拐了天大的弯儿发展成这样！

小山广文之所以效仿“红线盗盒”，很大程度上来自于对大唐文明的刻意模仿——唐肃宗时，魏博节度使田承嗣欲吞并潞州节度使薛嵩之地，薛嵩甚为忧虑。薛嵩有一侍妾名红线。她剑术了得，堪称异人。为替薛嵩分忧解难，自告奋勇前去田承嗣处见机行事。

值田承嗣睡卧，红线欲行刺，后改盗田承嗣金盒而返。田承嗣遣兵追之，又为红线所败。红线献盒于薛嵩，薛嵩乃修函附盒还与田承嗣。田承嗣大惊，知薛嵩部有强将，非敌手，乃与薛嵩修好。

1918 年，梅兰芳在北京广德楼戏院首次演出此剧。他反串饰演红线，曾轰动一时。至此，这故事便在民间广为流传……

然而，红线乃侠肝义胆，小山广文却卑劣阴险！

欺人的事儿干多少都不嫌多，但欺鬼还是不妥。在小山一郎的坚持下，那老太爷下葬时，族谱被当作陪葬品偷偷放进墓穴沉埋地下。小山一郎坚信，那老太爷及那家的列祖列宗一定会感激他的！

至此，那家的族谱再也不用续写，历史更是急急地走入新的篇章。

还没来得及出场的明珠，成了刚刚时兴的结婚证书上的那家少奶奶，在六个哥哥的陪伴下一身素缟地参加了那老太爷的葬礼。黑色的齐耳短发，黑色的粗眉毛，黑色的放大瞳孔，因紧咬嘴唇而留下的咬唇血印，仿若与那木交换的订婚小照上的人走下来一般。

索隆高娃不知怎么称呼明珠，按照年龄自己比她还要大半岁，叫妹妹显得怪怪的，可叫嫂嫂恐怕不妥……等到明珠拜祭过那老太爷之后，从容地坐到那家主人的位置上，索隆高娃才明白，明珠是要当那木的未亡人了。这个自己童年的玩伴真要掌权于那家？她跟那木连一天的夫妻都没做过，甚至没有拜过堂，为何要粘这个腥气？替那木守寡，还是别有目的？

索隆高娃一时有些坐不住了。为了自保，索隆高娃欲先发制人。可还没等她摆出主人的架势，明珠就吩咐韩百济道："召集那家上下所有的人，我和小姐索隆高娃有话要说。"

韩百济发愣地讷讷回道："现在吗？"

明珠目光直视，看也不看韩百济，只是威严地点了点头。

稚嫩的童颜却有着完全不一样的成熟风韵，明珠有着一种独特的魅力，也可以说是气质，这种气质仿佛是一支稳定剂，让索隆高娃镇静下来。索隆高娃觉得自己以前受制于祖父和哥哥，以后若要再受这活寡妇的气可不行！

富察家的六个男人并排坐在一侧，索隆高娃坐在对面，恰好可以正大光明地打量他们并且进行比较。

那家的下人陆续赶来，绸缎庄的经理，林场的场长，烧锅、当铺的掌柜这些有头有脸的和种菜的李婶，挑水的张伯不分前后都走了进来。韩百济一一招呼，遵从明珠的吩咐给每人都上茶找了座位。等到人齐了之后，明珠端着茶杯站起身，第一杯敬了那家的祖宗牌位，第二杯敬了那老太爷的牌位，第三杯擎在手上，看着众人，语调委婉但却柔韧有力地道："我就是那家三媒六聘的富察明珠，虽然没有拜过堂，但成亲的事已然是事实。告慰了那家先祖和祖父的在天之灵，从今日起就正式为那家的媳妇……"

众人有些态度不一，表情各异。本来明珠是他们理所当然名副其实的少奶奶，但在如今的形势下，这么说恐怕就有些出入。还没等索隆高娃表态，那家的一些老人就首先忍不住发问道：

"三媒六聘不假，但没有拜堂也没有行夫妻之礼，依你小小年纪，大可不必非要顶这个虚名！""一时义气说过了头容易，但要一生守着，能守得住吗？""守到半路破了规，还不是一样丢人！""都什么年代了，还搞这封建一套，那些留下一男半女的都改嫁啦，你这大姑娘可守得谁呀？"

先是在那家有头有脸的老人，后来连粗杂使唤也都跟着嚷嚷起来。索隆高娃眼看着明珠的脸色渐渐涌上红晕，嘴唇的咬痕更加明显。

富察家的六个男人也真忍得住，坐得笔直，不动声色。其实，他们早就有所打算，明珠是什么样的人他们最清楚。明珠非一般娇生惯养的大小姐，更不是藏于深闺没有主见被哥哥们惯坏的凡俗闺秀，富察家几代大族的优厚家世，涵养了明珠如宝玉般的性情与学识。

那家没有男人的情势之下，如果明珠不能自己摆平全家上下的人，做哥哥的难不成要来替代她？本来就不同意让明珠做此一举的哥哥们，正好希望借此让明珠知难而退。谁愿意让自己的妹妹过早地凋零？每一朵鲜花都应该如期开放，明珠这样做无异于过早干枯了。

在众人的议论声中，明珠猛然将擎在手中的茶杯掷于地下，茶杯碎裂的声音让众人顿时闭嘴。

“覆水难收，我明珠说出去的话就如同这洒出去的水。想当年，大清以孤儿寡母率领区区三百万满族勇士入主中原，奠定了华夏近三百年的江山社稷。如今，那家失主，弃妇明珠不才，愿与那家诸位共同支撑一切！我虽未有一男半女，但所幸那家还有小姐索隆高娃。正所谓长嫂比母，天意如此，非明珠强求！不知各位还有何疑问？”明珠的一番话让在场的人都封了嘴。

看到众人如此表现，明珠的大哥多幕勒这才站出来，双手抱拳作个揖道：“富察家与那家结亲，这是诸位都很清楚的事。小妹明珠自小与那木情同兄妹，这是感情之至，岂能不守？我兄弟等虽心疼小妹，但却被她的情义所感动，还望各位挟持，不为别的，只为在天有灵的那老太爷，也为生死下落不明的那家少爷！”

兄妹俩的一番说辞，立马将那家上下人心收尽。

索隆高娃咽了几口唾沫，顿时觉得受明珠的气也不错，至少她是个厉害角色，自己以后有靠山了。

韩百济不禁对明珠刮目相看，却也更加替那木不值。

因为明珠的介入，小山一郎和韩百济吞占那家的计谋不得不另做打算。当然，在他们心中，明珠无非是一个讲大话有一套的小姑娘，真要执掌那家可不是那么容易的。

“九·一八事变”当晚，安东县基本已经处于被接管状态，因为没有剧烈抵抗，日本人并没有费太多力气。大东沟是海上登陆的第一据点，渔民们甚至是在无知无觉中就经历了事变，真正的消息都是在后来的日子里一点点从县城里传出来的。

渔民照旧去捕鱼，农民急着秋收，商人仍在奔波中兜售。本来安东县就已经被日本人占领了大半，所谓的日本侵占东北三省的大新闻在民间仿若被稀释的海水，没什么滋味，反而是张少帅的不抵抗成了一时街头巷尾的议论。

索隆高娃真正喜欢上了明珠，一口一个嫂嫂，明珠也欣然接受。那木一直没有消息，两个十四五岁的大户小姐，像小孩子过家家似的真的撑起门来过日子了，唯一不同的是，那家大家大户，田产、房产、商店以及对外的交际种种，明珠只好一一承接下来。对她来说，这些重担成了等待那木回来的日子里不可或缺的消遣。

明珠所受的教育其实与那木并没有什么不同，只是在继续求学还是嫁人的问题上，父亲替她做了主。女儿家嫁人才是第一位的，什么新女性，还不就是打着“新”的旗号做一些违背天理的事。一个女人如果没有一个好丈夫好家庭，有了些许自以为是的成就又算什么？况且，那些出类拔萃的女性又有几个？就算名噪一时最后落得个惨淡收场的也不在少数。明珠的阿玛甚至搬出秋瑾，用血淋淋的事实来做例子。

就算阿玛不这么说，明珠也早已有了自己的打算。新女性就是结婚后也可以继续求学，到时候就可以与那木比翼齐飞。可还没等张开翅膀，那木就失踪了，明珠浸淫在书海中，像所有古书中所讲的女子那样，期待着奇迹的出现，期望着有一天，那木从天而降，与她履行婚约之实。为了这一天，明珠一直在明察暗访那木的下落，她不知从什么渠道发现了李迎春的存在，并且让韩百济带李迎春来见她。

见识了明珠的不凡，韩百济为此心惊肉跳。既不敢驳斥明珠，又害怕李迎春说出什么不该说的话。

得知那木的妻要见她，李迎春打翻了醋罐子，为了赌一口气，盛装打扮了之后如约而来。李迎春被请进那老太爷的书房，看到了那个让她心存几辈子嫉妒也不算够的明珠。

明珠站在书架旁，手中拿着一卷书，见到李迎春，脸上竟然是意想不到的热情。明珠白皙高挑，虽然还未长成，但却出落得成熟而有风韵，这是李迎春始料不及的。相对比起来，二十岁的李迎春倒像是发育不完全的女童。李迎春突然有些自惭形秽，又怨恼自己这次的打扮。干吗涂个红嘴唇，干吗搽了那么厚的粉，把真实的自己裹起来也藏不住满肚子的酸涩之气。

明珠放下书本，一边坦然自若地打量李迎春一边亲切地招呼道：“快坐！本来应该去拜访您，但又怕人多眼杂谈话不方便。还是请您过来了。”拉着李迎春坐在一边的藤椅上，明珠也在旁边坐下。

菊花茶的温度刚刚好，李迎春没等明珠客气，竟一饮而尽，这让明珠露出明媚的笑容。

李迎春不想表现得过于拘谨，在明珠面前，自认一败涂地。对于明珠找她的用意一无所知，明珠的态度也让她心乱如麻，索性豁出去了，管他什么规矩不规矩，渴了就喝，再怎么装也装不出个金枝玉叶的样儿来。

菊花茶的味道真不错，李迎春放下茶杯，自己又要斟一杯，拿着茶壶的手却被明珠握住了。明珠接过茶壶给李迎春续茶。

李迎春笑了笑道：“我自己来就好了。这几日‘秋老虎’很毒，晒了一路口渴得厉害。你有事找我就直说吧，我喝我的。”

明珠似乎有些迟疑，向门口望了望，书房的门关得严严的。明珠的声音还是压低了问道：“你肯定知道那木在哪儿，对不对？”

李迎春冷不防被水呛着，干咳着看向明珠，疑惑地问道：“什么？你在说什么呀？”

李迎春的反应是真实的，明珠全都看在眼里。

等到明珠把那家的一系列事情讲给李迎春，又告诉她那木至今音信皆无之后，李迎春有点呆，她回想起自己那日在街上见过那木和那老太爷，之后就想着找那木诉苦理论，还没等找到再次见他的机会，他就成了亲，然后“九・一八事变”的大浪就席卷而来，似乎掩盖了那木被绑架失踪的种种传闻。

李迎春有些糊涂，明珠怎么会认为她知道那木的下落呢？

李迎春得了选择性失忆。她不记得自己与那木在病房的冰释前嫌，也不记得何时与那木私奔去过大东沟，甚至连与那木的种种亲昵都全然不记得了，更不记得她与那木又经历过何等撕心裂肺的别离。像被潮水抚平的沙滩一样，李迎春的记忆也不知被何人之手从大脑中抹去。她的记忆又回到了与那木解开误会之前，她又变成了那个终日患得患失的怨妇。

明珠从李迎春嘴里得不到任何有价值的线索，又想到那木与这个女人相爱，心中不免泛起一丝涟漪。包括索隆高娃和韩百济在内，这些跟那木有着或深或浅关系的人，都被她看成是与那木进行间接交流的载体，所以，抛开男女之间复杂的感情，对李迎春的嫉妒中还夹杂着些许温暖的依恋。

李迎春在韩百济嘴里问不出任何关于那木的真实信息。那木成亲是事实，那木失踪也是事实，那么，自己跟那木还有什么关系呢？一切都改变了，又似乎一切都没变。李迎春的脑子突然疼得厉害，她无法再想些什么。

李迎春的失忆症，是她对痛苦的一种本能割舍。等到她重拾那段残酷的回忆之时，一切都为时晚矣……

十

潮湿阴暗的船舱里隐隐弥漫出一股腐臭的味道，那木判断一定是有人死了。意识到这些，他本能地环顾四周，等到确认自己身边的人都还喘着气，他才确信死的人不在自己接触的范围内。

开始的几天，闻到呕吐物都要干呕的那木已经习惯了船舱里不时涌起的异味，可对死亡的味道他还是很敏感，他已经不再呕吐了，因为胃里再也没有可吐的东西。如果能把心直接吐出来，然后不痛不痒地死掉，此时的那木宁愿如此。所谓的生不如死也就是这种感觉吧！

接下来的几天，不断有人被拖出去，说是人，只是因为被拖出去的时候还不能断定生死。

那木就曾假死过几次。由俭入奢易，由奢入俭难。对于那些一直在苦难的夹缝中爬行的人来讲，没有什么不能闻的味儿，也没有什么不能吃的苦。只要还有一丝缝隙，就能够活下去。

那木也想活下去，可是太难了。身体的承受能力处于消极抵抗状态，挺不住就死吧！日本人将他拖到甲板上准备扔到海里，可吹了些海风透了些气之后，那木又缓醒过来。那木甚至痛恨自己的死不了，明明都已经死翘翘了，到了甲板上就活过来。

几次三番下来，日本人也有经验了，拖出去先别扔进海里，放在甲板上等一等。可除了那木，只要被拖出去的都还是无声无息地死了。日本人很奇怪，这个大个子是不是在耍我们呢？他在搞什么把戏？

最后一次从假死中醒来，那木的手一把抓住船舷，没头没脑地对日本人说，放了我，放我回安东县，我给你们钱，要多少给多少，放我回安东县，说完之后又没了气息。

有懂中文的日本人把这些话讲给领头的听，领头的哈哈大笑之后，让人把那木扔在甲板上吹海风。有钱人会沦落到咱们手里？广文君早就说过，这个人是个败家子，把家业都败坏光了，现在只剩这烂命一条，还敢吹牛说大话！

醒过来之后，那木遭到了一顿教训意味的棍棒，不是很重，主要是怕把他真的打死。领头的日本人警告那木，别再有什么花花心思，上了这条船，没有回头的机会。再有非分之想，直接把你扔到海里去喂王八！

那木一时打消了这个逃生的念头，但仍在寻找机会。

经历过几次死去活来之后，那木的身体已经极度虚弱，唯有意识却仍很清晰。右胳膊上的抓痕开始隐隐发痒，这是伤口开始愈合的好兆头，等到痒痒一阵子之后，掉了疤瘌，新肉就长好了。想到可能会留下疤痕，那木心里泛起强烈的求生渴望。因为这疤痕是分别之时，李迎春绝望地抓着他的胳膊留下的。

船身被海浪拍打，发出哐哐的喑哑之音，那木的身体轻微地摇晃着，一股强烈的困倦感袭来，那木用手轻轻地挠着疤瘌旁边的皮肤以解除痒痒的感觉，并努力让自己保持清醒，以便将那天发生的事情完整地还原。可记忆像散碎的拼图一样无法粘合起来。唯有记得李迎春的嘶吼："一定要回来，我等你，我等你……"

那木在日后的很长时间里，只要触碰到这个伤疤，就会想起李迎春。李迎春细瘦的手指穿透衣服袖子嵌进自己的血肉里，试图将他从悍匪的手中拉回来，那一幕像一幅清晰的写实画印在那木的眼里。虽然伤口已经愈合，但却成了终身的疼痛。每想起来，都如同再次揭开血淋淋的伤疤。

在韩百济的一再求情之下，小山广文放弃了杀害那木的计划，对他实行了"流刑"，让一伙日本浪人将那木带离安东县，生死由命。至于不明真相的李迎春，谅她也不足为患。况且，为了笼络韩百济，李迎春也必须留下。韩百济之所以被牵着鼻子走，不就是为了这个女人吗？

那木只道是被日本人绑架，谁知却是因为小山一郎父子在背后耍的阴谋。蒙在鼓里也好，不至于肉体的煎熬再加上一份心灵的煎熬！

这是一艘经过改装的渔船，除了船身够大之外，一切都是旧的。船身是木质的，已经看不到曾经刷过漆的痕迹。

装鱼的船舱现在用来装那木他们这些人。

船舱中不见天日，但那木根据每天一次的放风大体推算着日期。每天早上都有一次放风时间，每个人有三分钟用来拉屎撒尿，超过时间就要等到明天。船舱里由原来的四十多人变成了三十多人，空间匀出来，似乎能宽松一些。越宽松就意味着死掉的人越多，那木心里就越生出重重的恨意。同样是人，为何要互相折磨？

因为开始时的反抗招来了疯狂的虐打，如今船舱里的人大多不声不响，都在尽可能的保持体力。

胳膊上的疤瘌四周微微翘了起来，那木用手摩挲着，不敢轻易撕掉它。也许等到疤瘌完全脱落，这个噩梦就结束了。

那木总觉得这一切都是不真实的，一定是跌进了某个多维空间。麻木的嗅觉神经已经再也感觉不到丝毫的异味，那木想，也许下次闻到的就是自己躯体腐败的味道了。

只要能挨到下一次放风，就证明自己还活着。

那木又一次从窄小的木梯爬上甲板，被明媚的阳光晃得睁不开眼。“百里百里……”一个操着朝鲜语的绑匪粗鲁地拿着根木棒敲打那木的后背，催促着他，以往的日子都是一个矮个的日本人，也许绑匪的内部也出现了什么变动。

每一个小小的细节都让那木心生期待，仿佛看到什么生机一样，那木竟然顺利地挤出了几个球状的干巴巴便便，落到海水里似乎溅起不小的浪花。这肯定是那木强烈的心理作用。还没等提上裤子，一阵欢呼声传来，那木被震得差点摇晃着跌落进海里。

那些绑匪海盗又蹦又跳，有的甚至还流出激动的泪水。一时间竟忘记了赶那木回船舱。

从他们的欢呼声中，那木听明白，原来是快到日本了。风是柔和的，没有了大东沟的粗粝。这样看来，船是南下的。放眼望去，竟真的看到了一艘艘的轮船，还有各色的旗帜，这里是日本南方的一个港口。

那木停留在原地没有动，等待着绑匪们的旨意。谁知，绑匪们并不让那木回船舱，反而走到甲板与船舱的接口处，大喊着让里面的人都出来。

两个矮小的日本人在一旁嘀嘀咕咕，那木听不清楚，又不敢靠得太近而引起他们的警觉。

摇摇晃晃的中国人从木梯上一个个探出头爬出来，排着队去方便。以前害怕人多聚在一起作乱，日本人以每次只允许一个人出来的方式控制着局面。现在，好多如那木一样高大的壮小伙都被剐去了一身的肉，只剩骨架子，别说作乱，就是走稳每一步都得靠十二万分的意念起着作用。

船上的厕所原始而简陋。只是将两块木板钉在甲板上，前面横着一条缆绳，如厕的时候，拉着缆绳，两腿叉开蹲在木板上。别说只有三分钟，就是有三十分钟，在船身摇晃底下空空如也犹如踩在跳水板上的险恶情况下，能做到正常排泄也很困难。但人的极限是无穷的，错过了这三分钟，就要再忍受二十四小时。常言道：管天管地，你还管人拉屎放屁吗？当拉屎撒尿都要受人节制的时候，才知道身不由己的滋味是何等的难过……

自从大东沟上船开始，每天只有三分钟放风，有的人好几天拉不出来，此时趁机蹲在一边用力排泄，还没等怎样，就开始冒虚汗。后面的人等不及，在催促声中拉不出来的只好退回来再重新排队。那木觉得这场面简直滑稽透顶。

以往若是超过了三分钟，日本人准会一顿棍棒，今天日本人看起来心情格外好，并没有刻意刁难谁。

船抛锚了，但是并没有入港。

六个日本人手里拿着枪支棍棒看守着余下的不足三十人，领头的日本人带着一个随从划着小艇去了岸上。

就算没有枪，船上的中国人已经不再反抗了，本来就虚弱，加上排泄又消耗掉仅有的能量，大部分人都躺在甲板上晒太阳，嫌热后又躲到船舷边的阴凉里。

阳光越来越毒辣，那木仍旧躺在甲板上，并且脱掉了上衣。晒够了正面晒背面，想把一路上窝在船舱里的湿气霉气统统晒光。一身白嫩的皮肤早就泛起了红色，有点刺痛又有点痒。那木忍耐着，看着右臂上的疤瘌一点点爆裂，脱落。新露出来的嫩肉与已经晒红的老皮形成鲜明的对比，像是斑驳的树荫一般印在胳膊上。

乘小艇出去的领头的回来了，同时又带回来两个日本人。

带回来的两个日本人西装革履，很有派头，都是胖墩墩的身材，其中一个留着八字胡，一个下巴刮得光光的。船上的日本人对他俩非常恭敬。在领头的介绍下，八字胡和光下巴查看了船上所有的中国人，像牲口场上检验牲口一样，有时还用手指戳一戳那木他们的后背或腹部。

八字胡露出专业的评判式口吻道：“这些人太瘦了，干不了活，只会白白浪费米饭。”

“价钱好商量，反正都是从安东带过来的，除了路上的吃喝钱，没有太多成本。您再仔细看看，真的没有商量的余地吗？”

光下巴有些不耐烦地道：“我们矿上昨天刚刚买了一批人，也是从中国运过来的，价钱低，人长得壮。你们路途中对他们不能太苛刻啊！自己家的羊，瘦了卖不出去这个道理要懂得。”

“是是是，是是是，路上遇到些大风浪，耽误了行程，再说，这是第一次做这个买卖，没有经验，请您多指教。”

八字胡果断地道：“我们走了。以后有机会再合作。”

光下巴似乎为了给小山广文面子，特意强调地道：“要不是广文君非要介绍你们来，我们矿主是不允许随便买卖中国人当矿工的。这里面的事太麻烦，你们明白吗？”

“是是是，多谢，多谢！”

八字胡突然留意到那木，用手指了一下，问道：“那个中国人，带过来！”

朝鲜人赶忙过去，用棒子捅了捅那木的后背，示意那木过去。

那木一惊，可能是面由心生，自己一直听着他们的谈话露了马脚，让他们觉察到什么吗？

那木挪到八字胡面前，故意表现得傻呆呆。

八字胡指着那木对光下巴问询：“你看要不把这个带上？骨架很大，养几天会很壮。既然是广文君推荐的，一个都不要，是不是让他没面子？”

光下巴看了看那木，突然一把抓住那木的右胳膊，抬到眼前仔细看。那木以为他在看胳膊上刚刚脱去疤瘌的疤痕。谁知他抓着右胳膊，用手细细地摸了摸那木的手心。很快，光下巴甩开那木的胳膊，对八字胡说道：“白送也不要，他不是干活的人。”

那木的手是柔软细腻的，这确实瞒不了人。

那木猜测他们嘴里的广文君是不是小山广文？如果是，自己遭难到此也就并不是什么偶然了。

还是那两个日本人送八字胡和光下巴离开。

船上剩下的日本人都没了精神。

可能是那两个外来日本人的话起了作用，晚饭的时候，那木又吃了一顿米饭。

天黑的时候，全体中国人又被赶进了船舱。

可能是在外面呼吸了一天的好空气，船舱里的味道让那木再次大脑缺氧。

接下来的几天中，那木他们像是家养的鸡鸭鹅一般，白天被放出来在甲板上放风，晚上的时候再被赶进船舱。

心急吃不了热豆腐，这些日本浪人越是急于将那木他们出手，越是没人问津。来过几拨儿人，都是同一个看法：人太瘦，不能干活，养着又费钱。可再怎么样毕竟也是人呀，总不能白白送给他们。

那木开始可怜这伙绑架他的日本浪人了，不过是一群乌合之众，不知受了谁的唆使就仓促上阵，妄想通过在战争的夹缝中做人贩子成为人生的大冒险家。

生意人的规则里有句话叫“杀头的生意有人做，赔本的买卖无人问”。他们把中国人当成是无本生利的原材料，谁知，因为太过于舍不得成本投入，反而开始越来越赔本直至现在砸在手里。

几个日本人垂头丧气地商量了一大通，决定继续沿途叫卖。大和民族不屈的精神得到了发扬，于是那木他们又起航了。

船上的日本人分成南下派和北上派，双方争得不可开交。当夜，一阵南风袭来，船只借着风势一路向北漂去。人力无法解决的事情，靠着天时才能处理得干脆。

后来，那木才知道，他们停靠的港湾是鹿儿岛港。如果当时被带到岛上的矿里，人生肯定就走向了另外一个方向。当时，鹿儿岛的大多矿场里，都是从中国运过来的劳工，他们九死一生，荒山埋枯骨，做了异乡游魂。如果船只南下，则又会是另外一番人生际遇。

越往北去，天气越冷。海上的冷又与陆地上不同，风刮起来没完，又毫无遮挡。船上的条件越来越艰苦，当初主张南下的几个人抱怨说，早就料到会这样，才不同意的。可现在说什么都晚了。一路上经受的磨难让这些中国劳力看起来都是摇摇晃晃的骷髅，尽管为了让他们看起来像人样一些而尽可能地增加了补养，可非但没有如日本浪人预期的长胖一些，反而更加瘦削。那木他们的不争气让日本人的脸色越来越难看！没有赚到一分钱，反而倒搭了这么多日的伙食，这生意可赔大了。

那木他们虽然看起来瘦削，但比先前要有力了些，这是适者生存的主动进化。每天除了三分钟的放风时间，那木他们开始得以有更多的工作要做。清理船舱，做饭，每到港口在日本人的监视下去搬运食物、淡水等等。每当这个时候，日本人的怒气就更胜一筹，他们嘴里骂骂咧咧，不外乎是在抱怨这些支那猪光吃不做，眼看要被这些支那猪拖累死了。

这些日本浪人第一次出手就不顺利，至少暂时不会再去中国冒险。当初走上这条发财致富之路，完全是听从了一些人的小道消息，说这比一本万利的生意还好，因为中国人是不用钱的，所以这个生意可以说是无本生利，只要你手里有中国劳力，销路不成问题。可生意场上的规矩历来如此，没有关系就没有销路，那些大矿主不是随便从谁的手里都买人的。小山广文替他们介绍的所谓关系户，当然也就靠不住。

那木经常听到这几个日本人翻来覆去议论这些事，支那猪这样，支那猪那样。

因为支那猪这个词，那木与小山广文一顿恶战。现在，听起来已经不那么刺耳了。

那木不再肝火旺盛，也不再心存幻想，把愤怒和仇恨混合起求生的欲望深深地植入血脉，支撑着他一天天前行。总有一天，这些耻辱都会像结在皮肤上的疤瘌一样自然地脱落。那木这样想，不知是过于倔强而赌的气还是过于天真而生出的幻想。中华民族身上的疤，如果不是靠几代人的勇气和斗志，恐怕是无法自然脱落了……

十一

船上的伙食越来越差，身体没有足够的热量来源，只能燃烧仅剩的肌肉和脂肪，等唯一的一点肌肉和脂肪也被消耗掉，船上的人恐怕就都成了自制的木乃伊。越是这样越是让这些日本浪人懊恼，他们把霉运都归罪在这一船中国人身上，为了发泄，不时拳打脚踢，或者以克扣伙食为惩罚手段。这样就形成了恶性循环，日本浪人越是这样对待那木他们，就越难以将他们卖出去，越卖不出去，日本浪人们就越焦急愤怒！

那木意识到如果不能被顺利卖出去的话，恐怕无法在海上活着度过这个冬天。所以，当在又一个港口抛锚的时候，那木准备按照密谋的计划逃跑。这是在船上的近两个月时间，那木渐渐形成的冒险计划。

他们的船仍然不能顺利入港，只能在远处抛锚。这给他的逃跑计划增加了难度。

夜晚的港口更加平静，一股暖流覆盖了港口上空。从颠簸的海面上窝到平静的港湾里，整个船舱都暖了起来。

为了明天早上的逃跑计划，那木强迫自己早早睡下，内心的激动和犹豫让他费了一些时辰，不知何时，他开始进入了梦里。即使是在如此险恶的旅途中，梦中仍会给人留有一丝美好的幻想空间。既是对美好的向往，也是对无奈现实的逃避。

梦中，那木回到了下雪的安东县，一股湿漉漉的气流裹挟着片片雪花打着旋儿在身前身后转悠。风住了，雪却愈加大了起来。远处的鸭绿江上空在乌云的遮蔽映衬下，呈现出淤青般蒙蒙的一片雪幕。

那老太爷的背影是那么高大，印在雪地上的脚印也是如此的深厚，幼年的那木竭力迈着大步，将自己的小脚踩进祖父的大脚印中。

一步一步，跟着祖父的脚印，那木在铺满厚厚白雪的路上前行。

和以往的梦不同，这个梦让那木获得了莫大的安宁，他宁愿睡在这梦里不再醒来。

等那木醒来的时候，他一时分辨不清自己到底是在梦里还是在现实。飘飘洒洒的雪下个不停，落了他一身，身边的人都用惊喜的眼神看着他，嘴里嘁嘁喳喳地说个不停。

那木沉浸在梦中，猛然想起自己的逃跑计划，一下站了起来。正在这时，日本浪人中领头的带着两个穿着皮大衣的人走过来。

“看哪看哪，我说的不会错，我也不会说谎的。这个家伙死过好几次，但都在关键时刻活了过来。是不是？”领头的为了表白自己说的是实话，用胳膊肘用力拐了那木的胳膊一下。

那木被撞得趔趄到一边，仍有些呆呆地发愣。也许是因为瘦弱，也许是因为在船上的日子习惯了晃晃悠悠的走路模式，那木站在一边，一时半会儿没有停止身体的摇晃。

晃了一阵儿之后，那木终于清醒了，这不是船上，这是陆地，他的双脚正踏在陆地上！

清醒后的第一感觉就是冷，一阵寒气迅速涌上全身。这不是安东县的雪，自己也不是童年的那木。

这是港口的码头上，那木他们终于被主顾相中了。只是在价钱上还有些谈不拢。日本浪人既害怕要得多了把主顾要跑，又不愿费这么大的力只混个吃喝钱，只好跟在皮大衣后面苦苦哀求。

那木想，这已经不是在做生意，而是在恳求施舍了。只是，生意人的规则无外乎是一定要先把钱赚到口袋里再决定怎么掏出去，他们又岂会对生意对手有软弱的慈悲心肠呢？更何况，生意场上的谈判从来都是斤斤计较，没有人会放弃明摆着的利益。皮大衣已经看准了这些浪人的心思，所以再不肯多加一分钱。

领头的拉着那木，像为了博得同情而拉着孩子乞讨的妇女一样，呜咽着对皮大衣反复说道：“行行好，再加点钱吧！一个人还不值一捆萝卜吗？”

最终，因为又添上了一个活过来的那木，皮大衣最后沉着脸说再加五百元，不许再有说辞，否则，一个都不要。

就这样，那木他们被卖了出去。那木的逃跑计划，因为一个温暖的梦而作罢。

终于踏上陆地，腿是软的，地上也像铺满了棉花。那木他们身着单衣单裤，可心里都带有些许的小温暖，在下雪天的独特静谧中被拉到了一个小型牧场。

牧场主就是刚才的两个皮大衣，俩人是亲兄弟。这俩人有着独到的生意人的眼光。他们把那木他们当成了清仓大甩卖时淘到的物美价廉货。两个人的牧场有吃不完的东西，正好可以当作饲料来喂养这些营养不良的人，等到他们吃上几顿饱饭，养得变回人样，再将他们出手是再简单不过的事。

北海道太大了，有待开发的地方也太多了，需要人手的地方更是多得数不清，而这一船人又是从中国的安东县运来的，据说那个地方与北海道挺相似的，这些人因此不会因为环境差异而水土不服。种种因素证明，兄弟俩这次的买卖稳赚不赔。

那木他们是在北海道的函馆港口被卖掉的。

走在去牧场的路上，为了让身体热起来，那木他们几乎是一路小跑着跟在皮大衣的后面。

在感情上，那木对函馆应该是不陌生的，他甚至想起自己曾跟祖父来过。只是世事变迁，自己童年眼中的函馆港口和现在的完全不一样。一切都要从长计议，绝不能功亏一篑。

函馆是北海道历史最悠久的城市，1741 年被辟为港口，1859 年与横滨和长崎一同成为日本最早开港的国际贸易港，因之，在北海道的城市中，函馆更早接触西洋文化，也更具国际色彩。

函馆是日本本州岛前往北海道的必经之地，地理位置上更是有着不可或缺的重要性。函馆与北海道是同时易名的，可以说北海道的全面开发就是从函馆开始的。

以前的北海道不叫北海道，称虾夷地；以前的函馆也不叫函馆，称箱馆。在北海道还被称为虾夷地函馆还叫箱馆的时候，这片土地上的主人也不是大和民族，而是一直居住在这里的阿伊努人。

北海道之所以被称为虾夷地完全是因为日本古代称阿伊努人为“虾夷”。并根据其地理分布分为东虾夷、西虾夷、渡岛虾夷、渡觉虾夷等。“虾夷”一词带有贬义，直译是“毛人”“囚俘”“蕃人”的意思。

北海道是阿伊努人的故乡。阿伊努人最早的历史可追溯至石器时代。

北海道有广袤的原始森林和平原，周围被浩瀚的大海包围，自然的环境造就了阿伊努人靠山吃山靠水吃水的原始渔猎生活，也造就了他们纯净无瑕的信仰。“万物有灵和多神”是阿伊努人在长期的生活中积累下来的共识，因此，每年都举行隆重的“熊祭”和“鲑祭”仪式，以此告慰万物的在天之灵。

阿伊努人不仅在体貌上有别于大和民族，更有自己独特的语言和文化。阿伊努语是一种独立的语言，世界上除阿伊努人以外，只有爱斯基摩人和美国印第安人使用这种语言。

日本东北部的地名，许多来源于阿伊努语。如“札幌”原意为“大的河谷”，“小樽”原意为“砂川”，“名寄”原意为“乌鸦出没的城市”，“乌斯克斯”原意为“湾岸的尽头”等等。

丰富的森林物产资源让大和民族如获至宝，在经历了长达几个世纪的血腥掠夺之后，历史转弯到了明治时期，资本主义在日本发育，急于向外扩张的日本对阿伊努人的掠夺更是达到了顶峰。而这个时候的阿伊努人基本上已失去了他们的生存空间。

其实，促使日本政府加强对北海道的开发，除了日本对资源的急需，另一目的在于防备俄国。自江户时代起，俄罗斯人经常出入日本北部的边境，1859 年，俄国就派遣传教士到北海道，建立教会，属于君士坦丁堡式的希腊正教教会，也在那时被建立起来。

1869 年，明治天皇迁都江户，并将新都改名为东京。同年，在没有任何正式协商的情况下，阿伊努人所居住的“虾夷”被正式纳入日本的行政范围内，同时也被改名为“北海道”。次年，现代的户口登记制度在北海道正式实行，所有的阿伊努人从此都成了日本人。此后，日本政府无条件没收阿伊努人的土地，并将这些土地分发给新迁入的“和人”，以便鼓励这些新移民对北海道的开拓工作。过了没多久，北海道的人口就超过了一百万人，原来的主人阿伊努人则成了做客北海道的穷亲戚。

明治时期的日本政府，对阿伊努人进行种种的同化，阿伊努民族长期以来的生活习惯和文化信仰都受到官方的禁止。打着阿伊努人是野蛮落后的“旧土人”的旗号，为了让日本政府的强权统治更加名正言顺合法化，明治三十二年（1899），日本政府制定“北海道旧土人保护法”，算上附则的两条，此法共十三条。

除去附则中的第十二条标明此法律的施行日期外，在余下的十二条中，日本政府将救济阿伊努人和传授农业知识作为障眼法，实则行使的是让阿伊努人毫无自主权的不公平法律条例。

从函馆港口被卖掉，又落脚在港口附近的牧场里，吃了几顿饱饭之后，那木想起了函馆和北海道的前因后果。想到了这些前世来生的勾连，那木就想到了一个更为稳妥的逃生自救方法，比起在船上想借每天放风三分钟故意跌落进海里获得求生，他现在的方法更为靠谱。而且，他甚至涌起一种隐隐的英雄救世的豪气，这个办法，他可以将所有被拐卖的中国人解救。

据那木所知，光绪十八年（1892）清政府在函馆开设了中国领事馆，因发动甲午战争，第一任领事黄书霖离任回国。民国七年（1918）中国驻横滨总领事馆在函馆设立了办事处，凌曼寿领事在此负责有关工作。

那木想到的好方法是向中国驻函馆领事馆求助。这想法虽好，只是因为他不知道“九·一八事变”的发生。此时的中国驻函馆领事馆处于关门歇业状态，领事也自然是离任回国了。

但那木怀着这样美好的想法，一天天恢复着体力与脑力。

牧场的生活其实并不如他们现在享受的这般美好，但牧场主的别有他图让那木他们暂时过了一阵子可算上安逸的生活。

牧场里养了五十头奶牛，十五匹品种不同的日本本土马，还有四十三只梅花鹿。那木他们得以每天都有牛奶喝。

鸡鸭鹅原来用木栅栏圈在固定的一片菜地里，冬天则被赶到了马厩边上的简易木屋里，木屋的顶端用油毡布蒙着，遮风挡雪，很适合它们生存。本来在冬天的寒冷季节里，鸡鸭鹅是不下蛋的，可能是改变了它们的生存环境，相比较少量的鸭蛋、鹅蛋，鸡蛋虽然偏多一些，但也只能够几个人吃，牧场里一下多出二十人，只好把蛋当作配菜来供应。

那木大体估量这个牧场跟自家林场差不多大，只能算是一个小牧场，但四周却养着二十多条猎狗，看护着牧场的牲畜，也看守着那木他们。

其实那木看到的只是牧场的一部分。北海道传统的牧场大多只饲养牲畜，但此时的北海道农业已经形成了一种多元化的有利循环结构，除了饲养牲畜，还有大片的农田。

明治初期，最初为了开拓北海道，日本政府聘用了美国的克拉克博士等人，在他们的先进农业思想指导下，坚持进行寒带旱田农业生产的研究，传统的农业逐渐向新型农业转变，这一系列的措施为北海道的大农业奠定了不一样的基础。因为成绩瞩目，克拉克博士在1876年更是被札幌农学校聘任为教官，虽说是教官，但却是学校的实际负责人。

从明治时期至今，北海道在几代人的奋勇开拓之下，已经大变了样儿。

北海道，朝鲜半岛，琉球群岛，台湾岛，这些被大和民族侵占的地方，又有哪里不大变样呢?

按照日本人的设想，所到之处语言文化习俗必须改变，为了使侵占当地人的权益合理合法化，只好用冠冕堂皇的自制法律条文来进行无理约束。这些明晃晃的侵略行径无一不是在喊着开拓进取传播文明的高贵口号下进行的。

那木想到了安东县，进而又想到了中国。日本人的触角已经遍布了安东县，随着南满铁路的修建和完善，日本人在中国取得了更多的权益。

以本州岛为心脏，日本政府像吸血的机器一样，源源不断地从周边吸取着大量的能源。

看看那些已经像蚂蚁一样的日本人涌上中国的大地，那木的身上不禁一阵瘙痒。因为中国的国土之大，让日本人有心吞象无力快速消化，他们只好采取蚕食的策略。这是一种渗透式的侵略。

北海道，朝鲜半岛，琉球群岛，台湾岛，这些地方已经在潜移默化中成为了日本人自家的房前屋后，那么，下一个目标，会是哪里呢?

出于心理作用，那木再不愿多想。有些事，有些人，不能想，一想就痛苦难耐。

十二

那木他们被分成三队，一队人跟着饲养奶牛的工人，一队人跟着饲养土马的工人，另外一队人则跟着饲养梅花鹿的工人。因为奶牛数量最多，需要人手也多，梅花鹿是牧场中最精贵的物种，需要最精心的饲养，被分派去的人手也不少，只有本土马的饲养不被重视，竟然只派了那木一个人。

皮大衣的理由是，那木高大强壮，一个顶十个。这个理由无非是说给土马饲养员田下四十八听的。但显然田下并不在意，他不知是说给牧场主听，还是自己逞强地道："我一个人不也把孩子们照顾得很好吗?！"

田下将那些他负责饲养的本土马称为孩子们，让那木对他产生了不一般的兴趣。

田下看起来六十多岁的样子，但头脑和身体同样敏捷。由于常常自言自语，看起来似乎很怪癖，别的工人都不太愿意搭理他。

那木开始认为跟奶牛和梅花鹿相比，日本本土马不值钱，所以田下做为饲养员也得不到牧场主的尊重和重视。但在田下的自言自语嘀嘀咕咕中，那木觉得不是因为马的问题，而是因为田下与皮大衣之间另有矛盾和分歧才受到打击和排挤的。至于仍然不得不雇用田下，肯定是另有隐情。

虽然田下被加派了那木这个人手，但他仍然喜欢亲力亲为，因为他根本就信不过任何人来照顾他的孩子们。最主要的是田下的急性子让他看不惯那木的一切行为，那木经常被他劈头盖脸一顿训斥。每次都用手指戳着那木的脑门，恨那木听不懂，恨那木不知道他的孩子们想要什么。

有好几次，那木想告诉田下，他听得懂，希望他教他，但犹豫了几次也没能张嘴。出于一种隐隐的自保情结，那木刻意隐瞒了自己懂日文的事。和别人的真不懂比起来，他看起来难免有些不同之处。

田下并不刻意教导那木什么，但他对马儿们的态度深深影响了那木。

田下对马儿们确实就像是对孩子一样，甚至照料得比孩子还细致。

那木跟在田下身边，学着怎样拌饲料，怎样清理马粪，怎样给马儿们搞卫生，如何通过观察马的一举一动来判断马的需求。

渐渐地，那木也摸出了一些门道儿。他发现，动物们的语言是固定的，表达需求时也很直接，这比跟人打交道容易得多。那木突然明白，田下并不是疯癫的呓语，而是在跟马儿们交流。

临近新年的一天，田下被通知去札幌的一个大牧场聚会。他的十五个孩子们就只好委托给那木，并说好一天半就回来。

前一晚，田下已将所有注意事项一个劲儿地对那木重复讲过，他期望那木能够在重复中领悟自己的意思。至于能领悟多少，他心里实在没底。

早上天还没亮，田下帮那木将马厩打扫干净，将马匹们的清洁喂食工作做完，自己才匆匆吃了口早饭出发。

日本本土马总共有八种：木曾马、野间马、北海道和种马、对州马、与那国马、宫古马、托加拉马、御崎马。田下负责饲养的这十五匹马都是统一的一个马种——木曾马。

木曾马是日本本土马种中最优良的品种。它不易生病，不挑食，而且容易受胎怀孕，每年都可以产一匹马驹，能够在恶劣的环境中生存下去，因之也成为日本战国时代武田家骑兵的主要战马。

明治维新时期，日本开始引进洋马进行马种改良，培育出了东洋大马。随着东洋大马的培育成功，逐渐取代了这些日本本土马。经过了几十年的杂交和新式培育，大部分的人甚至将东洋大马当作了日本的国马，而当初那些著名的马儿们，却渐渐地不再被提起，甚至被人遗忘。

那木觉得，木曾马跟蒙古马无论是从长相还是性情都很像，至少应该是远房亲戚。两种马都是短小精悍的体格、极强的生命力。都是既能家用又能作战的多用型。如果真要论实用性，还是这些适合粗养的本土马胜出，这跟那些赛马用的观赏马完全不同。

田下走了之后，就开始下雪，从早到晚雪势越来越大。那木开始担心田下能不能如期回来。好在这十五个孩子够省心，那木按照往常喂了它们，又给它们刷了毛清理了蹄子。

奶牛、马和梅花鹿都被划分在不同的区域，中间隔着各自的饲养员的住宅及工具间等。

因为只有十五匹马，马的饲养区最小。因为饲养员只有田下和后来加入的那木，俩人是跟工具住在一起的。

午夜的时候，那木听到一阵异乎寻常的狗叫声。

声音离得很近，那木断定肯定是马厩里出了什么事情，套上衣服抓起一把扫雪用的木制雪锹，那木没来得及穿鞋就跑了出去。

大雪已经停了。

被风旋起来的地方能有一米多深，浅的地方也达到了那木的膝盖上面。

那木尽量抬高腿才能走得快些，马厩边，一盏马灯晃来晃去，几只狗被拴在柱子上，就是这些狗发出的叫声引起周围的猎狗也跟着叫起来。

“站住！什么人？”

还没等那木靠近，马灯的光射过来，并有人用日语高声喊。

“是饲养员。”

那木听得出这是牧场主哥哥的声音。

“田下不是去札幌了吗？”牧场主弟弟有些吃惊地问。

“是新来的中国人。”

那木站在原地静静地听了一会儿，之后再次将腿从雪地里拔出来，一步步向马厩走去。

那木看着牧场主兄弟，他们站在马厩外面，里面有人在相马。

牧场主兄弟并不在意那木，只等里面的人出来。

这是一场特殊的交易。如果田下没有去札幌，牧场主兄弟的卖马行为就会被阻止。可现在，那木总觉得自己该做点什么。尤其是听了买马的人与牧场主兄弟一里一外的对话之后。

“田下守着这些土马有什么用？别说他这几匹，就是整个北海道，整个日本还有几匹？真是老顽固！这种劣等马早就应该斩尽杀绝！喂！田下那老家伙这回可该跟你没完没了了！”

“看在他是当初跟我爸爸的老人，才不跟他一般见识，否则，早就把他轰出牧场了。”

“都看好了，总共十五匹，反正买回去也只是用来吃肉，做不得别的用途。没什么好仔细检查的。又不是买种马，哈哈哈……”

“你小子，就能干这缺德事，这次可不要用马肉冒充牛肉了。”

“有什么关系？就算不冒充也有大批的人买，关帝庙附近的中国人什么肉都吃……”

这一番话，让那木反胃。他终于明白皮大衣跟田下真正的矛盾所在了。明白了这些，那木觉得田下有些可怜。若他回来看到自己的孩子不见了，而且是被人拉去杀掉成为案板上的肉，该是怎样的心情？况且，那十五匹马中，有六匹已经怀孕，来年春天就要下驹了。

那木走到皮大衣身边，用手在肚皮上比比划划地表明道：“已经怀孕了，明年春天就要产崽儿，六匹，有六匹！”

牧场主兄弟看着那木，听不太懂，但通过那木的手势还是明白了。

“不要多事，一匹也不留。留下来，田下那老家伙肯定又得继续做他的繁殖梦！”

“对，腾出地方，正好多多培育梅花鹿。就是多养几头奶牛也比这个赚钱。”

俩皮大衣怒瞪那木，摆明了是一种威胁。

那木不想跟他们硬来，况且鸡蛋碰石头的事做了又有什么意义呢！可一想到田下回来时的情景，那木也跟着心酸。虽然他跟这些马儿相处的时间不长，可终究也是有了感情的，更何况这种感情包含着对不能言语不能自主决定命运的生物的怜悯。那木甚至联想到了自己，一种愤怒陡然赶走了自怜的悲凉之感。

“住手！”那木冲进马厩。他想到，跟皮大衣商量这件事无异于火上浇油，既然如此不如釜底抽薪能解决问题。

“这六匹来年春天就要产崽儿，到时一匹变成两匹，而现在如果杀掉就只能买两匹赔一匹，就是什么都吃的中国人也不会吃死于腹中的胎马呀！”那木的日文不仅流利，而且语法用的比日本人还规范。这让全场的人都震惊了。

牧场主兄弟好半天没有说出话来。

买马的人用手撸掉头上的狗皮帽子，呼着哈气看那木。

那木用手中的木锹将门口的雪往外推了推，眼神中露出一种主人的气势。事实上，田下不在，那木理所当然成了这些马儿的主人。

买马的人疑惑地道：“你是哪里人？怎么知道中国人什么都吃？”

那木回道：“我是中国人，所以你大可相信我说的话。”

牧场主兄弟不知如何应对这个局面，凑过来，仔细打量那木。

因为没有穿鞋，那木光着的脚冻得通红，沾着的雪很快在脚面上融化，凝成一滴滴水珠。那木的脸色在月光、雪光和灯光的多面照耀下，因为过度激动呈现多种不同的颜色。

木曾马的矮小配合日本人的矮小，愈加衬托得那木的高大。

函馆的国际色彩表现在，它既有中华会馆，也就是买马人提到的关帝庙，也有美国人的补给基地，更有俄罗斯人的教会，同时荷兰人也在石狩平原划分了一小片作为种植基地……

这些牧场主和马贩子与外国人多有打交道，并不陌生，但那木是被贩卖来的奴隶，又说得一口流利的日文，此外居然讲起话来头头是道，让他们大感吃惊之余，不免对中国人也另眼相看！

那木成功留下了那六匹怀孕的马。

后半夜，那木一直没再入睡，耳朵里时断时续传来轻微的狗叫声。每次，那木都会拿着木锹跑出去。这样往返了几次之后，那木索性不再躺下，穿上衣服拿着雪锹出去扫雪。

等到天蒙蒙亮的时候，整个马区的雪，那木已经扫了大半。贴身的衣服湿透了，那木回去烧热水，开始准备马儿们的早饭。六匹马也得享受十五匹马的待遇，只能算是一种补偿吧！

那木拌好了草料，端到马厩旁准备喂马。木曾马大概在一米二三左右，那木站在它们面前，好像是在喂猪一般。

刚好喂完，牧场主哥哥披着皮大衣走了过来。

皮大衣摆出主人的口吻，让那木去梅花鹿饲养区，说这里交给田下一个人就行了。

那木看也没看皮大衣一眼，没有犹豫地回答道："这几匹马就要生崽儿了，等到它们生了崽儿，全都卖出去，派我去哪里都行。"

皮大衣想不出别的理由，只告诉那木道："别跟了田下几天，小小年纪就染上他那老古板的脾性，养了几天的马你就舍不得，照那样说来，我养了这么多天的你们，到时候也不舍得出手了吗？"

皮大衣耸了耸肩膀，防止衣服滑下去。看了一圈那木的工作，脸上还是露出满意的神色。

那木用给马拌饲料剩下的热水洗了澡，匆匆赶去饭堂吃饭。饭堂是每天能够跟同船被卖到这里的中国人见面的唯一机会。可大家不能交流，互相之间什么信息都不能互通。

吃了早饭之后，除了固定的照顾动物的日常生活之外，今天还有艰巨的除雪活动。

木曾马不那么娇贵，每天只需三次喂食，晚上加一次料就行了。那木一个人还是忙得溜溜转，仿佛喂完了这顿就在准备下一顿。等到空闲的时间还要将剩余的一半积雪清理干净。

闲下来的时候，天早就黑透了。田下仍没有回来。

那木想象田下回来会怎样反应，心里不免有些忐忑。

这十五匹马，田下都给起了名字。开始的几天，那木根本分不清哪匹是哪匹。现在，有三匹叫得上名字的昨晚被拉走了。

今天晚上还在一个槽子里吃草，没等到下一个天明就已经生死相隔。马是如此，人不也是一样吗？很多渊源颇深的人以为会永远见面，谁知在下一个路口就再也见不到。万物有灵，万物都有各自的命运，并非是人的专属。

经历了昨晚的一场闹腾外加一整天的劳动，那木睡得很熟。等到他意识到寒气袭人的时候，猛然抬头，竟然看到了盘腿冲门口坐着的田下。拉门敞开着，伴随着清冷的夜风，月光倾泻而入。

那木从被窝里爬起来，一时不知该怎样跟田下搭腔。那木知道，田下肯定早就去马厩里看过了，也早就猜到了事情的真相，否则他不会这样坐着。

那木想了想，又趴进了被窝里，等待田下先说些什么。

自此以后，田下再也没有说过话。不再指责那木的笨手笨脚，也没有了一贯的自言自语。

那木开始担心起田下，故意找话跟他搭讪，并且讲起自己为何开始不敢说日文，又讲起是如何在海上漂流，又讲自己在海上是如何的受磨难，连拉屎撒尿都要受到管制等等，可田下好像没有反应一样，一点也不接茬。那木想，皮大衣的话成真了，跟田下相处久了，自己竟真的变成了疯疯癫癫自说自话的人。可那木心里清楚，他这样做无非是为了让田下开口说话。

剩下的六匹马相继产崽儿，田下似乎心情好了些。

看到那些刚生下来就拼命站起来，用颤抖的腿练习奔跑的小马驹，那木意识到动物的生存环境比人要残酷得多，所以才进化成它们生下来争分夺秒的奔跑本能。人呢？人一生下来受到了太多的保护，太多的照顾，以至于推迟了奔跑的时间，等到后面的豺狼虎豹追上来，身边的保护伞又都已经凋零。这个时候再靠自己跑出一条活路，比一出生就开始锻炼的动物难上加难！

田下疯了的消息，是那木告诉牧场主兄弟的。

“田下已经亲手将六匹母马和六匹小马驹杀死了。他疯了。”那木如此简单地说道。当时的神情过于冷静，显得无异于平常。以至于后来这让牧场主兄弟以为那木也疯了。事实上，那木不是疯，而是觉得这不是真实的，这肯定是一个梦魇。

等到牧场主兄弟赶来看田下的时候，他正不紧不慢地将刀擦干净，解下身上溅满血迹的围裙，两眼射出有别于平常人的奇异的光。

六匹马的尸体堆在一边，每匹马身边都躺着一匹小马驹，那是它们各自的孩子。每匹马的脖子上都只有一个窟窿，仍然残留着余下的血迹。

这是典型的一刀毙命。

宰马没有流太多的血，是因为田下切断的是马的喉管而不是血管。随着不能呼吸，马很快因缺氧而死，如果是切断血管，马遭受的痛苦将持续很长时间，再快的血流量也不能一下让马处于死亡的境地。

田下不仅是出色的饲养员，也是出色的屠宰手！

皮大衣兄弟看了，印证了田下疯了的事实，然后就派人来将这些马的尸体运走了。

雪地上留下了宰马的痕迹，星星点点的血迹像梅花一样铺在白雪地上，大片一点的血迹则像晕染的粗布。

那木没有清理这些痕迹，他要靠这些痕迹来印证这不是梦魇，事情真的发生过。

田下搬出了一个工具箱，打开看时，里面竟是一些书和笔记。大都已经泛黄，上面还粘着陈年的饭粒。

“这些都给你吧！”田下终于开口说话。

那木坐在工具箱前，一边看着田下翻弄，一边让自己木木的脑袋恢复知觉。

“我早就料到会有这么一天，谁知说来就来……”

田下对那木讲了很多。恍惚的错觉中，那木以为是祖父那老太爷又在给他讲解什么。田下终于开口，不过却成了最后一次。

十三

田下的出色宰马技术是在幼年时跟随祖父、父亲摸索出来的。

以前的日本，并没有什么东洋大马。本土马的饲养也完全是为了农业生产和交通运输的需求。

随着战争的不断升级，日本对马的需求也产生了大变动。随之而来的马种改良则成了与政治、经济、文化相关联的产业。

1862 年居住在横滨的外国人最先将赛马运动引入日本，八年以后，日本人自己的第一次赛马活动在东京举行（明治三年）。1877 年，日本第一家马匹养殖机构——三田育种场成立，标志着繁育优良资质马匹新时期的到来，同时也标志着体育运动和娱乐渐渐成为马业的主导。

1923 年，日本第一部赛马法颁布实施，全国有十一个赛马俱乐部发展现代工业化的赛马活动，并将赛马业中的育马环节视为重点，马匹生产者的利益高于赛马施行者。

这一法典的颁布，给养马者带来更多的权利和效益，并让他们产生了为之疯狂的举动。

育种场为了保证马匹的“纯血”，极力地剔除掉那些劣等的马种。为此，曾发起过一股血腥的斩尽杀绝活动。

那时，田下还是十三四岁的少年，每天都要看到祖父和父亲杀死几十匹本土马。因为需要循环利用这些杀死的马，每匹马都是流尽了最后一滴血而死的，马皮用来制鞋、做衣服，马肉用来吃，还可以提炼马油。

田下说，开始的时候，他觉得自己出的汗都是马血的味道。后来麻木了，他并不恐惧也不反感，甚至闻不到血腥的马血味儿就有一种奇怪的想一头扎进马血湖中的念头。

可是，一件事彻底改变了他的这种麻木。那是他第一次杀死一匹小马驹，可能是因为兴奋，也可能是因为宰杀耗费了太多的力气，田下在马厩的食槽里睡着了。

梦中，田下变成了一匹小马驹，他被人追杀着，奔逃着，最后还是难逃一死，只是，那死亡的感觉太难受了，血一滴滴流着，再怎么挣扎也没有用。田下在痛苦的窒息中醒过来，他闻到自己口腔中从内往外散发的腥臭之气，也完全体会到了死是何种的滋味。

田下从此成了一个本土马的守护者。

他觉得，在死亡面前，无论是低贱的物种还是高贵的物种，痛苦都是一样的。既然如此，他们也应该有同等的生存权利。

那些疯狂的育种者，为了满足自己的私欲才蛮横地切断了日本本土马的生存权。

为了人类自私的设想，所谓的利益和战争的需要，“纯血”良种马成了终极追求目标，可他们忘记了，纯真的、原始的这些，才能代表纯粹的人和时代，而那些变异了的、被人为扭曲了的，只能代表这个时代的魔鬼。

田下抱着这样的思想与这个时代抗争了五十年，可他失败了。

那木能够明白田下的痛苦。这个没有谁了解的老者，内心是何等的丰富，思想又是何等的深邃，但在跟血腥与杀戮的抗争中，还是一败涂地。他不得不亲手结果那几匹残存的马，包括那几匹刚刚看到新世界的小马驹。

那木把田下的举动理解成是一种了结，准确讲应该是一种祭祀。

给那木留下一箱书，又留下这一番话之后，田下倒头睡下了。

田下的笔记并不工整，七零八落的手写体，那木看得很是费力。听到田下的鼾声响起，那木才将笔记放回工具箱。他扯过被子裹在身上，努力睡去，只是白天田下宰马的镜头在他的脑海中一闪一闪，映得他浑身一惊一跳。

那木似睡非睡不知是醒着还是在梦里，又闻到了一股浓重的血腥味儿。这股味道令他在一阵干呕中醒来。那木的手触摸到了温热的黏糊糊的液体，借着窗外射进来的月光，那木看到粘在手上的是血！

隔着被褥旁边的一摊血，是跪坐着的田下。

那木从被窝里跳起来，惊慌失措地躲离田下。靠在拉门上，那木的心像装在肚子里的弹簧一样不断伸缩着，每一次弹跳都充满了力度，似乎再加大一点就要冲破胸腔而出。

田下还没有死透，是因为他要为所有本土马的生灵祈祷。他现在只是进行了切腹的第一步划开了肚子，还没有进行致命的第二刀。

田下的目光让那木安静下来。

那木顺势在拉门旁跪下来。面对着田下，他不知说什么。是求田下快快结束痛苦，还是说他实在太傻，何必要这样做?

如果不快些进行第二刀，再这样下去，田下会在别人无法想象的痛苦中因失血过多而死。

田下的声音已经很弱，但却字句清晰地对那木道："任何人都没有随意剥夺别人生存权的权利。大日本帝国会为此付出代价！"

那木的声音透着沙哑："我明白。"

田下竭力提高了声音，仍像往日训斥那木一样道："你不明白！"

那木有些委屈，大声地回道："我明白！"

"如果真的明白，以后，你要不惜一切代价活下去！活下去，才有抗争的机会，活下去，才有主宰的资格！这个世界如此现实、残酷，无论何种死法，都是懦弱的！"田下一边说着，一边双臂用力，带动紧握刀柄的手进行第二刀。

田下做完了一系列动作，禁闭双唇，用准备好的布将刀擦干净放到一边，露出一个诡秘的笑容。

那木忘记了恐惧，也失去了嗅觉。他体会到了田下所讲的那种跳进马血湖中的感觉，周身的血液像滚动的岩浆，急于冲破山岩喷涌而出！

绝望的终结同时也是希望的终结，这就是死亡的结果。

田下亲手杀了他的"孩子们"之后选择切腹自杀，在死亡的最后关头却告诉那木一定要活下去，这以死亡为代价得出来的矛盾结果，正是他诡秘之笑的原因。死亡的一瞬间，领悟到这一点的田下唯有通过告诉那木才能将思想传承下去。

那木从此顿悟……

同船一起被皮大衣买来的中国人又再次被转手卖到了各行各业。以农业渔业为生的安东县人对北海道的这些粗活杂活并不陌生，在安东县也无外乎是捕鱼耕种，现在做起活来也还得心应手。跟那些被贩卖到日本做矿工的苦力比起来，至少从海上生活撑过来的这一批人并没有遭受那样的悲惨遭遇。

但对那木来说，这仍然无异于是种种酷刑。他的手不再细腻了，他的皮肤也不再白皙。那木从外表上已经看不出跟这些干粗活的人有什么区别，如果硬要说还有那么一点点差别的话，那就是眼神和整体的神态吧！外表变得粗犷了，让那木更有一种在人群中凸显的不同。也许好多人能够脱颖而出就是因为这一点点的有别于人，那木也正是因此得以被皮大衣留在牧场。

牧场的活很重，虽然开始那木总是显得有些笨拙，但很快都能得到要领并充分发挥，最终还会以比其他人更加高超的方法将工作完成。这让皮大衣觉得那木是个人才，不仅如此，他认为那木的谈吐举止似乎跟日本上流社会的人们有些相似，这个中国贩卖而来的奴隶身上混合着的矛盾气质实在很特别。皮大衣一直在探讨那木的来历，但几次问询之后没有得到什么满意的结果。

田下的死以及临终赠言，激起了那木的人性另一面。他突然想起了妹妹索隆高娃，也理解了她。一个人之所以有多个面孔，是因为极度的不安全感和自我保护意识。在牧场，那木只有跟动物们在一起，才能确信此时的自己是真的。

除了身高在日本人中显得过于突兀之外，那木成功地融入皮大衣的生活，伪装成了北海道人。只要皮大衣放松警惕，就能找到逃跑的机会！可能是因为皮大衣对他的过分关注，那木一直没有得到逃跑的机会。因为一直没有机会去函馆市区，也就没有机会去中国驻函馆领事馆。

饲养马的区域被划分出来给了奶牛，那木也由饲养马改为饲养奶牛。那木仍然住在原来的工具间，田下切腹的地方留下了淡淡的血迹，这让他总能回想起那晚田下所说的话。

田下的工具箱，那木再也没有翻看过，那些饲养马的秘方成了压箱底的秘籍。直到有人来拜访田下，那木才警觉地意识到，机会来了。也许这是田下和那些木曾马的亡魂来为那木铺就的逃生之路。

那木居住的工具间是一幢传统的日本建筑，年头久远可以追溯到江户时代末期，距今大概有一百多年。木制的地基离地面已经越来越近，有可能是因为地面塌陷，也有可能是因为基柱磨损，但整体的木架还很牢固，上面的草顶因为每年都进行修葺看起来也很完好。

后房山有一棵巨大的柳树，像屏障一样将屋子整个笼罩起来。树的身上结满了大小不一的“瘤子”，这些“瘤子”像粘在身上的虫子一样，密集得让树干喘不过气来。

皮大衣领着栖川五马来到工具间前的时候，那木正在后房山研究树身上的“瘤子”。

那木绕到房前，看到了栖川五马。

“这是田下君的学生，那木君。栖川君如有什么详细的情况想了解，他是最清楚不过的了。”皮大衣并不看那木，恭敬地对栖川五马说。

那木很敏感，意识到皮大衣似乎为了掩盖些什么。果然，皮大衣说完，冲那木使了使眼色，并且别有用意地吩咐那木道：“这是札幌军马育种场的栖川五马场主，也是田下君的老朋友，田下的事，你都知道，是吧？”

那木点头，自然地回道：“当然，师傅的事我最清楚。”

皮大衣咧嘴笑了，并惯性地耸了耸肩，虽然这个季节皮大衣已经不穿了，他这个动作还保留着。他显然很满意那木的回答。

栖川五马表情凝重，因为他知道这里是田下居住的地方，也是他选择自杀的地方。

田下切腹前，那木感同身受地替他悲伤。等到田下死后，可能是觉得他已经不会难过了，那木的心反而带有一种扔掉累赘的痛快感。

但是为了来访者栖川五马，那木只好再次温习田下切腹时的感觉，心痛再次击中了他。那木引领栖川五马来到田下切腹的地方，用手指了指那片淡淡的血迹。

栖川五马跪坐在血迹面前，问道：“就是这里了？”

那木点点头。

栖川五马的声音有些受阻，似乎喉咙里含着吐不出来的痰，他的喉结因为吞咽唾液而上下滑动。

一个人在身不由己的困境中，往往忽视别人的痛苦。看到栖川五马自然流露的悲伤，那木突然为自己对田下的心情感到可耻。悲伤看起来没有用，但却是一种最直接的尊重。生者对死者的尊重，也是对自己的尊重。

“师傅的最后时刻是幸福的。他甚至面露微笑……”

“他是一个刚强的人，没想到会走到这一步。”

“其实，走到这一步正是师傅刚强的另一种表现。他是为了跟那些‘孩子们’在一起才这样做的……”

“可活着不是会做得更多吗？时代进步了，要用不同的形式保护自己的所爱。那天，我真应该留他在札幌，不让他回来，他也就不会如此绝望了！”

“马种的改良和保护看起来矛盾，主要是因为一些不懂常识的人们领悟了错误的纲领。就好比没有鸡就没有蛋，没有蛋也没有鸡一样。本土马是基础，这才有了改良马……”那木在陈说自己理论的时候，有一种独特的自信气质，这是文化教育的积淀与家庭环境的熏陶相互浸淫才能达到的结果。

栖川五马一直盯着血迹的双眼终于把目光投向了那木。那木也得以自然地直视打量他。两个人在互相打量中，进行了更深层次的交流。

那木说田下将他的饲养秘籍都留给了自己，谁知却没有了马可以当作饲养对象。对于师傅的选择，他虽然有些不解，但还是尊重他，并由此更加敬重他。师傅是为了信仰坚持战斗一生的人。

栖川五马则感慨道，田下去札幌聚会的时候还很乐观，谁知回来后不久就选择了切腹，人生的不可预测与人性的脆弱纠缠到一起，这就是命运吧！

能够做真实自己的人要有足够的强势，或者具有不受制于人的资本。

那木想，目前的自己什么都没有，要怎么做才能跳出关键性的一步呢?

栖川五马看了看田下留给那木的工具箱，随后站起身居高临下地问了那木一句道：“年轻人，既然田下选择你做接班人，你有信念完成他的遗志吗？”

逃离牧场是第一步，那木终于踏上了一条独木桥，不管桥的另一头是什么，他都要试一试。

那木郑重地合上田下的工具箱，对栖川五马行了大礼，并坚定而虔诚地回答道：“是的，我有这个决心。”

那木将自己仅有的一套换洗衣服连同一工具箱的书籍和笔记搬上了栖川五马开来的汽车里。这是一辆福特 T 型 Doctor 双门车，在新型车不断涌现的时代看来，它实在有些落伍，可全钢的车身和四缸动力，仍闪耀着当初经典的光芒。那木不是踩在独木桥上，而是踏上了一辆快速行驶的汽车。这种隐隐的期待，使他产生过度的幻想。那木甚至想到如果跟栖川五马实话实说，他会不会放自己回安东县?

十四

初春的北海道仿佛是冰与火的交融。大地上是还未化冻的冰雪，天空中则是暖和的熏风。

车子行驶在郊区的融雪路上，那木只知是去札幌。没过多久，渐渐开始繁华起来。

直到车子停下来，栖川五马并没有对那木说任何话。因为没有选择权，那木更是懒得发问。但那木猜想，这里恐怕不是札幌。

“下车吧！今天不能回札幌。”

那木下车，尾随着栖川五马走到一个小门边。门楣旁写着“さくら”，那木想，这是一户姓樱的人家。那木留意到小门的两边立着两只小小的石兽。

栖川五马推门而入，那木跟在后面。

门是如此的不起眼，进去了之后才发觉别有洞天。

用石头堆砌的假山，修剪成型的松树，用碎石铺就的小路，一切看起来都很精致。

这是传统的日本民居。沿着户外长廊，栖川五马引领那木进入客房，并告诉他，今晚在这里歇宿，这是你的房间。

正在这时，一个女人的声音响起：“啊，栖川君，您什么时候来的？”

“刚刚进门。”

女人大概五十多岁，但是声音却像少女一般轻柔，这让那木很不自在。

栖川五马既是介绍又是吩咐道：“这是场里新聘的育马师，明天要跟我回场里。你们要好好照顾他，不要怠慢。”

女人恭敬地回答道：“是。”

栖川五马转而对那木道：“好好休息，有需求直接跟方子讲，她是这里的主人。”

叫方子的女人不仅声音像少女，连神态也似乎还没能摆脱青春期的影子，捂着嘴咯咯笑着嗔怪地道："栖川君真是会说话，今晚，还是为您按照老规矩准备吗？"

栖川五马点点头，离开。

方子与栖川五马的关系有些暧昧，但说实话，要是俩人真是那种关系，那木就会觉得更加不自在。方子无论从年龄还是容貌上来说都很难匹配栖川五马。那木觉得自己好笑，比八婆的女人还无聊，自身不保的时候，居然还能想象到别人的私生活，真是咸萝卜吃多了太烧心。

那木在客房里转悠了两圈，实在无心休息。换上那身比较干净的衣服，借口去舒展筋骨，竟顺利地溜出了院子。

栖川五马并没有把那木当成是奴隶看守着，而是当成了自己的聘用人员，所以那木才得以有这样的机会。那木的心一阵狂跳，在激动地问询了几个人怎么走之后，他几乎飞奔着来到了中国驻函馆领事馆门前。

函馆上空特有的潮湿之气一波波随着春风涌来荡去，那木的心就如同被揉碎了的纸屑随风飘得无影无踪。

那木在领事馆门前的台阶上坐了整整一个下午，恨不得翻开领事馆的地基让工作人员出来，可除了寂静还是寂静。

领事馆关门歇业，又找不到栖川五马歇宿的地方，那木彻底迷路了。除了这个地理位置上的迷路之外，那木的心也迷路了。领事馆的撤离意味着什么呢？那木一时理不清头绪。如今，只能靠其他方法回中国，回安东县。

这是第一场春雨，在那木绝望的时候下起。残雪得以大面积消融，路上尽是泥泞。

淅淅沥沥的春雨让黄昏提早降临，那木不得不再次游荡，凭着来时的记忆，以期待找到那辆福特车，进而回到栖川五马那里。

那木身穿短衣短裤，这是日本下层人才穿的工作服，脚下穿着一双牧场里特制的皮靴，又显得很另类。这跟当初上海滩鸭绿江边上的翩翩儒雅公子判若两人。

那木既不撑伞，也不避雨，神情忧郁，目光涣散，打扮不伦不类，倘若是当初的公子哥儿倒也还算是一种小资风度，如今看来竟成了一种为赋新词强说愁的自虐性的滑稽。

回国无望的失落让那木心情很坏。他想起了祖父，想起了李迎春，想起了索隆高娃，甚至还有明珠……那木想到对詹姆士的郑重承诺，想到自己的医学生涯，一切的一切，如今都成了泡影。一直以来不愿触碰的伤痛，像捏烂柿子一般，被那木揉来搓去。

那木的异常神态，引起了他人的注意。

两柄油纸伞下穿着和服的日本女士从那木身边悠悠而过，因为雨天的原因，木屐发出闷闷的噗噗声。

“妈妈，要是我们也能穿那样一双靴子就好了！”

“你难道没有吗？”

“我哪里有？”

“你骑马的时候难道是穿着木屐吗？”

“哎呀，妈妈，那是马靴，马靴怎么能配和服呀？”

“难道你也要跟那个男人一样打扮吗？”

“妈妈……”

母女两个的步履是细碎的，看起来频率很快，但却没有落下那木多远。女儿极力跟上母亲的脚步，似乎有些拖拽的意味。

那木跟在后面，想超越过去，但又不知道自己的目的地在哪里。跟在后面，又觉得好像在偷听母女俩的对话。

母女俩似乎没有什么可避讳的，仍是边走边说。大体上，秘密总是针对有关联的熟人，对于陌生人，则没有什么可需要保密的。

“妈妈，我们真的要去吗？”

“是的。”

“改天不行吗？”

“今天是个特殊的日子。”

“妈妈，会不会让爸爸太难堪了？我看还是算了吧！”

“住口！我是怎么教你的？”

母亲的声音暗沉而厚重，带有一种无形的力量。这权威性的训斥，让女儿不再言语，母女两个的步伐明显加快，那木停住脚步，目送着二人的身影消失，自己则拐进了旁边的街道。他终于记得来时的路了，不由加快了脚步。

回到樱宅的时候，雨停了，那木的衣服也湿透了。又冷又饿走进小门，却迎面撞见来时路上的母女。母亲气冲冲走在前，女儿紧跟在后，一口一声“妈妈”地叫着。

那木赶忙闪身立在一边，母女俩路过那木身边的时候，那木明显感到母亲的目光在他的脸上剜了一下，女儿则看也没看那木一眼。

方子跌跌撞撞地尾随过来，嘴里一迭连声地解释着什么，见到那木后当即住嘴，慢慢走到门口停在那木身边，也不去追赶母女俩。

方子长长地叹息一声，转而礼貌性地问那木："现在可以沐浴吗？晚饭就在房里吃吧！栖川先生恐怕不方便与您一同用餐。"

那木点头称谢，回到客房的时候，发现洗澡水都已经准备好，浴桶旁还放置着一套和服。

整个屋子里都散发一股特殊的味道，一定是洗澡水散发出来的。这有异于那家的艾蒿泉水，味道淡淡的，若有若无，一点点清香混合着矿物质的味道。

洗过澡后，身上滑滑的，那木突然想起，这肯定是温泉水。

和服非常合身，那木感觉这不像是新的，但却比新衣服熨帖。那木觉得他们并没有把自己当外人，这种一厢情愿让他得到了一丝慰藉，虽然不能回安东县，但至少现在被当作自由人来看待了。

泡上了温泉澡不说，脱下来的脏衣服和脏靴子也被人收过去洗。

晚饭是米饭，酱汤，蒸芋头干。酱汤里放了豆腐、海带和文蛤，更加鲜美入味。

一个大约十二三岁的女孩子从旁边专门侍候那木，负责添饭。那木胃口大开，总共添了三次饭，最后一次，女孩抿嘴笑了。那木也笑着道谢。

事实上，那木在这里受到的是礼遇。虽然被介绍成育种场聘用的育马师，但大部分的旧时用人尤其是方子，宁愿相信那木是栖川五马的私生子。

二人身材相当，那件不旧不新的和服就是年轻时栖川五马穿过的。除此之外，方子执意坚信的理由是，那木的面貌神似年轻时的栖川先生。心想事成大概就是这样由来的，因为过度的信仰而真的成真。方子以为自己这样想，事实大体上也就是这样子了。

就在方子暗自高兴的时候，夫人栖川凌子带着女儿栖川见樱怒气冲冲地赶来，搅和了栖川五马的私人祭祀。方子在那木面前忍住了，是因为不想破坏那木的心情。她的善意的体谅，在那木的理解中不外乎是家丑不能外扬的礼貌。如果她知道了那木的真实身份，想必更是会大失所望。

方子是樱宅的老仆人，栖川五马年轻时的秘密情人就是樱家的小姐樱之红。因为夫人凌子的强势性介入，红小姐早逝，这让栖川五马大受打击，从此与夫人的关系也名存实亡。

今天，就是红小姐的祭日。

栖川五马在被招赘之前，姓山本。大凡被招赘的男人，都逃脱不了一个穷寒的出身。栖川五马高攀了贵族女，这在当时受到无数的嫉妒和讽刺。因为栖川五马英俊伟岸，虽然逃脱了他们所说的癞蛤蟆吃上天鹅肉的嘲笑，但是却被贴上了让人更难以忍受的靠色相博得女人青睐的标签。总之，出身贫穷成了一切诽谤的根由。

栖川家并没有看走眼，是五马让栖川家再次辉煌起来。等到栖川五马真正执掌栖川家并拥有话语权的时候，自然产生了一种终于吐出一口气的感觉，也就发生了让栖川家最不能容忍的出轨事件。

凌子的家族是受封的贵族，到了凌子这一代除了还保留着贵族头衔，事实上生活境况早已不如从前。但凌子的祖母是从繁华中走过的贵族女子，家境没落了，可是传统不可丢。凌子就是在这样的家教中长大，为了证明出身名门，似乎更加注重贵族的礼节和规矩。

从现在凌子的容貌来看，年轻时肯定更美。但婚姻不是相片，只要双方容貌匹配看起来就是完满的。凌子与栖川五马本就没有多少爱情可言的婚姻，在某些条件的制约之下，就显得更为失衡。

那木实在无法想象出这样复杂的关系，他也没有心思过多地思考别人的事。揣摩母女二人路上的谈话，那木隐约猜到了什么，但他不愿相信自己的猜测，只好打开工具箱，翻看田下留给自己的养马秘籍。

在看似走投无路的时候，唯有明确信念才能得以继续向前。相信了命运，有时也可以产生强大的力量。

得到田下的临终馈赠，又被栖川五马带离牧场，那木认为这是命运的一个昭示。无论强势还是弱势，顺境还是逆境，每个人都在自己的世界中兜兜转转。

栖川五马和那木在经过了六七个小时的行程之后，回到了军马育种场。

跟田下四十八的疯疯癫癫自言自语相比，栖川五马是冷峻寡言型。那木想，能够成为惺惺相惜的朋友，大概越是不同才越有吸引力吧！

回到育种场的时候，天色已经不早，照例是泡了澡之后吃晚饭。

日本人对泡澡的重视让那木真的见识了。除了每日带有清洁性质的泡澡，泡温泉更是成了交际与休闲的最好手段。而且，大部分日本人甚至认为，只有在泡温泉时，大家都赤裸相见，才没有任何的等级划分。

不同文化产生不同的习俗。不管是形式上的坦诚相见打破界限，还是内心中真的这样认为，那木认为这都要好过中国人的遮遮掩掩。

在中国，君父的身体被称为龙体圣体，要是随便给别人看到，就失去了神圣的威力。

日本人将泡温泉泡出了自己的人生哲学，这不能不说是一种参悟。抛开外衣的大和民族是如此渴望不分高低贵贱，那么抛开种族外衣的日本人，是不是也真的渴望与其他民族不分你我呢？

显然，看看他们对待异族的行为，事实证明不是这样的。由此可见，这种文化习俗的形成也不过是他们的一个期望而已。或者连期望都算不上，只能算自欺欺人进而试图欺世的表面形式。

日本人如此，中国人也如此。罩着传统的面纱，满口讲着仁义礼智信，那都是要求别人、教导别人的。至于自己，躲在高墙大院里，尽可随心所欲，做掩耳盗铃的伎俩中国人有过之而无不及。

中日对比过后，那木也被日本的温泉水泡得没了脾气。也开始逐渐宽容起每个民族试图脱下种种外衣的艰难。

开始变得宽容是因为自己也随波逐流、同流合污了吗？

那木对比性审视原来的和现在的自己。这才警觉短短时间内，自己翻天覆地的变化。

十五

军马育种场跟牧场里养十五匹木曾马完全是两回事。那木唯有跟在栖川五马身边，再次笨手笨脚地进入新领域。也许是医学上都有相通之处，那木入心学起来，倒并不觉得费力。

栖川五马在学术上是权威，让那木感到不可置疑。同样，在人生的处事态度和手法上，那木也领教了男人的另一面。

育种场要接收一批实习生。那木在办公室里接待了这五个大学生，可迟迟不见栖川五马过来。实习生要来的事是早就预定好的，栖川五马昨晚还提及过，不可能是忘记了。五个大学生对新生活很期待，显得也很兴奋，对那木问来问去。

这批来自北海道帝国大学农学部兽医学科的五个男孩子，与那木年龄差不多大，来育种场实习是学校下派的任务，也是几年理论学习的一个实践机会。之所以选择栖川五马的军马育种场，带有一种定向调查的味道。也就是说，这五个年轻人很有可能一毕业就直接进入育种场，在这里从事专业工作。这半年的实习时光正好是一种过渡。

栖川五马重振栖川家靠的就是兽医技术，虽然没有什么学历，但是由实践得出来的真知恰恰是这些学院派的年轻人所欠缺的。

北海道帝国大学的前身就是美国克拉克博士任首席教官的札幌农学校。这是一所有着开放性思维的国际性学校，培养的学生也大多思想超前。这也是明治时期日本政府为大力发展国家而进行的教育方面的大投入大改革。

明治初年，日本的大学教育中有两个中心。一个是东京大学，另一个就是札幌农学校。这两个学校打下了日本教育的国家主义和民主主义两大思想的基础。

日本教育，至少是国立教育的两个源泉来自东京和札幌，从札幌发源的创造人的自由主义思想没能成为日本教育的主流，而从东京大学诞生的国家主义、国体论、皇室中心主义等思想，成为了支配日本教育的指导理念。任由这个思想发展到极致，就导致了无限扩张的侵略之路。

配合国内对外扩张侵略的步伐，日本政府在本国的教育上也做足了文章。伴随着全民在整体学识上的提高，是整个教育系统输灌给他们的国家意识、民族意识，还有对侵略的不一样解释。这也是为何那么多日本人明明是在做着侵略别人家园和精神领地的事，却觉得自己在做一件天大的好事的原因。

人们容易被某种情绪感染，尤其是在一些别有用意的人大力鼓吹之下。如果是整个国家都在极力提倡和宣扬，就更加容易使全民进入一种狂热的状态。只有少数人才能用冷静的头脑来思考，有时这种思考还伴随着被其他人攻击的风险。

日本国内就是这样的情况。

这几个大学生对军马的改良大多建立在对战争有利于否的基础上。而所谈所问大部分都是关于每一场战役中，军马所起到的作用，骑兵的攻击力以及骑兵能否在未来发挥战争主动作用。至于兽医专业知识和马种的繁殖似乎并不是重要的话题。

一个多小时过去了，看到他们仍在乐此不疲地讨论，那木想不出还有什么其他好说的，只好借口说抱歉，继而起身去找栖川五马。整个育种场每个人都各有分工，只有那木像是栖川五马的跟班一样，每天在他身边忙前忙后。

栖川五马的宿舍是独立的一户建，也就是所谓的小型别墅，分上下两层，但总共面积加起来也不过一百平方米。那木经常跟进跟出，并没有什么忌讳的。房子侧面长着一棵大柳树，跟那木当初在牧场时居住的工具间后面的那棵长“瘤子”的一模一样。

那木不理解为何柳树这么爱长“瘤子”？也许是成长过程中对病毒入侵自我修复的一种防御吧？

那木想到桃树身上分泌的一种木胶，松树的皮被砍破之后断口处沁出的松树油，这些液状物好比人身体里流出的血，而柳树身上的“瘤子”、松树的断口、桃树身上的凝质胶状物，则好比是人身上的伤疤。每多一块伤疤，就多了一次免疫，等到疤痕累累的时候，是不是就百毒不侵了呢？

思维的快速在于无法用时间衡量，仅一瞬这些思想就在那木的脑海里纵横交织着过滤了一遍。那木的手不由紧紧握住了右手臂，他想起了自己的伤疤。等到过往的痛苦像电流一样从头顶到脚底过了一遍之后，那木整个人有一种说不出来的沮丧。

就在这时，他看到了骑马向他奔来的栖川见樱。那木认出来，她就是雨天在函馆的街上与他偶遇的女孩。那木此时还不知道她就是栖川家的小女儿。

栖川见樱跳下马，将马缰绳递给那木，看也不看那木一眼，径直走了进去。

那木接过马缰绳，愣在原地。栖川见樱的动作简直顺理成章习惯成自然，似乎那木是她的奴仆一样。

这种感觉，那木似曾有过。他猛然想起，以前自己回家后脱掉外套的顺手一扔，肯定会有人像如今的自己接过马缰绳一般接过去。

见樱穿着白衬衫，前衣襟儿塞进紧身马裤里，后衣襟儿则散开在外，蹬着马靴。见樱身高大概只有一米六多一点，但是比例很协调，双腿看起来修长，有一种洒脱的中性美。跟那天见面时穿和服的小女孩判若两人。

那木拉着缰绳还没动，栖川见樱已经从屋里退出来，紧跟着栖川五马也大踏步出来。

栖川五马脸色非常难看。

栖川见樱跟在栖川五马身后，有些试探又带有些怯怯地道："爸爸，您跟妈妈……"

"我跟他再也没有什么好说的了！"走出来的栖川凌子抢先说了出来。看到那木后，很明显又火上浇油地追加道，"一个死了那么多年的人，仍然让你念念不忘，年年都要去祭她?！怎么，现在终于将私生子公然带回来，还有什么好说的？"

女人似乎只会用这样的句式说话。而男人无论在何种愤怒之下，保持平静则是不可多得修炼到的境界。

栖川五马看了看那木，对他道："你先回去，跟那些见习生说明天再交代实习任务，今天，你负责带他们熟悉整个育种场。"

那木看着这匹白色阿拉伯马，把手中的缰绳随意递到见樱面前。

见樱挑衅地看着那木，并不去接，而是劝慰栖川五马道："爸爸，妈妈从来都是说气话，她心里不是这样想的！"

那木想既然不是这样想的，还这样说？女人真是奇怪。听到这里基本已经明白了栖川家的家事，可所谓的私生子都带回来了这句话又让那木觉得有些莫名其妙。

那木看不惯见樱的傲慢态度，在心中做出抵抗式的回嘴。却听见栖川五马呵斥道："还不快走？" 那木一惊，本能地点头称是。

那木有心教训见樱，带有些许开玩笑的心情翻身上马疾驰而去。

"站住！站住！" 栖川见樱大喊，随即脸上露出一种莫名的微笑，见樱把手伸进嘴里打了个呼哨，马明显减速，兜了一圈又回到见樱面前。

那木紧抓着缰绳才稳住身体，没从马身上跌下来。

栖川五马瞪了那木和见樱一眼，转回头对凌子说："恕我不能如你所愿，我跟你不一样。男人是不会在大势上犯错误的。至于你一再纠缠在男女关系上这一点，真的让我很失望。你回去吧！"

这简直就是在发表外交辞令，那木觉得栖川五马不仅仅是谨言慎行那么简单，更是一种强烈的自制，这种自制用在家庭关系处理上，甚至比两国交锋更有力度。

当你怒气满胸，两眼喷火，头发都竖起来准备大干一场的时候，突然发现，对方竟然不接茬，这简直比生吞活蚯蚓还恶心。当然，恶心的只能是自己。对方保持了风度，更显得自己的蓬头土脸。

凌子显然是蓬头土脸的那一个，尤其是在她自己假想的私生子那木面前，就更加气急败坏。

在那木还没有看到凌子大肆发作的时候，见樱匆忙而机智地在马屁股上拍了一掌，马驮着那木快速跑出去。

那木听到耳后传来凌子尖利的声音："啊！失望！失望！难道是我让你失望吗？"

方子也好，凌子也好，都把那木当成是栖川五马的私生子，实际上这完全是心理作用使然。

那木是典型的大眼睛双眼皮，粗眉毛像用毛笔画上去的，眉尾好似要直扫到太阳穴一般；栖川五马是很明显的单眼皮，眉毛虽然很粗，但是像倒立的扫把一样，眉尾很果断地在眉峰处断掉。除此之外，二人的脸型也有很明显的差距，那木的脸像雕塑般立体感很强，而栖川五马虽然线条明朗但还是趋于平面化。这些差距不需要细看，是清清楚楚摆在眼前的。

二人唯一的相似之处就是身材，栖川五马和那木在日本人中简直就是经过品种改良的"高种人"。可这无非是人世间的巧合，但在女人的一厢情愿中竟成了证据确凿的指证。

栖川见樱和母亲一直居住在东京，去年冬天才搬来函馆。凌子是为了疗养才来的。女人到了这般年纪，经历过几次生育之后，大体都会落下这种腰酸腿疼的病，而依靠温泉疗养则是最好的方法。

栖川五马与栖川凌子总共生育了四个女儿。见樱是最小的一个，也是唯一还没有嫁人的一个。

见樱由东京女子大学转学到北海道帝国大学，一是为了顾及孤身一人来登别温泉疗养的母亲，更主要的是为了缓和父母之间僵硬的关系。

见樱的举动适时地让凌子冷静了一点。活了大半辈子的女人，大概都理所当然地认为跟丈夫之间似乎没有什么遮遮掩掩的必要，但在儿女面前，还是保留着最后的爆发底线。

看到见樱离开，栖川五马和凌子像过招的高手一样，迫不及待地施展各自的拿手本领。

凌子冲过来，抓着栖川五马的胸口，声音暗哑但却很用力地喊道："说，那是不是狐狸精留下的私生子？说，你给我说呀！"

栖川五马挺直脊梁，任由凌子发飙不做回应，只是眼神冷酷地俯视这女人。让樱之红没有尊严地死去的，正是这个女人。无数次任由凌子刁难而不还击则是栖川五马对自己没能保护樱之红的惩罚。

人世间的关系过于简单又过于复杂。等到栖川五马认为对自己的惩罚够了，他没有一点怜惜之情地将凌子塞进车中，车子在草原的边路上疾驶而去。

像小时候被他们的争吵吓得躲到衣柜里一样，见樱只能假意识趣地离开。躲到二人看不到的地方，见樱的眼泪不由自主地流下来。

栖川见樱漫无目的地走了一阵儿，才想起那个引起是非的家伙，还有被他骑走的马。为了摆脱父母争吵的阴影，见樱急切地要找一个人发泄心中的不满，那木成了被迁怒排名的第一候选人。

那木引领着五个实习生参观育种场。

育种场主要为军方供应军马，除此之外也进行为赛马育种的商业活动。因此，育种场的主要马种是盎格鲁－诺尔曼马，它是法国诺曼底地区的诺尔曼马和纯血马的混血。目前，日本骑兵战马有百分之七十五采用盎格鲁－诺尔曼马，俨然代替了日本的本土马，成为战马中的主力。

日俄战争之后，有部分顿河马被日本陆军收编。但是已不再被用来当作军马，而是沦落到与日本本土马同样的地位，主要是用来与其他引进良种杂交。配出来的混血马也不是被骑兵部队所使用，而是被分配到步兵、炮兵、辎重兵及宪兵队当作粗使杂用。

那木带领着五个实习生从一个区域转到另一个区域。好比上菜要一道道逐个上，而且越往后越好一样，最后那木带着他们来到了阿拉伯马饲养区。

阿拉伯马是以它的原产地阿拉伯半岛命名的名马。盎格鲁 - 阿拉伯马则是阿拉伯马和纯血马的杂交，属于比较纯种的良种马。但作为军马，也只是作为师、旅、团长等指挥官的坐骑或是传令兵所用。

除了一部分盎格鲁 - 阿拉伯马外，育种场还有被过度保护的少量阿拉伯马。

如果把阿拉伯马充当战马实在有些奢侈。因为大正、昭和时期天皇的坐骑都是阿拉伯马，公开场合昭和天皇阅兵时骑的都是白色的阿拉伯马，天皇的近卫骑兵和马车所用的也是阿拉伯马。天皇如此重用此马，最主要的原因莫过于此马体形优美，也就是从审美上要求的漂亮。当然，阿拉伯马还有很多明显高于其他马种的优点，比如性情活泼、聪明、易于驯服等等。

见樱所骑的那匹是盎格鲁 - 阿拉伯马，看起来的白色实际上是肉眼不易分辨的错觉，实则是青灰色。

那木一边带领参观，一边解答实习生的提问。实际上，那木此时略知皮毛，回答就显得捉襟见肘。难免让实习生有些失望。

其实，骑兵作战已经越来越退出历史舞台，但日本陆军与军马有着非常密切的关系。

日本陆军师团编装的两个中心支柱就是人跟马。

军马是日本陆军中仅次于火器的重要兵器，也是活兵器。

日俄战争，是明治维新后日本陆军最后大规模实施所谓“骑士精神”乘马战斗的场合。虽然在后来的种种战争中，骑兵部队乘马战斗的场合没有几次正式记录，但日本骑兵部队的训练却一直严格实施。

就是在以后陆军师团的骑兵联队由车辆化的搜索队取代时，每个搜索联队中仍然有一个乘马中队的编制。

汽车发达之前更不用说，所有的军需物资都要借助马匹来运输。等到辎重兵联队内已经编制有下辖三个中队的汽车大队时，仍然同时编有马匹九百五十四。

由此可见，无论是作为主力还是辅助力量，军马都占有着必不可少的一席之地。

栖川五马管辖的军马育种场，是日本保证军马供应的三大育种场之一。在日本政府急于扩张、对外战争频繁的紧要关头，就不难解释为何军马育种场如此之大如此之受到重视了。

若不是田下的在天之灵保佑，以那木这样的身份是无论如何也不能进入育种场的。

十六

育种场只参观了一半，就开始下雨。那木和那五个实习生被隔在阿拉伯马饲养区，只好观察清洁工人如何打扫马厩，清洁食槽还有必不可少的刷毛、清理蹄子等等。

几个实习生个头差不多，都是短小精悍型，梳着根根直立的短发，穿着学生装。围在那木身边像是一群跟在鸭妈妈后面的小鸭雏儿一般。那木第一次觉得自己的身高竟然成了俯视一切的理由。

栖川见樱一时间没有找到那木，怒火被微凉的春雨一点点浇灭。想起父母，想起嫁出去的三个姐姐，栖川见樱觉得自己一点都不快乐。可她是接受传统贵族教育与新思想开化启蒙的新女性，见樱在雨中快速奔跑，用来锻炼自己坚强的意志，没有什么可以打败她，所谓的感伤是最应该摒弃的小女人的陋习。

一通发泄之后，见樱觉得心里舒坦多了，可身体却扛不住。

就这样，栖川见樱和她的名叫樱花的马都因为这场雨生了病。

见樱是感冒发烧，而樱花则是得了一种眼疾。

见樱的感冒容易理解，可一场春雨又如何能让良种阿拉伯马得了眼疾呢?

那木想也想不通，但那天毕竟是他将樱花拴在了办公室外面的旗杆上，没能及时将它关进马厩，让它淋了半天雨。

见樱出了一身透汗，体温降下来，感冒也很快就好了。

樱花的眼疾却越来越重。大眼睛不断地流出黄色的黏液，将原本明亮的眼球覆盖起来，慢慢在眼皮周围结了硬硬的眼屎。

见樱为此跟那木大吵大闹，又下命令一般让栖川五马赶快医治樱花。五个实习生难得一见如此的临床实例，又是化验又是查阅医书。

樱花是栖川五马送给见樱的生日礼物，一直有别于育种场其他马匹的饲养。

算上栖川五马，育种场总共有兽医十名，集中在一起对樱花的病例进行了研究。但没人能说出这是什么病，也没提出什么确切的高见。

那木想，樱花太娇惯的饲养方式，才让它不能承受一点雨而生病的，可为什么是眼疾呢?

不管事出何因，那木心中总是觉得有愧于见樱，也就想着对她做些弥补。可那木不是兽医，就算是兽医，也无法问询樱花让它说出生病的原因啊!

那木在食堂正吃着饭，看到见樱握着马鞭走了进来。见樱没有说话，只是用马鞭在那木的面前敲了两下，然后扭身就走。那木识趣地跟了出去。

樱花得了眼疾，主人见樱也差不多得了眼疾。见樱眼皮浮肿，眼睛哭得红红的。衬托上周围白白的皮肤，差不多就是兔子眼。那木忍了又忍，虽然没有笑出声，但脸上露出的笑意更让见樱怒气满胸。

那木这个态度看起来明显就是不思悔改，没有歉意和愧疚，上翘的嘴角划出嬉笑的模样，一下子就引爆了见樱心中的导火索。

育种场的人各守其位，没人管别人的闲事。但因为涉及新来的育种师被场主女儿教训，还是吸引了几个人驻足观看。

那木用胳膊挡着见樱的马鞭，被抽到的部位先是火辣辣的疼，然后是热辣辣的痒。那木想见樱毕竟是女孩子，力量有限，否则，若是有人挨上像他这样的男人抽出的一鞭子，肯定会皮开肉绽。

挨了几鞭子，又被众人围观，那木觉得脸面挂不住，但又不能跑开，正在琢磨怎么对付见樱的时候，见樱则打得累了停了手，几日来憋屈的伤感也都发泄完毕。

“樱花这几天都没有好好吃饭，你居然还有好胃口?那木，你真是铁石心肠!”见樱拿着马鞭，跟在那木后面喋喋不休。

那木像是割地赔款以求息事宁人的无能政府一样，任由见樱欺负。

“下午，我还有工作，能不能晚上再去?”

“不行!”

“可如果场主责怪，你能负责吗?”

“你是用我爸爸来压我吗?”

“不是压你，是想你体谅我。”

“你有什么资格要求被体谅?樱花不吃不喝，难道要等它死了，你才能去跟它道歉？”

“我也在研究医治的办法，我也很难过啊！”

“难过还吃得下那么多的饭！你啊！心和胃是分开长在两个肚子里的吗？！”见樱的话明明是愤怒的大喊，但是听在那木耳朵里却成了好笑的任性。

那木偷偷地笑了，他知道后面的见樱看不到，却冷不防屁股上挨了一鞭。

“不许笑！”见樱似乎看到了那木的表情一般果断地发出指令。

那木对见樱有些刮目相看了，不知道这个小丫头是如何猜到自己在笑的。

那木被见樱逼着去了豆腐房。育种场每天的伙食中必不可少的就是豆制品，都出自这个不起眼的小屋。

见樱躲在一边，拿着马鞭看着那木工作，呆呆地不知想些什么。

那木将泡好的黄豆舀进石磨中，一边添水加豆一边拉着石磨一圈圈走。石磨发出含混不清的摩擦声，混合着水的黄豆被磨成细细的原豆浆从磨盘上凿开的一个窟窿中流下来，装进一只木桶里。

这就是磨豆腐的流程，这一步是第一步，之后，要将豆浆和豆渣分离，然后煮豆浆，最后就是用卤水“点”豆腐。

见樱不是要吃豆腐，而是要让那木磨豆浆给樱花喝。

“豆浆不能代替水。再说，人上火了喝些豆浆可以润燥，马和人能一样吗？还有，你断定樱花是上火了？”那木试图劝解见樱，并寻找见樱所知道的樱花习性中的弱点。

可见樱显然对那木的话都是反感的，她把马鞭在那木的身上抽得乱响，一再重复道：“樱花肯定是上火了，我知道，我就是知道！喝了豆浆肯定跟水不一样！你不要狡辩了！”

那木只好继续添水加豆，想到栖川五马定制的育种场铁律，那木想自己还真倒霉，被这俩父女两头整。

“那木，以后，每天你都要来给樱花磨豆浆！现磨，听明白了吗？”说到每天，见樱眼圈又湿润了，随即又强忍住软弱的眼泪，大声对那木说道，“樱花会好的，就是以后病好了，你也要天天给它磨豆浆！你明白吗？！”

那木除了说明白，真想夺过见樱手里的马鞭，告诉她，别耍小姐脾气了，我可不迁就你。

可那木突然觉得见樱的所作所为都带有明显的虚张声势。每一鞭似乎都被卸去了主流力量，让那木即挨了打，又不能愤怒。可见，见樱对做事的分寸拿捏得恰到好处。

那木知道自己挨打完全是应该的，谁让看到见樱的第一眼不是道歉再道歉，而是忍不住地笑呢！

是因为见樱的兔子眼还是为了讨好她呢？那木心里反复思量，觉得两者兼而有之。

讨好见樱是那木在无意识中做出的一个小小举动，也可以归结为男人的本性。尤其是身在陌生的环境中，又身不由己的情况时，那木的这个举动恰恰可以给他带来某种心理上的安慰。

那木似乎产生了某种挑战性尝试的念头，他决定好好利用与栖川见樱的关系。通过见樱，也许会发生不一样的命运逆转。

虽然在内心深处，那木认为这实在不是一个男人该用的方法，尤其是自己这样一个男人，但这个时候，没人会在旁边对那木的该与不该指手画脚了，只要能够战胜自己的内心，一切都不再是障碍。

适时的扭曲自己以适应生活中不断扑面而来的新事物、新环境，是那木最大的改变。谁能一辈子在所有事上都恪守君子之道呢？脱离了原有的环境和束缚，在那老太爷看不见的地方，那木想，以往不屑的小人之举也可以派上用场了。

可那木显然过于乐观地估计了男女之间的关系，也过于简单地想象了他跟见樱之间的可发展关系。

因为错过了跟栖川五马的当班时间，那木受到惩罚，被罚清洗马厩。

十个马厩清洗完毕，等到那木洗完澡换好衣服，已经错过了饭堂的开饭时间。

那木无事可做，只好饿着肚子拿着医疗箱去看樱花。

樱花的眼睛模模糊糊的，仍然不断分泌黄色的脓液，眼角残留着凝固的黄色眼屎。那木用消毒药水一点点软化，再用棉球处理掉。这是最基本的处理方式，并不能彻底解除樱花的眼疾。

那木的医学知识在这里成了隔岸观火，看着马儿受罪又无能为力，那木心里很不是滋味。

“马儿，马儿，对不起，豆浆好喝吗？要是喝豆浆真能治你的眼病，我保证天天给你磨！”那木的私语讲的是汉语，这是人天生养成的惯性使然。

“又流出来这么多脓水，马儿，你很难过吧？这么多大夫竟然不能治你的病，他们真是没用啊！”那木一边清理樱花眼部流出来的脓液，一边嘀嘀咕咕。

那木突然意识到什么，拍着樱花的面部转而用日文问道：“樱花，是不是没听懂我说的话呀？什么？真的没听懂。明白了，以后我对你说日文，这下就听懂了吧？”

那木仿佛在跟樱花交流一样，自言自语，跟田下当初一模一样。那木不禁为自己的举动笑起来，转头时却突然发现见樱站在旁边直盯盯地看着自己。

“你来啦？”

见樱不回答，慢慢踱步走到那木身边，有些意味深长地看着他。

“我来看看樱花，没什么事我先走了。”那木本想加深跟见樱的关系，但是，一时间找不到应答的话，又担心方才说起汉语被见樱追问，只好主动告退。

“你去过中国吗？”见樱看起来很随便地问道。

那木想都没想就摇头否认。

“你的汉语说得那么好，还以为你去过呢！嗯，你去过‘满洲国’吗？”

“‘满洲国’？”

“我二姐夫在‘满洲国’。我也好想去。”那木的汉语似乎勾起了见樱的某些情愫，“二姐夫可是少佐哦！了不起吧？他现在在奉天，‘满洲事变’他可是立了大功呢！”

见樱说起来似乎很兴奋，等着那木回应。可是那木对此没有做出什么反应，这让见樱有些失望。她本以为会说汉语的那木应该是“中国通”才对，可看他呆呆讷讷的样子，甚至听不懂她说的“满洲事变”，这让见樱顿觉扫兴。

“满洲”一词强烈地吸引了那木，他迫切地想知道“满洲事变”是何事何变？还有何来的“满洲国”？他给见樱留下了反应迟钝的表现，其实心中早已涌起一股股的狂潮。

谁知见樱却不明说。这在日本人眼中全民皆知的战事，又有何可多说的呢！反倒是那木懂汉语，让见樱觉得意外又不免对他多了些兴趣。

“以后，你教我汉语怎么样？”

“为什么要学汉语？”

“你为什么学汉语？”

“小时候家里人让我学，没有选择。”

“总有一天，我要去‘满洲国’，学好汉语当然有用。”见樱露出幻想的表情。

“为什么你小时候不学？大部分日本人小时候都学汉语。”那木不解地问。

“家里人没让我学，我也没选择。不过，我英文很好，你懂英文吗？”

那木摇头。

见樱拍着手，似乎找到了可以为师的乐趣，不容置疑地道：“以后，我就是你的英文老师，你是我的汉语老师，就这么定了。”

见樱没再提任何有关“满洲事变”和“满洲国”的事，这让那木心中充满了猜想与不安……

栖川五马放弃了对樱花的治疗，任其自生自灭。

见樱听了没有哭，但那木看得出她的难过。那木心里也很不好受，他不断翻看田下的笔记，并且又重新誊写了一份，希望能够从中发现些什么。其中的一个案例，没有记载医学原理，应该是俗语所说的偏方。这让那木好像看到了希望。

偏方中记载医治的对象不是马而是驴子，那木揣摩着，虽然有些冒险，但是他认为值得一试。所谓的“死马当成活马医”正是目前的这个状况！

医治之前，那木与五个实习生做了试探性讨论，又去询问了栖川五马，但众人说法不一，在理论上谈来谈去，始终没有做出明确的结论。

当听到那木说反正都放弃了，不如试一试的时候，一位实习生却反驳说，给死者以尊严是医者最后的良心，难道你忍心在樱花的身上再做无谓的实验吗？

这一理论那木岂能不懂？可医者也有不到最后绝不能放弃的信念。

医治人的被称为大夫，医治兽的则被称为兽医，这就是区别。那木在心里不能抛弃自己是个大夫的尊严，如此跟一群兽医搅和在一起，还得不到他们的尊重，让那木心里非常不舒服。

那木不想与他们理论这些教条上的东西，一旦医学上升到哲学范畴，治病这一最简单的行为就被赋予了太多的束缚。

过早下定论，容易误判病人生死。医治到最后，又容易落得折腾病人的骂名。保持好一个度，真正做到中庸而行，无论在哪个行业都是最高境界。

栖川五马把决定权交给了见樱，让那木去征求她的意见，作为医治与否的定论。

那木得到了见樱的支持，作为一名医生，现在，他要去履行兽医的职责了。如果成功了，他可能博得场主女儿的欢心然后进行下一步发展，如果失败了，最后的底线无非是失去清扫马厩的资格，再次被命运践踏。

那木把自己的第一次临床兽医学当成了一次赌博!

樱花瘦了很多，见樱抚摸着它的鬃毛，安抚着它。

那木仍是先给樱花做了眼部处理，然后用二十毫升的针管从樱花的脖颈中抽取了血液，随后将抽出来的血液注射到樱花的眼部。

见樱的双手捧着樱花的面部，看着针头插入樱花的眼球，感受着樱花的战栗。

那木的手法看起来很娴熟，但心中却波推浪涌。最后一滴血注射完毕，那木喘了口气。

见樱也长长地舒了口气，问询道:“这样就行了？”

那木点点头。

“樱花会好吧？什么时候能好呢？”

“看看再说吧！”那木回答得很低调，甚至带有些许打退堂鼓的意味。

“田下的笔记中没有记载吗？”

“病例相同，但是病体不同，所以要看看情况再说。跟我一起去豆腐房吗？”那木转换话题来转移见樱的注意力。

“如果樱花死了，我就去‘满洲国’，如果樱花康复了，我就带着它一起去……樱花，我说话算话，你一定要好起来！”见樱似乎对“满洲国”有特殊的向往。

“‘满洲国’有什么特别吸引你的吗？”那木委婉地问见樱，希望从她的回答中找到自己真正想问的答案。

见樱的回答完全是一种自我感觉上的喜好与否，没有刻意强调什么。只是其中穿插的某些字眼被那木笼统地关联起来，就形成了那木意识上的完整。

原来这一段时间内，发生了这么多事，日本人口中的“满洲事变”就是日本侵占东北三省的“九·一八事变”，那天，本应是自己大婚之日，却也是自己遭难的开始。

清朝末代皇帝溥仪在长春组建了小朝廷，也就是跟日本政府亲密合作的“满洲国”政权。

“我想穿着旗袍在紫禁城走上一圈……哦，到时，我还要带着樱花！”见樱已然处于幻想，那木则陷入矛盾的两极化。

日本全面占领东北三省，灭亡的大清朝再次复活，这两个消息，让那木先是一惊继而又喜，后来细细品咂则惊喜皆无。

那木意味深长地对见樱说道：“中国比‘满洲国’大，还是胸怀大志的好。”

见樱没有跟那木一起去豆腐房，而是留在马厩旁边守着樱花，好似那木是神医一般，奇迹转瞬就会出现。

那木把自己想象成一颗颗黄豆，在磨盘的夹缝中挣扎、蜕变。

十七

樱花一天天好了。这让那木在育种场出尽了风头，引起了多方面的关注。唯独没有达到那木期待的能够一举吸引见樱的结果。

那木继续教见樱汉语，见樱则教那木英语。那木看起来无所求，实际上总是在教课之余探询日本与中国的关系，还有日本人对中国的看法。

见樱毫无心机，一谈起中国和“满洲国”就显得很兴奋，话题也很多。从这里扯到那里，从古代讲到现代。那木隐隐觉得这些话题好像都被筛去了某些重点一样，他从中无法知晓更多的信息。反而为了迎合见樱，好几次那木险些说漏了嘴。

育种场的人已经把关注的目光聚焦到那木身上，尤其是场主的女儿对那木的友好更是引起了一些人的强烈嫉妒。这些人大部分都是抱着跟那木同样心情的年轻男人，都希望获得美人芳心的同时获得育种场主掌大权。

他们错误地估计了那木的目的，只是因为他们不知道那木的身份。那木急于回到安东县，尤其在他得知了东北三省沦陷“满洲国”建立的消息后。

跟在栖川五马和新来的这五个实习生身边，那木总能想到圣约翰大学，想到自己的求学时光。“light&truth”（光明和真理）、“学而不思则罔，思而不学则殆”，圣约翰大学的校训根植在那木心头，可对如今的他来说，哪里是真理？哪里有光明？主修医学的那木，如今成了活学活用现学现卖的兽医，医治与研究的对象则由人改为动物。那木除了在心底苦笑之外，又能怎样呢？何况，在这样一个人魔不分的时代，人和动物又有何区别？

那木践行自己的诺言，不管多忙都要给樱花磨豆浆。豆腐房里的工人为此半是取笑半是挖苦地称那木为“磨豆一郎”。

栖川五马可能是在风言风语中察觉到那木的别有用心，一天工作结束后，边走边问那木道：“你打算一直给樱花磨豆浆吗？”

“我答应见樱小姐要这么做。”可能是没有领悟栖川五马话里的意思，那木想也没有多想，只好实话实说。

“看在田下君的关系上，我把你带进育种场，不希望发生什么不愉快的事。田下跟我说过，你是中国人，是从函馆港口上岸的。这样的你，就算给樱花磨一辈子豆浆也得不到我的女儿。”栖川五马的话已经带有冷酷的意味。

“我只是想回中国。”那木看着栖川五马，丝毫没有躲闪干脆地回答。

“所以才讨好我的女儿，对吗？”栖川五马直截了当。

“不是讨好，是作为一个男人的承诺。不过我真希望讨好您的女儿能有助于帮我回国。”那木不想说假话，但说不是讨好明显有些缺乏说服力。

“真的不是对育种场有什么非分之想吗？”

那木笑了笑，到了极致的苦笑看起来反倒显得淡然洒脱。

“您说得对，就算有，也只能是非分之想罢了。”那木自嘲式地戏谑道。

栖川五马看着那木，方才一直紧绷着的脸突然绽开笑容，赞赏地道：“我的小女婿只能有一个，必须是真心待她的人我才会接受。做我的学生相对简单，田下看中的人，我相信不会错。”

那木被栖川五马冷热交替的态度弄得有些糊涂，正在这时，一辆军用吉普车驶过来。从车上跳下两名日本军人，一边一个将那木挟持起来。

那木紧张地问道：“你们要干什么？”

“根据育种场的规定，每一个外来人员都必须接受军事调查。确定为安全人员方才可以在育种场做深入工作。”从车上最后跳下来一个军官例行公事解释给那木听。

那木看向栖川五马，得不到应有的回应。

栖川五马与军官互相敬礼，二人显然都是公事公办的态度。

“我的一切栖川场主都了如指掌，难道还需要调查吗？”那木觉得栖川五马应该会帮自己挡开这种事。

“这是规定。”军官看也没看那木，仍职业性地看着栖川五马。

“早去早回。”栖川五马嘱咐那木，看起来没有特别忠告的意思。

那木也希望早去早回，被两个日本兵架到军用吉普车，他的心七上八下，不知会被调查些什么。这种毫无征兆的行为，让他一时想不出任何对策来防备。

方才栖川五马的问话和态度，实在让人看不出什么端倪。

如果真是育种场的规矩，为何一开始不调查，反而等了一段时间？突然跟日本军方扯上关系，那木觉得事情好像变得复杂了。

那木只有达观地猜想，这也许真的只是例行公事的规定。栖川五马认了自己这个学生，如果他自己是监考老师，就更不能事先透露给考生题目。自我安慰了一番之后，那木稳下心神，准备见机行事。

吉普车沿着草场便道一路驶去，栖川五马似乎在思索着什么，远远看见栖川见樱骑马迎面而来。

虽然是栖川家最小的女儿，但见樱并没有得到父亲的特殊宠爱，反而觉得父亲栖川五马处处都透露着冷淡。

栖川五马与凌子接连生了四个女儿，想来二人的婚姻也不是一下子就僵成如今这样。见樱是俩人最后一个孩子，俩人关系破裂的最后过程正好伴随了见樱的成长。这也使得见樱对婚姻生活并不期待，也没有多少向往。

见樱能够看得出那些人对她的心思，但她除了在心中笑他们之外，真的别无他想，稍微留有的对爱情的渴望被见樱称为青春萌动的错觉，她要逃脱婚姻带给人的牢笼，谁都不要妄想以爱情的名义来捆绑她。

“爸爸，那木为什么被带走了？”

“例行公事接受调查。”

“通过调查之后，他就可以真正留在场里了吧？”

“是啊！”

“爸爸，那木的汉语说得很好啊！个子也好高，跟爸爸一样高呢！”

“你喜欢上这小子啦？”

栖川五马的这一句在平常父女之间很普遍的问话，却让见樱一时无法作答。

“婚姻是两个人的事，不要掺杂太多的顾虑。要抛开一切，否则不会幸福！”

“如果他是中国人呢？如果他看上了爸爸的位置呢？”

“凌子这些年都教了你什么？！”栖川五马暗地嘟囔了一句，明显有些不高兴，“见樱，你是接受新式教育的女性，不应该再有这些老套的想法，尤其是用在婚姻上，不会给你带来好运。”

尽管见樱心中有自己的打算和坚守的信念，可她还是违逆栖川五马故意发问道："爸爸之所以这么说，是认为跟妈妈的婚姻为此吃了苦头吗？如果不是跟妈妈成亲，爸爸就算医术再好，想得到如今的位置也很难吧？男人不是更看重事业吗？等有了事业的时候，再去追寻爱情，女人也奈何不得什么吧？"

见樱的话，每一句都针对栖川五马与凌子的婚姻。

一般家庭中，如果出现这种情况，女儿恐怕早就遭到父亲的训斥。但是栖川五马只是很冷地看着见樱。这让见樱很疑惑，为何自己屡次触及父亲的痛处，却也难以真正地激怒他。她能够感受到父亲内心的痛楚，可就是不明白为何父亲不发火？

这恐怕也是父女二人为何关系看起来比较冷的原因。

"我跟你母亲的婚姻，就是一个活生生的例子。你很聪明，看得明明白白，我想也用不着我这个做父亲的多说。不过看得出来，你母亲对你的教育很成功。"栖川五马用一句反语作为结束，之后看也不看见樱一眼，大踏步走了。

栖川见樱的上半身都已经倾斜着要跑着追上栖川五马，但脚却牢牢地定在地上。她本想冲过去，告诉栖川五马，方才所说的并不是自己的本意，自己不是有意要这样伤害他，也不是站在母亲一边对他进行谴责，可方才父亲的一番话跟以往一样太过于冷漠，让见樱觉得寒心。

见樱的眼前一闪而过方才吉普车中那木的样子，也许只有选择一个像父亲栖川五马这种借助婚姻作为跳板一步登天的男人，才能知道他们内心到底在想些什么。可认真地数一数，那些能够围绕在有权有势家女儿身边的男人们，又有几个不是抱着这种想法呢？对于栖川见樱来说，找一个栖川五马所说的纯粹的爱人实在不是一件容易的事。

那木夹坐在两名日本军人中间，在快要驶出育种场的草原之时，看到了骑马掠过的栖川见樱，在与她短暂地对视了一眼之后，被戴上了眼罩。留在那木眼底的是牧场大片大片的草绿色背景和白马背上一袭黑衣的栖川见樱。

那木表面上接受的是育种场的例行检查，实际上则是受到日本军方的秘密审讯。大凡接受这种审讯的人，都是被间谍组织盯上的人。那木能够引起他们的关注，肯定是自身的条件符合了他们的需求。

在育种场上报的人员名单上，栖川五马已经明确地注明那木是被贩卖来的中国人。因为已经这样如实地上报过，就连栖川五马也单纯地认为是例行检查，没有往其他方面想。那木自然是怎么想也不会想到这一点……

栖川见樱本想缓和改善父母之间的关系，却总是在关键时刻言不由衷，以至让局面变得更僵。

栖川五马以为女儿见樱是站在夫人凌子一边的，难免心中有些酸楚，但作为一个男人一个父亲，他当然不能像女人一样对子女喋喋不休。这就显得过于冷漠。而在栖川见樱眼里，母亲凌子实际上更冷漠。跟父亲的沉默寡言不同，母亲的冷漠表现在内心上。

三个姐姐年长见樱很多，都已生儿育女。如此一来，见樱就更加觉得孤独。也许正是这从心底里涌出的孤独感让她在学业上下足了功夫，成绩优秀是让母亲凌子引以为豪的事，因此为了得到母亲更多的夸奖，见樱愈加在学识上努力专攻。

在东京女子大学，见樱主修英文，除此以外，文学、历史、社会科学等也多有涉猎。这跟“东女”的办学宗旨是分不开的。

“东女”于1918年建校，是一所以培养综合人才为目的学校。从这所学校走出去的女子，除了具备知识和技术外更重要的是懂得追求人生意义和生存目的。她们不仅具备判断力、决断力，还同时具有能够克服困难的人格力量，因为只有这样的人才才能在社会中对自己的行为负责。

日本从明治维新开始，不断引进西方先进文化理念用来改良本国的文化教育，这样一股强烈的自强之风在几十年中形成了日本独特的文化风潮。1890年由明治天皇颁布了作为教育总纲领的《教育敕语》，把封建忠孝道德和皇权思想根植于实现军国主义的大一统中。

以《教育敕语》为基本理念和指导思想，不断对外进行教育文化渗透，积极地为侵略扩张做准备。主要针对的就是当时腐败成风的大清朝。日本为谋划蚂蚁搬大象的侵华策略可以说是处心积虑的。

在某些长远的意义上来讲，日本女学兴起的作用甚至可以比肩男学发展所带来的好处。“国民母亲”素质的整体提高，快速有力地提高了日本国民的整体素质和水平，而新时代正需要这样的人才。

日本国内教育与文化的发展奠定了国外扩张时的文化教育科学基础。武力的侵犯只能暂时敲开他国的大门，但真正要受到其国人的接纳和迎接，需要的则是思想与文化上的共鸣，等到共鸣达到一定程度，就会有实际意义上的融合和同化，等到融合成一体就达到了同化的最高境界！

在日本军国主义盛行的时代，无论是男学还是女学，大体上培养的人才都是为战争所用。这样一个战争侵略实质，大都经过多重的美化与改良。

在对外进行的一系列残酷的侵略战争中，日本人如果不是建立在这样一种自我催眠一厢情愿的自欺欺人基础之上，是没办法开展种种灭绝人性的战争行为的。

栖川见樱是典型的日本热血青年，为了大东亚共荣，为了大日本帝国的万年不朽根基，是可以奉献出自己的一切的。

见樱一直生活在东京，东京是当时日本的政治文化中心，在这样的氛围中，不可能像她对那木表示出的那样，对中国如此无知。

明治三十年（1897）4月，日本的知识分子和政治家在东京成立了“东亚会”，支持中国的维新派推翻清朝统治。这是继明治初期日本成立“兴亚会”之后又一主要针对中国的组织。“兴亚会”是日本最早研究中国和亚洲问题的学术团体。

紧接着于明治三十一年（1898）6月，又在东京成立“同文会”。“同文会”围绕中国问题做研究，在东京发行刊物《支那省别全志》，在上海设会馆创办学校。很快，东亚会与同文会达成协议，在“保全清国”的基础上合并为“东亚同文会”。

“东亚同文会”培养了大批的人才，对教育文化的影响力堪比日本国内的诸多帝国大学。主办发行的《支那省别全志》是当时日本人了解中国的第一参考刊物。

更重要的是，作为研究中国问题的专门机构，“东亚同文会”掌握了大量的关于中国政治经济文化的资料，这些信息储备量深深地影响了日本政府对华政策的制定和实施。从明治后期到昭和时代，日本政府对华制定的文化教育渗透方针基本上都是受到东亚同文会的影响。

栖川见樱精通英文、汉语，对欧美历史、东亚历史、社会科学的不同涉猎，正是东亚同文会需要的人员。

栖川见樱在这里找到了人生的归宿，也找到了家庭永远都不能给予她的那部分缺憾。

那木当时对见樱的感觉也没有错。见樱只是适当地透露了一点信息给那木，以此来试探推测他，其中不露痕迹隐藏的则是她自己的真实面目。

那木会英文反而要跟见樱学英文，见樱会汉语却要跟那木学汉语。不懂装懂难，装糊涂岂不是难上加难？

见樱错误地估计了那木，才会促成他接受这样特殊的军事调查。那木以为见樱不过是一个简单的大家小姐，才会不设防地更多暴露自己。

那木与栖川见樱，二人在对彼此的试探中都以为了解了对方，谁知却越走越远。等到二人真正看清对方之时，都不免有些哑然。

那木眼里的大小姐原来是如此一个有着远大志向又深谋远虑的文化战执行者；见樱猜想中深藏不露暗行大计的那木，只不过是个被卷进阴谋和时代洪流中身不由己落脚于北海道的富家公子。

两个聪明人算的一笔糊涂账。人生的阴差阳错大抵也不过如此。

十八

那木不在育种场，栖川见樱只好亲自去给樱花磨豆浆。

每天到了喝豆浆的时候，樱花都会表现出异常的兴奋，它将马厩里食槽旁的挡板踢得发出“当当”的响声。

那木被带走的第二天，栖川见樱提着豆浆来喂樱花。可樱花似乎并没有多大兴趣，嘴巴浸在桶里象征性地喝了几口。樱花的嘴巴上沾着豆浆，它的大舌头像把柔软的刷子伸出来两下三下将凝结在唇边毛毛上的豆浆舔干净，之后抬起头仍旧刨着蹄子瞪着大眼睛看着栖川见樱。

栖川见樱不解，豆浆都是一样的，为何樱花不喝自己磨的呢？她开始回想那木是如何磨豆浆，又是如何将豆渣过滤出去，最后又是如何将豆浆煮开……

那木的声音，那木的行动，那木的神态……一点点，一滴滴，像被打开的书画卷轴被不断延展开去，那木的形象在栖川见樱的脑海中一幅幅涌现，渐渐连成一幅会动的那木生活图画。

栖川见樱不理睬樱花刨着蹄子的抗议，兀自陷入对那木的遐想中。

想起那木教自己汉语偶尔流露出的方言，栖川见樱忍不住笑了。那木身上偶尔散发出一种傻傻的气息，让栖川见樱觉得小有成就感。这种成就感本身也带有强烈的孩子气，好似童年时玩的一种“我能看见你，你看不见我”的游戏。

当那木就在她身边的时候，栖川见樱的内心是高傲的，又带有些许的狡黠。一种不被他人所知的优越感，让她总是以高于一切的目光来审视那木，心中并没有觉得他和那些围在她身边抱有企图的男人有什么本质上的区别。

等到那木离开了她的视线，栖川见樱得以更加客观而真实地摸清自己的内心，哪种心情才是对那木的真实心态。

栖川见樱发现自己的内心有了小小的悸动。那木并不是她眼中庸俗的男子，如果是，她不会是如今这样的感觉。二人身份地位悬殊，并且隔着“中日”之间这块厚厚的寒冰，想要融合实属妄想。她告诉自己，这不是爱，也不是喜欢，当然更不会有什么以后。

栖川见樱有这样的思索无疑是此地无银的自我辩驳，靠理智压抑的感情犹如等待风势的山火，时机一到，定会烧得寸草不留。

三天过去了，那木还没有被送回来。栖川见樱仿佛印证了自己对那木的猜测，也仿佛看到了那木的结果。作为潜入日本的中国间谍，一旦被发现，下场只有一个，那就是死！

那木肯定是已经被军方秘密解决掉了。也许明天就会传来那木身患重病不适合在育种场工作的消息。再然后，就再也没有然后。那木这个人就会彻底消失。

但日子一天天过去了，始终没有那木的消息传来。生或者死都应该有一点信息和征兆，可是什么都没有。

栖川五马也有些疑惑起来，已经八天了，这个那木难道有什么值得特殊调查的吗？

那木实在没有什么可特殊调查的背景，也没有进行任何针对日本的反日活动。根据栖川见樱的汇报，他们对那木进行了基本审问和深度调查，最终得出这个结论。这让一度以抓获中方间谍为荣的日本军方倍感失望。

依照原本的审查规矩，那木很快就可以被释放。但是，通过对那木的深入调查，发现他是一个不可多得的可用人才。

历来，两军交战，都以挖掘到不可多得的人才为幸事，根据东亚同文会的建议，日本军方决定利用那木来实行反间计。

那木当然不肯妥协，所以被暂时扣押了。

片岗深春是《支那省别全志》的编辑，熟悉中国，熟悉东北，对奉天、安东县尤为熟悉，游说那木的重任自然落在他身上。

见那木之前，看了些那木的基本资料，片岗胸有成竹，认为那木的满族身份正是切入口。尤其是认为那木经过了军方一系列的轮番洗脑之后，正是思想意识薄弱之时，也是最佳的策反谈判之机。

但那木是何等人也？他并非一般的无知草民，也并非一般头脑的偏激小人，虽然身为满族，与大清朝有着这样深的渊源，但祖父那老太爷从小给他打下的历史政治基础，早已经奠定了那木不可动摇的民族意识和以大局为重的价值观。

大清国的灭亡，满洲族人遭受的种种劫难，整个华夏民族被阴谋割裂的创伤，这些屈辱的历史不是谁的几句遮掩和狡辩就能从那木的心中抹去的。

日本军方的强硬输灌，恰恰让那木产生了无限的抵触心理。华夏民族的多民族特质，呈现出一种强大的包容力，这远非一般的小国寡民所能理解。正因为这样的特质，才会被一些人利用，拿来做文章。

兄弟打架，外人来说和，但却让兄弟二人更生嫌隙，难以弥合。

想到当初大清朝灭亡的前因后果，再听听如今日本人的满口挑拨分裂之言，那木终于能够从心底里体悟祖父在给他讲解这些历史时的痛楚心情！

连续五天，那木轮番接受着审查和洗脑。之后的三天，除了吃饭睡觉上厕所之外，没有人来跟那木说一句话。这是日本人留给那木的反省时间，却被他用来深度思考。

在说客的嘴里，日本出兵占领东北三省是被迫无奈的，日本政府和清朝政府历来都是友好的，要不然也不会扶持溥仪成立“满洲国”。扶持了溥仪，他就可以再做皇帝，如果那木也顺从他们，也可以成为不一样的那木。

日本人的说辞大体上就是这一套，盘旋在那木头顶，像紧跟不放的积雨云一样让人讨厌。

日本人用民族主义的挑拨离间之计来利用那木，无非是要让中国人之间自相伤害。他们屡次使出这样的卑鄙伎俩，以为百用百灵。谁知碰到了深明大义的那木，非但不灵了，反而激起了那木的民族屈辱感。因为深受民族分裂之害，那木对日本人的这种利诱毫不动心，且非常鄙视。

那木开始并不说话，被逼无奈之下，告诉他们，我是满族，大清和中华是一脉相承的，你们不要再用这种可笑的说辞了。

谁知这样的话招来日本军人的疯狂耻笑，他们对那木叫嚣道：“等到我们完全入驻了中国之后，日本人也会有这种自豪感，大和民族与华夏是融为一体的！”

拉拢那木的日本军人说出心里话，觉得很满意，让那木仔细想想，别错失了机会，之后离开了。

那木对着日本军人的背影也放声大笑，笑得喉咙发痒，一阵咳嗽。

日本军人和看守者都以为那木发疯，谁知却听到了那木哑着嗓子的回答："如果不怕你们自己苦心经营了这么多年的岛国文化融入大陆板块中，你们就去中国试一试好了。"

日本军人咆哮着冲回来，对那木进行殴打。那木没有反抗，灵魂已经布满伤疤又何必在乎这躯体上的痛痒？

那木身上留下好几处淤青，由开始的红变成墨青色，又由墨青色变成现在的紫褐色，那木用手指戳了戳，丝毫没有疼痛的感觉，反而麻麻的木木的，一如他时不时弹跳的脑神经。

挨了一顿打，思考了三天。那木越想越气，激起满腔的怒火无处发泄之时，片岗自信满满地前来做说客。

片岗给人的第一印象非常好，文质彬彬，举手投足都带有风流才子的潇洒。与绝大多数日本人的刻板自律不同的是，片岗显得随意亲切不拘板。

那木被片岗影响，顿时冷静下来，他想起了栖川五马的隐忍和克制。

那些在那木心里来回预演了无数遍当时没能及时顶撞给日本人的话，本来准备随时一股脑倾泻在片岗身上，但此时，那木小心谨慎起来。

片岗来后还没坐稳，就到了午餐的时间。

那木猜想，片岗是故意要这个时间来打扰他吃饭的吧？

几天来，那木的午餐一直都是海鲜拉面，配以清爽的腌菜。腌菜不断变换，但无非是在白萝卜、胡萝卜、青萝卜之间。今天中午是白萝卜，特地增加了一小份辣椒苏子叶。

那木很意外，这种苏子叶在老家安东县通常都是用来做苏叶糕。日本人却将它做成了酱菜。

思绪被一些细节扰乱，那木看了看片岗，又看了看自己的午餐，笑着对片岗道："怎么？要不要一起吃一点？"

片岗也笑了，居然带有一些不好意思地回答道："早餐只吃了简单的饭团，看到海鲜面，还真有些馋呢！"

"给这位先生也加一份！"那木指着面条，冲门外的守卫大声吩咐。好像是餐馆里掌柜的随便给熟悉的客人加餐一样大方。

片岗得到了一份与那木同样的午餐，但却没有萝卜配菜，只好跟那木分享。

那木庆幸在关键时刻抑制住了自己的情绪，这让他更加放松起来。应对这种狡猾的敌人，光靠嘴皮子厉害逞一时之快是无用的。

吃到剩下最后一片苏子叶，片岗感叹地说道："我曾吃过最美味的苏叶糕，就是在那木君的故乡安东县。十多年过去了，仍然不能忘怀。"

"片岗君大可以再去安东县，我家就住在日本领事馆附近，到时提到我，家人定会热情招待你。"那木喝光最后一口面条汤，认真地对片岗说。

"听那木君的口气，你自己不打算回家了吗？你也知道，'满洲国'已经建立，整个东北三省都是'满洲国'的国土，作为正宗的满族，那木君难道一点为国分忧的心都没有吗？"

"此言差矣。自问没有'先天下之忧而忧，后天下之乐而乐'的伟大情怀，但为国为民的志向还是未曾改变的。"

"说得好！为了大清国的延续，为了现在的'满洲国'，那木君不应该拒绝我们的好意。"

"我也并非是拒绝，只是一时还拿不定主意罢了。"

那木的话听起来似乎有了些许的动摇，并且承认了"满洲国"。实则不过是一种兜来转去的策略罢了。可听在片岗耳朵里，则是谈判胜利的信号。

片岗想，军方这些人真是些笨蛋，现在看来，那木也并不像他们所说的那么强硬呀！这种软绵绵的家伙，有什么好利用的？据说还是会里的内部人员推荐的，啊，是那个小姑娘栖川见樱，她该不会是被这小子的外表给迷惑了吧？

"你们应该很清楚我的底细，一个学业未成的医学院学生，养尊处优不懂生产的富家子弟，对了，关于我在育种场医治好樱花的眼疾，那绝对不能代表我就是一个兽医……若回安东县，我能做些什么呢？"那木似乎进入了谈判的状态，他觉得自己真正的成熟是从方才为片岗要来一份海鲜面开始的。

"这个，这个……"因为那木的合作态度，片岗一时有些犹豫。好比跟卖家还未真刀真枪地讨价还价，卖家就先一口降下价来，这让买方片岗顿感非但没有捡着便宜反而上当受骗了。他突然打起退堂鼓，便宜没好货的理念一下子占据了他的头脑。

"那木君过谦了，回去自然有回去的好处。但这还是应该交给栖川五马做决定，毕竟你是育种场的好兽医，又得到了田下四十八的真传。如果真回安东县，也是育种场的一大损失啊！”

“这么说，我还是要继续留在育种场了？”那木有些不雅地打了一个饱嗝，满不在乎地说道，“回安东县也好，留北海道也罢；当大夫也好，做兽医也罢；这些总好过在船上当奴隶啊！片岗君有过海上生活的经历吗？你不知道，我们在船上的时候，每天一次的方便，我跟你讲……”

那木让片岗看到了一个略有些荒唐又有些神经质的自己，希望他们放弃策反他做奸细的计划。

片岗一开始也许真有些动摇了，他露出略有失望的神情。这样一个头脑混乱，语言组织没有逻辑的人，如何为大日本帝国所用？

看来，这个那木不过是一个空有一副好皮囊夸夸其谈的油滑公子哥儿，这样的嘴脸自然容易迷惑小姑娘，可逃不出他看人的眼睛。要是真对这样的人委以重任，结果也可想而知。

但片岗并不会轻易下定结论，他假笑着听那木讲海上的遭遇，心里顿生出对那木的怜悯，确切地说是对整个华夏民族的悲悯。

如果那木真是这样一个虚有其表的家伙，他只能如实告诉军方，怎么处置随便。虽然有些残忍，但生存的法则不就是优胜劣汰吗？如果那木是在耍花招玩儿小把戏，那么，他倒要看看，在这样一个没有选择的环境中，那木将如何成功胜出？

若是那木胜出了，不仅会得到片岗的重用，更会得到他的尊重。

这就是人世间的游戏规则，越强才会越有价值，越有价值才能变得越强。

那木清楚片岗他们希望的是什么。他看起来讲的都是漫无边际的海上生活和可笑的逃亡计划，但重点表明的就是两点，一、他强烈地渴望活着；二、他为了活着做了最大的努力。

做奸细还是不做？那木自始至终也没有向片岗明确表明。他既不愿意向日本人妥协，又想要活着的机会。

片岗笑那木天真，只有年轻人才会有这样的幻想！

在绝境中，若是连幻想的机会都放弃了，那就真的只剩下绝望。

那木最后把话题拉到了历史上的五国争霸与七国争雄，讲了三分天下与大一统，讲完了这些，又提到国中国“满洲国”，并且以询问的口吻问片岗，下一个国中国会建在哪里呢？到时候又想扶持谁上台呢？

片岗的态度有些含混不清，他没有回答那木的任何提问，也没有对那木承诺什么。事实上，他心里已经做好了打算。

片岗走了，看守室里海鲜面的碗还没有被收拾掉，那木就被带了出去。

蒙着眼睛进来，蒙着眼睛出去，那木在一片黑暗中感知曾经五颜六色的世界。

似乎走了好久，又似乎仅仅是在原地打转。那木无法感知外部世界，只能倾听自己的内心，可内心也是杂乱无章。

局面有了变动，那木不知道等待他的会是什么。

十九

军方没有给育种场任何交代，那木从此销声匿迹。

栖川五马并没有觉得稀奇，育种场的工作人员名单上曾经以各种名头被划去了不止几十人，且都是在被军方带走后不久。不出什么意外的话，这些人都隐藏着不可告人的目的，破坏军马育种场，破坏大日本帝国的扩张大业！

那木如果跟这些人一样，他就是罪有应得。

军方没有给出一个哪怕是虚假的借口，这一点让栖川五马有些疑惑之余，不免又有些替那木侥幸。也许那木是个特殊的例外。

栖川五马对那木的这种特殊亲近情愫，大概出于一种没有儿子的遗憾。并非所有的男人都怀有这种原始的传宗接代想法，但大部分的男人还是有着根深蒂固的情结，而像栖川五马这样因出身寒微而入赘的男人则尤为突出。

在日本，入赘的男人大概最怕两件事。一是在他成为妻子家的户主后不能光耀门楣，二恐怕就是没有传宗接代生下儿子替妻子家族延续名义上的血统。

栖川五马让栖川家得以重振，这令凌子自然说不出什么，而没有生出儿子真要怪起来也不能只怪栖川五马一个人。所以，在栖川五马事业有成的光环下，没有儿子的这件事明显被故意忽略了。可没有就是没有，不去触碰的伤疤也是会疼的。

栖川五马看好那木，不希望他是育种场人员名单上被莫名划掉的人。他希望那木只不过是一个简单的漂流者，最后落脚在北海道。

栖川五马的前三个女儿都被凌子嫁给了或门当户对或高攀的权势之家，最小的女儿见樱大概也难以逃脱这样的命运。如此一来，栖川家到了他五马这里就算真的结束了。

栖川五马也跟方子、凌子一样，用臆想的眼光来看那木，就更加觉得这是上天赐予的缘分。他希望那木成为他的儿子，成为继承栖川家的主人。可他心中又有所顾忌，所以才故意试探那木。得到那木没有野心的回答之后，竟然就这样分别，不能不让栖川五马若有所失。

栖川五马又回了一次函馆，但并非是去祭拜樱之红，而是去找凌子。在凌子的温泉会馆，二人竟然像平常的夫妻那样正常地交谈起来。

谈起大女儿的女儿，也就是他们的外孙女，谈起二女婿何时回国，又说起三女儿的婆婆似乎太过于严厉。这些家常话，栖川五马从来未听凌子讲过。也许是温泉水洗涤了凌子平时的刻板与严肃，凌子讲起这些事情来，才仿佛是一个真正的女人。

凌子的脸上搽了粉，遮盖了细小的皱纹，化了淡淡的妆，着装考究，通身看起来仍有一丝明艳。

栖川五马这才发现自己从未真正仔细地看过凌子。

年轻时出于自卑；中年时出于不屑；年老了，大概是出于长时间一起生活累积起来的厌烦。

栖川五马回来主要是想跟凌子谈一谈那木。这种事不好开口，尤其是跟凌子，但凌子是妻子，这一特定的身份让栖川五马只有跟她谈。

凌子对栖川五马的叙述没有表示什么，只是一再求证那木是不是他在外面的孩子。栖川五马被问得心烦，但仍是耐心地回答了。他期待凌子能够从不同的角度来帮他分析一下，并且分担一下没有儿子的低落心情。这种心情唯有跟凌子讲，否则会被外人看作彻头彻尾的无能和懦弱。

但是很明显，凌子并不想触碰儿子这个话题。她在衡量了栖川五马所说的话是否属实之后对他说道："既然不是你的孩子，你还有何可担心的？"

夫妻相处，冷热自知。

凌子的话包含着无穷的韵味，栖川五马从中听出了冷酷的味道。不要期望这个女人有所改变，也不要委屈自己去迎合她。此生的夫妻缘分大抵也如此了。

这样一想，栖川五马反倒轻松自如，他觉得自己无论做什么，都对得起栖川凌子，也对得起栖川这个家族了。

本想再谈一谈见樱，但栖川五马认为没有必要，他连夜赶回了育种场。

栖川见樱认定那木已经被秘密处死。

三个月过去了，没有那木的任何消息。不管他是谁，不管他准备做什么，这个人却因为自己死了……

北海道的盛夏中，栖川见樱身心备受煎熬。

那木也备受煎熬，而且再次体会生不如死。他以为海上漂流的生活就是人间炼狱，片岗偏偏要让他到真正的地狱里去看一看，感受一番。

片岗在那木叙述的海上生活中找到了瓦解他精神防线的方法。这些娇生惯养的家伙思想虽然顽固强硬，肉体却是脆弱不堪一击的。

北海道的阿伊努人被强行划分到固定的区域，并且从事着所有大和民族所不耻的工作。

三个月前，那木成了跟阿伊努人一样没有人权没有自由没有尊严，总之除了呼进呼出的这口气之外再没有其他的人。

阿伊努人恨这些跑到北海道来开拓的“和人”，但却无力反抗，当群体出现了更加弱势的种族时，这股无名的烈火就撒在了那木身上。

那木不仅要承受高负荷的劳动，还要忍受某些心理病变的阿伊努人的折磨。那木仿佛是日本人扔给阿伊努人的沙袋，用来发泄不满和愤怒。那些日本人看着这一切，却带有着主宰者特有的优越感。

那木时常受到殴打，旧伤未退新伤又来，身上为此总是保留着青紫红肿。

阿伊努人明明也是受人压迫剥削的族人，却把这种暴虐如数倾泻给另外的族人。虽然被少数的阿伊努人当成泄愤的沙袋，但那木渐渐地了解了他们之后，却在心底替他们觉得可悲又可怜。

暴怒的人都像是横着走的蟹子一样，一旦用蟹钳夹住了目标物，除非它自己主动放手，否则，目标物动得越厉害，则蟹钳夹得越紧。为此，蟹子宁可断掉蟹钳也要死撑到底。

那木悟透这个道理，挨打的次数多了，便形成了一种把消耗量降到最小的自我保护模式。他尽可能不去激怒那些红了眼的阿伊努人，只要不打在要害部位，就任由他们发泄。等到他们觉得够了，便会主动放手。

并不是所有的阿伊努人都是如此，但向来善良的人总是自身难保，又何谈来保他呢?

在这样的情况下，那木还是受到了一大部分善良的阿伊努人的不经意保护，这让那木觉得那些殴打他的阿伊努人似乎接收了某些邪恶的信号。

这是北海道更靠近北边的一个小岛，也是日本人给阿伊努人划分的属地之一。

在这里，那木下矿井，出海打捞，在盐碱地上垦荒……

三个月的时间，那木为了应对这些劳役和殴打而无暇顾及逃亡的念头。不是不想，是没有精力想，更没有希望去想。这是绝望的另一种表达方式。

那木不知这种劳役何时结束，也不知道自己的命运何以会如此？难道自己活着就是为了受这些苦难吗？

那木想起那些在三等车外苦苦推挤向前的人们，为了一个座位，为了所谓的目的地，使出了浑身解数。如今的自己就是在乘坐人生的三等车，如果不随着这股拥挤的人流，恐怕就会被遗落在地狱的最底层。

北海道夏夜的天空，星星是闪耀而迷人的，配合虫鸣蛙叫，仿佛是一个自然生辉的幽雅舞会。

可谁会看这些呢？谁会关注哪颗星星比较亮呢？

在这里，一切都是粗俗下贱的，一切的美都犹如被火山石包裹的水晶般，被痛苦围得密不透风。

海岛特有的咸湿之气在夜晚显得格外浓重。那木趁出来方便的时候，对着星空发呆。

那些作践那木的阿伊努人确实是受了指使的，其中一个鬼鬼祟祟地跟着那木一同出来。

那木不想在这样的深夜遭受心灵和肉体的双重折磨。想不清楚活着的意义已经令他够难过的了，要是再被这矮矬的猴子痛打，那木恐怕真的没有活过这一晚的勇气。

借助星光的亮度，那木的眼神仿佛比往日聚焦了更多的能量。那木明显透露出“今晚我不想挨打”的信号给这个家伙，可这家伙却明显没有领悟到这层意思。

他环顾四周之后，居然对着那木笑了笑。他一边撒尿一边吹着口哨，这个动作让那木哭笑不得。这个猥琐的中年男人，居然在小便的时候给自己吹口哨！

口哨声中，陆续又走出来几个平时殴打那木的阿伊努人。

那木突然放肆地笑起来。笑这个给自己吹口哨尿尿的杂种，笑他们自已忍受日本人的欺压不敢反抗反而迁怒在别人身上的劣性。

这恐怕是那木在近三个月中唯一笑出声的时刻。这一笑，对于那木来说是排除恐惧的特殊方法，也是他人性的分水岭。

好像鳄鱼在捕食猎物之前所流出的慈悲状眼泪一样，其实，这不过是某些特定的物种为了生存而特殊进化的一种本能。

鳄鱼在吃东西时会流出大滴的眼泪，所以西谚中常用“鳄鱼的眼泪”来形容假慈悲。这不过是人类的想当然，如果让鳄鱼开口，定会大骂人类愚蠢，以为不管是谁的眼泪都是慈悲的流露。其实鳄鱼流出的不过是从盐腺中排出的含盐量很高的溶液而已。这是为了保持体内外的盐分平衡而进行的自我调整。

那木的笑，在敌手看来是讽刺挖苦挑衅的嘲笑，但事实上，这是那木豁出一切，用来战胜被群殴致死的假想而进行的自我调节。

如同鳄鱼不能够告诉猎物它流泪是为了什么一样，那木同样不能告诉“吹口哨”们自己发笑是因为心底的恐惧。

那木笑过之后，与这些阿伊努人进行了一场死战。

没等那些人真正围攻上来，那木第一个攻击了那个吹口哨的家伙。

大概是那木向来都是逆来顺受，突然反击的样子让这几个阿伊努人一时没能适应，不免显得有些发呆。

“吹口哨”被那木打得发蒙，一时无力还手。其他人一拥而上，拉扯那木，对他拳打脚踢。

但那木不理会其他人的殴打，只是集中所有的力量在“吹口哨”身上，直打得他口鼻流血，眼球迸裂，嘴里发出瘆人的惨叫。

那木的疯狂震住了其他人，等到“吹口哨”没有了动静，那些殴打那木的人早已退到圈子外，呆傻地看着那木。

借着月光，那木看到“吹口哨”像稻田里的稻草人被抽去了支撑的木杆一样，软塌塌挂在竹篱笆上。一根削了尖儿的竹竿从他的脖颈处穿了出来。血仍然从窟窿里咕嘟咕嘟地往外冒。

一股麻酥酥的疼痛感传来，那木的手不受控制地抖动，手上沾满了鲜血，分不清是自己的还是“吹口哨”的。

脸上溅了些血沫，流到眼睛里润泽得整个眼球也是红红的，月夜下的那木看起来像是嗜血的恶魔。

那木抹了一把脸，咸湿之气混合着新鲜血液的腥气，产生助动心跳的独特香氛。那木想，自己是真的疯了。他将手上的血抹在前胸的衣服上之后，忍不住哈哈大笑。

阿伊努人明显退后，紧跟着，一阵哨子的响声传来，混杂着日本人的高喊：“谁在闹事？不许动！”有人开枪示警。

灯光胡乱照射，在寻找发事的源头，扫来扫去之后，落在那木身上。“吹口哨”的尸体则躲在那木的背影之下。

围绕着的阿伊努人，神色各异，但没人再敢上前。

这仿佛是一幕真实的话剧，星空做幕布，血染的衣衫做道具，那木成了不折不扣的主角。

幽雅的夜，血腥的结果。那木的眼神充满了猎手一样的残忍和狡黠。

站在生与死的间隙上，那木看到自己的真实面目——畸形的可怕的强有力的求生本能。

看到别人的生生死死，到自己亲手结束了一个人的生命，那木仿佛是长瘤子的陈年老柳树一般，在自己的身体上、心灵上，同时结出带有不同意义的疤。

相比较这些，李迎春带给他的伤疤过于稚嫩了。它混杂在这些疤中间，已经看不出成色。那木唯有极力用心去感受时，才会涌起疼痛感。

思想上饱受蹂躏，肉体上备受摧残，那木以满身的伤疤为代价终于成长为一个成熟的男人。

杀死一个人和被别人杀死应该是同样的简单，但每个活着的人都在努力成为杀死别人的人。

那木没有因为杀了人而做噩梦，相反的，以往噩梦中受惊吓的自己正开始成为别人的惊吓。

那木不知道阿伊努人有没有自己的法律。《北海道旧土人保护法》不适用于那木，因为没有哪条律例明确规定像那木这样的外来人员该受到何等惩罚。当然，日本人有日本人的法律，但同样不适用于那木。

如栖川五马所期望的那样，那木确实是一个特殊的例外，当了杀人犯却得以幸免。这完全都是片岗做幕后推手才得来的结果。

片岗对那木的考验有了一个结果。这时，北海道的酷暑也已经过得差不多。

海岛的港口不适合停大船，就是小船也只好停在远远的栈道码头上。

那木出海归来，在码头上率先跳下船，拉过缆绳缠绕在牢牢钉入海底的木桩上，动作娴熟中又带有些疲惫的懒散。

那木蓄了头发和胡子，皮肤晒成古铜色，跟以前的他判若两人。但栖川见樱还是一眼就认出了他。

在泛着霞光的微波中，在起起伏伏的小船旁，栖川见樱以为这是上天的安排，甚至不敢惊动那木，生怕他会再次消失。

起初那木没有看到栖川见樱，只顾忙着卸货，船舱里的鱼被一筐筐搬运出来，再由推车推往岸上的运鱼专用车。

一趟又一趟，等到最后一筐鱼搬运完，那木听到有人大喊道："见樱，还不快走？"

那木闻听，顺着声音搜索，这才看见了栖川见樱。

大概是被沉重的心跳压抑着，那木的脚步很慢，挪到栖川见樱身边后，透过被海风吹拂到额前的长发，似笑非笑地看着她，轻轻地问候道："你来啦？"

那木的这三个字问候，像在栖川见樱岌岌可危的情感堤坝上挖出了一个缺口，感情的洪水顿时失控！

栖川见樱的脸上挂满泪珠。少女特有的矜持混杂日本女人固有的坚强和隐忍让她唯有通过泪水宣泄。

那木在她眼前时，她不仅不爱他，反而有些轻视他，等到那木失踪后的这段时间，她则深陷一种精神的爱恋中不能自拔。

那木不知道栖川见樱的心思，但却感受到她的真挚。

只是，那木不再是以前的那木。他不轻易感动，也不轻易惊喜。因为他太明白了，感动之后可能紧跟着感伤，没有人能够保证惊喜后是不是惊吓。

栖川见樱倒进那木怀里，她抱紧那木，把头脸埋进他的胸膛，将身体的颤抖传递给他。

这时，那木才有了作为一个男人该有的反应。他抱紧了栖川见樱，直到两个人都有些窒息。

那木的失踪，在某些意义上来讲，类似于战术中的欲擒故纵。他本无意如此，怎奈上天成全。

至此，他把栖川见樱稳稳地抓在手里。

栖川见樱之所以来此，是跟同学们一起来对阿伊努人进行医疗救助和农业知识普及。

那木与栖川见樱则觉得这是命运的安排，无论怎么说，无论怎么想，最后都绕回到俩人的缘分上。

片岗安排了这样的一出浪漫爱情剧，可剧中的主人翁却不知道是在演戏。

栖川见樱对那木的感情来得迅猛而又浓烈，大体上掺杂了愧疚和自我臆想。父母婚姻生活给了她很多负面的影响，让她有了一种自虐性质的爱情观。那木遭遇的一切，对栖川见樱而言都成了爱他的砝码。

如果放下一切，二人会相爱的机会要低很多，但在众多外界因素的推波助澜下，那木与栖川见樱倒成了乱世中的佳偶。

想到母亲凌子，想到父亲栖川五马，想到三个姐姐和三位姐夫，栖川见樱觉得这种阻力巨大挑战度够高的爱情，才是自己应有的新挑战！

在这个封闭的小岛上，在特定的时间里，在各自不同的命运轨迹上，那木表现出相信命运相信缘分的姿态，并且与栖川见樱一样沉浸到男女之爱的漩涡中。事实上，他的心早已一片荒芜，他丧失了真诚相爱的能力。

在栖川见樱面前，那木收放自如地控制了自己的情感。那木并不惊讶自己的改变，隐隐中倒暗自佩服自己的冷静。

一个男人如果无法在一个女人面前从容自若，那就注定小家子气。

那木割断了以往的种种，专心过起了当下的生活。祖父，詹姆士，李迎春，明珠，妹妹索隆高娃，安东县，上海圣约翰大学，“满洲国”……这一切都跟他没有了关系。

栖川见樱成了那木唯一通往自由的通道。可没有正规的手续，栖川见樱也无法将那木带走。

表面上经过栖川五马的交涉与努力，那木得以被遣返回军马育种场。实际上，没有片岗的发话，那木哪儿都不能去。

人前表演的木偶，往往都受制于看不见的操控线。

二十

那木回到育种场，借机挑明了与栖川见樱的关系。这正合栖川五马的意思，但却让凌子为此犯了病。凌子不是真病，无非是以生病为压力迫使栖川见樱妥协。她不可能把自己精心培养的小女儿嫁给一个无根无梢的中国人。

凌子对见樱的影响非栖川五马可比。见樱只好暂时敷衍母亲，期待等凌子身体好些心情转变后再做打算。

那木回到育种场不久，就被片岗秘密地召见过一次。这次，两人都卸去了人前面具，很坦诚很直接很赤裸地讲明了一切利害关系。那木明白，就算谈判时占了上风，在强权的铁腕下也都是不算数的。如果不是以打死了“吹口哨”作为一种证明，可能还没等到栖川见樱来解救，自己就已经轻飘飘地死去了。

片岗无非要他为大日本帝国服务，比起死亡，只要能活着，还有什么不可接受的呢？

片岗对那木说了要他尽快与栖川见樱成亲，并且意味深长地对那木说，这种政治婚姻对他只有好处没有坏处，你跟栖川见樱两个人是天造地设的一对。说到这里，片岗有些得意之色，并且说，能够得到栖川见樱，你小子艳福不浅啊！

那木现在又处在一个不能自主选择的当口上，但这时的他早已经把这些视为人生的常态，再也不会像当初跟祖父那老太爷那样耍小性子坏大事了。

栖川见樱不是明珠，此时的那木也不是彼时的那木。正所谓天时地利人和，三者缺一不可。

那木一直在找机会向见樱求婚。虽然，他得到了见樱爱的承诺，但此时的那木冷静得很，爱和婚姻能混为一谈吗？如果向见樱求婚，会得到肯定的答复吗？

片岗嘴里的艳福不浅不过是成年男人借机宣泄的意淫罢了，他们这个年龄已经忘记了年轻时的心动和复杂的想法，想想既让人厌恶又觉得可怜。

那木仍然坚持每天给樱花磨豆浆，一个男人，如果爱的承诺不方便兑现，但对一匹马的小小的许诺总还是要守信的！

见樱站在豆腐房门口看着磨豆浆的那木，她现在有些嫉妒那木，因为樱花只喝他磨的豆浆。

那木的头发还没来得及剪掉，被他扎起来垂在脑后。前额上一绺不长不短的头发老是在眼前飘来荡去，很是阻碍视线。那木不时停下来，用手扒拉开，可很快又耷拉在眼前。

见樱来时，那木正在试图将所有的头发都拢起来扎在一起，可弄好了头发却没办法用细绳扎起来。男人的手如那木的不多，但总归不适合做这样的女人活。

见樱走过去，接过那木手中扎头发的细绳，带有些甜蜜的口吻道："过来，坐下，我帮你。找个时间，我帮你理发吧！"

那木一边找地方坐下，一边惊讶地问道："你还会理发？"

见樱站在那木身后，嘴里叼着扎头发的细绳，双手熟练地扎起那木的头发，之后腾出一只手来拿细绳一边绑紧头发一边回答道："当然，不要小瞧我。"之后，自己竟率先咯咯笑起来。

"看样子是骗人的。"那木也开心地跟着笑。

"为什么樱花只喝你磨的豆浆？"

"因为我对樱花做了承诺呀！"

"真的是因为这个？"

"那还能是什么？"

"看样子是骗人的。"

见樱将那木的头发扎在头顶，像长出来的一朵蘑菇，自己看着也忍不住笑起来。

那木用手摸了摸头顶的发辫，指着见樱说道："就这手艺，要是给我理发还指不准理成什么模样呢！"

"咦？这是什么？"

"没什么，什么也不是，你在一旁等着，我很快就磨好了。"

那木抢先舀了一勺豆子盖在磨盘顶上放豆子的窟窿里，随即开始拉着磨转圈。

见樱挡在那木前面，迫使那木停下来。带着专注的神情用手抠掉上面的黄豆，居然从里面抠出几粒花生豆。

见樱把花生豆放在掌心上，看着那木："果然是骗人的，你居然在豆浆里面加花生。"

那木不说话，就那样笑着看见樱。

"怎么啦？被我识破了就笑着抵赖，是吗？你这样做，让樱花只认你，不认我，原来是早就有了预谋的！"

"这样磨出来的豆浆比较香，樱花比你敏感得多，它当然只认我，不认你。其实，我只是想一直帮你磨豆浆给樱花喝。见樱，你能答应我吗？"

见樱本来笑嘻嘻的，听了这一句，笑容反而僵了下来。

那木趁机拉住见樱的手："嫁给我吧，见樱！"

心想事成的冲击力让见樱一时不知该如何回答那木。她觉得自己是一头绕着磨盘转了成千上万圈儿的驴子，单凭一个晕字完全不能形容此时的感觉。

看到见樱傻傻的不回答，那木也开始严肃起来。

要娶一个人却不是真正完全地爱上了她，这是那木一直抗争的事情。可如今，他却主动做出了这样的选择。如果被那老太爷知道，该是何种心情呢？如果被明珠知道，又会做何感想呢？更如果，李迎春知道了，就算再次跳鸭绿江也要死死拽住那木不放吧！

两个人有些僵住，那木猜想见樱可能担心凌子的阻挠，刚想劝慰她，却听见外面传来凌乱的喊声："场主晕倒了……见樱小姐！那木君，见樱小姐……快，快去找大夫，去找大夫……"

那木放开见樱的手，疑惑地道："好像发生什么事了？咱们出去看一看。"

见樱的脑浆似乎都变成了絮状物，她没有听清外面喊的什么，追上那木时有些情急，正想抱怨那木为何不知情识趣等她回答，实习生中一个名叫小桥的一头撞过来，有些不满地对那木道："我就知道你们两个会在这里，老师晕倒了，还不快点过去看看！"

见樱与那木一路小跑着来到栖川五马的宿舍。栖川五马被平放在榻榻米上，身边围着一些人。

那木甩掉鞋子，来到栖川五马身边，见樱在另一边跪下，显得有些不知所措，用求救的眼光看着那木。

那木判断栖川五马是脑出血。在栖川五马的前胸残留了些许呕吐物，并且他没有任何的外伤。可那木没有手术刀也没有任何的抢救条件，如果贸然搬运栖川五马，将会带来更大的内部创伤，他们只能等待医生前来。

那木看着栖川五马的面容，不知道这个长者能否挺过这一关。

栖川五马本就有头晕头痛的病，只是大部分的人包括他自己都没有把这个当作病。殊不知，那就是脑出血的前兆。

那木心中断定了栖川五马的病情，但无法说出口，只能暗自祈祷。

医生的诊断与那木一致。

凌子赶来了，守在栖川五马身边，一直没有合眼。也许是有种期待，以为栖川五马会醒过来跟她说上一句话也好。但是，没有留下任何遗言，也没有表示出任何的痛苦，沉睡了三天之后，栖川五马去了另外的世界。

生死就是这么地不由人。那木突然觉得实在太可笑了，世人以为主宰了一切，谁知连自己的事都无法掌控。在这荒诞的岁月里，唯有生与死成了真实的，其他的都像是镜花水月，一碰就散了……

办完栖川五马的丧事，凌子仿佛瞬间老了许多。曾经残存在栖川五马眼里的那一丝明艳彻底被灰暗替代。

育种场急需要一个主掌大局的人，凌子从温泉会馆搬来了育种场，栖川五马的宿舍成了她的居家办公之处。

凌子很快学会了开车。她经常开着栖川五马的那辆福特车在草原上驶来驶去，草场的便道反而成了摆设。

对于育种场的工作，栖川五马在世时，凌子从不过问，当然也就一概不懂。但是，这个世界上的事就是这么奇怪，那些什么都懂的人往往被踩在脚下，反而是不懂的人有机会掌管一切。

凌子懂不懂都无关紧要，关键是任何团队都不能没有一个领头人。栖川家也一样，凌子成了唯一的家长。

那木开始担心与见樱的未来，如果栖川五马在世，至少还有一个后盾可以依靠，如今，单枪匹马想要通过凌子这一关看起来更难了。

见樱对死亡的概念明显没有那木深刻。她除了悲伤之外，无暇顾及其他。见樱不由得回想起与父亲的一点一滴，心就开始酸得冒泡，眼泪怎么都停不住。她对父亲恶意中伤过，从来没有道过歉，她想起父亲对她的劝诫……

栖川五马的突然死亡对见樱而言是第一次面对死亡，也是第一次面对自己最亲近的人离开。

谁知在这个节骨眼上，同文会竟给她委派了新任务。给见樱交代任务的人是片岗，要她以那木妻子的身份去“满洲国”，这让她一下子蒙了。

如果妻子去“满洲国”，那么作为丈夫的那木是不是也要一起去？见樱提出自己的疑问，但是没有得到回答。

别说那木与见樱还不是夫妻，就算成了一家人，在同文会的组织规矩中也不会同时把计划告诉两个人。

真正的决定权并非是一个人所有，片岗只是任务的下派者，他自然也没有更多的知情权和透露权。

同文会拟定了一个大架构的对华政策，利用那木与栖川见樱的特殊身份和最新进展的关系，将对华政策具象到“满洲国”的安东县。希望以安东县为中心，最终辐射整个“满洲国”，继而达到影响整个中华的目的。他们将计划呈报给日本军方。双方经过一系列的查缺补漏和反复修订，最终形成了一个完整的资源极度整合的计划。

在计划中，栖川见樱是“满洲国”的文化教育顾问，她需要把最先进的教育理念带给落后的“满洲国”人，最重要的是让他们认识真正的日本，接受日本文化，还有就是加强对日语的普及。

那木在计划中首先是栖川见樱的丈夫，并且身份被篡改为日本人。其次，作为军马育种场的兽医，栖川五马的得意弟子，那木成了大日本帝国驻安东县军马防疫厂的管理者。

这是因为，为了对外侵略的需要，日本在本国和朝鲜共设有八所军马补充部，为了配合军马补充部，急需要培养专门饲养和照顾军马的兽医。

那木在兽医学方面当然是半瓶子醋，但阴差阳错的机缘巧合，让他在这方面有了崭露头角的机会，尤其是在栖川五马的亲身授教下，那木的兽医技术进步很快。执行这个任务，那木是最佳人选。

除了这些原因之外，当然最主要的是那木是安东县人，他熟悉安东县自然要胜过其他日本人。还有派那木这样的中国人回去打头阵，无论生死，对日本来说都可以将损失降到最低，毕竟他终究还是一个中国人。

就好比日本人在战场上让朝鲜人打头阵一样，他们骨子里认为这些低贱的种族只能充当这样的角色。

人与人之间的关系，最难缠的就是夫妻关系。它既不像敌我一样分明，但斗争起来又决不手软。为此，牺牲栖川见樱这样一个日本姑娘来笼络那木，自然是很划算的事情。

那木与见樱的相见是命中注定，但最终的关系走向，则完全是人为的撮合。两个人的爱情注定掺杂了太多的身不由己。

事实上，在这段时间里，日本派出了大量的这方面人员到中国去进行文化教育渗透工作，由先前的针对清朝的方针政策转变为对新时期中国人的影响。那木与栖川见樱只能算是急急地向大海里奔流而去的两条不起眼的小溪而已。

由此不难看出，渺小的个体是多么的脆弱与不堪一击。在大时代背景之下，看起来的小风小浪影响到的却是这些人的一生一世。

见樱想到刚刚死去的父亲，又想到顽固不化的母亲。那个虽然有些冷漠但却一直支持自己的父亲已经不在身边，而这个独裁霸气对自己的人生总是横加干涉的母亲成了家里大事的唯一裁定者。

见樱想不好该怎样在短时间内说服母亲。一个胸怀大志的人却被这些婆婆妈妈的家事所困扰，在人生的选择面前，见樱突然有些沮丧，又对自己有些失望。

东亚同文会肯定有更为长远和精密的计划，见樱心里很清楚。同那木结婚是她早已下定决心的事情，只是现在的时机实在是太不利了。

那木与见樱都在心里暗自着急与对方结婚的事，但表面上又不能有所显露。在栖川五马刚刚死去不久的节骨眼上，是无论如何也张不开嘴说这个的。

二十一

那木觉察到凌子眼神的变化，是在为栖川五马做完“七七”的法事之后。当时，见樱被凌子支使去为她拿泡汤用的浴具。本来那木抢着说他去，但凌子淡淡地问道：“你知道我都用些什么吗？”

那木被问住了，只好默认，见樱则骑着樱花飞奔而去。

秋风飒飒的原野上，只剩下那木和凌子。那木想这也许是个机会，是个讨好凌子得到她好感的机会。

那木脱下身上穿着的大衣，披在凌子肩头，体贴地道：“夫人别着凉了，不如到山坡下去避避风吧！”

凌子比见樱高挑圆润，这是女孩和女人的区别。母女二人除了那种无人能比的自信之外，倒没有太多的相似之处。大概是人生沉淀过后总会沉积些不同凡响的能量，凌子这个年近五十的女人，在某些场合，表现出比见樱更强大的气场。

凌子伸手拉了拉大衣的衣襟，把自己裹在里面，同时把目光扫向那木。

仿佛是悬挂在荒芜旷野上的一抹彩虹，凌子的眼神瞬间提升了她的整体气质，让她呈现了一种别样的美。这不是年轻女孩的青春之美，也不是妩媚少妇的诱惑之美……

那木想来想去，觉得这是阅尽一切人间繁华后心境沧桑荒凉的悲剧之美！

那木被这种美逼得不由得转过身去。

“五马说你真的不是他的儿子，可我宁愿你是……”凌子的话柔柔的，透着无限的伤感。

听到凌子这么说，那木欲转过身，谁知却听到凌子快速地制止道：“别转过来，就这样站一会儿吧……”

“你们俩的背影真的是太像了……”

那木感受到背后凌子的目光，像两根穿墙钉一般将他钉在草坡上的秋风中。

凌子再次裹紧大衣，似乎是在感受衣服上那木的气息，她有些享受地闭上眼睛。

凌子的表现过于暧昧，又过于风情。

那木不敢发声，更不敢乱动，只求见樱赶快回来。他怕再晚一些，自己就会被风干。

可能很快意识到自己的失态，凌子的目光突然黯淡下来。她扔掉那木的大衣，钻进车中，发动车子疾驶而去。

见樱骑马赶来，手中拿着凌子的浴具，目光追随着离开的汽车不解地问那木道："妈妈怎么不等我，她去哪里了？"

"不知道。"

"你怎么了？不舒服吗？"

"没，没有啊！"

"看你脸红红的。"

那木用手摸了一下脸颊，有些发烫。

见樱跳下马，从地上捡起那木的大衣，递给那木不经意地道："衣服怎么扔在地上？"

那木没有接大衣，只是呆呆地看着见樱，然后抱住了她。

"你这是怎么了？站在这么高的地方，都被别人看去了。"

"看去又怎样？我偏要抱着你给他们看。"

那木收紧了手臂。

"妈妈对你说了什么，是吗？她是不是说了很难听的话，让你难堪了？"见樱从那木的怀中仰起脸问道。

"那天，你没来得及回答我的问题，现在，想好了吗？"

见樱还没来得及回答，凌子开着汽车又驶过来。

那木不想松开见樱，但见樱极力地挣脱了，并且嗔怒地白了他一眼。

凌子没有从车里出来，双手握着方向盘，看也没看那木。见樱从草坡上跑下来，将浴具送过去，放到车里。冷不防听到凌子问她道："你真的爱上了这个男人吗？"

见樱有些支吾，她不想在这个时候触怒母亲。

"晚上我有事要对你们俩说，晚饭后去我那儿。"

见樱想辩解什么，但是凌子没给她机会，一踩油门，车子径直开过小草坡后兜了一个大圈再次快速驶去。

见樱回到那木身边，可能是迎着阳光的原因，她觑着眼睛看着那木，看起来很是烦心。那木把双手做成遮阳伞挡在见樱的额头上，孩子气十足地对她道：“小心长皱纹！提前成了小老太婆谁要你？”

“妈妈好像很不高兴，她要我们晚上去她那儿，说是有事要说。”见樱不理会那木的玩笑，有些担心地说。

“我们？”

“是啊！”

见樱情绪低落，拂掉那木遮挡着阳光的手，闷闷地向草坡下走去。

那木跟上来，仔细地打量见樱，并且试探性地询问她关于凌子与栖川五马的往事。见樱所说的无非是两个人性格不合，经常吵架，除此之外好像也没有别的什么。

大概世间儿女对父母间关系的好坏只能看到表面这个程度，当然，这跟他们的阅历也有关系。一直以来，父母关系不和使见樱产生了对男女之爱的排斥，她用先入为主的爱情观，是无法真正理解父母之间复杂的爱恨情仇的。等到她自己也阅尽一切的时候，怕也只能慨叹时光不能倒流，无法给予父母更多的宽容和谅解了。

那木与见樱不同，他经历的更多，感悟的也更多。再加上生生死死的起起伏伏，那木似乎未老先衰，至少心境已大不如前。他觉得，凌子似乎深深爱着栖川五马，只是外人只看表面不知道罢了，甚至连她自己和栖川五马也不知道。

这种爱，只有等到一方先行而去，另一方才会惊觉。只是为时已晚。

方才的凌子简直就是在跟那木调情，当然，这是那木的感觉，也许，凌子只是在那木身上寻找栖川五马残存的气息。

但在那一刹那，那木还是觉得臊得慌。不过不管怎么说，那木从凌子的失态中看出了这个秘密，并洞穿了凌子的内心。

现在，那木觉得有了跟凌子谈判的砝码。可他无法把这些告诉见樱，难道要告诉见樱说她妈妈因为错觉对自己流露了喜欢？当真说了，没人会认为凌子错乱，肯定会认为那木发神经。

那木只是在那一瞬间体悟到了这不可言说的奥妙，他要善加利用才有胜算的可能。这就犹如踩钢丝过悬崖一般，一旦平衡掌握失误，就是粉身碎骨万劫不复!

见樱不想吃饭，但那木执意拉着她，只好陪着那木一起去了饭堂。意想不到的是，凌子已经在一张桌前吃着饭了，长长的桌前稀稀疏疏地坐着几个不熟悉的工作人员，大家一边吃着一边聊着什么。

看样子不是在跟凌子聊天，但也许只是在跟凌子汇报什么。

见樱想过去，却被那木拉着去排队打饭打菜。

“放轻松些，不管怎样，她是你妈妈，你没必要这么紧张。”那木轻声地对见樱耳语。

见樱想了想，对那木嘱咐道:“我去那张桌等你。”

见樱想说，你之所以这么说，是还没有真正的认识我妈妈，等你看到她的最真实一面，恐怕比我还要紧张。

那木在等着盛饭的间隙不经意地扫视了一眼凌子，恰恰与凌子的目光相遇。那木笑了笑，尽力让自己表现得自然些，但凌子的脸色顿时冷下来。那木不觉有些遗憾，无论多大年纪，再怎么强硬的女人，终究是女人。女人仿佛天生就是摇摆不定的多面派。

见樱看到那木对着母亲傻笑，更加觉得懊恼。对于那木端过来的饭菜，她一口都没吃。那木看得出见樱似乎有些生气，但他不想过多地揣度她了。也许，等到认定一个人是爱自己的，就不太愿意花心思在他身上。不论男女，大体上都犯这个毛病。

见樱也认定那木是爱自己的，她有理由相信那木是在讨好母亲，但却猜不到那木对凌子婚姻生活的深层次解读。

那木吃得很满足，见樱看起来就更加不满。她嘟起嘴，抱怨道:“都什么时候了，还像头猪一样能吃。”

“我就是属猪的，你不知道吧？”那木漱口后，不紧不慢地似乎是在解释给见樱听。

“真让你给急死了气死了。我发现，不管什么时候，你都能吃得下饭。”

“你不是说我的胃和心是长在不同肚子里的么？”

见樱被那木说得笑了，露出细碎的芝麻牙，只是比芝麻更白更亮。那木想起李迎春的牙齿，很锋利的，并不是很齐整的小虎牙。每当笑起来就显得很可爱。

想起李迎春，那木似乎觉得她已经跟自己不是同一个世界的人了。不由得更加感悟，爱情是多么的苍白无力，自己以前是多么的无病呻吟，

“为赋新词强说愁”是多么的可恶!

见樱被那木看得不好意思起来，猛然发现凌子不知什么时候已经离开了。

那木紧紧追着见樱，两个人向凌子的住处小跑而去。这时，月亮已经挂在了草场的小山坡上。

凌子并没有在住处等着他们俩。当那木与见樱喘着气来到宿舍时，屋子里连灯都没有点。

见樱先是有些急，又突然放松下来恍然大悟一般告诉那木说，母亲吃完饭总要去散步的，我真是糊涂虫。

那木打了几个饱嗝，见樱瞪着他。

“刚才跟着你跑，好像是岔气了。”那木抚摸着肚子分析说。

“我看是吃得太多了。”见樱推卸责任道。

两个人一时说着闲话，等停下来才发现，凌子还是没有回来。这个时候，两个人才有些不安起来，猜测凌子是不是生气了，不想见他们俩。

那木躺在榻榻米上，望着屋顶发呆。

见樱跪坐在一边，歪着头看那木，身体似乎微微地前倾着。

等待的时候太过于无聊，又不能离开，因为跟凌子约定好了，如果走开的时候凌子又回来，岂不是更加惹恼了她?

等待凌子，也就是等待对这段感情的宣判。因为凌子的反对那么强烈，让见樱觉得很棘手。在某种意义上来讲，见樱对于凌子，就如同那木之于那老太爷，两个人都是不戴金箍儿的孙悟空。

两个人不知再说些什么，又怕说了什么不该说的话被凌子听见。见樱打开无线电，两个人开始静静地听广播……

那木闻到一股若有若无的女人香，听到无线电发出沙沙的忙音。这已经是午夜了吧?该死!不知道何时竟然睡过去了。见樱呢?那木坐起来，借着月光寻找见樱。

见樱侧身躺在窗前，无线电就放在她的背后。那木伸手将无线电啪的一声关掉。整个屋子里就被育种场草原独有的静谧所包围。

见樱缓缓地坐起来，扭回头看那木，那木惊讶地发现，竟然是凌子的一张白白的掩饰不住松弛的脸。在月光的照耀下，就显得更白，白里透着青。

那木的心没来由地一颤。见樱呢?见樱去了哪儿?什么时候凌子睡在这里的?

凌子对着那木笑了，带有三分轻蔑，剩下的是无尽的诱惑。

那木虽然慌乱，但是想到了自己的对策。他沉下心来，努力使自己显得稳重不轻浮。

“怎么了？不敢对我笑了吗？在人前你不是笑得很自然吗？”

香味儿是从凌子身上发出来的，开始还淡淡的，现在竟一下子弥漫了整个屋子。那木突然被这股浓烈的香气熏得有些口渴，不由自主地咽了几口唾沫。

“你在看我吗？还是在找见樱？你那么想跟见樱成亲，就是不想想我的感受……”凌子一边说着，一边向那木身边挪过来。

那木想把自己预演的对凌子的要挟讲出来，如果不同意他跟见樱结婚，就把凌子“老风流”的事传出去。

可是，那木的舌头打着结，他无法说出这些话。香气越来越浓，那木有些眩晕，有些窒息。凌子咄咄逼人的架势，竟让他产生了一丝怪异的快感。

凌子已经来到了那木的面前，她细瘦的双手捧着那木的脸庞，那双仍然不失明亮的双眼与那木对视。那木彻底被凌子的气势压倒。凌子的脸仿佛要融入那木的脸一样，无限地靠近再靠近！

那木突然产生莫名的惶恐，这比死亡还让他不能接受。他开始干呕起来。

无线电的沙沙声又响起来，紧跟着传来啪的一声，声音再次消失。

那木真正清醒过来的时候，看到凌子坐在一边沉思，见樱在收拾榻榻米上的呕吐物。

大梦一场，幸好只是大梦一场！

“失礼了，今晚恐怕我要先回去了。”那木恭敬地跪坐，对着凌子一边行礼一边抱歉地说。

凌子没有作答，眼神中空洞洞的。

“我说你吃得太多了，你还怪我走得快。”见樱一边用力擦着榻榻米，一边责怪那木似的道。

“怎么能吃完饭就睡觉呢？你们年轻人也真是不把自己的身体当回事。”凌子慢悠悠地说道。

凌子的目光仿佛接受了足够日光照射的月亮，一下子亮了起来。

“想不到你一点都不担心跟见樱的婚事，竟然睡得这么安稳。”

“真的很抱歉，我……”

“不管我同意不同意，你都要随着自己的意愿胡来，对吗？就像你对待自己身体这么不负责任一样？”

“……”

“不要沉默不语，把你的心里话都说出来。”

“请求夫人您把见樱嫁给我。”

“我要听的不是这个！”凌子的声音带有不容置疑的霸道。

那木心里一惊，难道凌子已经洞察了自己的内心？又或者刚才凌子真的进入了自己的梦中？那木明显愣住了，他一时猜不透凌子的用意。

很快，那木为自己在食堂里轻浮的举动感到羞愧。就算凌子一时有些暧昧，但那不能代表什么。反而是自己，居然还敢做方才那样的梦，真是不折不扣的下流坯。

那木看了看见樱，见樱有些不安地跪坐在一旁，低着头。

“夫人心如明镜，恕我口拙不能多说。”那木正色，他明白，把球踢回去才能免于伤了自己，至于凌子到底是怎么想的，只能听她亲口说。

就算栖川五马一再强调那木是中国人，那木不是他的私生子，但在凌子内心，还是没有真正地相信他。如今，栖川五马走了，那木要娶见樱，她不能不做更多更复杂的打算。

栖川家的命运又开始轮回了。难道见樱也要同自己一样，找个男人来支撑家族的门面，等到这个男人掌握了大权之后，再反过来毫不留情地伤害她吗？

凌子也是先爱上了栖川五马，碍于贵族小姐的颜面她从来没有告诉过他。等到栖川五马像个顶天立地的男人了，他毫不犹豫地伤害了她。凌子本以为世间夫妻也就是这样，谁知一辈子这么快就过去了。以后的日子，连恨和怨的对象都没有，恐怕不能算是真正地活着。

凌子觉得那木抓住了见樱爱他的有利条件，所以才会满不在乎。

凌子的脸是苍白的，跟梦中略带松弛的面庞一模一样。因为愤怒，咬肌凸显衬得面皮更显松弛，法令纹勾勒着整张脸怒气逼人。

那木的态度和措辞以及风度神韵带有着对栖川五马的不经意模仿，这对凌子而言简直就是一种无法忍受的酷刑。栖川五马活着的时候，就是用这种态度对待她的，现在那木又复制了这种态度来对付她，对她来说甚至比酷刑还难忍受。

“你有什么资格娶见樱？凭她对你的爱吗？你可能还不知道，那种爱什么都不是，也什么都不算！如果硬要说是爱，也只能是以后给人贻笑大方的把柄……”

凌子看起来矛头直指那木，但实际上却是说给那木和见樱两个人听。细听听，也是在对自己说，这分明就是她自己对爱情的理解和印证。所以，凌子越说越悲愤，慢慢成了对栖川五马的控诉，也成了对那木的合理推断。

那木悬着的心放下了，他明白，对付凌子，已经用不着靠敲诈威胁的手段了，这个女人很可怜。她自以为从没有得到爱，完全是因为渴望得到又害怕失去。在婚姻里，太工于算计，只能是两败俱伤。要怪只能怪凌子太聪明。

“妈妈，我跟那木，与您跟爸爸不同，请您相信我们！”见樱鼓起勇气，但显得底气不足。

“住嘴！你这迷了心的丫头！现在，你就这么确信他的真心吗?！我跟你爸爸生了你们姐妹四个，活了大半辈子也没有走进他的心，你跟他才认识了几天，凭什么说跟我们不一样？”

凌子再次开始宣泄，见樱只好低头认罪状不敢再接言。那木心中暗笑见樱，笑她只能跟自己发脾气，在她母亲面前完全成了受气包。

那木越来越冷静，当凌子开始嗓音沙哑、眼神无光之时，那木明白机会来了。

好比方才终于传出忙音的无线电一样，凌子的广播也终于告一段落。余下的时间轮到“那木频道”了。

二十二

那木没有说承诺也没有说任何乞求的话。他只讲了如何杀死“吹口哨”的过程。他说他至今最恐惧的还是夜里闻到若有若无混杂着咸湿之气的血腥味儿。

如何被放逐到阿伊努人划属岛上过着怎样的苦难生活，见樱曾听那木讲过。而那木杀人，见樱却是第一次听他这么说，虽然震惊，但她宁愿相信这是那木编造的谎言，是为了震慑母亲而讲的故事。

可凌子显然听进去了，她的表情显示她相信了那木。她睁大着眼睛静听那木的下文。这午夜过后的特殊频率传送而来的特别播报，让她产生了奇特的兴趣。

那木之所以讲这件事，是因为他觉得凌子说得对，见樱了解自己多少呢？就是自己又了解自己多少呢？世间的爱情像喷涌而出的血花，惊艳之时也是枯萎之时。用虚无缥缈的爱情可以迷惑涉世未深的见樱，但却无法掩盖自己内心对爱情的真实看法，当然不可能说服内心千疮百孔的凌子。唯有扒开胸膛，把自己的心赤裸裸地呈现出来，才是上策。

“是见樱把我从死亡的地狱中拉回来，说到底，我爱她，是因为我亏欠她。用我的一生来回报她，可以算是爱吧？至于场主，不也是用了一生的时间吗？”

那木是真诚的，就算日后他知道见樱不过是片岗手里的棋子才走到他身边，他也仍然感激她带给他的生的希望。所以，他不提懵懂的青涩之爱，只说这现实的利害攸关。

那木最后的反问戳中了凌子的要害。是的，栖川五马是陪了自己一生，可他的一生实在太短暂了。凌子觉得不够。想想自己又给了五马什么呢？她一直以为栖川五马对不起她，现在看来，见樱给了那木再生的机会，而自己给五马的无非是权力金钱名誉的枷锁罢了！她用这些枷锁杀死了樱之红，又杀死了栖川五马。还剩下自己，总有一天也会在这些枷锁之下腐烂，化为一摊血水。

想到此，凌子顿觉胆战心惊。

那木的话打动了见樱。她想那木认为是亏欠她的，而她自认是亏欠那木的。那木有勇气说出来，而她却无论如何也说不出口。但不管怎样，她又为自己辩驳说，这一切都是为了大局，为了大局就不能妇人之仁。

"好吧！那木，你可以娶见樱了。不过，你以后就是栖川那木，不要再生其他妄想。用实际行动去兑现你的承诺，一辈子对见樱好，不要辜负她！不要让她像我一样，白活这一生……"

见樱惊讶于那木与凌子的抗争竟是如此简单轻松。她想，既然如此，为何自己那么难以开口跟母亲交涉呢？

那木也没想到会这么顺利，如果这些强权的家长都是这么外强中干，当初，他应该直接地跟祖父那老太爷说出他的想法，那样，就不会有发生过的这些了。

那些看起来牢不可破的壁垒，实际上是多么的一触即倒啊！可为什么当时连伸出一只小手指的勇气都没有呢？

当初本应用在对抗祖父那老太爷的勇气，被那木留在了与见樱一起对抗凌子。可见，只要有勇气，用出来只是时间问题。当然，也可以说是受时机所迫。如果这个时候那木仍拿不出勇气和魄力，以后，他就不配获得任何幸福。

栖川五马百日祭之后，征得凌子的同意，那木与栖川见樱举行了简单的新式婚礼。

那木与见樱对抗争胜利的理解只能算是对表象的一时错觉，实在太肤浅。

如果抗争都这么容易，为何有那么多人选择了放弃？一时的胜利不算胜利，而好多人在胜利的当口无法看透这一点。看透这些的人如果非大智大慧的圣贤，要么太精明要么太悲观。那些忙着欢呼的，毕竟是人群中的大多数……

那木本以为与见樱结了婚，他就有回中国的自由，可他只有对育种场的管理权，想要获得那样的机会还需要等待！

东亚同文会网罗了大批像栖川见樱和那木这样的人才，对他们进行了全方位的考查，并且针对每个人的特点派去做不同的工作。他们中的大部分都被分批次派去中国，有很少一部分则留在日本。

日军的侵略是明晃晃的跑马占地式，而同文会的侵略则是看不见的思想战争。文武相济的配合堪称天衣无缝。

这样一个庞大的组织在实行这样一个庞大的计划，其中牵扯到那么多的人，那木与栖川见樱想要得到十分的重视可不是那么容易呢！

二人本来以为结婚就是结果，谁知，却连真正的开始都算不上。因为大局有变，那木与见樱的任务被暂停，除了按计划成亲了之外，其他的都被推翻了重来。当初因为受过渲染显得艰难不已的爱情之路，一旦修成正果，反而让两人觉得如此的平淡无奇。

开始，两个人因为各自有着秘密的目的才紧赶慢赶地要结婚，现在，结婚不过成全了两个人共同生活在一起的形式。

如果有一天，那些战争发动者、侵略狂人回过头来追看一路留下的血印，会不会也发出这样的感慨？当初，是因为有着某些明确的目的才做出种种的狂热之举。实施过后，却发现，目的似乎没有那么明确，那些当初坚信不疑颠扑不破的真理看起来都成了吹弹可破的窗户纸。

“九・一八事变”进行得异常顺利，日本人的感觉恐怕同那木与见樱同凌子的抗争胜利有得一比。但是，政府行为和个人行为不能混为一谈。日本政府不是大智大慧的圣贤，但却是由足够精明又有预见性的人员组成的智慧体。他们在占领了东北三省之后，并不忙着欢呼，而是急着进行下一轮巩固战。

日本一边进行武力侵占，一边辅助配合进行舆论战。舆论战一方面是针对国际形势，另一方面则是针对占领区的中国人。舆论战是奴化教育这场软实力战争彻头彻尾的先锋军！

以强行抹灭华夏文化为目的，日本人将整个东北的教育史改写。这无异于在做抹煞中国传统历史刨断炎黄子孙深根的春秋大梦！

“九・一八事变”被日本人坚持称为“满洲事变”。正所谓“名不正则言不顺”，日本人已经深深地领悟印证了这一点，且在这上面尝到了无尽的甜头。

如同当初先逼迫朝鲜进行所谓的独立一样，日本人虽然侵占了东北三省，但是扶持了傀儡政权“满洲国”。新格局产生，势力范围被再次重新划分。这样，日满亲善就跟日中交战没有了关系。

日本对华政策走到如今这个地步，当初的甲午战争和日俄战争为其打下的基础功不可没。如今再挟“满洲国”以令东北，更是大有一种天意如此不可违也的使命感。

“子曰：德之不修，学之不讲，闻义不能徙，不善不能改，是吾忧也。”

齐鲁文化的逐渐流失，代表着周文化的逐渐消亡，这让孔夫子感慨万端。那个时候，国家亡亡复复，但整体的文化基石没有大的变动。因此，春秋战国时代的文化演变，还只能是看作华夏民族的自我蜕变。而如今在日寇入侵的局面下，国民被蒙昧被诱引，当然是另当别说。孔夫子如果透过几千年的慧眼看到如今的华夏成了这般模样，恐怕就不仅仅是发出这番感慨了……

明珠拿出长嫂的威严来训斥索隆高娃，并且用《论语》的这一段来作为例证，让索隆高娃免于被日本人洗脑，可索隆高娃哪里听得进去？

民国二十三年（1934），是明珠成为那家媳妇的第三年头。明珠已经逐渐了解了索隆高娃，索隆高娃也摸透了明珠的底细。

现在，时事不同了，那家的境况也不同了。当初两个人一心一意同仇敌忾一致对外的局面发生了大变动。索隆高娃越来越放肆，而明珠再怎样强势也终究不过是一个少女而已。

明珠一直住在那木的房间里，她与那木的新房则按原来的布置空着。她坚信，那木只是失踪了，肯定会有回来的一天。因为有这个信念支撑着，明珠像家长不在的小孩一样，努力地支撑着那家，希望等那木回来的时候，会对她赞赏有加，刮目相看。

生意不好做，赶着乱世也赶着老天爷没开眼，那家近几年损失很大。整个安东县做生意的中国人都在受着日本人的盘剥，那家是全县一等一的大户，自然也是被盘剥的第一对象。明珠纵有决心和毅力，但是时机不对头，好多油滑的生意人都没辙，何况一个女子呢？

明珠重担在肩，再苦也只能扛着。当初以那木媳妇来接掌那家的时候，就曾想到过这样的局面。只是，外忧不断，内忧不停，夹杂在大环境之下，对明珠更是难上加难。

还有一条最最重要的因素就是，韩百济为自保暗度陈仓，他现在名义上在那家，但实际上却对小山一郎父子效忠，整个那家的产业差不多都被他们暗中控制。

这段时间，不仅那家，整个安东县的中国商户都是如此。日本人对中国人就好比是圈养的鸡一样，就差杀鸡取卵了。种种经济上的掠夺和压榨配合教育和文化上的麻痹，整个安东县就像是日本人的菜园，随时为了主人而心甘情愿长出应季的蔬果。

索隆高娃可不管这些，她能想到的就是如何保住自己的权益。年终对账时，明珠发现索隆高娃从账面上支出了大笔的额外开销，为此，她召集了那家有头有脸的掌事的人来开会。

索隆高娃不仅没有为此解释什么，反而趁机公然与明珠撕破了脸。她指责明珠，嫁过来的这三年差不多要将那家搬光了，如今，连自己的这点正常花销都要算计，简直是蛇蝎心肠。怪不得当初急着喊着跑来那家，当初还被她迷惑，以为她为哥哥那木守寡，现在看来，简直就是一个吸血鬼，那家早晚都要被她给榨干！

明珠气得当场摔了杯子，质问索隆高娃，我拿走了那家的什么？我陪嫁过来的东西还在房里原封不动地放着，我怎么就把你们那家搬光了？账面上可查，家里面的物件可查，看是我明珠动了一分一毫还是你索隆高娃胡乱支出？

索隆高娃明知理亏，可她岂是讲理的人？如果讲理也不会歪着心尖编派那番话来让明珠出丑。她撒泼一样跳着脚，也同样摔杯子踹凳子，嘴里只管叫嚷说明珠有私心。

明珠摔了杯子也无法镇住索隆高娃，又不能不顾形象同她一般见识，只好期望这些那家的厂长和掌柜的出来说句话。

掌事的人大部分都是那家的老人，账面上的事儿都是明摆着的，谁都看得清清楚楚，心里也都明白是索隆高娃在无理取闹。但是，索隆高娃是那家的大小姐，就是花了几个钱又能怎么样？虽说明珠是那家名义上的媳妇，可这些人在内心中却固执地认为没有圆房的媳妇能叫媳妇吗？所以不免有所偏袒。

唯有韩百济说了一句公道话，他说大小姐误会夫人了，夫人哪里是在清算你，不过是让大家明白那家的钱都是怎么花了。要不然，夫人本是一片丹心，哪经得起不明真相的人瞎猜度！

韩百济在关键的时刻不怕得罪索隆高娃站在了明珠一边，是因为他看明白了谁才是真正的好人。这几年他在那家站稳了脚跟，都是明珠赐予的。他自己不是好人，但是他喜欢好人，跟好人打交道，让他有种说不出的安全感。

朝鲜半岛的奴化成功，使一批朝鲜人成了日本人驯服中国人的帮凶。

随着日本人占领了安东县，本来就跟小山一郎勾结在一起的韩百济，作为朝鲜人更是一下子成了红人。

韩百济看似命运逆转，不过是表面风光。这也是他为何对那家对明珠还有留恋的原因。

在那家，韩百济不过是名义上的奴才，实际上没有那种冷酷的主仆之分，甚至还带有着浓浓的人情味儿在里面。而在日本人那里，他则是真真正正的奴才，时时刻刻都要看主人的脸色行事。迫于小山一郎父子的淫威，韩百济只得事事恭谨，不敢有丝毫懈怠。

日本人从骨子里只认日本人，对待朝鲜人和中国人虽然有些形式上的差别，但本质上都是一样的。

日本人是一等公民，朝鲜人是二等公民，中国人如果也算公民的话，那么暂且在前面加上三等或末等好了。

在力可能及的范围内，韩百济处处维护着明珠。但明珠却为此有些懊恼，因为这给她带来了不可避免的流言蜚语。

唯一替她说话的人反而为她带来不良的负面影响，这更让明珠心烦。明珠看透了这些人的心思，一股火被生生地憋了回去。她明白，对付索隆高娃这种不讲理的人，用刚柔相济的办法是行不通的。这之后，明珠与索隆高娃虽然再没有什么过激的冲突，但是，都在心里打量着对方。哪怕是头发丝粗细的事儿，也要扫上三遍，看对方是不是有什么出格的地方。

明珠虽然为那家好，但却不被人领情。尤其是索隆高娃竟然在日本人对那家的盘剥如此严酷之时指责明珠，更让明珠心酸。明珠自认心中无愧，但也无法跟索隆高娃较真儿。毕竟，索隆高娃是那木唯一的妹妹，一旦那木回来，发现自己连他的妹妹都无法容忍，那所有的努力岂不是都白费了？

二十三

相较之索隆高娃在金钱上的挥霍，明珠更担心她在思想上的走偏。

“满洲国”建立之后，整个东北的原有教材都被停止使用，紧跟着一套新编的教材被炮制出来，新教科书完全颠覆了中国的教育。国语被定为“日语”，历史课只有日本史和满洲史，在修身、道德类的教材中，则完全照录日本天皇敕语和“满洲国皇帝”诏书，把“民族协和”“忠于天皇”等思想强行输灌并日益渗透到中国学生头脑中。而在地理教材中，更是明目张胆可笑至极地将台湾、大连地区完全划入日本本土，“满洲国”则毫无争议地成了日本的附属国。

除了文化教育媒体等方面，在宗教上，日本人更是费尽心机。安东县的临济寺就是早期建立的宣扬日本帝国主义思想、军国主义思想的冒牌佛堂。

殖民地的空气中闻不到自由的气息，完全布满了浓浓的奴化思想，这成了当时整个东北的社会形态。安东县因为地域的特殊化，外加外来信息的封锁，在侵略者的肆意渲染下好多事情更是“真亦假来假亦真”，傻傻分不清楚……

镇江山上的临济寺，成了索隆高娃的精神寄托，每周的布教日，都是她必去之时。

索隆高娃本来就在日本人的学校上学，依那老太爷的意思是为了让她学习日本女人的妇道以后好嫁人，可索隆高娃在学业上不努力，总是能够透过人间大道理看到另一面，说的话，做的事，都带着七分的歪气，这让明珠无可奈何。

姑嫂失和，那家看起来就更不像一个过日子的人家。

索隆高娃并不完全是为了寻求精神安慰而去临济寺的，她把那看作一种交际。去临济寺定期跪拜的都是当时驻安东县的日本头脑人物，借着跪拜佛祖的名义，索隆高娃可以近距离跟这些人搭上关系。她看透了目前的形势，认为只有跟日本人靠上关系，才会确保自己的地位。那家的风光恐怕还要靠她呢！

谁都靠不住，唯有靠自己。在临济寺，即使是在聆听佛祖训诫的时候，索隆高娃满脑子祈求的也都是自己的私事。她既想免去自己此生的所有灾难又想找到一个好婆家，所以临济寺成了她最好的自救之地。

明珠看着索隆高娃出出进进临济寺，也曾想跟去看看。可最终，因为对日本人的防备心理，她还是忍住了。

宗教历代以来都与政治是近亲。走得好，宗教则成了盛世的风向标，走得不好，宗教就成了蛊惑人心谋权篡位的替罪羊。明珠熟读论语，深知“敬鬼神而远之”的道理。不是不信，而是敬而远之罢了。尤其是在乱世中，大凡宗教都是被窃取了教义用来为政治服务的，去参拜变了形的佛祖，只能说自己愚昧。

日本人利用宗教来麻痹中国人，这跟中国历史上历朝历代的“宗教起义”有点类似。乱世中最易乱的就是人心，而让人心归顺光靠武力镇压和人的宣传是有限的，而宗教里面所宣扬的“佛祖”“神”“超能量”等则被派上用场，毕竟这些概念的影响力非同凡响。

急于达到自我目的的日本人，只好斗胆将佛教教义曲解，发展了带有浓重军国主义侵略的政治图谋新学说，并且引经据典，将新学说伪装成真理。这样，侵略战争成了圣战，天皇和佛祖等成了好朋友。

听着索隆高娃满口住持怎么说怎么说，日本怎么样怎么样，明珠莫名的对临济寺产生了一种恐惧。她害怕有一天除了自己之外所有的人都在这些疯狂的邪念之下被同化……

不仅是索隆高娃急着为自己选择终身托付之人，明珠也在为她的亲事费心思。除了索隆高娃，还有韩百济，明珠也要为他物色合适的人选。她不想让外人说三道四，她明珠若没有守得住的定力怎么会主动来到那家？她再不济，也不会对一个那家的下人动心。只是明珠不知道韩百济早有打算。

因为李迎春，韩百济似乎患上了一种病。他把挣到的钱全都花在了妓院里，以保证在李迎春面前维持一个正人君子的模样。

在别人眼里，李迎春就是个克夫的寡妇。如今她在日本人的学校里上班，说她是汉奸都抬举了她。捕风捉影的长舌妇和心理阴暗吃不到葡萄的醋罐子男人则合在一起讲李迎春的坏话，说李迎春要不是跟小山一郎睡了谁会要她这样的人当先生？

还有一部分人则是因为嫉妒，因为日本人的人上人身份，那些能够跟日本人沾上边的人也从此不一样了。他们虽然在背后讲李迎春的闲话，但是，心底又都对李迎春生出一番敬意来。只是，这种敬意就是带进棺材的那一天也不会说出去。大抵上，有些人就是这样见不得别人好。

韩百济想在李迎春面前表现出跟那木相似的风度，以为这样，李迎春就会接受他爱上他。可在李迎春身边兜兜转转了这几年，非但没有换来李迎春的爱情，反而将他挣来的钱全都花到了别的女人身上。偷鸡不成反而把米袋子都倒空了，如果这些米养肥的是李迎春倒也还说得过去，只是都肥了那些无情无义的婊子，这让韩百济分外懊恼。

对于外面的传言，韩百济也早就有所耳闻。从望春楼发泄了一股股不竭的精力之后，借着酒劲儿韩百济跑到小山日文学校当面去质问小山一郎，问他是不是真的跟李迎春有一腿。

当时，小山一郎正在私宅里练毛笔字，看到韩百济那醉醺醺的样子就非常反感。大白天的去喝酒，喝醉了还想来主子这里耍酒疯，这都是谁惯出来的毛病呢！小山一郎放下毛笔，勾了勾手，意思好像是让韩百济过来说话，又好像是有什么秘密不方便大声说。

韩百济晃晃荡荡地凑过去，冷不防被小山一郎正反手来了两个大嘴巴。

小山一郎盯着韩百济，一句话也没说，起身离开了。

眼冒金星的时候，韩百济打了一个冷战，他想到自己真是狗胆包天，竟跑来质问小山一郎这个冷面杀手。没来由地就想到了不知生死的那木，韩百济的良心在这一刻似乎有些复活。可一想到李迎春，他的良心又被狗吃了。恨意醋意翻江倒海地涌上来。他不断反问，那木凭什么拥有那么多？家里一个女人为他明着守寡，外面一个女人为他暗地里守寡……反观自己，已过了而立之年，却只能去妓院里寻找女人的一时欢爱，那些女人像水蛭一样嵌进自己的身体，吸干了精血之后不带一丝温情就离开。这是何道理？是何道理？！

李迎春对韩百济的讨厌基本上跟明珠一样。这并不是女人对男人的讨厌，而是因为自身处境中很敏感的一部分造成的。两个人都是寡妇，相较之明珠，李迎春简直受尽了寡妇带给她的羞辱。她不仅讨厌韩百济围在她身边，更讨厌那些想占便宜又不想负责任的人往她身边靠。

现在，李迎春的处境就更不如前，因为李老爹也过世了，家里只剩下她一个人。

韩百济带着巴掌印儿去找李迎春。这时，他已经醒酒了。可他宁愿借酒发泄，于是，更是装成醉得不轻的样子，直接睡到了李迎春家的炕上。

韩百济越睡越热，感觉炕面像是煎锅一样煎着他这条臭咸鱼。他明白了，这是李迎春在赶他走。可他偏不，他促狭起来，只等着李迎春进来。他想，那时他就可以理由充分地对她耍流氓了。

屋子里已经暗下来了，李迎春将最后一把柴火填进灶坑，拍了拍身上的灰土，摸了摸自己有些发烫的脸颊。韩百济还没有出来，李迎春突然担心他是不是真的喝醉了，可别烤煳在炕上。

等到李迎春掀开门帘往炕上撒目的时候，她一时被惊呆了。韩百济赤身裸体侧躺着，坏笑地看着李迎春，身下之物一览无余。

李迎春的脸顿时如烧着了一般，她扭转身从外面提着一桶水进来，一下泼在韩百济身上，然后扔掉水桶哭泣着跑了。

韩百济没有去追李迎春，先是醉酒，接着又是在炕上烤，现在又被冷水泼，他恶作剧的心态变得更糟，反正这里是李迎春的家，不怕她不回来。

李迎春没有地方可去，只好在家附近兜圈子。她的脸还是红红的，仿佛有一团火要从嘴里、耳朵里、鼻孔里、眼睛里蹿出来，整个脑袋都被烧得焦脆，此时轻轻一戳就会化成灰漫无边际地随风飘散。

意识到韩百济把自己想成是个思春的淫妇，看到男人的身体就会饿狼扑食一样顾不得什么，李迎春恨得流不出眼泪。她的眼泪早就干了。她现在仗着自己是个寡妇，假装不正经，在外面活动起来放开了很多，也方便了很多。可方才的一刹那，她还是落荒而逃。

男人看到漂亮女人产生的是男欢女爱的生理反应，女人看到英俊男人产生的则是花前月下情感上的浪漫，男人和女人对肉欲的不同态度基本决定了各自不同的出轨方向。

也真亏韩百济能想出这样下流的手段来羞辱李迎春。

其他男人也都在打李迎春的主意，只不过没有一个人有韩百济这样的情结。韩百济爱李迎春什么？这个，他自己都说不好。用局外人的总结就是一直得不到而产生的极度渴望。

李迎春想过自己可能会孤独终老，此生再也没有机会获得爱情更别说一生一世的婚姻关系。可人只要不死，只要还喘着气在世上活着，尤其是像她这样的女人，就没有资格风平浪静地孤独终老。

李迎春一脚门里一脚门外，门里是干柴烈火的温暖灼烧，门外是孤独终老的冰冷预言。她蹲在门前，在地上画了一个圈，把自己圈进去。可惜，这不是画地为牢的年代。她不能如古人一样守着这个圈终生不动，真实的牢笼都不能捆绑她的心，又何况是这小小的圈呢？

对那木的那点怨念经过这么多年的时光打磨，已经无法支撑她再孤身一人地等待下去。

李迎春迟迟不见韩百济从家里出来，犹豫着是否要进去。这个时候，她已经冷静下来。方才看到韩百济裸体的羞恼竟转变成莫名拉近的亲近。

韩百济也从懊恼与糟糕的心情中走出来，他要拿出男人的魄力，让李迎春同其他女人一样臣服在他的脚下。

韩百济推开门，坐在门槛上，看着李迎春蹲着的背影，他心平气和地问李迎春道："你为什么不爱我？就算那木没死，也不知在什么地方，你这辈子都要为他守着吗？再说，你以啥名义为那木守着，他家里有明媒正娶的妻，你算他的啥呀？你爱那木，那木爱你吗？那木除了家里有几个钱，还有什么值得你爱的地方？二十几岁的寡妇，也该替自己想想了，再等个几年，可就真的没人要了……"

这些话李迎春都不止一次对自己说过，在这个脆弱的晚上，听起来就更加具有蛊惑力。

韩百济不费力气就将李迎春抱回屋里，他奇怪李迎春没有挣扎也没有喊叫。滚热的炕因为被泼了水，满屋子升腾着水汽。热呼呼、湿啦啦地扑面而来，将韩百济和李迎春裹在里面。

韩百济想，牛郎偷走了织女的衣服才得以一亲芳泽，自己脱光了衣服才得以抱得美人归。男女颠倒有些错乱，不管怎样，毕竟得来了机会。早知如此，一开始就应该放弃对那木的模仿。自己的手法虽然看起来有些原始低级，但没想到竟然如此奏效。

韩百济是男女情事的老手，他虽然没能一下子征服李迎春的心，但是却让李迎春的身体接纳了他。这个晚上，韩百济开始后悔当初在那些妓女身体里毫不吝惜播洒的精血，如果留到现在，应该可以更加彻底地征服李迎春。

可想一想，如果不是花了大把大把的钱在那些妓女身上，一个毫无经验的老光棍又怎么能在李迎春家的炕上与她翻云覆雨?

后半夜，韩百济再也打不起精神，他终于要沉沉睡去。这个时候，他才明白，老天爷自有安排，当初偷鸡而蚀的米权当是在交学费，值!

李迎春体验了完美的男女欢爱，这都要归功于韩百济。身边不再空空荡荡，也终于有了温暖的陪伴。李迎春发誓，从今以后，一定要忘记那木。不管那木死活，都有人为他守着，自己自作多情的日子从此终结。说到底，自己不过是一个世俗的女子，没有权利谈清高的恋爱。

患得患失的青春感伤症彻底治愈，李迎春从此成了一个真正的女人。

二十四

那木没能如预想的顺利回国，见樱也没有如期待的那般被派往“满洲国”。

栖川见樱从结婚前就开始的等待，一直等到了 1934 年 2 月 17 日的早上八点五十分，还是没有任何结果。

见樱站在窗边，一只手拿着无线电移来移去，一只手轻轻地调换频率，试图接收到她满意的电台。无线电有时传来沙沙的响声，有时传来一两句日文播报，有时露出一丝乐曲，这时候，见樱就会停下来，仔细地听，然后再小心翼翼地旋动按钮，可惜，电波时断时续，见樱无法将波段固定。她有些泄气地关掉无线电，坐在窗边看向外面的雪景。

整个石狩平原都被白雪覆盖着。育种场也不例外。乍一看，白茫茫一片，有种空旷的美，看久了，不光眼睛受不了，心也跟着冷得发颤。

“那木去汉城半个月了吧？”

凌子从楼梯上走下来，随意地问道。见樱的脸上却明显露出不耐烦的神色，但只是一瞬间就又恢复了正常。

“嗯，好像是吧！”

那木出差了，家里只剩下见樱和凌子。结婚后的这两年多，凌子一直跟他们一起生活。见樱不想说凌子的坏话，因为那是她的母亲，是她在血缘关系上最亲近的人。可凌子在这两年中，成功地瓦解了那木与见樱的婚姻，见樱心里明明白白，但却一步步跟在凌子的身后，无法走出自己的人生之路。

“看我这套和服怎么样？看起来是不是跟新的一样呢！”凌子转了个圈，征询见樱的意见。和那木夫妇俩一起生活的这两年，像砍去老枝又长出新芽的老柳树一般，凌子又恢复了生机。

蓝紫色打底，橘红色的锦鲤。这件和服，见樱小时候见过。那时候，她还跟凌子说，等她长大了，要妈妈把这件锦鲤服送给她。可现在，见樱可无心这样穿。和服上印着的锦鲤，虽然是缩小的，但在见樱眼里却被放大了好几倍。

凌子的身材比年轻时圆润了，和服将她的胸和腰的比例衬托得更醒目。看见樱迟迟不语，凌子反问她道："你还记得这件和服吗？"

"当然记得。妈妈那时不是跟我说好了，要给我留着吗？怎么反倒自己当新衣服穿起来？"

"你不高兴？"

"没有。就是觉得妈妈现在穿这样的衣服看起来很怪……"

"怪？你这是什么意思？觉得我现在老了，不配穿这样的衣服了？这样的衣服应该留给你这个年纪的人穿，是吗？"凌子突然咄咄逼人起来。

"又来了，妈妈，您能不能不要这样？！"见樱小声嘟囔着分辩道。

"我怎么了？我现在说什么你都不高兴，那木去了汉城，跟你打招呼了吗？没有！他前段时间去东京为什么不带你？还有，你们两个结婚两年多了，怎么一直都不生个孩子？他是一个中国人，你不看好他，以后要吃大亏的，你知不知道？！育种场全都是他一个人说了算，万一哪天他变了心，我们母女别说没了栖身之地，祖宗留下来的脸面也被丢尽了，栖川家到了这一代就算到头儿啦……"凌子开始唠叨个没完。

凌子跟栖川五马以前也这样闹过，见樱并不陌生。现在，仿佛旧日的时光重新翻过来再过一般，让见樱犹如跌入魔咒中。

凌子答应那木对见樱的求婚时，曾说过不要让见樱走她的老路，可她却不自觉中一手将见樱推到这条路上。往前走没有尽头，往后看不见来路。可凌子认为她这是在保护见樱和栖川家的产业，没有什么不对。所以，她的一切行为都带有着理直气壮气吞山河的架势。

见樱因为愧疚而爱上了那木，那木为了活着而与见樱结婚。两个人的感情本来就很微妙，还没等感情进一步巩固升华，凌子又不留间隙地插在中间，这样，夫妻关系慢慢就形成了恶性循环。

那木去汉城，见樱是知道的。那木扔下一句"我要去汉城"就走了。"去几天"；"干什么"；"都跟谁一起去"……这些，见樱不打算主动问，那木显然也没打算主动告诉她。

两个人的冷战不知不觉中越拉越长，如果一方不主动示好，另一方决不投降。有时候，双方似乎都在等着对方主动，都想看到对方示弱。可往往因为谁都在等着对方先做出表率，冷战被更加延长。见樱觉得那木与自己之间的冷淡跟这北海道的清冷空气一样，开始觉得沁人心脾，渐渐就会冷彻骨髓。

凌子眼看着那木与见樱的关系一点点破裂，内心竟有说不出的快乐。她看得出见樱的寂寞，因为她也曾这样寂寞过。但她并不反思造成这种局面是自己应负的责任，反而更加印证了那木与栖川五马本质一样的逻辑。

“趁那木不在家，我们去泡温泉怎么样？”大概觉得说得够了，凌子突然问见樱。

见樱已经习惯了凌子的反复无常，她息事宁人地点点头回答道：“我去准备浴具。”

见樱起身离开，上了二楼。

凌子抚摸着和服上的锦鲤图案，大声嘱咐见樱道：“再准备些路上吃的东西，三文治就可以了……”

凌子讲三文治的时候舌头不打卷儿，听起来滑稽可笑。每当听到凌子讲什么咖啡、三文治、俱乐部等这些外来词，见樱就从心里想笑。

对外扩张的日本，竭尽全力不断地把本国的语言和文化输出出去，以期达到在根本上影响和改变他国的目的。殊不知，日本也是在经历了他国语言和文化的影响又融合了自己的本土文化才形成了如今的态势。这就是历史的轮回，文化圈的辐射，在兜兜转转死去活来的争斗中，文化一直前行，历史却逐渐被淹没。

往前追溯的话，日本语本来只有发音，没有文字。也就是说日本语只能口头说，不能写下来。但这种状况随着日本向中国学习而完全改变了。日本的文字分为两种：假名和汉字。假名又分为平假名和片假名。有人说，假名是日本人发明的，殊不知，不论是假名还是汉字都是来自于中国。

日语中的汉字有简体字，异体字和繁体字。片假名是取自汉字正楷体的一部分；平假名取自汉字的草体。

日本语的假名和汉字不同，是表示发音的。所以，日本语的文章可以完全使用假名来书写，虽然这种情况非常少。日本人也曾经讨论过废除汉字，完全使用假名书写。这样，就跟朝鲜一样。

一直以来，朝鲜也没有自己的文字。虽然读音与中文不同，但是书面文字却完全要用中文，直到朝鲜世宗大王在 1443 年（中国的明正统八年）的 12 月完成了“训民正音”的创制，才算有了实际意义上的韩文。

“吾东方礼乐文章，侔拟华夏，但方言之语，不与之同。学书者唤起旨趣之难晓，治狱者病其曲折之难通……”基于汉语的难学，不能让整体国民普遍地迅速地学会，“训民正音”才有了发展的基础。

“训民正音”不仅系统地包含朝鲜语音全部发音特点，而且易学易懂，相较之汉语的难，“训民正音”可以说是语言学的速成法。所以才有了朝鲜世宗“故智者不终朝而会，愚者可浃旬而学……”的评论。

后人一厢情愿地认为世宗大王是为了摆脱汉朝廷的影响，特别是汉字对于朝鲜文化的绝对性垄断才要创制韩文。事实上，朝鲜人发明“训民正音”与日本人不完全废除汉字有着同样的目的，都是为了方便高效有利于国民。

由此可见，世宗在当时创制韩文的真正原因是为了更深入地学习和了解中国和中国的文化文明，并将其推广到朝鲜的普通民众之中，不希望因为汉语的难而阻断了国民的整体进步。

因为世宗发明了韩文，后世子孙把他塑造成不受汉文化侵袭维护民族文化的明君。如果这样算起来的话，那么日本人不仅保留了汉字的大量使用，而且在明治维新之后，又不断吸收西方的外来词，是不是就是自甘堕落的卖国贼呢？

事实上，客观地讲，朝鲜急于创造“韩文”是为了融入汉文化，日本保留汉字也带有着某种保留汉唐文化的情结。

美国人佩里是打开日本门户的第一人，当年他率领三百名美国士兵在江户湾浦贺港登陆，搅得江户城一片混乱，但却被日本人看作恩人。因为日本人认为如果没有佩里，就不会助推明治维新，更不会有日本空前的发展和进步。

随着《日美神奈川条约》《下田条约》等不平等条约的签订，日本人在屈辱中提炼出意想不到的收获。政治、军事、经济、文化、科技等等，西方的一切都在源源不断地涌入日本。原有的以中文为基础的日语里所没有的词汇也以新形式加入，因为日本在短时间内没法产生匹配西方国家语言的相应词汇，于是，他们就从发音上直接采用这些西方的东西，书面上则用片假名来书写。

日语的大杂烩恰恰反映了本国的发展史。

见樱的汉语已经够好了，可跟真正的中国人还有差别。反之，那木的日文就听不出外国人的口音。

那木与见樱大部分的时候说日语，少部分的时候说汉语，如果有些词产生争议的话会夹杂些许的英文，总之，在几种语言中穿插，为的是界定某种事物的属性。凌子听了不免觉得是对她的排外，所以，只要是凌子在的地方，两个人都要用日语。这是凌子的强制规定。

凌子本来固执地不使用外来词，自从与那木见樱生活在一起后，为了赶潮流融入年轻人的生活，她甚至开始用心学起来。虽然学得不伦不类，可加上日本风情也算是一大特色。

见樱准备好了泡温泉的浴具和路上吃的，两个人就出发了。凌子和见樱打算交替开车，预计在下午天黑前就能到达函馆。俩人看着雪景，听着时断时续的无线电，见樱开着车还没有驶出育种场的边界，就看到了驾车回来的那木。

育种场在那木的治理下短短时间内更加风光起来，因为凌子占用了栖川五马的福特车，那木在去年买了一辆别克 Touring 五座车。这是最适合长途旅行用的车，买的时候，那木还曾在心里想过开着它带见樱出去玩一玩缓和缓和关系，可买回来之后，除了自己四处奔波之外，只拉着见樱去过一次札幌。

两辆车同时停下，见樱用问询的目光看了看凌子，意思是我们还去泡温泉吗？

凌子坐在副驾驶位置上，戴着羊羔皮手套的手用力地按了按喇叭。

那木也回按了两声。

凌子突然有些恼地推了一下愣着的见樱道：“调头呀！你丈夫跑了这么多天总算回来了，你难道还要去泡温泉吗？”

可能是因为见樱任由凌子欺负，而那木对付凌子的方法又颇有栖川五马的风采，凌子觉得那木不在的日子真是索然寡味。所以，看到那木回来，跟反应迟钝表情僵硬的见樱比起来，凌子显得不免过于兴奋。

见樱将车向边上靠了靠，示意那木先开过去，谁知那木不动。凌子探出头冲那木喊道：“旅途辛苦啦！你先回去，我们马上跟过去！”

一股冷空气冲进车中，见樱不由得打了一个喷嚏。那木的车子缓缓开过去，见樱注意到这个男人居然看都没看她一眼。

见樱一脚油门，因为是上坡的缘故，车子发出很重的嗡鸣声。车子的惯性让凌子仰在座位里。凌子差一点就要发怒了，可当她看到见樱紧抿着嘴唇有些懊恼的样子，反而开心地笑了。

见樱的脸不施粉黛却也胜过搽粉的凌子，被那木方才的一气又带出三分的红晕，整个脸说不出的美。

凌子笑着笑着，看到见樱的美貌，就笑不出声来了。这种年轻人所散发的美对于青春早已流逝的凌子来说，是不真实的。所以，她好像有些不情愿相信似的，伸出手去，用大拇指和食指合起来夹住见樱的脸蛋捏了捏。

见樱正在气头上，被凌子这一笑一捏弄得气也气不得，笑又笑不出，本想赌气不理那木还是按计划去泡温泉，但是，等到驶上了小坡，就像不加油后没有了力量的车子一样，见樱全身的怨气已经被卸下去了一大半。

调转车头之后，见樱向凌子抱怨道："妈妈，我不想跟那木这样僵下去，他变了。"

"男人有几个不变的？不管他的心在哪里，只要最后他这个人还在你身边，就是胜利！"

"那有什么用，我宁愿他不在我身边可心里想着我。"

"你还是不是我的孩子？怎么这么容易妥协？！栖川家靠那木，但主要靠的还是你啊！打起精神来！"凌子可能是心情突然好了，所以才会鼓励见樱，否则，听到见樱说这样泄气的话，她不扇她耳光才怪呢！

见樱与那木结婚后半年就毕业了。本来，她打算回东京，可因为结了婚，又受到同文会计划的约束，所以，暂时留在了育种场。

婚后，那木成了育种场的首席管理者。整个育种场的事务都由他来打理，责任更重了。

靠赢得场主女儿获得育种场，这在工作人员中被视为不齿。其实，更多的是嫉妒。也有些人以那木为榜样。这些，那木都不以为意。他真正的目的无非是回国。可借助见樱成为育种场场主之后，那木还是没能如愿以偿，他不得不做其他打算。

军马育种场成了那木的舞台，不，是栖川那木的舞台。

二十五

见樱与凌子把车停在那木的车旁，说着话将车上的浴具、吃的一点点拿下来搬进屋里。可那木不在，只看到了他扔在地上的脏衣服还有他的旅行包。

凌子有点失望，见樱反倒放松了。

见樱将脏衣服收起来，去了浴室。凌子则打开了那木的旅行包，从里面将物品一件件掏出来，扔到榻榻米上。无外乎是一些书籍、笔记本还有洗漱用具、换洗衣服啥的，凌子的这个举动跟索隆高娃非常像。

等见樱回来，看到榻榻米上摊开的东西，有些不高兴地对凌子道："妈妈，您怎么又动他的东西？您明知道他会不高兴，怎么还……"

见樱的话没说完，就看到了站在门口的那木。凌子本想冲见樱嚷嚷的口型也收回去，改为自语式的解释："这里有脏衣服，你收过去一起洗了。不知道在旅行包里闷了多久，有股怪怪的味道……"

"让岳母大人费心了。那是几天前换下的衣服。因为旅程太紧凑，没来得及清洗。见樱，你帮我把旅行包处理一下。"

那木脱掉鞋子，走进来，跪坐在榻榻米上将笔记本书籍拢到一起放进旅行包，随手递给见樱。

见樱看也没看那木，径直将早上准备的浴具拿起来向楼上走去，边走边说道："你的旅行包你自己处理，别怪我弄丢了你的什么东西。"

那木看着见樱上楼的背影，又看了看凌子。他明白见樱心中的怨气，但是，自己方才主动示好她还有什么不满意的？

凌子板着脸揶揄那木道："场主大人，这次旅行还顺利吗？没有什么有趣的奇遇？"

"岳母大人说笑，这次去汉城主要谈工作，枯燥得很，有趣谈不上，又何谈奇遇呀！"那木突然觉得，就这样跟丈母娘斗斗嘴也不错，至少表明这是一家人，否则冷冰冰的，怎么看都缺少活力。“您跟见樱准备去泡温泉吗？我回来的还真是不巧呀！要不，我们现在一起去怎么样？真是怀念洞爷湖的温泉呀！”那木的话连他自己都不知真假。

“不要打算转移话题！我说，场主大人，你这个年纪出去公干，最好不要超过一周，这对婚姻不利呀！我们一直都在登别泡温泉的，你不记得了吗？唉，连路上吃的三文治都准备好了……”凌子似乎真的期待起来。

见樱从楼上走下来，换了一身衣服，看样子是打算去干些什么粗活。

凌子仰头问道：“咱们一家去泡温泉，你说好不好？你这是要去干什么？”

见樱随意地道：“不去泡温泉总也得去忙些别的吧！家里太闷了，我出去走走。”说完，见樱看了看那木。见樱这个时候看起来似乎怨气已经消散了，也表现出跟那木和好的信号。

那木突然拍了一下脑门，主动说道：“该死！我竟忘了跟查理有个约会。见樱，你也要准备准备，这是个夫妻二人组的晚餐。在汉城的时候，我们就约定好的。”

见樱不带任何感情色彩地“嗯”了一声就出去了。

那木被冷落是在意料之中的，他去汉城之前跟见樱这个样子已经持续几天了，谁知道从汉城回来了之后见樱还持续保持着这个态度。

凌子很失望，叹着气看那木，那木笑了笑道：“岳母大人，见樱好像还在跟我赌气呢！这些天她一直这样吗？”

“一直这样我还不得被她给气死！这丫头看你回来了，使性子呢！眼里就容不得我这个妈，巴不得跟小别的丈夫单独在一起！场主大人，你是不是也这么看呢？”

跟凌子一起生活，起初让那木很是尴尬。现在，那木已经习惯了凌子的这种态度。他反驳也好附和也罢，总归末了凌子一定会说，场主大人不嫌弃我就好了。

凌子在见樱与那木中间就是这么个角色，她什么话都说，什么事都管，把她对付栖川五马的方法隔着见樱如法炮制在那木身上。那木心里明白，在医学的角度上这是心理问题，是一种情感未能得到彻底宣泄的强烈遗憾症。所以，那木只好接受，一而再再而三地接受。

那木猜测见樱去了豆腐房，于是敷衍了凌子几句之后也出去了。

一想到那木肯定是去找见樱，两个人恐怕会和好，凌子摔烂了三文治，一个人生闷气。

凌子的心理是病态的。她希望见樱幸福，同时又嫉妒她跟那木的关系。这恐怕跟母亲独霸儿子嫉妒媳妇是一样的。

除此之外，凌子虽然一再避免出现栖川五马去世时对那木的错觉，但她还是表现出有异于岳母角色的举动。对见樱的过度保护有时也可以解释成她对见樱拥有青春的嫉妒。嫉妒女儿年轻有活力又貌美，这恐怕不是一个母亲应该有的态度！可凌子现在就是这样扭曲，她摆出保护女儿与家族的面孔，警告女儿看好那木巩固婚姻，又刻意使坏搅乱那木夫妇俩的婚姻生活。种种不经意的挑拨让见樱的心时而酸楚时而凌乱时而生出人性中的另一面。

这是个变异的时代，也是个伟大的时代，它让一切丑陋得以展现，它让一切美好得以期待。

那木在豆腐房里没有找到见樱，他突然想起，樱花每天都是下午才喝豆浆的。

有多久没给樱花磨过豆浆了？那木从豆腐房里出来，故意踩着雪地边走边想。咯吱咯吱的踩雪声突然变得杂乱，那木回头，竟看到见樱跟在他身后。

看到那木停住脚步，见樱捏着雪团的手停下来。见樱挥动手臂，直接瞄准那木将雪团打过来。

那木没有躲，但雪球却在他侧旁飞了过去。见樱赌气地站在原地不动，看着那木。

那木弯下身揉了一个大号的雪球，向见樱一步一步挪过去，见樱以为那木要用那个雪球打她，露出不可思议的表情。

那木来到见樱面前，把雪球塞到见樱手里，说道:“给！用这个打！我就站在这儿不动，试试吧！”

见樱捧着雪球，看了看那木，她被那木的这一举动逗乐了:“这么大的雪球，我看可以当炮弹了！”

“这下可该消气了吧？”那木察言观色笑着问。

“不许笑！看到你笑我就生气！”见樱撒娇道。

那木收起笑容，深沉起来，直直地看着见樱的眼睛。见樱霸道地回应他，两个人在白雪覆盖的草原上伫立着，对视着。

见樱以为那木变了，是因为以前她对那木了解得太少了。那木却在渐渐的生活中，逐渐了解了见樱。

见樱身上有大小姐脾气，但又不像一般的大户小姐那般任性高傲。这在最初接触见樱的时候，那木就有所觉察的。那木只是觉得见樱太孩子气，但这种孩子气带有一些幼稚又带有一些可爱，正是那木沧桑心境中需要的一剂清凉补药。

那木心底里不介意见樱跟他闹脾气，也不介意凌子对他旁敲侧击冷嘲热讽大体上也是来源于此。但是，在表面上，那木看起来斤斤计较。凌子就像是见樱身后的指挥官，见樱跟那木闹脾气十有八九是凌子在背后讲了些什么。那木就是不想让她们母女得寸进尺，发展到没有男人的尊严就不好收拾了。这也是那木的处事风格。

如果那木知道当初自己受到军方调查，又被片岗扔到阿伊努人划属岛经历生死劫都是因为见樱搜集情报而告的密，是不是还会有这样的心境？如果没有，他就是一个正常的人；如果有，那他就是一个正常的男人。当一个男人真正爱上一个女人的时候，表面看起来是爱上这个人带给他的好，实际上是爱这个人带给他的一切，包括说不清道不明的直接或间接的伤害。直到现在，那木还不确信自己是否爱上了见樱，大概就是因为他没有发现见樱带给他的伤害。

这种只有在人间才会存在的复杂逻辑看起来是这么的不可理喻，但却一直在用事实印证。尤其是在这样的乱世。

那木与见樱一直没能如真正世俗的夫妻那样生活，所以，闹归闹，气归气，总还保持着恋爱式的小情调。一旦真的跌入俗世的生活，可能就会失去这些吧！

此次去汉城，那木是以兽医专家的身份获邀前去的。日本的八所军马补充部那木已经去了其中的三所，都是在日本本土境内。来朝鲜军马补充部是第一次，这里的负责人是宫崎日月。

因为栖川五马在育种界的名声，加上那木这两年里在兽医技术方面的频频露脸，宫崎日月托人才邀请到了那木。那木本可以带见樱一起去，谁知偏偏见樱一直跟他耍性子，凌子又在旁边煽风点火，这让那木觉得借机冷落冷落她们也好。

现在的那木已经是育种界的技术新星，在汉城工作进展得很顺利。宫崎日月及军马补充部的技术人员对那木都非常恭敬友好。现在，那木对于受到这样的礼遇已经很享用。当然，前提是，他是栖川那木，如果让人知道他的真实身份，这种礼遇恐怕就会大打折扣。那木心里清楚这一点，但他认为在日本和朝鲜，完全不用为此担心。那些要利用他的人是不会拆穿他的底细的，就是有人要在他的身份上做文章也自有片岗他们为其做挡箭牌自圆其说。

那木最后的环节是通过在汉城军马补充部这几日的实际教学总结理论，对学员们进行兽医知识普及讲课。宫崎日月做了简单的概括之后，那木开始遵照这几天做的军马病例笔记做示范演讲。

那木一边讲一边感叹，如果没有这番经历，他可能在詹姆士的推荐下去美国进修医学。现在竟然成了兽医，并且欺世盗名地给他人做导师搞演讲。这人生也太神奇了！

那木注意到韩百济和小山一郎时，他的演讲刚进行了一半。如果不是这几年修行得来的定力，他肯定会跑到台下，拉住韩百济问他：家里怎么样？祖父怎么样？李迎春怎么样？你怎么来汉城了？

显然，韩百济和小山一郎也在看他，但更重要的是听他讲课。

宫崎日月介绍的栖川那木，是从日本江户时代遗传下来的皇室后裔，是优秀的兽医，是大日本帝国的育种场场主。韩百济和小山一郎开始一惊，但是，随着讲课的深入，外加对现在那木容貌的分析，两个人最后认定只是长得很像罢了，不可能是那木。

以前的那木是白净面皮风流倜傥的贵公子，现在的那木是肤色黝黑治学严谨的日本贵族。

演讲进入尾声时，也是学员们自由发言发问的时候。那木借机指了指韩百济，让他发问。

那木的特殊手势，让韩百济如被雷击一般定住了。他慌乱地拉了小山一郎一把，呓语般地说道：“是他！是他……”

小山一郎还算镇静，他没有任何表态。

韩百济无法发问，他脑子一片空白，好在当时其他学员争着要那木回答问题，韩百济才得以脱身。

那木好不容易甩掉这些爱问的兽医见习生，追问宫崎日月那两个学员为何走了？

宫崎日月说哪两个？那木说就是一个头上光秃秃的，一个单眼皮的短头发……

宫崎日月眨了眨眼好像一下想起来了似的说，那两个人啊，他们不是这里的学员。光头的是小山一郎，那个是他的跟班韩百济……

小山一郎在安东县的学校办得有声有色，这次来汉城是为了视察他的“小山日文学校”汉城分校。韩百济通过小山一郎与宫崎日月达成军马供应关系。是因为韩百济挂靠小山一郎的学校，替日本人开设了一个兽医技校。技校专门招收一些中国孩子，从小就学习饲养、医治军马的兽医技术。

韩百济的学校可以给大日本帝国供应廉价的军马和免费的军马饲养员，所以，他是我们的好朋友。

宫崎日月觉得这些不算什么机密，况且那木可是大日本帝国的育种场场主，他把自己知道的这些毫无保留地告诉了那木。

那木听了，站在日本人的立场上点头赞许并且附和了几句。

本来就是装作不经意地一问，这时那木便不好说出自己认识韩百济并想见他一面的请求了。但内心中却涌起强烈的不齿。他想：韩百济这个家伙，真是个见风使舵的墙头草！

那木没有回安东县，但从日本国内听到的信息大体上也能猜到安东县的情况。小山一郎的学校之所以办得越来越红火，肯定是因为日本人占领了东北三省并且实际控制着“满洲国”。看朝鲜的现状就能看出“满洲国”的未来。

宫崎日月口中的韩百济是大日本帝国的忠实拥护支持者。可在那木的猜想中，韩百济这个狗奴才，为了讨好日本人，肯定培养的都是速成的兽医。技校里不会教孩子们什么学术知识，肯定会直接输灌技术，唯一的理论知识怕是还要夹杂上众多的效忠天皇、日满亲善的内容吧！

事实上，韩百济的兽医技校招收的中国孩子是不收学费的，条件就是以后要在技校工作，工资当然很低。但大多数的中国家长尤其是身无一技之长的乡下人，认为可以免费学到技术又可以得到工作，这是多么大的好事啊，所以统统把家里的孩子送来。

这样，兽医技校就用不着高价雇用专门人员了，那些为日本军马补充部饲养的马匹有了免费的人员照顾，成本降低，韩百济再从宫崎日月那里得到一笔好处。

既有偿地利用了中国孩子，又得以讨好日本人，韩百济从中两面得利。

那木分析的韩百济一点都没有错。

日本人在东北大肆推行殖民奴化教育，安东县必然要紧随其后。那些原来就在做文化教育渗透的日本人，这时更是振振有词地开始了他们的宣讲。像小山一郎这样的人再也不用伪装了！

日本帝国主义强调职业教育和实业教育，减少了普通文化课和基础课的分量，取消了数、理、化基本知识的系统讲授，其实质是培养工农业、商业中下等技术人员。突出“精神教育”，大量宣传“皇道”“神道”“建国精神”“民族协和”。学校强制开设日本语课，并且将日语列为必修课和“国语”。总之，日本帝国主义在“满洲国”实行的学校教育制度，虽然在管理体制上有其进步的一面，但究其本质，不过是奴役中国人民，进行军事侵略和经济掠夺的工具。

在这样的背景下，韩百济的兽医技校自然深得日本人的欢心。

不管韩百济变成什么样儿，那木都希望通过韩百济给家里捎个信儿，给李迎春捎个信儿，告诉他们，他没死，他还活着，他一定会回去！

可韩百济逃了，见到他大难不死的主子这小子居然逃了！那木心情很是复杂。那些刻意封存在心底的伤痛回忆一点点冒上来，用千斤巨石也再压不下去……

二十六

那木与见樱对视，见樱慢慢地闭上了眼睛，她以为那木会给她一个热情的吻。谁知，那木心里装着太多的事，他打算跟见樱和好是因为他希望找一个倾听者。强大的男人也需要有一个可以让他袒露心胸的人。在北海道，那木只有见樱。

看到见樱慢慢地闭上眼睛，那木敷衍地给了她一个安慰的吻，吻在了额头上。之后，拉着见樱的手向前走去。

见樱有些失望，她感觉那木的手是凉的。她不知道那木要带她去哪里，却顺从地跟随。见樱看得出那木的脸上透露出淡淡的哀愁，这个男人在以往的日子里，总是在谈笑间处理事情，包括跟自己的冷战，他也没有过如此的忧郁之相。难道是有了什么不好的事情发生吗？

见樱跟着那木上了车，两个人无语地驶出育种场。

车子在雪路上行驶，速度很慢。那木一直看着前面的路况，并不看见樱。似乎有话要说，但尝试了几次都咽了回去。

见樱看了看自己穿着的工作便服，突然很介意地说道：“我们这是去哪儿？方才应该回去换衣服才对，我还穿着这身衣服呢！”

“去了你就知道了。”那木仍然不看见樱只看路况。

“今天你真奇怪。”

那木听了露出笑容，追问道：“哪里怪？”

“刚回来的时候对我不理不睬，连看都不看我一眼，后来怎么又突然对我热情起来？现在又要带我出去，不知道你怎么了！”见樱实话实说。

“我什么时候对你不理不睬？”

“就是回来的时候，你……”

见樱看到那木根本没有用心在听，不禁住嘴，顺着那木的目光向前看去，路面上的雪被压平，看起来滑滑的。

“有什么让你烦心的事儿吗？”见樱还是忍不住问那木。

那木长长出了一口气，一边关注前面的路况一边快速地扫了见樱一眼，车子打滑，见樱一惊。

那木淡淡地说道：“烦心的事儿？当然有。不过，现在还不想跟你说。”

一路上，两个人再也没有说话，那木以为见樱又生气了，偷眼去看她，谁知她竟靠在座位上睡着了。

见樱醒来的时候，发现车子早已经停下了。那木不在车里，她大吃一惊，正要推门出去寻找，却见路边的一棵大树旁，那木正靠在树上抽烟。风吹得那木的头发散乱在脸上，大口大口的烟从那木的嘴里吹出来。见樱第一次看那木如此吸烟，仿佛要把整个世界吸进去再吐出来一样。

这里是北海道帝国大学校区的白杨林，见樱不知道为什么那木把她带到这里来，又很好奇那木不能说的烦心事是什么。

两旁的白杨树都有几十年的树龄，裸露着的树干像苍老的手伸向天际。白雪做背景，那木靠在树旁抽烟的画面让见樱产生一种类似于沧桑、悲怆的美感。

见樱下车去追问那木到底有什么烦心事，带她来这里干什么。可那木只说了一些莫名其妙的话，之后看着见樱笑。见樱被他笑得有些恼。那木随后拉着见樱去服装店首饰店采购，更让她断定，那木一定是遇到什么棘手的事儿了。

晚上两个人去赴跟查理夫妇的约会之前，那木禁不住见樱的一再逼问，没头没脑地反复跟她说道：“你应该了解我，你一定要了解我……”

见樱不再追问那木，借助餐厅玻璃门的反光，见樱看着一身新装的自己和有些憔悴的那木，觉得俩人就像橱窗里的假人一般不真实。

查理是英国人，在东京经营一家赛马俱乐部。夫人曾是英国上流社会的社交明星，如今在东京协助查理打理俱乐部的琐事。说是琐事不过是自谦的说法，实际上赛马运行的琐事跟赛马本身对技术的要求不同，更需要头脑和交际手腕。夫妇两个可以说是相辅相成，珠联璧合。

席间，四个人一直用英文交谈。见樱话不多，一直在听。那木也并不是很热情，这让见樱有些意外也有些疑惑。

从他们的谈话中，见樱得知了这次那木去汉城的目的，也知道了军马补充部和赛马场的暗中合作。查理显然是在拉拢那木，让那木更多地培育“纯血”马，继续改良马种让它们更加符合赛马的需求。

更主要的是，见樱觉察到了那木的英文发音有了改变。平日里她跟那木切磋时，那木的口音有些生硬不自然。可现在，见樱觉得那木的发音流畅而轻松，那种自然而然的语感不可能是自己这两年来时断时续教他的结果。

见樱为自己的发现感到惊奇，不觉有些发呆。

查理的夫人不愧是社交圈滚爬出来的，她打着圆场半真半假地对见樱发牢骚道："他们不管什么时候都在谈工作，真是毫无情趣可言。栖川夫人如此年轻，我在这个年纪的时候还把自己当孩子呢！你肯定对这些话题感到很枯燥吧？！"

"啊，没什么，不觉得呀！平时也难得听他跟我讲些工作上的事，我很羡慕伍德夫人，能够陪在伍德先生身边跟他一同工作……"

见樱说的是真心话，她虽然陪在那木身边，但是没有融入那木的工作中。见樱称查理的夫人为伍德夫人，是因为查理的全名是"查理·伍德"。查理是名，伍德是姓，写成英文是Wood，见樱猜想查理的祖先恐怕喜欢森林或者居住在森林附近，所以就以此为姓了。足可见这个姓氏的久远。这跟日本人的小山、田下、山村等等是一样的，都是遵循自然不加雕琢而形成的。这样看来，每个民族的文化发展史从祖上开始都是遵循此道，也就是自然之道，并没有太多的刻意。

见樱想起自己的姓栖川。

"栖川"一姓取自日本有名的"有栖川宫"，这是日本皇室曾经存在过的世袭亲王宫家。

日本历史上，历代二王子以下的王子都要出家到门迹寺院为法亲王或入道亲王。1625年（宽永二年），后阳成天皇的七皇子亲王好仁创立此宫，最初的宫号是高松宫。好仁没有子嗣，所以收侄子良仁为嗣让其继承宫家成为二代亲王，自己改称花町宫。

良仁继承了皇位成了后西天皇，这是因为先代天皇的养子识仁（后来的灵元天皇）年纪太小才暂时继承皇位。后西天皇让自己的皇子幸仁继承了高松宫，改宫号为有栖川宫。

怪不得见樱从小就被外婆和母亲教导，不能辱没了家族获得的荣誉。是靠什么获得了这样一个荣誉的姓，见樱问过很多次，可外婆和母亲都说不清楚。

经过了三百年几十代人的点滴遗忘，总之，最后栖川家能记得的荣誉也只剩下这一个姓。

先是忘记了家族史，之后忘记了民族史，再然后，就会忘记国家史。有人在忘却中强大走上对外侵略的邪路，有人在忘却中迷失沉沦在无休无止的内耗之中。日本和中国就是在这样的历史交错中兵分两路。

见樱一边留意那木，一边七想八想，一边还要附和伍德夫人的热情。伍德夫妇虽然说的不同，但目的一致，都是为了赛马俱乐部而公关，那木与见樱就显得毫无目的，两个人各说各的，看起来散漫毫无凝聚力。

喝了点酒，那木似乎比先前热络了些。他拿出一根烟，绅士地询问了一下伍德夫人道："不介意吧？"得到伍德夫人的同意后点燃，深深地吸了一口，然后对查理说道："马种改良是大方向，不管应用到什么地方，这是必然的趋势。死守不放的人都是'那个'思想比较严重的人。"

那木嘴里的那个，查理夫妇理解成是战争，见樱理解成是老古板死守传统。而那木真正的意思是跟战争差不多的"军国主义思想"。

查理并没有一般英国人的刻板，但他发起牢骚的时候也是一板一眼，他说道："日本人对赛马了解得少，接受得慢，很少有像栖川君这样看得明白的。"

"查理，你这样说，我可真有点伤心。日本人对赛马是多么的热爱，你在东京，应该很了解啊！"那木表现出作为一个日本人该有的反驳。

查理皱了皱眉头，有些遗憾地道："那都是下层民众在跟着瞎闹，赛马可是贵族运动，可日本政府对此也太不关注了！还不如中国呀！在上海，政府对赛马的重视可比东京强多了！"

见樱敏感地看了那木一眼，但那木没有任何特殊的反应。

那木了解上海的跑马厅，不知内情的人只以为这是赛马和马术表演的地方，实际上，包括查理的赛马俱乐部及日本的其他赛马俱乐部在内，这些都是挂着"赛马"头衔的公然赌博组织。他口中所说的政府重视，无外乎就是政府帮着这些人强占地盘愚弄百姓罢了。

查理在那木面前发表这样的牢骚，不外乎是期望那木对他的赛马俱乐部多多支持，但没想到说的话不管那木是日本人还是中国人，都一样反感。

"赛马如果也算是贵族运动，那现在的中国人就都是贵族出身了！"

那木的话说得很直接，让查理为之一愣。见樱和查理的夫人也停止谈话倾听那木的下文。

“中国的大清朝，不就是由‘马背上的民族’满族建立的吗？除了满族外，像蒙古、西藏等游牧民族的传统体育活动也首推赛马。这些民族对赛马活动可是全民参与的。赛马、摔跤和射箭被看作英雄男人的标志。从五六岁的孩童时就开始学习骑马，到十一二岁时则能跟随大人骑马游牧，十五六岁时，就可以进行马上战斗。追溯到成吉思汗时代，所有从十五岁到七十岁的男子，都要做到马上是战士，马下是牧民，赛马和兵役制度是结合起来的……”

那木吸着烟慢悠悠地讲，这些事他很熟悉，讲得也有些漫不经心。查理却听得入神。

那木吹了一口烟圈，反问查理道：“这在中国曾经是国民普及的事。又怎么能算是贵族运动呢？！”

“啊，原来是这样，那后来呢？为什么后来却没有发展了呢？”查理显然认为上海的赛马也是英国人带过去的，这恐怕也是所有英国人的共识，事实上也是如此。

“说多了，见笑啦！中国的历史实在太长，我这个日本人又怎么了解得那么多？”那木借日本人的身份说出了中国人的心声。

查理夫妇当然不知道那木的想法，两个人表现得像把那木的解释当成知识普及一般，还发出了羡慕的附和。

不过，那木的这番话如果被小山一郎之类的人听了，准会跳起来冲他喊，成吉思汗是中国人吗？努尔哈赤是中国人吗？满蒙是中国的吗？

就是见樱听到那木的这番话，心里也带有几分的不屑。对于那木把中国说得那么厉害却对现在赛马的落后无法解释，见樱只觉那木的做法幼稚。有什么好争辩的，落后就是落后，嘴上占了上风也还是一样落后，这是无法改变的事实。所有的娱乐活动大部分都是从贵族开始的，权力和金钱是他们控制一切的法宝！

查理之所以想亲近那木，无非是看好了那木的整体条件。懂英文，对西方不陌生，跟一般的日本人对赛马的态度不一样。

日本很多的育种场对赛马有些排斥，以圣战为目的的育种方式仍是主流。但那木却肯定地告诉查理，这种育种方式肯定会被淘汰的，只是时间问题。战马的需求量是跟战争连在一起的，而战争终有结束之时。末了，那木话锋一转，说他不是不支持圣战，只是担心成功后战马过多造成现在不必要的资源浪费。

查理对那木的思想非常认同，不过是因为这里面有很大的经济利益相关联着。赛马对马的要求更严，没有好的育种场支持就不能更好地开展。

那木的军马育种场跟查理的合作才刚刚开始，但那木对军马育种场的发展方向早就做出了潜移默化的调整和改革。这从经济利益上来讲没有任何差错，但似乎篡改了军马育种场的主旨。

田下的遗志是希望那木守护本土马，栖川五马事业的精髓在于对军马改良的精益求精，那木则将这两种指导方针完全放弃，将马种改良当成了一项生意来做。违背了两个恩师的意愿，那木却心安理得。他牢牢地记得田下对他说的那句话：只有活着，才有主宰一切的权力！

那木现在若是没有主宰育种场的权力或者说能力，查理不会愿意与他合作。而这个权力或能力都是因为有利可图。一切都围绕一个利字！

回育种场的时候，见樱提出由她来开车，因为她看到那木的脸色非常不好。那木没有坚持，顺从地坐上了副驾驶的位置。

夜晚的雪路，驶出札幌市区之后，见樱开得更加小心。她打算平安抵达育种场之后，让那木休息一个晚上，然后再找一个适当的时机问那木为什么要隐瞒会英文的事？可那木上车后就开始跟见樱有一句没一句地闲聊。

那木讲起家乡的雪，讲起祖父的背影，讲起雪天里被祖父关在书房只能趴在窗边猜想别的孩子打雪仗……那木问见樱小时候的冬天最期望什么？

见樱专注地开车，听着那木的讲述，冷不防被他这么一问，也开始回想自己小时候的冬天最期望什么？

就在两个人都沉默着想问题时，车子驶到一个陡坡处，车速陡然加快，见樱不觉有些紧张地踩了一脚刹车，踩得有些急，车子在雪地上打了一个旋儿而后不受控制地滑起来。见樱尖叫着瞪着惊恐的眼睛，眼看着车子向一棵大树撞去。就在见樱闭上眼睛准备承受灾难的时候，那木侧过身死死地打过方向盘，车头稍稍歪过去，车身擦过树干又滑行了一会儿才慢慢停下。

见樱睁开眼睛的时候，发现那木正一动不动地看着她。那木拍了拍见樱的肩膀，对她说道：“有没有伤到？”见樱摇了摇头。

那木先下的车，然后，他打开车门将见樱从车里抱出来。见樱觉得那木的臂膀仍很有力，但靠近他的胸膛后才发现那木咚咚的心跳。

那木欲将见樱放下，发现见樱的手僵硬而有力地抓着他的衣服。那木抱着见樱查看了车子。

车头被撞得瘪了进去。这冰天冻地的夜晚，两个人被抛在了路上。

“腿受伤了吗？看能不能走动？”那木试着将见樱放下，询问着。

见樱无法回答那木，她的腿像是软的，根本站不稳。那木扶着见樱的双臂，用力向上提着她，见樱的手则紧紧抓住那木胸膛上的衣服。

见樱的腿使不上劲儿，那木再有力也不能提着她的肩走路。夜晚的风安静了很多，但气温却越来越低。两个人回到车子后座，拥抱着坐在一起。

冷清的月光让这个夜晚更加寒冷，见樱终于缓过神来，她说：“我冷。”那木用大衣将见樱裹进怀里，但见樱仍说冷。

那木想来想去，只好背起见樱沿来路往回走。见樱没再说冷，那木反而有些担心，怕她睡着了反而更容易着凉。那木一边走一边跟见樱讲起了自己的往事。那木告诉见樱自己是在什么样的家庭中长大的，从小受到了何等的教育，又讲自己从小就跟祖父和妹妹相依为命，不知道有父有母的滋味……

那木讲起自己是学医的，本来在上海圣约翰大学主修医学，自己对见樱撒了谎，其实他会英文，他的专业都是英文授课。从小到大，如果不是一直在学习中度过，真不知道自己会做些什么……

那木讲到这些的时候，不住地喘气。见樱听着，则像是一声声的叹息。

二十七

那木终于跟见樱袒露了心声，他无法再一个人守着这些不是秘密的秘密。自从在汉城看到韩百济，那木的心就一直无法平静。尤其是韩百济居然跟小山一郎混在一起，见到那木非但不过来相认反而溜了，让那木不解之中又带有三分不好的猜测。

见樱一路听着那木的自说自话，心里本来想问的有了答案。可她不理解，那木为何突然要跟自己坦白这些？那木的自我披露让见樱以前对他的某些愧疚之情又再次涌现，可见樱无法开口告诉那木。除了同文会的规定之外，她害怕，害怕那木知道后对她的别样眼光。她希望当初她告密的那个污点可以随着时光淡去。至于她会中文的事，她认为对那木没有伤害又何必非要告诉他呢？

那木坦白了他会英文的事，以后就不用在见樱面前伪装。而见樱则只好继续扮演学中文的学生。

见樱趴在那木宽厚温暖的后背上，觉得更加爱上了这个男人和这个男人背后的一切。她不由用冰凉的手去触摸那木的脸庞。因为背负着见樱前行，那木的后背热气腾腾的，与后背比起来，那木的脸凉凉的。见樱怜爱地道：“停下来，我可以自己走了。”

听到见樱终于开口说话，那木停下脚步。见樱趁机从那木的后背上滑下来。还没等见樱站稳脚步，那木的吻压倒一切般席卷而来。

这是一个复杂的吻，也许爱情的成分不多，但对那木来说已经倾注了他对见樱的所有诚意。内心的孤独让他有些软弱，尤其在这样一个夜晚，那木需要一点点温暖，支撑他走过寒冷的夜。

这一吻让见樱的心升腾起莫名的温暖和感动。

剩下的时间，两个人相互依偎着往市区走去，快到半夜时终于找到了一家小旅馆。

见樱带着甜蜜的心情去洗澡，回来的时候发现那木已经睡下。见樱一边用毛巾绞着头发，一边借着月光看那木。那木发出轻微的鼾声，睫毛有时还动一动。紧闭的双唇偶尔噘起来，好像有话要说的样子。一瞬间，见樱觉得那木很可爱，竟然萌生了一种母性的爱意。

见樱用手指轻轻地在那木嘴唇的轮廓上画了一圈，然后按在嘴唇中间的缝隙上。见樱本以为那木睡得很实，谁知，却被他突然抓住。这一晚，那木一直没有松开过见樱的手，似乎这样才睡得踏实。

窝在那木身边，听着他的呼吸，想着刚刚发生的一切，见樱整晚失眠，一直处于似睡非睡似醒非醒的状态。恍惚中，她似乎听到那木跟她说“他爱她”，不自觉地她也回应那木说“她爱他”……

第二天早上，见樱醒来的时候，那木已经梳洗停当。刮了胡子，衣服穿得齐整，那木一改昨晚的颓废和疲惫，两眼又充满了神采。

见樱一时有些恍惚，看到那木坐在一边似乎是很专注地看着她，见樱匆忙地逃进浴室。见樱不记得是什么时候睡着的，镜子里的她嘴角还有口水流过的痕迹，颧骨旁则留着醒目的压迫后的红印。被那木看到她早上惺忪睡眼颜面不洁的样子，见樱顿时感到脸上狠狠地发烫。

见樱的为妇之道最重要的一条就是被教育早上一定要比丈夫起得早，梳洗打扮之后才可以见他。新婚的这两年多里，这是第一次见樱在那木之后起床。

见樱眼里的那木又恢复了往日的风度。但那木心里清楚，自己已经回不到从前。他打定主意，要跟见樱长相厮守。一个男人心里游移不定是干不成大事的！既然入赘了栖川家，就是栖川家的代表。栖川五马就是他的榜样。等到拥有更多更大更强的权力之时，说不定回国也顺理成章了。

抱着这样的信念，那木完全可以支撑个十年二十年。在这个动荡的时代里，谁也说不准下一刻还会发生什么惊天动地的变化。就算没有任何变化也不怕，人的一生又有几个十年二十年？等过完了这一波十年二十年，不怕下一波难熬。

那木与见樱就这样和好了。生活看似也还如往常一样向前游移。

那木的别克车还在修理厂，这几天一直跟见樱骑着樱花在育种场的草场上跑来跑去，凌子就更加看不过眼，心中不免开始泛起一阵阵酸味。又不由自主做出破坏那木与见樱关系的打算。不过，这次还没等凌子真正出手大展破坏力，那木就被日本军方带走了。

这次，执行任务的军方人员给出带走那木的理由，认为那木进行的育种场经营损害了大日本帝国的利益，涉嫌卖国。

见樱被这个罪名给吓住了，倒是凌子分外的冷静。如果是错误情报造成的误会，那木很快就会被放回来，如果那木真的干了这样的事，那他就要接受惩罚。白白地得到了场主的女儿又执掌这么大的育种场，那木胆敢做这种不忠不义的事，就罪该万死！非但得不到栖川家的同情，反而会招来栖川家的憎恨！

育种场的经营不能停止，那么多精贵的马匹需要饲养和看护，还有那么多的工作人员需要这份工作糊口……最重要的是，这是栖川家的事业，除了育种场，凌子和见樱一无所有。

凌子再次挑起了大梁，精神领袖起的就是这个作用。

凌子不懂兽医学，不懂育种，不懂经营，但是，只要栖川家的人还在，育种场就会有条不紊地运行下去，人心就不会散。

那木接班之前，凌子一直照管育种场。那时，因为栖川五马去世，凌子的心根本不在育种场的经营上。那木接管之后，凌子的心就都用在如何看管这个女婿上。

那木不像栖川五马，并没有在男女关系上伤害到凌子母女。在凌子如此挑剔的目光下，那木也没有机会，主要是没那种心情。那木把所有的精力都用在了育种场的发展壮大和转向经营上。

育种场蒸蒸日上，风生水起，凌子高兴还来不及，当然看不出那木有何卖国倾向。最主要的是，自己的女婿将门楣光耀，谁还能想到这会是另外一种意义上的卖国呢！

那木改变了育种场的经营方向，他把目光投入到了以赛马为重点的经济效益巨大的领域，这暴露了他的不安分又略带不友好的用意，这是明晃晃的野心。日本人本来是想改造他利用他为大日本帝国服务，可不是用来扮演挖墙脚的角色。

片岗从那木的所有行动中看出，这个男人实在是太难对付了，他生死不惧，思想头脑灵活，在绝处能够敏感地嗅到生机。这样的人，杀之可惜，利用起来也要万分当心。

那木在这样的背景中再次被军方扣押，自觉生死福祸无从得知。

凌子按兵不动，实际上心中也在暗暗期待。见樱奔走无果，甚至从片岗那里也得不到任何内部消息。突然她想到自己当少佐的二姐夫，便恳求凌子发话，让二姐夫出手帮忙。

当时，凌子正在看育种场的工作报告，听到见樱的请求后，将只有看书看报时才戴的老花镜一只手从眼睛上拿下卡在鼻梁上，打量了见樱足足有三分钟。

见樱因为凌子对那木的态度过于冷淡，见凌子又这样盯着自己看，就明白凌子肯定是要批评她。可见樱这次顾不了那么多了，她有些情急冲动地对凌子申辩，实际上也是对凌子的抱怨和指责。

“妈妈一直不喜欢那木，一直对那木有偏见，现在他被无辜扣押，您就不知道担心吗？”自从那木被带走，见樱的脸色越来越不好。原本丰润的双唇现在失去了光泽，因为说话过于急促，犹如两张脆脆的纸片在摩擦一般，发出锋利的响声。

凌子看不惯这样的见樱，也容不得自己一手培养的女儿突然成了胳膊肘儿向外拐的外人，她重又将老花镜戴上，继续看工作报告。

被凌子无视的痛苦让见樱放肆起来，她伸手抢过凌子手里的报告单，郑重地放到榻榻米上，之后直视着凌子张开嘴刚想再次说些什么，却冷不防被凌子扇了一嘴巴。

见樱不解委屈地看着凌子，凌子将报告单拿起来，又站起身，居高临下地看着见樱，然后将报告单轻飘飘地扔到见樱头顶，之后落到见樱面前。

“看看这份育种场的数据统计，或许，你就不会这么无礼冲动没头没脑了！”凌子的声音透着无限的威严。

见樱并不去看报告单，仰着头执意地问道：“妈妈也认为那木做了什么对国家不利的坏事吗？妈妈也要光凭所谓的数字统计给那木定罪吗？”

“那木接管育种场两年多了，你知道他都做了些什么吗？整个育种场军马育种量下滑到最初的百分之三十，而为了赛马的育种则加强到以往的五十倍，你知道这是什么概念？这意味着，等到大日本帝国的士兵在战场上需要战马的时候，我们却无法提供足够的马匹！那木看起来把育种场的经济搞上去了，实际上是以牺牲国家利益为代价的，这不是卖国是什么？！”凌子显然压抑了内心的痛苦，她说起来毫不留情，实际上却替那木感到遗憾。

见樱仍然不死心。一旦相信了这些，她的痛苦就变成了双重的。失去那木的痛苦瞬间又要加上那木与她不同政见不同国家荣誉感的痛苦。可爱情是无法分清这些的，它不分国界，不分强弱，只要深陷其中，可以找到一切的理由来为它的盲目开脱。

“就算那木这样做了，可日本也不光只有我们这一个育种场，军方这样强词夺理肯定是对那木有偏见！还不因为那木是中国人，如果那木是日本人，肯定没有这些麻烦事！”

“你这么认为也好，那木就算入赘了栖川家，可他的心还是中国心！开始，我担心他玩弄你的感情，现在，恐怕整个栖川家的百年声誉都被他给玩弄了！你是栖川家的人，你应该懂得什么是最重要的！还不醒醒吗？栖川见樱！”凌子很艰难地说出了这些话，期望看到见樱的悔改和赞同。

见樱心绪大乱，她想为那木解释，又不愿相信那木真的错了。一时竟想不到可以兼顾两种思想的辩词。

凌子以为见樱听进去她的话，不免放缓了口气，她告诉见樱，对于那木不要抱有太多的幻想，爱情不是人生的全部，等你到了我这个年龄就领悟了。

见樱看起来有些慌乱，但她的话听起来却很有条理，她不是用心在说，而是用平日里所学所见所想凝聚而成的思想理念在说服凌子，也是在说服自己。她强调那木对育种场所做的改革没有错！世界和平才是大日本帝国进行圣战的目的，要那么多战马就意味着对战争的无休止期待，这才是完全错误的想法！血淋淋的厮杀无法解决根本性的问题，要想实现大东亚共荣，靠的是文化渗透教育普及，而不是没完没了的战争，这才是根本！那木这么做恰恰是对大日本帝国战争精髓的领悟！

见樱长期以来自我形成的思想让她为那木找到了可以被理解和谅解的依托，但她的话在凌子听来简直就是痴人说梦。

见樱的这番理论恰恰代表了当时很大一部分日本人的看法，他们不认为对他国的文化入侵是坏事，反而认为这种思想精神改造是有利于落后人民的好事。

甲午战争之后，日本更加明目张胆地开始对中国进行文化渗透和教育输出，对本国则为了摘掉大中华影响这顶历史帽子而进行了一系列的努力。首先篡改历史，继而向西方靠拢改变文化习俗，之后力图从教育上对全体国民进行全方位的思想改造。

除此之外，在媒体舆论上更是做足了文章。当时，有一大批日本学者，京都派代表人物，更是为日本政府的这种险恶用心充当了鼓吹手。以贬低中国来抬高日本，以挖掘中国的落后野蛮、愚昧无知为乐事。并且从另外的角度来说明，当年那个事事领先处处可为人师的大中华，如今已经没落到世界的低谷。

这些措施的加大推行是造成大部分日本人形成错误历史观、价值观、人生观的根本原因。

由此可见，奴化他人之前必先奴化自己，日本人从自身的实例中得来了颠扑不破的真理。

日本军方对那木没有进行任何审问，直接将他关进了牢房。这是一个单人间，是专门为了防止犯人与他人交流而特设的牢房。开始的几天，那木吃得下睡得着，心中已经做好了应对审问的方案。可是，一连过了不知多少天，那木成了被遗忘的人，这让他隐隐感觉到不安。心中开始前思后想，之后胡思乱想。

那木本是经过风浪的人，但面对这种情况不管是谁都会经过这番思想上的煎熬。“砍头不过风吹帽”，那木突然笑这些人的豪言壮语，砍头的一瞬当然如风吹帽，可砍头之前的日子难道不是度日如年吗？

那木被自己这种种翻来覆去的猜想弄得心火泛滥，军方及时地对他进行了提审。

两个日本兵押着那木走过一层层铁门，嘴里催促着那木快些。那木却气定神闲起来。谈判的机会对那木而言就是不断挑战极限的机会，对于军方用在自己身上的那些伎俩，那木都一一熬过去了。现在，他们能想出什么花招来迫使自己屈服，那木想不出来。但他自认无论如何都会扛过去的！

日本军方可能真的没想出对付那木的办法，所以，两个日本兵将他推搡到一个关押着很多犯人的大杂间前便停住了。一个日本兵打开铁门，另一个日本兵催促着那木，让他快些进去。

那木顿时瞪大了眼睛，一瞬间，他明白了，这是要把他关进这里，不是要提审他！

那木接受不了这样的处境！突然间爆发的潜能让他不顾一切地左冲右撞，两个日本兵居然被他甩掉，那木疯狂一样向外跑去……他知道这样也无济于事，但是，他必须这样做！在绝望中寻找生机，那木已经不止一次如此抗争过。每一次都不知道结果如何，但是，只要不放弃，总归会有一条绝路等着你走。

绝路也是路，就看走的人怎么走……

那木的困兽之争是徒然的，被打得晕头转向之后两个日本兵将他扔在了大杂间里。那木原本期望通过这样的抗争会得到与上方的谈判，在那个层面上，那木才觉得心安，那毕竟是有规矩可循的文明之战，一旦沦落到与罪犯群居的大杂间里，那将又是一场野蛮混乱无序的抗争。

那木曾在脱离阿伊努人的划属岛后发过愿，此生再也不要沦落到这样的境地，宁愿死！躺在大杂间的地面上，还没等冰冷潮湿的感觉涌遍全身，那木就又被揍了一顿。这是进入大杂间的欢迎礼，那木早已预料到了。一想到还要像在海上漂浮，像在阿伊努人的岛上血染双手，还要在生不如死中浮沉、翻滚，那木有些心力交瘁，大脑少有地一片空白……

二十八

恐惧，留恋，期望，幻想……统统都不见了。那木在大杂间里熬了两天，不是别人打他，就是他打别人，麻木和愤怒结合在一起形成了某种暗疾，让那木的疼痛都隐藏在冷酷和狠辣之下。

那木突然看透了自己，无论何等卑贱屈辱，他都要活下去。是的，活下去才有主宰一切的权利！这魔咒一样的田下遗言，成了那木取之不竭的力量。

跟死亡比起来，他可以再去海上忍受无法自然排泄的痛苦，他可以再次忍受被流放到远比阿伊努人划属岛上更像地狱的地狱，为了活着，他要一直跟这些没有灵魂的人苦斗，他可以终生经受踩在生与死的钢丝绳上过天堑的考验！

那木的心里升腾起这样的欲望之火，却被军方的死亡宣判瞬间浇得熄灭。

那木被蒙着眼睛拉往行刑场，当他的双眼被打开时，正看到一批被处决的犯人应着枪声惨挂在靶桩上，解开捆绑着的绳子后尸体以各种姿势倒下来，然后被粗暴地拖走。

所有生的快乐连同生的苦难都将一同终结，那木的心反而平静下来。这一瞬间，容不得他想太多，那木被架到第三号行刑手对应的靶桩处绑起来。

同时有六个人被枪决，其中还有与那木在大杂间里同住的两个人。昔日的暴虐统统不见了，只剩下临死前的最后遐想。

那木突然流出大量的眼泪，他心里明白这不是恐惧，因为他明白死只是一瞬间的事。那么，这眼泪又是什么呢？还没等他想明白，枪声突然响起，那木猛然闭上了眼睛。

等到他睁开眼睛的时候，看到身边的五个人正被从靶桩上解下来，然后拖出去，一个人嘴里塞着的破布与地面摩擦掉出来，上面染着鲜红的血印。

猛然间，那木想明白了自己的眼泪是什么，是对生的苦难和快乐以及一切的不舍！

处决他的行刑手仍旧瞄准着他！这时的那木却无法再如方才一样平静，他试图扭动被绳子捆绑得结结实实的身体，他试图甩掉堵在嘴里的破布高声大喊，可这些他都无法做到。

枪声再次响起，紧跟着又是一声，连续三声枪响，有两发子弹擦着那木的耳朵过去。

那木瘫软在靶桩上，浑身大汗淋漓。

行刑手端着枪走到那木面前，摘下了自己的头套，露出来的竟是片岗的脸。片岗抽出那木嘴里的破布团，对着他龇牙一笑。

那木只看到片岗的嘴唇上下掀动，可他听不到片岗说了些什么。清冷的空气中，那木闻到一股若有似无的尿臊味儿，这成了他永世不忘的回忆。

那木一阵咳嗽，似乎将耳朵里的无形耳塞震落，他听到片岗问他道："死亡的感觉很奇妙吧？要不要真的尝试一下？以后，不要再自作聪明耍鬼把戏，若不是想留着你问问死是什么滋味，你这辈子都没机会尿尿了，懂吗？！"

片岗再次龇牙笑了，因为抽烟喝茶喝咖啡，片岗的牙齿缝隙带有残留的褐色牙垢，这让那木想吐，但他把涌上来的呕吐物又强行咽下去，点了点头，只说了一个字："懂。"

片岗命令身边的士兵道："带他下去，处理一下，然后去会客室。"

士兵领命给那木松绑，然后架着那木离开。

看着那木高大的背影仿佛瞬间缩小了一半，片岗仰天哈哈大笑！收服了那木，怎一个痛快了得！

见樱在会客厅已经等了一个小时，片岗让她劝说那木听从军方安排，这样就可以免去罪行。

看到那木的第一眼，见樱简直认不出来这是与自己刚刚分别几日的丈夫。空洞的眼睛毫无神采，整个面庞都是扭曲的，那木全身的肌肉像是没有化冻一样，冷冰冰硬邦邦。

见樱不知道那木方才经历了什么，当然无法理解那木为何变成这样。

她甚至以为是军方对那木进行了什么药品注射。看到那木这个样子，加上主观臆断的猜想，一股愤怒之火陡然蹿到脑门上。见樱腾地站起来，双手的摆动无意地撞翻了桌上摆着的早已经冷却的咖啡，她要去质问片岗，这到底是怎么一回事？

见樱经过那木身边的时候，被那木抓住了沾上咖啡的衣襟。那木把头扭过来看向见樱，见樱也看向那木，可那木的眼神却无法聚焦在一点，看起来犹如濒临死亡时开始散去的瞳孔。

见樱突然涌起一股强烈的心酸，可这个时候，她告诉自己千万不能哭！

见樱牵引着那木坐到座位上，好久都没能说出一句话。那木仍是没有开口，两个人只好沉默着。

那木心里很清楚这一会面意味着什么，他头脑也还清醒，只是肢体有些不受控制。他想告诉见樱，他不会死了。可他发不出声。那木从见樱的眼神中读懂了这个女人对自己的真实情义，但在此时却无力慨叹世事弄人。本已经打算要跟见樱做一对平凡夫妻，谁知却又陡生事端。这是注定的劫，不知劫后两个人会不会继续前缘。

见樱看着那木的面庞，在两人沉默以对的时间里把过往的种种都在脑海中回味了一遍。微笑中带着无限落寞的那木；愤怒时却愈加平静的那木；冷漠又带有无限渴望的那木……

这上天注定的姻缘，这命运之神安排的相遇，这说不清道不明的人生玄机！见樱想到自己跟那木不是随随便便活在这个世界上的两个人，肯定有着某种特殊的使命。

两个人一直没有交谈，但却比以往任何时候都心有灵犀。

整个屋子里静得只有二人微弱的呼吸，见樱轻轻地站起身，来到那木身边，抱着那木的头，把脸深深地埋在那木刚刚洗过的头发上。

许久，那木的手僵硬地抱住见樱的腰肢。见樱身上的暖流一股股传递到那木身上，仿佛将他僵硬的肢体解冻。他把头脸埋进见樱的胸膛，以求得更多的能量。见樱身上独特的女人体香让那木有一种被麻醉般的眩晕。

一刹那，那木明白，无论人世如何险恶，世道如何难行，只要有一个人能够发自内心地拥抱你支撑你，那么，就不算世界末日。

让那木回到第一战线去为大日本帝国服务，将见樱扣留在日本，因为不能够确认靠夫妻关系是否能够缠得住那木的心，所以片岗认为这次只能算是在打一出弃牌。好在那木已经被震慑住，目前看来，也只能如此。

那木还活着，而且活得还这么好！那木用手一指韩百济的姿态，可以说让他惊魂不定。

被小山一郎狠狠责骂了一番之后，韩百济才算把心重又安抚在肚子里。可接下来要怎么办呢？韩百济用求助的目光看着小山一郎。

“你必须去跟他见面，打探好他的底细，这么沉不住气，真是不成事的奴才相儿！”小山一郎对韩百济临阵脱逃的表现非常不满。

韩百济心中怒喊：反正你躲在背后，当然什么都不怕！可他哪敢喊出来？

虽然小山一郎心中也一直在打鼓，但他自认为没有对不起那木的地方，所以没啥可害怕的。他之所以有这样的想法，完全得益于这几年来为自己的开脱。大凡这样的坏人恶人做了坏事缺德事之后，总是会给自己找借口，久而久之，自己也不记得事实的真相了。这也符合他们的特性，如果一直记得自己所做的坏事缺德事，还不内疚愧疚而死了？

一般坏人恶人活得好好的，跟这种自我开脱超强健忘不无关系。但是，如果是被他人稍稍动一下而受了某些损失，例如：七百年前老李碰断了他的两根头发丝；八百年前小张踩了他一脚；谁谁谁本来天天给他二斤黄豆，这阵子连豆腐渣都没有了……诸如此类，他们是几辈子都不会忘记的。

小山一郎派韩百济去求见那木，但是被宫崎日月冷漠地拒绝了。韩百济和小山一郎因为不太清楚那木在宫崎日月等人心中的位置，才做出了如此愚蠢的请求。

栖川那木是何等人也，岂是韩百济这样的末流供货商可以随便求见的？让韩百济去听那木的兽医技术实例演讲就已经是莫大的机会了，还妄想越过中间人宫崎日月而巴结上栖川那木，真是野心不小！

韩百济通过这个，也看出了那木如今的实力。心中不免更加忧虑！

韩百济求见那木不成，只好与小山一郎回安东县。一路上两人一直在揣摩那木。猜想那木是受了何方神圣的青睐才得来了今天的一切？

小山一郎可以不怕那木，但韩百济想不怕都不行。那木一旦回安东县，韩百济的卖主求荣阴谋就会大白于天下。好在李迎春已经到手了，韩百济打算回去就跟李迎春成亲，然后带着她远走高飞，躲到那木永远也找不到的地方。

这种心中的暗自打算根本瞒不过小山一郎的眼睛，在火车从新义州开往安东县的大桥上，小山一郎敲了敲趴在窗子上看江景的韩百济，韩百济咂巴两下嘴，收回呆傻的思考表情，问道："什么事儿？"

小山一郎笑着回答道："李迎春没爹没娘，我作为她学校的负责人给你们当证婚人怎么样？"

韩百济明显一愣，心想：他这是在打什么算盘？他要当李迎春的娘家人？

大桥上的铁轨在火车的重压下发出哐哐的声音，韩百济一时没有表态。

小山一郎的脸沉下来，追问道："怎么？不高兴？是不是打算偷偷拐走李迎春隐遁他乡呀？我可告诉你，识时务者为俊杰，你现在说什么做什么都没有用，晚了！那木活着你就害怕啦？就算他现在站在你身边，你也用不着怕他，现在是大日本帝国的天下，一个那木算什么？！不管何时，你要做的就是战斗！为你自己，为李迎春，更是为了大日本帝国！你的，明白了？"

韩百济受够了小山一郎的这种暗中施压，他本来不用这么提心吊胆的，他曾想过就是一辈子当那家的奴才也好过现在这种处境。可他现在已经被小山一郎给辖制住了，他不敢反抗，他害怕跟这个主子再闹翻了，他就一无所靠啦！更何况，想到李迎春，韩百济不得不感激小山一郎，如不是跟着他做了那样大逆不道的事，也绝没有他和李迎春的今天！

"我明白……"韩百济在小山一郎面前匍匐在地。

"明白就好！现在，那木在日本，你不用顾虑他。听我的，你才有今天，你可不要忘记了！只要效忠于我，按照我说的去做，你才会有好日子过！想一想吧！你和李迎春的命运都握在我的手里！"小山一郎的话不容韩百济有任何质疑。

小山一郎将韩百济压服住，心满意足。

为了大日本帝国的圣战，小山一郎在中国南下北上，左蹿右跳，可以说是殚精竭虑，鞠躬尽瘁。可自己的祖国居然容留了那木这样的人，而且那木在日本居然成了资深人士，这让小山一郎方才镇服住韩百济的得意突然被一股强烈的不安所替代。

小山一郎当下做出了一个大胆的猜想，也可以说是他隐隐的期望：如果那木回安东县就好了。

敌人如果站在眼前更方便做出决斗，最害怕的是那些躲得远远地在暗中捣鬼的家伙！本来小山一郎自己就是他嘴里形容的这样的家伙，他如此揣度那木，肯定是从自己身上看到了这种阴暗的力量。靠不为人知的阴谋成功地瓦解了那家，这都是小事一桩。打着让中国人接受普遍教育的旗号，实际上进行着改造中国人的具体内容，这才是小山一郎的伟大事业。

韩百济从汉城回来后，一直想着如何甩掉小山一郎。他打算先从李迎春入手，看看她对离开安东县有什么想法。

韩百济拎着学生家长孝敬他的二斤羊肉熟门熟路地来到李迎春家，走到门口的时候，却见门还锁着，就知道李迎春肯定是因为加班加点又留在学校没有回来。韩百济摸遍了身上的口袋，却发现不见了开屋门的钥匙，只好将肉挂在屋檐上用来挂扁担等的一个铁钩上，人则走到大门口转悠着张望。

韩百济跟李迎春的关系随着肉体的接触而亲密起来。韩百济已经把李迎春家当成了自己家。虽然外界议论得沸沸扬扬，可两个人现在都是日本人眼前的红人，大多数人也就是在背后嚼嚼舌根，发泄发泄而已。

等到天黑，韩百济望得个眼儿直，李迎春还是没有回来。这下，他可坐不住阵了。因为李迎春跟那木的那段情事，韩百济的嫉妒心从来没有消失过。遇到这种情况，韩百济的脑海中马上涌现出李迎春守寡这么多年，外面肯定还有别的男人。这种事平时不想还好，每每到了这种情况的时候就会完全占据韩百济的脑海。往日与李迎春享受鱼水之欢的幸福感，也完全消失殆尽，甚至让韩百济涌现出一股强烈的恨意！

捉贼捉赃捉奸捉双，韩百济第一个想到的就是去小山日文学校，因为小山一郎是第一嫌疑人。来到学校门前，发现大门紧闭。韩百济绕到校区后面小山一郎的住宅，正打算进去核实他心里想象的画面，却发现小山一郎从前门慢悠悠地踱步走过来。有过上次质问挨了两个大嘴巴的经历，这次韩百济学乖了，他点头哈腰地笑着说，找小山一郎来商量结婚时请他当证婚人的事。

小山广文去了奉天，家里只剩下小山一郎一个人。小山一郎正好抓到一个人来陪他喝酒。

韩百济应酬着小山一郎，开始还心急要出去找李迎春，喝着喝着就有些上头，心也就越来越不是滋味。李迎春平时哪儿也不去，除了学校，她也没有地方可去。可今天，一点征兆也没有，李迎春直到天黑了也没有回家。

想到李迎春，又想到挂在她家屋檐下的羊肉，韩百济觉得他对李迎春再好，也没有用。这好有一比，那就是“羊肉贴不到狗身上”，这个女人还是心里没他！

因为酒的作用，韩百济跟小山一郎热络起来。他发着牢骚，讲着跟李迎春的细小之事包括肌肤之亲，让小山一郎帮他判断李迎春到底是不是真心和他好。小山一郎听得直咽唾沫，哪里还有头脑来判断这些精神层面的复杂东西。

两个男人大肆谈论起女人，将这些谈资当成了下酒菜，借着喝酒将内心的猥琐暴露无遗。

韩百济说到气愤之处，大言不惭地说道：“女人我玩的多了，都是一样的破烂货！李迎春这个骚娘们儿，除了我谁要她？！校长，你替我评评理！你说，你说……”

“她有多骚？难道比你在望春楼里的那些相好还厉害？”小山一郎抛弃了在人前的自律和一本正经，像色情狂偷窥别人私生活一样直勾勾盯着韩百济的脸问道。

小山一郎独居多年，这是人尽皆知的事情，至于他有没有女人，还真是谁都不知道。如果真没有则罢，如果有那只能说他手腕高明，瞒过了所有人的眼睛。

如今这世道，披着人皮的鬼四处作乱，谁要是被表面现象蒙蔽了也只能自认倒霉。像小山一郎这样已经修炼到人鬼莫辨的人就是光明正大有几个女人也不为过呀！更别说是在暗地里了。

小山一郎这样问韩百济关于李迎春的事，恐怕是还没有得手。头脑反应到这里，韩百济心里又稍稍安稳了些。他露出有些不好意思的神情回道：“校长这么问让我怎么回答呢？嘿嘿嘿嘿……”韩百济一阵傻笑。

两个人越说越离谱，越说越下流，酒也喝得越来越快，越来越多。世人都说女人是长舌妇专爱在背后议论别人，谁知男人讲起这些一点也不比女人差，甚至可以说有过之而无不及。

二十九

李迎春也喝得有点醉，略微有些高的颧骨上涌现出胭脂红。那家自酿的米酒本来并没有这么大的劲儿，只能说是酒不醉人人自醉。

明珠将李迎春请来，是因为听到了些许关于韩百济要成亲的风声。明珠本来也在帮韩百济物色合适的人选，可她想不到韩百济竟然跟李迎春搞到了一起。按照正常人的思维，自己的情敌要嫁人了，明珠应该如释重负才对，可她竟莫名的有些失落。

那木生死下落不明，没有任何消息的情况下，李迎春怎么能跟他的仆人成亲呢？明珠不能理解李迎春的做法，也对李迎春和那木之间的所谓青涩恋爱产生了怀疑。虽然李迎春无名无分，但毕竟跟那木有过一段情。在明珠的想法中认为李迎春理所当然地该等那木回来，就是等那木一辈子也是应该的。如同自己，守着那家媳妇的名就可以过一辈子。

可能是觉得自己一个人等有些寂寞，所以明珠才会产生这莫名的失落感。明珠想问李迎春，为何不等那木回来？

李迎春听了明珠的疑问，用自嘲的口吻酸溜溜地道："你名义上是个寡妇，可你还是个大姑娘呀！你哪里懂得女人的需求？那木，留给你自己等吧，我没有那个耐心了！况且，那木对我太无情无义了，就是等到他回来，我也是牛粪一堆，跟你没法比。"

李迎春的话让明珠有些害臊心慌，男女之事，她不是不懂，只是没有实践罢了。李迎春如此放得开，也印证了外面的传言。以前，明珠还不愿相信，只道是寡妇门前的是非罢了，现在看来，李迎春确实跟自己不是一样的寡妇。

"那木娶了我就是对你无情无义吗？你要是这么想也没有办法。那木还没有回来，又不能一问个究竟。况且，那家这样的条件，就算是三妻四妾也是平常，你若在这样的事情上过于认真，岂不是小家子气？"明珠故意用这样的话刺痛李迎春，是在替那木抱打不平。她不能容忍一个与那木，自己的丈夫相恋的人如此诋毁他、不珍惜他。不管那木死活，明珠都要捍卫自己丈夫的颜面！

“韩百济是那家的下人，我已经替他物色了一门亲事，现在外面谣传你跟他已经……算了，有些话用不着我多说。你跟韩百济如果真的走到一起，那不是在作践那木吗？你难道不是那木的女人吗？”明珠说完，用挑衅的眼光打量李迎春。

李迎春不紧不慢地自斟自饮，然后放下酒杯呵呵地冷笑着，看也不看明珠回答道：“你至少是那木名义上的女人，我又算那木哪门子的女人呢？你替韩百济物色了亲事也不错，我又没说这一辈子死赖着他不放。既然主子给奴才物色了好亲事，我替他高兴还来不及呢！不过，你说我跟韩百济在一起是作践那木，你可真抬举了我们俩！高高在上的你们，高高在上的那家，高高在上的那木，我一介平民之女，韩百济一个狗奴才，就这样的两个人能作践得了你们吗？！”

李迎春的目光突然射向明珠，两个人目光交接，擦出无限火花。

明珠想不到李迎春如此高傲又带有满不在乎的洒脱，男女关系在她眼中似乎什么都不算。这简直比男人还要强硬的气魄让明珠一时被震慑住了。

眼看着两个人的谈话成了争吵，明珠意识到自己的失态，她突然对李迎春笑了，站起身亲自为李迎春斟了一杯酒，之后拍着手说道：“真不愧是新女性，句句说得我脸红，看我还满嘴说些什么三妻四妾的，真是老古板！”

李迎春再次一饮而尽，心中哼了一声：我看你不仅说话古板，人也像是从几百年前的棺材板里爬出来的，小小年纪怎么能这么油滑老练呢？可能这就是所谓大家闺秀的终极修炼吧！想到这里，李迎春也笑了。

两个人以后的谈话就顺利得多，杂七杂八讲了一大堆。后来谈到李迎春跟韩百济的婚事，明珠让李迎春一定要再仔细考虑考虑。李迎春则说，人活着总得有个伴儿，我不能总是翻来覆去地考虑这些事了。

这句话命中了明珠的软肋。左思右想，思前想后，明珠来到那家。可明珠的这么多想，都不是建立在对现实生活了解的基础上。明珠从书中得来的思想和知识让她能够从理论上做出决定，但生活的轨迹往往不完全遵循这些逻辑，总是在某个拐弯处埋伏着弓箭手将她箭箭洞穿。

明珠顿时没有了方才的气焰，也开始自斟自饮起来。李迎春说出了自己的真心话，仿佛卸掉贝壳的蜗牛露出了要害，没有强硬的盾牌遮着自然也不再厉害。若不是索隆高娃回来打破了两个人的沉默，这个饭局真不知该怎样继续又怎样结束。

索隆高娃为了自己的亲事跟明珠正闹着呢！两个人互相不理睬有好几天了。今天，不知怎么的，索隆高娃一口一个嫂嫂地叫着。叫得明珠方才被李迎春说得寒下来的心暖乎乎的。却听得李迎春方才一阵发泄略微敞亮的心里又充满了七分羡慕和三分无奈。

三个女人吃吃喝喝，闹腾了大半夜。最后李迎春被送进客房，明珠和索隆高娃则被下人搀扶着回到各自的房里。

第二天，韩百济带着宿醉的头痛回到李迎春家，却一眼看到了仍旧挂在屋檐下的羊肉。再看看仍旧挂着锁的房门，他的头就嗡地大了，这时候听到门口传来李迎春爽朗的笑声，似乎是在跟一个男人打招呼。韩百济蹿到大门口，狠狠地盯着向他走来的李迎春。李迎春显然也看到了韩百济，尤其看到韩百济那张不是好颜色的脸，心里就明白了七八分。但是，李迎春不想再受任何人和任何事的羁绊。自从与韩百济睡在一起，李迎春无论身心都变得更加自由。

人一旦生出某种豁出去的念头，也就是脱胎换骨的开始。

李迎春的这种态度彻底激怒了韩百济。等到李迎春开了门进了屋，韩百济突然发出一声怒吼："说，一整晚，你跑到哪儿去鬼混了？！"

李迎春斜扫了韩百济一眼，理也没理，之后若无其事地埋头在衣柜里翻找什么，之后又走到李老爹当初住的屋子去拿了理发的工具，之后就坐在镜子前自己修理起刘海儿……

李迎春走到哪儿，韩百济跟到哪儿，不停地怒吼嘶叫，等到他站在李迎春身后从镜子里看到自己的脸时，却突然闭上了嘴，这张脸丑陋得可怕，又可怜得厉害。韩百济内心中把李迎春想成了人尽可夫的淫娃，但是又被一种强烈的占有欲驱使，这两种想法让他的脸也扭曲着。

李迎春的刘海儿被她用剃头刀刷刷割下，伴随着割断头发的声音，一绺绺黑发像被抛弃的人儿一样，无法抗争地落到地上。不同的是，人若被抛弃会喊会叫，而头发只能无声无息。

"我跟你没有什么约定吧？韩百济，难道现在我去哪儿都要跟你汇报吗？就算是出去鬼混，也没必要跟你讲呀！"李迎春修完了刘海儿之后换了一种剃刀开始修眉毛，可能是因为剃刀的锋利，她一直小心地注意着镜子中的自己，说起话来不带有任何感情色彩，看起来就更加的冷漠轻佻。

韩百济就在这个时候踹了李迎春一脚，虽然愤怒得恨不得将李迎春掐死，但他的脚还是偏向了椅子腿。韩百济没有把李迎春踹伤，但是，李迎春手中的剃刀却割破了自己的眉骨。

血从李迎春的眉骨处像蚯蚓一样爬到嘴角，然后凝结，不断凝结，最后凝结成一颗血珠，像是凭空长出来的一颗红痣。

韩百济一下慌了手脚。李迎春却一动不动，任凭韩百济解释。

李迎春对着镜子自行处理了伤口，最后叹口气跟韩百济说道："昨晚我去了那木家……"

韩百济本来半跪在李迎春的椅子旁，忽地又站起来。

李迎春接着说道："是明珠请我去的，她好像不太同意我跟你的亲事。"

韩百济想也没想就顶嘴道："她现在管不了我的事。"

"说我跟你成亲会给那木脸上蒙羞。韩百济，你心里也还把我当成那木的女人吗？我跟了你，我也同样会跟别的男人，因为这样想，你才对我不信任，对我发脾气，我说得没错，是不是？！"李迎春擦去脸上的血迹，眉骨处仍旧涌出来一些新血，慢慢凝固在眼角处。

被说中了心中所想，韩百济一时也不知如何回答。对李迎春，软硬都不好使，真是狗咬刺猬无从下嘴。

"我，我……我也是担心你，谁让你整夜不回来……咱俩，咱俩要是成亲了，我保证就不会这样胡思乱想！"韩百济嘟嘟囔囔的，说的话并没有底气，显然他自己也知道就是成了亲，他也对李迎春保留这种怀疑。

李迎春更是看透了韩百济这点，心里顿时刮过一股深深的悔意。委身于韩百济的行为既像是跟那木赌气又像是对孤独的妥协。世事怎么这么不由人呢！

韩百济得不到李迎春的确切答复，把这一切都归罪在明珠身上。他突然对那木和明珠生出了恨意。这对自以为是的夫妇，难道要让他韩百济这一辈子都在他们的阴影中生活吗？！再想到还活得好好的那木，这种恨意就像生根了一般将韩百济的双脚捆绑住。

那木，难道天生就是主子命吗？为何他就有这样的好运？当初，要是听从小山广文的话就好了，哪里还有今天的麻烦。为了保护自己的女人，保护自己已经到手的一切，韩百济勇敢起来，他觉得已经可以走出那家的阴影了。没有什么是天注定的!

索隆高娃对明珠的突然热络恰恰是因为她有了意中人，她要明珠替她从中撮合。

索隆高娃看上的是常去临济寺演讲学佛体悟的藤原井。藤原井是总务厅情报处处长，四十岁，儒雅有风度，看起来要比实际年龄显得年轻，最重要的是没有妻小。

明珠听着索隆高娃的直白表达，一时真不知道说什么好。嫁给什么人不好，非要嫁给日本人？而且还是个四十岁的老光棍！明珠心里这么想，可嘴上不好直说。索隆高娃能够看上这个藤原井，肯定有她的理由。

果然，索隆高娃条理清晰地跟明珠讲起她的大道理。她说，藤原井可不是一般的日本人，绝不是那些蛮横的日本军官和下等兵可比。他可是一个有学识见过大世面的人，他还曾给溥仪讲过佛法呢！末了，索隆高娃一再劝明珠，让明珠跟她一起去听听藤原井的演讲，就知道他是一个多么有魅力的人了，能够嫁给这样的人，那家以后也算有个靠山呀!

明珠不能落下阻碍小姑出嫁的骂名，替索隆高娃相看藤原井，也是她这个嫂嫂该做的事。不管怎么样，就算是为了劝服索隆高娃，也得拿出强有力的驳斥理由。不见藤原井一面，总不能靠猜测满口胡说。

赶在藤原井又一次来安东县，明珠素颜素衣地跟着盛装打扮的索隆高娃去了临济寺。

去的时候，一路上索隆高娃叽叽喳喳说个不停，十足的花痴模样。明珠不想扫了她的兴，但也不知该怎么附和她。能够如此喜欢上一个人，也是幸福。且不管藤原井是哪国人，多大年纪，身世家庭背景如何，索隆高娃毕竟是对着一个活生生的人发出了内心的倾慕。跟索隆高娃比起来，明珠竟然是看着相亲照片上的那木发痴，又哪里有资格笑话索隆高娃呢!

还没等藤原井讲完，明珠就被索隆高娃生拉硬拽着出去了。明珠不明所以，索隆高娃的脸色却难看得很。盯着明珠左看右看，好像不认识她了似的。

明珠搞不明白索隆高娃突然从哪里生出来的邪气，觉得在众人面前有失颜面，率先走在前头。

索隆高娃并没有直接跟上来，而是冲着临济寺大殿里继续演讲的藤原井心有不甘地瞪了一会儿，然后踢踢踏踏地小跑着追上明珠。

明珠听到声音，减慢脚步，回头看索隆高娃，然后疑惑地问道：“这个藤原井也没有你说的那么好呀！他怎么把你迷得魂不附身的？”

索隆高娃看到明珠一脸的蒙昧无知样儿，更是从心里直泛酸水，她抢白道：“既然不好，你为啥听的时候看着人家发笑？你是那家的媳妇，对着陌生男人笑，真不要脸！”

摸透索隆高娃的脾性之后，明珠就更不能把自己拉到跟她一个水准。越是在公众场合，明珠越要时刻注意自己的言行，她并不为索隆高娃的态度所激怒，而是轻描淡写地说道：“不笑难道哭吗？原来你是为了这个生气啊！你不觉得他年纪太大了吗？其实，我一直没开口，就怕伤了你的心。看你不排斥找这个年纪的男人，我倒有个人选供你选择……”

明珠把话题拉开，索隆高娃的任性就被压了下去。

“我大阿哥，你见过的，今年三十八岁，跟大嫂结婚这么多年一直没有孩子，大嫂没脸见人，自行回了娘家，并且扔下话说，有人给我大阿哥生下一男半女，她就让位……当然，如果是你的话肯定要明媒正娶的，跟正房一样……”

明珠的话还没说完，索隆高娃就动手使劲儿推了她一下，差点推得她从石阶上闪下去。

索隆高娃的眼珠都要瞪出来，她声音陡然提高了八度：“什么？！你说的这是什么话？！”可能突然又怕被别人听到，她又想把声音降下来，一升一降中，索隆高娃的嗓子像是劈开的双重声道一样，发着颤音，“好啊，今天，我总算看清你明珠的心了，亏我还叫了你这几年嫂嫂！糊弄着我，嫁到你们家，还是给你大哥那个半大老头子做小儿，你这算盘打得真好呀！既把我打发出去，又肥水不流外人田嫁给你们富察家，合着那家里里外外上上下下都成了你们富察家的了！”

明珠哭笑不得，藤原井四十岁在索隆高娃眼里就是青年才俊，他大哥三十八岁反而成了半大老头子，这都是什么逻辑啊！情人眼里出西施也不能如此双重标准呀！

索隆高娃突然瘪瘪着嘴哭起来，看起来是真的有些心酸委屈的样子道：“如今，像咱们这样的满族人家还有什么社会地位可言？原来的奴才韩百济不过一个朝鲜人，都成了日本人跟前的红人……你以为我愿意嫁给日本人，我还不是为了那家，为了咱俩好好地活下去吗？你是个寡妇，为我哥守着，还能有什么指望？难不成我指望你不守妇道出去勾引野男人吗？！”

索隆高娃开始的话还带有几分乱世中没落贵族的悲凉，后面的话却完全变成了世风日下的破落户说辞，让明珠实在听不下去。明珠只好一步一步向山下走去。索隆高娃跟在她身后，带有警告意味地不断重复告诉明珠，说以后再也不要来临济寺，以后再也不要见藤原井。

明珠想也没想就答应了。一个藤原井，四十岁的半大老头子，她明珠不过是礼貌性地对着他回应式地笑了一下而已，值得这么如临大敌吗！

别看索隆高娃对其他事不上心，可这男女之间的事她是一看就准。

藤原井来临济寺这么多次，从来没有对索隆高娃笑过，反倒是对第一次来又毫无打扮的明珠笑，这多半是男人的主动示好。事实也被索隆高娃猜到了个正着，藤原井确实对明珠一见钟情。

三十

藤原井所在的情报处前身是于1932年成立的资政局弘法处，但“资政局”在1933年底被撤销，同时在“满洲国”国务院总务厅内设立“情报处”。

几年后，情报处又改名为“弘报处”，下设监理、宣传、情报三个科。随着时间的推移，日本在东北设置的文化统治机构结构越来越完善，分工也越来越细。

“弘报处”是其中枢，也就是宣传与情报的首脑机关。

弘报处的工作范围，包括替日本帝国主义制造大量的国内外舆论，以此来向世界和全中国人民输灌“东北独立”的思想，以求得兵不血刃地瓦解东北人民的民族情结和自发组织起来的抗日。新闻出版机构、广播及通讯机构等也都被他们控制，所有对内对外的宣传工作形成一边倒的态势。

当然，这些都是随着日本野心的不断膨胀一点点发展起来的。

在日本帝国主义一步步走上急功近利的殖民侵略之路的过程中，日本方面也存在着正反两方面的不同声音。一方面是看长远、着大局，真正的把东北把东北人民当成自己家自己人，这样就会形成不是改造的改造局面。而另一方面则是目光浅短的，只看一时的，他们扶持着“满洲国”这样的傀儡政权，一切都是以奴役东北人民、压榨东北人民为目的，驯化东北人民成为没有思想、没有民族自尊心、没有民族责任感和国家意识，只知效忠日本天皇的愚民。

开始的时候，很多日本的有识之士曾抱着很美好的初衷。本着文化艺术本质上应该起到的实质作用，他们一开始急于传播新兴的资本主义文化，并且挖掘整理东北的文化资源，这一系列的文化宣传及大力度的教育实施，对开启东北人民的新思维新视野，提升整体国民素质和文化修养，有着积极的作用。

藤原井任职的情报处隶属于奉天省总务厅，职位是处长，也就是全权负责人。

索隆高娃的眼光不错，藤原井就是日本当局为数不多的有识之士。当然，索隆高娃看中的并不是这些，她不过是歪打正着罢了。

藤原井的演讲并不是局限于用宗教来麻醉中国人，而是通过对佛学的体悟来让更多的大众提升幸福感。他的演讲不偏激，不为了迷惑大众而过度强化什么。

站立在普世价值观的基础上，藤原井对所有来听他演讲的人进行一种精神渗透。不仅是针对中国人，也包括那些在安东县执掌大权的日本人。他告诉中国人，要持有理智的眼光来看待日本人在中国的所作所为。他力图影响日本执政者，让他们用长远的发展的眼光来看待在中国土地上从事的事业，这是一个伟大的事业。

资本主义的先进理念可以带领更多的人走出原有的牢笼，也可以让原有的有待开发的家园变得更美好。

带着种子前行的人，总要一路播撒。越来越多的人收获了种子，那么沿路都会铺满鲜花……

这次去临济寺，藤原井的演讲让明珠的头脑有些混乱。明珠想起藤原井说的一些话，又想到索隆高娃无端端吃的干醋，心竟突然跳得快了起来。

明珠有六个哥哥，最小的哥哥比她大七岁，明珠来那家之前，一直在家里接受传统的私塾教育。大门不出二门不迈，形容的就是她这样的大家闺秀。对于外面的是是非非大都是来源于几个哥哥的嘴里。

哥哥们讲的也不尽相同，有时为了向明珠证明自己说得对，六个哥哥甚至会展开辩论赛。最后明珠点头认同了哪一方，另一方都会表现出极度的不甘心。

其实，明珠的判断又岂能算是真理，只能算是哥哥们宠爱和在乎唯一的妹妹的一种表现而已。明珠有时也觉得哥哥们说得都对，因为好多道理就看怎么说，只要不涉及实质性的道德公平正义范畴，就算把一个人正反颠倒过来，也改变不了这个人的什么。

明珠来到那家之后，对社会的接触仍很有限。因为年轻寡妇的身份，有很多工作她都是躲在幕后，由韩百济替她跑腿传话。只有重大的事情，才由她亲自出面。

明珠的世界在外人看来太过于单调。只有她自己清楚，她的精神世界是丰富的，因为构架在无穷无尽的思想理念之上。这样一来，社会现实于她就成了不相干的事。

明珠的精神世界因自我的学识和教养而丰富。李迎春则因为突然找到了活着的目标而显得有些单一。因为单一才没有那么多的羁绊，李迎春显得比以往更加的自由自在，那些虚伪的束缚人的教条信念被她活学活用成入世处事的金科玉律。相比较明珠和李迎春，索隆高娃的精神世界建立在宗教之上。能够从唯一的宗教信仰上衍生出丰富多彩的幻想，索隆高娃自得其乐。

安东县，跟那木关系最为密切的三个女人，基本上就是这样的状态。在那木去经历那样一番成长的同时，她们也在成长。只是因为各自吸取的养料不同，成长的速度和结果也不尽相同。

明珠按索隆高娃反复叮嘱的那样，再也没有去过临济寺。李迎春与韩百济仍旧住在一起，但却没有成亲的打算。索隆高娃仍是趁着藤原井来的时候去临济寺受教……

一晃儿，镇江山的樱花就大片大片地盛开了。这些南岳禅师从日本带过来的樱花树，在镇江山上扎下深根。

单看每一朵樱花是并不起眼的小花，但是整树整树盛开的时候，会给人绚烂的美感。樱花的花期只有短短七日，在最繁盛的绽放之时，也是纷纷扬扬飘洒落下的时候。赏樱花成了一种花祭，也成了一种独特的文化。因此，每年樱花盛开的时候，也就成了安东县的日本人最热衷欢庆的节日。

抱着扎根安东县的信念来到这里的日本人，却还是故土难忘，乡音难改。樱花代表日本，也就成了安东县日本人的寄托。

话说这樱花原产地是喜马拉雅山脉，中国的秦汉时就有栽培，深植于宫廷内苑，到了盛唐之时已经植入私人庭院，不再是王室专宠。

“亦知官舍非吾宅，且劚山樱满院栽。上佐近来多五考，少应四度见花开。”白居易的诗完全印证了这一点。

那时，日本对中华有着毋庸置疑的崇拜情结，大唐的建筑风格、服饰特点，以及喝茶的文化和舞剑的技术，都被日本朝拜者带回了东瀛。中华崇尚的，日本也要崇尚，樱花就这样也被带回了日本本土。

后世的中国人从这些事情中总爱意淫，咱们大中华就是强大，日本人就是没见过世面的土包子，什么都要带回去研究。意淫的功夫，人家日本人早就已经成功地将这些优点好处统统吸收，进而向深一层发展了。

从这些琐碎的历史对照中，不难看出日本人这种自强不息的精神一直没有改变，谁强就向谁学习，并且逐步地将其发扬光大，青出于蓝而胜于蓝。和室、和服、茶道、剑道……这些明显带有唐朝风格的文化传统都被日本完好地保存下来，并且进行了类似于刻意的规范化，这是对历史的继承和传扬。不管这些文化传统来自于哪里，既然已经成为了大和民族的血肉，就不会被放弃。

从中国带走了的，又从日本带回来；从中国学去的，反过来再教给中国人……这是历史的轮回，也是不同国家民族在自我蜕变的过程中态度不同造成的结果。在指责咒骂日本人的同时，中国人更应该反思自己在这段时间都做了些什么？

跌落进屈辱的泥潭中，费力地挣脱出来之后，如果不能将身上的污迹洗刷干净，那么跌落得就没有任何意义，只能是落后就要挨打的自取其辱！

樱花盛开的镇江山，赏樱花的最高潮日，安东县迎来了重镀金身的那木。

日本各界在安东县的头头脑脑们及“满洲国”政府的大小官员，还有安东县有头有脸的文人墨客、商贾大户等都齐聚临济寺，开放式的大殿里，按照等级这些人被安排在不同的观赏樱花的位置上。

那木身着和服，与日本领事馆领事、英美领事馆领事等混坐在观赏的最佳位置。每个人面前的日式矮几上均放着同样的吃食和茶酒。负责斟酒和照顾饮食的姑娘们着清一色的和服，年龄大小不一，最小的十几岁，大的应该已经是三十岁的少妇。这是为了欣赏樱花而临时组织而来的姑娘，大部分都是临济寺的常客。

李迎春和索隆高娃就混迹在这些添茶斟酒的姑娘中间。索隆高娃跟李迎春不一样，这里有她跟明珠的席位。但是，她宁可屈尊降贵做服务生，也不想跟明珠一样呆坐着赏花。花有什么好看的？樱花可以年年赏，但是，藤原井可不是随时都能看到的。为的能够与藤原井进一步接触，索隆高娃做了很多的努力。

因为那家的名望，明珠被安排在观赏位置颇佳的山石旁，身后就是一棵樱花树，这天然形成的伞盖一样的花树撑在明珠头顶。

明珠没有穿和服，而是穿着传统的满族服饰，色彩艳丽款式华贵，精挑细选璀璨生辉的头饰更是显得明珠自有说不出的一番贵气。

细碎的花瓣随微风飘飘洒洒，整树的灿烂随后都要奔赴这落幕的悲凉。

明珠与樱花，相互辉映，形成了一幅颇具韵味的图画。若是没有这樱花树，明珠就会被盛装华服掩盖掉她本来的天然优雅；如果少了明珠，盛放之后先行洒落的花瓣必然会引起赏花者更多的繁华落幕随风而逝的悲凉之感。

明珠吸引了很多人艳羡、嫉妒的目光，当然也不乏欣赏的目光。只是，所有人都知道那是只可远观不可亵玩的望族寡妇。藤原井不是不知，但当一个远观者也不错，至少比应酬同样是大家闺秀出身的索隆高娃要轻松得多。

小山一郎的位置靠近藤原井，韩百济坐在他旁边，为他斟酒。如果没走到一定的阶层，就只能自斟自酌。

看到索隆高娃这样年轻貌美又有身份的姑娘给藤原井斟酒夹菜，小山一郎心里很不是滋味。韩百济把这一切都看在眼里，但却在心里暗笑小山一郎吃干醋。

小山一郎比藤原井大不了几岁，但毕竟是奔五十岁的人了，要长相没长相，要个头没个头，说实话想博得女人尤其是年轻女人的青睐是不能指望这些先天条件了。后天条件呢，小山一郎跟藤原井仍然没法比，人家是情报处处长，而小山一郎不过是个校长。

韩百济在心里替小山一郎与藤原井做了一番最实在的较量，觉得小山一郎真是满盘皆输，生太多的痴心妄想只能徒然。女人多得是，干啥非得看人家藤原井身边的?

想到这，韩百济附在小山一郎耳边嘀咕了几句什么，只见小山一郎怒瞪了韩百济两眼，狠狠地灌了两杯酒。韩百济赶忙赔笑，又给他夹了菜送到嘴边。这一幕简直就是经典的滑稽剧，看到的人都借着赏花的由头笑了个够。

那木一边应酬，一边不露声色地留意着赏花的人。他先是看到了索隆高娃，继而又看到了李迎春。他想祖父也一定会来，便在外围的人群中撒目。可他没有看到祖父，却看到了韩百济喂食小山一郎这可笑又恶心的一幕。

明珠也吸引了那木的目光，大部分满族人都已经刻意地隐瞒了自己的民族特征之时，还有人在公开场合这么穿着打扮，让那木心中生出加倍的好感，尤其是一个美女就更是不由得让那木多看了几眼。

李迎春身着和服，身材看起来比以前丰润了。索隆高娃可能是以前发育得太好太快，几年过去了仍停留在当初的状态，没有什么大的变化。那木所在的位置由清一色的十几岁姑娘斟酒添茶，李迎春在外围，索隆高娃基本上没怎么离开过藤原井身边。因此，那木得以放心地打量她们二人。

无论是小山一郎与韩百济还是李迎春和索隆高娃，谁都不会想到那木会在这里出现。只有明珠是个例外，因为所有的场合中，她都曾幻想过那木的突然出现。在这种幻想中能够获得某种填满空虚灵魂的满足，明珠看起来并不寂寞也不落寞，而是神采奕奕。只可惜，这里面，只有明珠对那木的真容是模糊的。如果明珠能够对那木有更为真实的印记，就不会在向她投来的目光中漏掉那木的那一抹欣赏。

整个镇江山都被欢声笑语笼罩。这简直是一派普天同庆盛世和谐的画面。只是，任何时代任何地方，总是有人欢笑有人哭。欢笑的尽管笑吧，哭泣的请擦干眼泪。那木不想用如果两个字做开头来进行任何的无谓猜测，洒洒落下的樱花被风旋着涌过他千疮百孔的心，那木和栖川那木都听到了风刮过的声音……

就在这时，一阵清脆的古筝声响起。换了一身更为华丽的和服，脸上补了妆的李迎春在大殿外的空地上席地而跪，开始自弹自唱。这是一首日本流行的歌曲，大意是歌咏樱花，旋律很美，配合李迎春的天籁嗓音，再加上锦簇的樱树和飘洒的花瓣，全场的人都把目光投向这里。

这是早就安排好的节目，为了给众人助兴，也是为了展示日本文化艺术。借着琴声和歌声，好多诗人画家书法家都开始构思自己的作品。

歌声和琴声相和，在最高潮的时候，琴弦挑断的声音突然传来，众人不由都屏住呼吸，不知道歌者接下来该怎么办……

李迎春不是以前的李迎春，一时失态挑断了琴弦，可她很快控制了情绪将歌继续唱了下来。叫好声和鼓掌声涌起之时，李迎春已起身离去。

李迎春在贵宾席上恍惚看见了那木，走回休息室她一边换衣服卸妆，一边思考这是奇遇还是错觉，脑袋像被用手戳破了的气球一样，空空瘪瘪。一阵头疼袭来，这往日的旧疾让她放弃了一切的想法，跪在木地板上双手插进绾着的发髻中，似乎这样才能缓解一下痛苦！

李迎春对那木的选择性失忆，以至于让她不敢与刻骨铭心的恋人相认。如果李迎春能够想起当初死命留给那木的抓痕，那种刚获得幸福又陡然失去的痛苦再次涌遍全身，就算那木化成灰她也能感受到他的气息吧！可是，现在，那木身穿华贵的和服，肤色黝黑，线条明朗，在日本人中间显得很是突出，别说是失忆的李迎春，就是索隆高娃见了也不敢贸然相认，只会花痴地说这个人比藤原井还有风度和魅力呀！能巴结上这样高贵的日本人才行啊！

李迎春断掉的琴弦，并没有扰乱那木的心。他在想，李迎春明明看到了自己，为什么还能把那么高的音唱上去？她难道不应该哭泣吗？不应该冲动地跑过来与自己相认吗？漠然地走掉了，这可算什么呢？

由己及人，那木应该想到，李迎春岂能毫无变化？这个时候的李迎春就算认出了那木，也不会如他所想那样做的。

在李迎春心里，那木俨然成了一道不堪的青春的痛楚，是单恋一个人无果的耻辱！还有，这个失踪后现身在日本人中间，颇受欢迎的那木与她回忆中的那木是不是一个人也有待考证。再加上如今与韩百济的亲密关系，李迎春从心底里认命，她跟那木今生就只是这样的一个缘分。

亲近而熟悉的人就在身边，那木仍能笑谈着赏花观景，跟安东县的这些名流们大搞交际。那木太清楚自己是谁了，反而没有了当初的那般急切。他知道，脱掉日本人的这层外衣，一旦再成为那木之后，他将失去一切力量。好在，只要还有利用价值，那木就还是栖川那木……

三十一

赏花日是饮酒作乐日，也是文人墨客们大展身手的好时候。触景生情再借着酒性，那些思考酝酿够了的人已经开始磨墨铺纸。如今的安东县，此时的镇江山，汇集于临济寺来赏花的人并非都是持相同观点的人，书画作品表达的内容也不尽相同。

那木留意着周围的动态，那些混迹在人群中的“文化警察”正在盯着这些借赏花依托文学艺术抒发真情实意的人。

“满洲国”建立之初，除了藤原井所就职的情报处之外，还有更多打着提升东北人民的整体文化意识实则进行思想控制的统治机构。“满洲国”的警察机构中，还特地设有“文化警察”，美其名曰抓“思想犯”，实际上就是对东北人民进行思想监督，尤其是对东北人民中的知识分子和当时的社会文化艺术名流进行调查和监控，以防这些有社会影响力的人对普通百姓敲响思想上的警钟，而不利于他们统治。

“满洲国”政府的这些设置如果真能发挥它应有的作用，对提升整体国民思想文化艺术创作当然是再好不过。但是，一旦为了讨好实际统治东北的日本关东军司令部，配合他们进行战争宣传和殖民思想统治，就成了彻头彻尾的汉奸政权。

那木对此心知肚明，心中暗暗替那些不甘于当玩偶不甘于接受亡国灭族的文人们捏了把汗。这样的日子可不是如表面看到的歌舞升平一派盛世繁华。

那木假意微醺倚在身旁的矮几上，不再应酬他人。无论假醉真醉，那木的心同样清晰。回到安东县了，回来了……

绕梁盗鼠，
游蛇堂前舞。

樱上香风吹花雨，
伪盛世上无主。
平生最喜遨游，
归来不是故土。
醉酒春宵梦觉，
眼前一片荒芜。

这是一首《清平乐》，那木听到有个人用颤抖的声音在吟诵着，每吟完一句都会传来稀疏的喝彩。

《清平乐》原为唐教坊曲名，取用汉乐府“清乐”“平乐”这两个乐调而命名，后来用作词牌名。

借着诗、词、曲等抒发一下感慨，自古以来中国的文人们总是如此。如果不是有如此良好的自我排遣方法，那些忧国忧民心都要被揉碎了的人就没办法继续活下去为国为民。

那木挪动了一下身子，把目光投向吟词之人。

此人坐在明珠的不远处，披头散发，敞胸露怀，看不到脸也无法判断出有多大年纪，但从声音和他裸露的胸膛来看，不是那种古董级别的老祖宗。

词意很露骨，什么蛇呀鼠呀，明显在影射“日满联姻”就是蛇鼠一窝。上半篇太过于直白，下半篇又显得过于无力。但在这样的场合，能够公然作出这样的词，又高声吟诵，那木还是在心里替他叫了声好！

明珠觉得对着裸露的男子实在不雅，只好扭过身子背对着此人。谁知，此人紧走几步，来到明珠跟前，将墨迹还未干的《清平乐》扔到明珠面前，开始言词激烈地攻击明珠。

众人都被这突然发生的闹剧吸引了。

李迎春换了衣服卸了妆，出来的时候，正好看到了这一幕。她认识这个借酒耍疯的人，是跟自己住在同一条街上开小店儿的，看起来是卖笔墨纸砚实际上是倒买倒卖字画的假文人张大万。他原名叫张大发，后来为了博人眼球，誓与张大千比个高低，就改名叫张大万。

李迎春知道他，他也知道李迎春，但是，两个人从来没说过一句话。李迎春不知道他今天发的什么邪疯，句句让明珠下不来台。

“怕别人不知道你是‘满洲国’人啊？满镇江山，满安东县就你这么穿！一个那家的寡妇，装得跟皇亲国戚似的……你们这些满清狗为了自保不要脸，投靠日本人，认日本人当爹，害得我们有多苦，有多苦啊！”

这样的场合，明珠有口难言。被人在大庭广众下羞辱，让她面色煞白。

“你有多苦？大点声说出来让大家替你评评理！你一个大男人在这里辱骂一个弱女子，你好意思吗？”李迎春出其不意地站在明珠身旁的石头上居高临下地质问张大万。

张大万循着声音，仰头才看到李迎春，不禁冷笑着接言回道：“我说是谁呢？原来是你这个不要脸的，巴结日本人不算还跟朝鲜人睡到一块儿的黑寡妇！我不去惹你，你反倒自己送上门来！”

“张大万，请你不要满嘴喷粪！回到正题上来就事论事！是谁倒买倒卖日本人的字画？是谁发了昧良心的私财又在这里胡搅蛮缠？”李迎春厉声怒喝，让所有的人都静下来恭听下文。

张大万被揭穿了短处，开始借酒发挥，一口一个倒霉的大清国，倒霉的满清狗。

李迎春气得从石头上跳下来，露出要以瘦弱的身体上去跟张大万厮打的架势，被明珠狠狠地拉住。

藤原井早已站起来，索隆高娃一直拉着他的胳膊，这时，他甩开索隆高娃走向明珠。

韩百济则扔掉夹菜的筷子，穿过席地而坐的赏花人群来到李迎春身边。

藤原井护住明珠，韩百济护住李迎春。索隆高娃挤过来，冷眼看着热闹。

张大万一看来了这么多人，受到了这么大的关注，莫名地兴奋起来。他认识藤原井，当然知道他的身份，所以，他用手先指着韩百济说道：“哟，这不是韩百济吗？为你家主母来出头了？还是为你的姘头抱不平啊！”

藤原井看出张大万的无赖本性，无心理他惹一身臊。因为还没有正式的被人介绍给明珠，他只是默默地守护在明珠身边。

男人总有一种超凡的自信，不管这个女人喜欢不喜欢自己，但只要是自己喜欢的女人，都会被他们认为这是自己的女人。

藤原井对明珠就是这种心情。况且对付张大万这样的人，也根本用不着藤原井出手。

两个身着便衣的“文化警察”冲过来架起张大万，张大万顿时像女人一样撒泼，身体坠坠着，两个便衣警察一时也被拽得难以快速动弹。

“两个寡妇，都有了靠山，只有老百姓受罪！天理不容，天理不容啊！老天爷，你睁眼看看，看看吧！”张大万开始满嘴胡说。

又过来两个“文化警察”，上来就给了张大万两个嘴巴，但仍然堵不住他的嘴：“光天化日之下包庇满清狗，还不是因为他们会巴结，有日本祖宗撑腰！把江山拱手让给日本人，罪孽深重！抓我我也不怕！打我我也不怕！我倒买倒卖的不过是字画！就怕有一天所有的中国人都被这些狼狈为奸的家伙给卖了还不自知呀！”

张大万一边说一边又挨了好几下重拳，咳嗽着龇牙咧嘴地看着明珠和李迎春。

张大万之所以攻击明珠，没有什么特殊的用意。明珠穿了那套华贵的满族服饰在人群中实在太惹眼，这让张大万很是看不惯。还有就是围绕着那家诸多的轶事传闻，明珠特殊的寡妇身份，也极大地刺激了平时便爱出风头而此刻又被酒精搞得神经极度活跃的张大万。

至于李迎春，是因为帮腔明珠才遭到了牵连。但换句话说，明珠因为大清国倒霉，自己也跟着倒霉。李迎春本身就倒霉，因为跟了韩百济这个安东县人背后称呼的“二鬼子”，就更倒霉。所以，张大万说的也不为过。

只是，本来带有清高文化气息的《清平乐》最终沦落为街头巷尾寻常百姓的口水战，这让日本当局也无法判断张大万到底是因为爱国还是因为喝醉了酒拿两个寡妇找茬寻晦气。

虽然没有条理，又显得粗俗，但这就是大众呀，大众的思想是多么的需要引导和深层次的影响啊，任何的风吹草动，都会令他们的思想产生巨大的波动！

那木听到了这场骂战，也看到了这几个人的表现，初步也分析出了一些内在的关系。那个他欣赏的有气节的满族美女竟然就是女大十八变的明珠！等到他从张大万嘴里的咒骂捋顺了明珠与藤原井，李迎春与韩百济的新关系之后，他一时简直无法接受！明珠竟然在自己失踪了之后成了为自己守寡的那家媳妇，可她身边为何还站着那个日本男人？李迎春跟韩百济居然成了一对，怪不得方才李迎春看到了自己竟然如此冷漠！

明珠和李迎春，这两个女人，一个跟那木名义上最亲近，一个跟那木实质上最亲密，但在那木失踪后，都以不同的方式背叛了他。那木觉得明珠最莫名其妙，顶着给自己守寡的名义为何还跟日本男人勾搭？李迎春更是薄情寡义，居然忘记了当初的海誓山盟私奔之情！忘记了也就算了，竟然跟自己的用人搞到了一起！

这些远远超出那木想象的事，通过张大万之嘴再加上那木想当然的猜想，一时间让他觉得屈辱不已，顿时火大。那木觉得张大万简直就是在替他咒骂一般。但只是一瞬间，那木就清醒过来，压抑住内心升腾的烈焰，他明白，那不是在替他咒骂，而是在替“那木”那个倒霉蛋儿在咒骂！

所以，当藤原井对这几个文化警察吩咐将张大万押下去的时候，栖川那木从人群中站出来阻拦道：“慢着！”

人们没有注意那木是何时走过去的，因为大家的目光都关注在闹事的张大万和两个貌美如花的寡妇身上。

那木本不想这么快在这些人面前暴露。从汉城看到逃跑的韩百济时，他就对安东县的一切做了各种猜想，只是他一样都没有猜中。

今天，在这样的情况下，正是穿上“栖川那木”这件外衣的最好时机。他要让这些背叛他的人一点点尝到痛苦的滋味。

那木从一个文化警察手里拿过张大万的那首词，展开来再次吟诵了一遍，目光中颇具玩味。

张大万梗梗着脖子，看着那木，露出警惕的神色，他不知道这个日本人要作何打算。

藤原井知道栖川那木是从北海道军马育种场调到安东县来的军马防疫厂厂长，今天的赏花大会很大程度上就是安东县的日本各界对这个人物的欢迎会。藤原井露出疑问的神色，也想看看栖川那木接下来要干什么？

明珠看着那木隐约觉得似曾相识，可偏偏这个时候她却没有生出这个人就是那木的幻想。李迎春和韩百济还有索隆高娃则被那木的出现惊得呆傻了一般无法说话，只好呆看着即将发生的一切！

那木吟完诗，抬头问几个文化警察道：“抓这个人有什么理由吗？”

“这个人对‘满洲国’不满，对大日本帝国不满，作歪诗挑拨日满关系……”文化警察机械性地回答道。

那木朗声笑了起来，轻描淡写地说道：“如果你们以侮辱两位女士为由，抓他入监倒也罢了。这歪诗有多歪，总不至于说成如此严重吧？东亚共荣，不是一句口号，是大日本帝国与友好邻邦“满洲国”的共同宏愿！解救中华，让华夏文明得以传承是大东亚共荣的决定性举动，任何人都无法歪曲！如果一首诗、一首词、一幅字画就可以挑拨这种牢不可破的国家关系，岂不是太高抬了它？”

那木将张大万的词撕碎塞到文化警察手中，然后拍了拍手，像是命令又像是对藤原井的征询：“放了这醉酒的诗人吧！”

“栖川君竟有如此真知灼见，不愧是帝国的中坚力量！”藤原井的话听起来好像是恭维，实际上却发自于内心。他被栖川那木的风采吸引了，这是志同道合者的暗中吸引力。

那木不认识藤原井，不免有些迟疑。

藤原井用日文自我介绍道：“我是情报处藤原井，初次见面请多多关照！”

“军马防疫厂栖川那木，初次见面请多多关照！”那木回道。

那木通过这种方式，向他生命中熟悉的人传递了我不是那木的信息。

除了明珠之外，所有人都一头雾水。方才认定的那木又不是那木了，那么这个人到底是谁呢？

那木用眼角的余光不经意地扫视李迎春和韩百济，来求证这几个人对自己的关注，他觉得效果不错！

李迎春和韩百济已然处于僵硬状态。索隆高娃转动着眼珠，似乎在玩味着什么。明珠先是听到那木方才的一番说辞，这会儿又知道了他的真实身份之后，面色突然冷淡下来。

文化警察用目光征求藤原井的意见，得到肯定的答复后松开了张大万。

张大万咕哝了几下嘴，吐出一口掺着血的唾沫在地上，然后抹了抹嘴巴，看了那木一眼，头也不回走了。

栖川那木与藤原井回到各自的位置继续赏花，陆续有其他文人墨客献宝邀宠，将自己即时创作的作品呈给这些有权有势的人看。当然，也有比张大万更有思想又更懂得保护自己的人，虽然才华横溢也只是品酒赏花，干脆不动任何手脚和头脑。

不想说假话又不能说真话的时候，最好选择闭嘴。这也是明哲保身的人最无奈而又最实用的选择。事实上，总归会到了不得不说不得不做的那一天，但现在也只能为那一天集聚应对的勇气和力量。

那木既不想说假话，也不想说真话，但又卡在了不得不说的节骨眼儿上。于是，他说了像假话的真话和像真话的假话。方才的说辞，既替日本人缓和了阶级矛盾，又借机让中国人警醒。日本人鼓吹大东亚共荣，日满亲善，那木就用这个矛攻日本人自己的盾。放走了张大万，日本人也说不出什么。而在中国人眼里，又掀起了一股热潮，讲真话捍卫中华传统是日本人也希望的事情，不用整日提心吊胆地害怕。

总之，在临济寺的露面登场中，栖川那木赚足了眼球。让那些充斥军国主义思想的日本人另眼相看，又震慑了那些带有偏见的中国人。

李迎春头疼得走不了路，韩百济开始搀扶着她，后来干脆背起她，两个人一步步溜下山去。一路上，两个人都想开口说些什么，可最终谁都没张开嘴。

韩百济确定这就是那木，但此时他已毫无畏惧，他下定决心，无论如何都要捍卫自己的权益。软绵绵趴在自己后背上的这个女人，还有好不容易到手的金钱和社会地位，每一样他都要牢牢地抓在手里。打定这个主意后，他的脚步异常坚定。他深知，他不是一个人在战斗，依托着小山一郎这棵大树，就算那木成了栖川那木也不足为惧！

实实在在地趴在韩百济的背上比梦中触碰那些不切实际的人要让李迎春更加安心。她觉得不管这个人是不是那木，都跟自己没有关系了。

经过这一番折腾，明珠也实在无法支撑，只好先行离席。回到家里，躺在床上闭目思索那一幕幕，仍是不免气得心跳。再回想栖川那木的神态风采，明珠突然睁开双眼，赤着脚走下床，在梳妆台的抽屉里翻找出那木的照片。以往所有的幻想似乎都为这一刻做准备。明珠坐在梳妆台前，对照着照片，回想栖川那木，然后再自行幻想。她觉得，索隆高娃、李迎春还有韩百济，只有这三个人能够与她有着同样的好奇并能替她解答关于那木的疑问。

索隆高娃因为要确定栖川那木到底是不是自己的哥哥，继续留下来充当服务员。还有一个人留了下来，那就是自始至终关注着所有情况的小山一郎，这时，他仍在自斟自饮，看起来醉眼迷茫，其实心明眼亮着呢！他不放过那木和藤原井的一举一动，期望从中能够发现什么更深层次的端倪。

小山一郎认定这个栖川那木就是那家的那木，再怎么伪装，也逃不过他的眼睛。只是他很好奇，这个那木是如何走到这一步的？而关注藤原井则是因为小山一郎暗中正在做着不可告人的打算……

三十二

安东县的人和事集中在今日一齐涌进了那木的心中，如果这些人和事就让他心生波澜的话，那是因为他还不知道祖父是怎样无奈悲愤离去的事实……那木的闪亮登场，也给这些人带来了不同的冲击，每个人都怀着各自的小心思揣度着、防备着，隐隐地又有所期待着……

那木生死不明之时，韩百济经常会为了这个虚幻的影子似的人物吃醋而跟李迎春胡搅蛮缠，韩百济闹得越厉害，李迎春越是爱答不理的。等到那木出现了，韩百济因为打定了主意反而跟李迎春没啥可闹的，这时李迎春却对韩百济说出了心里话。她告诉韩百济，不管这个人是不是那木，都跟咱俩没有关系，你要是想成亲，就选个日子，不想成亲，就这样住在一起也行……

李迎春说这番话的时候，头疼症已经消失了。赶着午夜时分，月光清冷地透过窗户纸射进来，两个人躺在炕上瞪着房梁发呆。韩百济听了，一时没反应。李迎春以为他又在闹情绪，心里突然冷下来。她觉得自己真是命薄，怎么就没有一个男人对她实心实意呢？

正在自怨自怜的时候，韩百济突然钻进她的被窝，将她紧紧地抱住……

男人和女人表达真情实意的方式不一样。李迎春这样想着，心里的别扭也就解开了，她迎合着韩百济，两个人很快进入最亲密的接触。最原始的方式也是最直接的方式，也是最容易让男人与女人亲近起来的方式。

韩百济比以往任何时候都更加卖力，这让李迎春更加确信这个男人是属于自己的。因为有了韩百济的紧紧搂抱和这股温暖的冲击，李迎春宁愿被死死地钉在这铺暧昧的火炕上。浮萍一般浮游于世间的漂浮不定感在这一刻被撞得粉碎。李迎春从心里接受了韩百济。

不知那木生死的时候，李迎春似乎还存留一些幻想，等到亲眼看到了那木还是那个高高在上的那木，而且似乎变得比以前更有力量，变成了更加遥不可及的栖川那木，她就没有了任何的期望。

亲手堵死一扇窗，总不能一辈子不见阳光，李迎春只好将韩百济这扇窗彻底打开。这是她亲自掘的井，跳的时候也义无反顾！

李迎春的错觉，也是所有女人的错觉。以为那个自己所爱的人是无法企及的水中花镜中月，自己匹配不上只好咬牙放弃。选择一个看得见摸得着的庸俗匹夫会简单得多，既容易相处又对自己真心实意。而实际情况却不是这样，触手可得的比无法企及的变起脸来更快，一旦他意识到自己突然奇货可居地位陡然发生了逆转之后，这种变脸堪称恐怖。

韩百济对李迎春的疯狂索取就出于这种畸形的心理。恰恰因为李迎春那番掏心窝话，让韩百济突然找到了凌驾于李迎春之上的心理优越感。这个女人急于把自己嫁出去，无非是因为看到了那木感到彻底绝望才断了某种痴心妄想。救命稻草有时候也是催命毒药，韩百济已然意识到李迎春的这番心思，他就更不可能再让自己变成那木的替补，虽然这曾是他梦寐以求的位置！

李迎春带着对韩百济的新憧憬，韩百济抱着对李迎春的新发现，在错位的感知之下，两个人都得到了极大的满足。

索隆高娃很晚才回到那家大宅，明珠一直在等她。可索隆高娃似乎累得不轻，没有卸妆，胡乱换了件睡衣就躺在床上睡着了。

明珠猜测，关于栖川那木，索隆高娃肯定没得到什么秘密性的消息，否则，再困再累也堵不住她的嘴呀！

明珠却几乎无法合眼，只要一闭上眼睛，就晃动出照片上的那木和临济寺的栖川那木的脸，两张脸快速地交替出现，最后叠加在一起竟冲着她坏坏地笑了。明珠不知道那木的性格怎样，但在临济寺倒领教了栖川那木的处事风度，而这个混杂的坏笑也是来自于对栖川那木的臆想。

对于想起除了那木之外的其他男人，明珠顿觉羞臊不堪，红着脸起身去了书房。只有在这里，她才能静下心来。

一连几日，索隆高娃早出晚归，并没有跟明珠交流过什么。这反倒让明珠觉得有些不可思议，跟那木长得那么像的人就在眼前，索隆高娃怎么一点反应都没有呢？

原来，通过各方面的调查，索隆高娃知道了栖川那木的部分消息。这些消息让索隆高娃游移不定，因为不能够确定告诉明珠对自己有利于否，所以她想不好到底是说还是不说。

索隆高娃可以在外面公然调查栖川那木，是因为她是那家的大小姐，那木的妹妹，当然无可厚非。明珠就不可以那样做，她只能派心腹去调查。但很显然她错派了人。就算明珠不委派韩百济去调查，他也会主动去的。

韩百济告诉明珠的是栖川那木的真实情况，也是日本方面公开给出的关于栖川那木的信息：二十四岁，已有家室，北海道军马育种场场主。

这样的信息对于明珠来说是早晚都会知道的，进一步想问什么，但是她忍住了。因为自知身份，她做事总有分寸。一个寡妇总不能认为一个男人是自己的丈夫就不顾颜面了吧！

明珠本来生活在精神世界中，因为栖川那木的出现，她被吸引着走出那间装满古籍的书房，走出那一本本她熟读的经典名著。没有迷茫，没有悲伤，更没有一般少女的不知所措，明珠仿佛如十年闭关一朝出山的得道高人般融入这个光怪陆离的世界。

明珠收到了一封神秘的请帖，上面用满语写着约请的简单客套话，落款署名是那木。这封请帖装在一个日式信封中，封面上还贴着印有镇江山的邮票。信封上看不出任何其他的线索，里面的内容却让明珠心跳了半天。

因为栖川那木的缘故，必是有人搞恶作剧想看明珠是否守得住才这样捉弄她。明珠打定主意不去理会，且看耍把戏的人还有什么手段？

果不其然，收到请帖的第二天，用人进来回说，外面有个自称是栖川那木手下叫小桥的人前来求见。

明珠没有接见小桥，直至等到小桥第三次上门的时候，她才在正堂里露面。出乎意料的是，小桥只是核实了明珠的身份，然后郑重地从衣兜里掏出一个信封，恭敬地递给明珠，之后就告辞了。

明珠回到书房之后，按捺着心中涌起的兴奋和期待，她慢慢地拆开信封，打开信笺，同样是用满文所写，同样是请求一见的要求，落款是栖川那木。

明珠将两封信铺排在一起，对照着看了又看，顿时陷入一种混沌的状态。这两封信笺，除了落款不同之外，内容一模一样，字体一模一样。

如此看来，栖川那木就是那木，他不是为了试探自己而是在向自己传达什么信息呀！明珠恍然悟到这一点，赶忙将两封信及信封收了起来。

索隆高娃打定主意，决定告诉明珠栖川那木就是那木的这个秘密，并且准备跟明珠好好商量该怎么办。她之所以下定了决心，是因为藤原井居然要求她来作为引荐人跟明珠相识。如果不把哥哥那木弄回家，明珠就是她跟藤原井的绊脚石。索隆高娃的急迫，明珠是无法了解的。

天天待在家里的明珠，不是在书房，就是在卧房，最远就是家门前的菜园，可今天，哪里都没找到她的影儿，问用人们，有的摇头说不知，有的支支吾吾似乎想说又不敢说的样子。

明珠从来都是正大光明，不仅对索隆高娃就是对那家的下人也没有什么可隐瞒的。总之，一个人如果做到了真正的问心无愧，也就不害怕别人在背后说坏话。这就是所谓的无为而有为、无为而无不为的一种活用境界吧！孤身一人在那家生活的明珠，众目睽睽之下，除了不能把心掏出来在阳光下晒一晒之外，巴不得一切都是透明的，这样才更方便于相处。

明珠是这样的处事风格，让索隆高娃省去了不少心思。像今天这种不知所踪的事情一出现，索隆高娃第一想法就是明珠肯定有见不得人的大事，否则，一向护着她的下人怎会含混其词的？

经不住索隆高娃的训斥咒骂，知道些内情的下人向索隆高娃讲出了明珠的去处，说看到夫人被一辆汽车给拉走了，至于去了哪里，夫人没有交代，我们又怎么敢乱问呢？

索隆高娃一时猜不到明珠能去见谁，因为本来她也不用费脑筋去琢磨明珠。明珠的日子过得很简单，用清汤寡水来形容最为贴切。能把白开水一样的日子过得有滋有味的明珠，索隆高娃除了佩服之外，也只好尽量少找麻烦，不跟明珠发生冲突。如果不是为了自己的终身大事，索隆高娃才不会操心那木会不会回到明珠身边呢！

总之，在等待明珠回来的时间段里，索隆高娃做了最大胆的猜想，明珠不是被藤原井请去就是被那木请去。所以，她的心情也就时好时坏。想到明珠是被藤原井请去，她就妒火中烧恨不得撕烂明珠的脸；想到明珠是被那木请去，她就心满意足觉得一切如意……在两种想法的交替蹂躏之下，她坐立不安。

在决定约请明珠之前，那木已经知道了祖父去世的消息，也了解了自己跟李迎春私奔及与明珠成亲的那两天表面上发生的一切，而这一切因为裹进了“九·一八事变”的惊天漩涡中，才有了这么多的阴差阳错悲欢离合生死相隔……

明珠单身赴约是遵照栖川那木的要求，也是她自身胆量使然，更是建立在她对栖川那木一面之缘下的自信。况且，栖川那木就是那木，他向明珠传递的也正是这样一个信息，而且仅仅是想传递给明珠一个人。如果那木想公之于众的话，就不会采取这样的方式告诉明珠。

明珠从决定赴约开始，心里就一直被这种念头盘踞。那木的这种行为仿佛是对明珠的特殊对待，让明珠的心中陡然涌起一丝甜蜜。在长久的等待中，明珠仿佛已经跟那木相恋多时。一层层拨开云雾，一步步走进那木，明珠仿佛跌落进一个看不见底的深渊，浑身上下都被一股强有力的飘忽不定的下落感包围着，一直向下一直向下，没有尽头……

汽车行驶了很长时间，一路上观花赏景，明珠倒也心安神宁。这是一场迟到的约会，但明珠把这看成是老天对她的特殊馈赠。

明珠的这种心情突然被眼前的事实搅得七零八落。高墙、铁丝网、围栏，三步一岗五步一哨的日本兵持枪站立警戒着。小桥开着车，不断地掏出表明身份的过关证件，汽车才得以继续前行。

军马防疫厂建于日本军方的驻军范围内，同军药库、粮草后勤部等同样都是重要的军事保护项目。

小桥将明珠引领到栖川那木的办公室后就出去了。明珠的心一个劲儿地乱跳。她没有见过这样的场面，虽然跟日本人谈过生意，但却没有跟日本军方接触过。那些荷枪实弹的日本兵，对明珠来说像是另外一个世界里的物种。

等待那木的空隙中，明珠只好打量这个屋子来让自己安静下来。突然，木质拉门发出响动，明珠本能地回头，看到栖川那木穿着一身日本军装走了进来。

拉门被关上的瞬息，明珠看到门外还站着两名日本兵。本来心中幻想的夫妻会面，谁知道却变成了像是去探监一样！落差太大，明珠一时不免拘谨得很。

“好不容易才请得动你来，该不是被我给吓到了吧？”

栖川那木用似乎很熟络的口吻随便地跟明珠说道，顺便将手中拿着的一摞资料放到桌子上。

明珠想了想，回答道：“没有。”

“真的没有？”

“在临济寺看过你之后又收到这样的请帖，以为是有人在恶作剧，想耍戏我……有点生气……”明珠说着脸色绯红。

“那两封信都是我写的，你肯定猜到了吧？”

“嗯，后来才想到的。”

“把你请来说这些，实在有些强人所难。可目前的处境，除了你之外，我实在……我说的这些，你大可以忽略，但我还是希望亲口告诉你。”

听到栖川那木说出这番话，明珠才把头彻底抬起来望着他。

“如你所见，我现在是栖川那木，在日本，我已经成家了……我继承了岳父的军马育种场，所以才会被派驻到安东县的军马防疫厂……”

那木一开始就把结局讲出来，以此来试探能否跟明珠沟通。他担心如果一点点讲出来，到了最后明珠知道是这样的情况很可能会接受不了而情绪失控。可明珠听到了结果也还是保持着镇静，看起来认真而严肃，情绪上丝毫看不出起伏波动。那木放下心来。从临济寺的那场闹剧中，那木就看出明珠的不凡，那种在人群中独有的气质和气势，绝不是一般的小家子气可比！

明珠从栖川那木嘴里知道了那木的所有遭遇，为自己的丈夫唏嘘不已。心酸与懦弱，犹豫和不舍，在长久的等待磨练中，明珠的心几乎同那木一样硬。那木想做栖川那木还是那木，明珠已经一目了然，只是，她知道自己无法改变什么，只要确信这两个人是一个人就足够了。

如果有朝一日明珠跟那木的姻缘能够修成正果的话，那也只能与唐僧师徒西天取经相仿，一路上必得经过九九八十一难，少了一个都不行。等回了那木，过了一关，可那木又变成了栖川那木。明珠只好再等……

“好在你还活着，祖父葬在祖坟，看坟的刘大哥是刘老爹的小儿子，你可能不太记得他。不管你是什么身份，总该告慰一下祖父和那家的列祖列宗。如果你需要的话，我可以帮你安排。”明珠已然是以妻子的身份在跟久未归家的丈夫做交代。

“如果你方便的话，自当求之不得。我对你说的话，务必要保密，对任何人都一样。”那木加重了语气，却也透露出一丝亲近。

明珠的角色，本应该由祖父那老太爷来扮演。至于曾经的恋人李迎春，只能让那木生出淡淡的不屑与轻视。妹妹索隆高娃更是一个信不过的家伙。经过一番对那家的调查和前思后想之后，那木才决定把心中的秘密告诉自己名义上的妻子。

明珠乐于接受这样的托付，保守秘密于她而言是再简单容易不过的事情。虽然听到那木已经又娶了妻子，可对明珠而言，那和三妻四妾不是一样平常的事情吗？更何况，若不那样，那木完全有可能无法活着回来了。

总之，与其在这种关头吃醋闹脾气没有风度尊严，还不如放手一搏听之任之。这些事情，换作其他女人很可能一辈子都想不通，通常所用的手法莫过于一哭二闹三上吊，基本上吓跑了那些本来就生有外心的男人。明珠却想都没想就以理解的姿态跟那木握手言和，可见中华传统文化教育在一定的范围内还是起到了功不可没的作用。至少，饱读诗书礼仪的明珠是遵守了这些教条。

《仪礼·丧服·子夏传》记载："妇人有三从之义，无专用之道。故未嫁从父，既嫁从夫，夫死从子。"是为"三从"。

"九嫔掌妇学之法，以九教御：妇德、妇言、妇容、妇功。"所谓的"四德"就出自《周礼·天官·九嫔》。

"三从四德"曾被批判成男权社会里对女性的残酷束缚。可明珠就是受这些束缚长大的，也是这些束缚让她成长为一个道德、品性、修养愈加完善的温润如玉的女人。明珠无法理解那些深受三从四德带来深重苦难的妇女，那些自以为摆脱了束缚的妇女显然也很难融入明珠的精神世界。

在犬牙交错的时代洪流中，在传统被不断打破的文化夹层中，总有一些另类的行者，用自身的标准衡量着真理，也做出了榜样。明珠就是其中一个。

三十三

那木将桌上的一叠资料推到明珠面前，示意她看一看。明珠接过去翻看的空当，那木用热水温热着茶具，有条理地泡起茶来。升腾起一阵若有似无的茶香，明珠的心直到这时才稍稍安稳下来。

开始的两页明珠翻看得还算顺利，越往后翻得越慢，看得也就越仔细。这些资料让明珠不禁有些坐不住。

这是一本关于那家近几年的资产账目单，逐一列举了包括田产地产，祖宅商铺，加工厂等等的不动产，还有就是目前那家盈利的产业都由谁在打点，每年的营业额多少，甚至包括供货销货的关系都是谁也列得清清楚楚。

那木将泡好的茶递给明珠。明珠顾不得喝茶，用疑问的目光看向那木。那木示意她继续看。

明珠面前的茶最终彻底凉掉，连带着她的心也跟着凉了半截。她本来以为等到那木回来，会因为她持家有道而获得赞赏，如今，仔细地看完这份资料，明珠才明白那木单独找她来的原因。

这份调查材料显示，整个那家的主要盈利产业都跟小山一郎父子有关，虽然没有迹象表明韩百济是否也参与其中，但是，韩百济的兽医技校与小山日文学校的特殊关系也足以表明二人的不一般关系。

明珠以为那木是要清算她，有口莫辩，心里又急又委屈。可她的涵养不容她有半点失态，她轻轻地咬了咬嘴唇，字斟句酌地极力控制情绪跟那木打着官腔道："这份材料我已经仔细看过了，真假虚实，因为涉及整个那家，最好还是召集那家上下开大会来讨论。至于我，能力有限，持家有误，你想做出什么决定，我一一接受就是！"

那木将明珠面前的凉茶倒掉，重又倒入热茶，用诚恳而信任的目光看着明珠，说出了让明珠感动不已的话："我之所以单独秘密的叫你来，就是要将此事告诉你，并不是为了向你或者是向那家的其他人核实什么。本来，我应该把这一切都告诉祖父，可现在却要由你为那家担这副重担。”

“你真的这么想？”明珠很认真地求证那木道。

那木看着明珠的眼睛，眼神却神游到别处，自语般回应道：“如果祖父还在的话，那家也不会变成这样……索隆高娃不成器，我只有找你……”

那木与明珠如果当初成亲，婚后也许会在逐渐的了解中成为很好的一对。谁人都无法从容应对命运的安排，在大时代的汪洋中，个人的奋力上游就更是显得力不从心。

名义上的夫妻俩以这样的形式相见，让旁人都觉得分外伤感。好在，那木是在现实社会中经历得太多的一个人，而明珠又是在精神世界里思考得太多的一个人，两个人凑到一起，一时还真看不出有太多的隔阂。

那木与明珠还没有正式谈完，门外有人汇报说一名自称是栖川厂长的老朋友，叫韩百济的前来求见。

那木的眉毛挑了挑，露出一种令人玩味的表情。见或者不见？那木在一瞬间就已经做好了定夺，只是，他没想到韩百济会先行找上门来，而且居然敢自称老朋友。

此次回到安东县，那木有很多难处。他表面上是栖川那木，需要为大日本帝国衷心效劳，免不了要跟日本人诸如小山一郎及韩百济等合作，但实际上，他是那木，这样一来，小山一郎和韩百济外加所有入侵的日本人就都是他的仇人。

在这样双重身份的夹缝中，那木没有精神失常已经算是万幸。如今，他只好一步步进行自己收复失地的计划，而这个计划又不能让日本人有所警觉。

片岗的子弹擦耳飞过，从这一刻起，那木就知道这是最后一次机会，分寸把握得不好一切就都会在瞬间终结！

那木没有去见韩百济，起身对外面的通报员用日文说了些什么，语速太快，明珠集中精力也只是听了个大概。很快，那木就又进来，两个人接着刚才的话题继续开聊。

那木向明珠传递了很多信息，这些事情，只要那木还是栖川那木，就不方便出面去应付，只能交给明珠去做。

大清朝灭亡，“满洲国”建立，让满族人成了华夏历史上的罪人，这是不可抹去的事实。但那木认为清王朝不过是华夏历史上的倒霉蛋儿，正好赶在了世界历史进程中的倒霉点儿上。既然上天把大清塞到这样沉重的时代车轮之下，满族人就必定要经受异于其他民族的残酷碾轧。

已经同华夏融为一体的大清，像盛夏里疯长的野草一样，无论怎样被切割，都会顽强地一次次探出头来。因为同根，所以割不断！

明珠对传统文化的认同，从小到大所经受的文化传承，让她借由“日满亲善”的旗号来宣传满族文化也就是变相地宣传华夏文化。这一重任，非她莫属。

那木从临济寺赏樱花时看到明珠的那一身穿戴就有了这不成形的想法，后来因为对明珠和藤原井有所误会，觉得不好实行又放弃了。等到派人从索隆高娃的嘴里套出了真实的明珠之后，他又大胆地做出了这个决定。

一开始的拘谨慢慢被更多共同的话题搅散，明珠彻底明白了那木的心思。她觉得在等待栖川那木成为那木的过程中，因为有了那木交代的这些事情而变得充实。

跟明珠越谈越投机，那木突然感到莫名的伤感。他开始为明珠觉得可惜，这样好的一个女子，她应该获得幸福和爱慕，只是自己无能为力。现在，那木甚至希望有个男人来代替自己爱明珠，这么一来，他就想到了藤原井。

“如果撑不下去了，就找个好人嫁了吧……”那木觉得这句话是对明珠的一个交代，也是解决自己不能给明珠幸福的唯一办法。

“明珠啊明珠，你为什么要来那家呢？这对你太不公平了！”那木甚至已经在心里替明珠喊起怨来。

“那样的话，我会提前通知你给我准备一封休书，只是到时别反悔呀！”明珠的回答是淡然的，她希望那木把这话当成玩笑来听，这样就不用对她有任何的负罪感。如果说这个时候的明珠还能够开这样不是玩笑的玩笑，那么只能说明她自己也不清楚到底是什么在束缚着她，让她心甘情愿为那木做任何事而不后悔。

那木确实接受了明珠的玩笑，从这一时刻起，他把明珠当成了他的同伴与战友。

这是男人和女人的分别。一般来讲，再细腻的男人也是粗犷的，因为他用男人的思维来考虑问题。再豁达与宽厚的女人在男女情感上也是细腻的，毕竟女性的思维注定了女人的复杂感知。

韩百济被小山一郎鼓动得充满了勇气，想好了几套不同的应对措施之后就跑去求见那木。想了这么多，恰恰没有想到那木连见都不见他。守卫士兵架着枪，逼退他的脚步，冷酷地告知他道："没有预约，栖川厂长不见客。"

韩百济回来将所遇到的情况一丝不差地告诉小山一郎，生怕漏掉了什么细节惹得小山一郎怪罪他办事不力。谁知道听了韩百济的描述，小山一郎一声没吭，只是手中的毛笔停顿在半路，浓重的墨迹很快洇湿了一大片宣纸。

"看来他不想承认自己是那木呀！"小山一郎思索了一阵儿之后才说出这么一句话。

"可他明明就是那木，承认不承认都是那木啊！"韩百济不解。

"我这眼睛可没瞎，他在临济寺装好人放了张大万收买人心，你以为他是替大日本帝国而做的吗？他那是假公济私！当初，直接杀了他，哪里有今天的麻烦！"小山一郎显然还是觉得对付那木有些棘手。

一说到这件事，韩百济就不愿接言，当初是他苦苦哀求才留那木一命，他无数次为自己辩驳说就凭这个，那木也应该感激他。可是，若不是他跟小山一郎父子勾结，那木又何以被绑架流放，又何以逼死了那老太爷？韩百济往往抛开根本性的问题，只能说这是人的本性。

人是高等生物，但是所有的逻辑都不成章法，大体上就是因为总在为自己说话。

"你也算对得起那木，他应该领你的情。他有了今天的身份地位，更应该报答你，感激你！不过……"小山一郎停顿了一会儿，又露出略带淫荡的笑意拍着韩百济的肩膀说道，"那木也算报答了你，你不觉得吗？"

韩百济一时没有弄明白，觉得小山一郎实在反复无常，没头没脑的问的什么话呢？

"那木报答我？"

"李迎春啊！你啊，还跟我装傻呢！"小山一郎说完，突然哈哈大笑起来，像暗夜里的猫头鹰一样。

猫头鹰在老百姓的嘴里被称为夜猫子，所以又有句俗语说"不怕夜猫子叫就怕夜猫子笑"。因为夜猫子一笑准没有好事，所以韩百济想小山一郎肯定又有了什么损招。

韩百济现在非常反感小山一郎拿李迎春说事，也对自己那日酒后所说的下流话感到后悔。可说出去的话比泼出去的水还难收回来，水有干的时候，可说出去的话却越传越远，越传越离谱。韩百济只好不断忍受这种自己的女人是别人剩下的这种羞辱。但因为说的人是小山一郎，他也不能发作。换了别人，恐怕又会有一场好架可打。

小山一郎如今自认羽翼丰满，就算是那木回来了也不怕。甚至觉得那木能够如他所愿回来，是上天赐予他的立功机会。抱着势必挖出大日本帝国内部隐藏的蛀虫的念头，小山一郎决定采取主动进攻的方式，他吩咐韩百济做足准备。既然那木不愿以那木的身份相见，他就跟这个栖川那木的身份会一会。

明珠被送回那家大宅的时候已经是日落黄昏，索隆高娃听到汽车响动，从二楼的窗户努力探头向外望，紧跟着看到明珠悠悠地踩着碎步从大门进来，然后一晃不见了，等了一会儿，就从二门那儿冒出头来。

索隆高娃等不及明珠进门，扯着嗓子就喊起来："这一天可让我好等，也不留个话儿，还以为你被人给绑架了呢！"

明珠远远地就瞄见了索隆高娃，只见她双手拄在窗户棂上，上半身都探出来，好像要跳窗似的。这没规没矩的模样，她尽量装作看不见。谁知索隆高娃就这样隔窗跟她喊话，更让她反感。她没有理会，径直进屋。

趁着明珠泡澡的当口，索隆高娃故意卖关子，抛出栖川那木与那木的话题，来引诱明珠。明珠闭着眼睛装作很累的样子，哼哼哈哈地应酬着索隆高娃。

最后，索隆高娃忍不住，偷偷关上房门，像说出什么大秘密一样告诉明珠关于她所知道的秘密。本以为明珠会大吃一惊，可明珠眼皮都没动一下，只是淡淡地哼了一声"知道了"。

紧跟着明珠又说道："我今天就是去见栖川那木，他可是地地道道的日本人，你可别弄错了到外面去出洋相。"

"不可能，我自己的哥哥我怎么会认错？倒是你，你凭什么断定他是日本人？为什么他要见你？"

"我当然不如你，我甚至连你哥到底长什么样都不清楚。可他要是那木的话，为什么不认你，也不回那家呢？"明珠睁开眼睛，用毛巾擦了擦脸上的汗，用疑问的目光看着索隆高娃。

明珠要替那木保守秘密，所以她必须用巧妙的手段来避开索隆高娃的怀疑与追问。她的话虚虚实实，说完之后，连她自己也疑惑起来，仿佛栖川那木根本不是那木。索隆高娃一时也被这个问题给问住了。

“这个，他没说吗？”索隆高娃转动着眼珠，把话故意说得模棱两可。

明珠笑了：“他是栖川那木，怎么会对我说这些。去了一天，给我上了一天的课，讲了一大堆‘日满亲善’之类的话，不知道他是什么意思！如今，像张大万那样的人恨不得把我们这些满族人撕碎了才解恨，若是让我们继续跟在日本人后面走，还不知道会发生些什么呢！这些话，姑且听听就罢了……”

“他就是为了这个约你见了一天？”

“可能是调查了我的满族身份背景吧，觉得我好说话。”

“你可别有事瞒着我，这可是事关那家的大事！”

“那木是我丈夫，难道我不希望他回来？可人家是栖川那木，我能用绳子把人家捆着拖回来吗？”明珠说完用毛巾盖住了脸。

明珠用这种俗话来表明态度，让索隆高娃感到莫名的开心起来。平时装成高傲冷峻大家闺秀的明珠也有如此失了分寸的时候，看来，女人就是女人，遇到这样的事照样会急红了眼。

“栖川那木这么信任你，我劝你还是不要辜负人家的好。听说，现在城外有些土匪闹得可欢了，跟日本人正斗着呢！你要是能够替日本人劝劝这些人也是功德无量的善事。藤原井说，大东亚共荣是所有日本人和‘满洲国’国民的梦想，打打杀杀的有什么好，搞建设，发展经济、文化事业，这才是正经事，那些土匪强盗真是不懂人味，破坏和平的恶魔！”索隆高娃觉得只要明珠远离藤原井，不管她继续当寡妇还是再次出门嫁人都跟她没关系，所以，她顺着明珠的话极力撮合明珠和栖川那木，那些抗日的英雄被说成了土匪强盗，真不知索隆高娃是从哪儿听来的传言。

明珠受了那木的托付，她知道自己要怎么做。可索隆高娃这么一说，她也不方便马上就跟着附和。打着“日满亲善”的旗号也不能做得太过，不管怎么说，有失偏颇的事看起来就没有信服力，这一点明珠还是明白的。

被混淆了视听的安东县急切地需要真理和正义的到来，整个东北三省又何尝不是呢？

索隆高娃又缠着明珠说了些私房话，无非是她跟藤原井怎样怎样。明珠还是劝了她，希望她再考虑考虑，说现在不是满汉不通婚的旧时代了，但是嫁给一个日本人还是需要三思呀！说到这里的时候，就成了话不投机半句多，索隆高娃索性豁出去般劝说明珠道：“反正栖川那木长得跟哥哥那么像，不如你俩试着谈谈恋爱，这样，你就能明白我的感受了！否则，你继续这样独守空房，我看会越来越古板，再过几年，说不定心理上也不正常了呀！”

说完这些伤天害理的话，索隆高娃趾高气扬地哼了一声就走了。

明珠气到不行，却忍不住放肆地笑起来。这一刻，她甚至觉得，不用再过几年了，继续跟索隆高娃这样耗下去，她心理不变态才不正常呢！

唐三藏自虐，所以要一步一步走着去西天取真经；明珠也是自虐，才要一天一天守着空旷的那家等待那木回来。唐三藏取得真经已经写得明明白白，可明珠能否守得那木回家却是未知数。

人的思维一旦被某种精神或者是信条所侵蚀，真是绕指柔成百炼钢，无坚不摧也。

三十四

韩百济顺道从肉铺割了二斤猪肉，胳膊弯里夹着一捆红根儿的开春头刀韭菜，迈着悠哉的步伐往李迎春家里走去。

韩百济现在是安东县的名人，因为他跟李迎春在一起的缘故，只有他不认识别人，没有别人不认识他的。打招呼的人多半都是他认识的，中国人的客套无外乎“吃了吗”“回家啦”，韩百济一边抖动手里肥瘦相宜的猪肉一边回应说晚上包三鲜馅儿饺子。有多事的老爷们儿开玩笑地说：“好吃不如饺子，坐着不如倒着，倒着不如躺着！韩校长，吃了饺子往炕上一躺，你真是好福气啊！”

平日里韩百济听到这样的话也就一笑了之，有时还粗俗地迎合两句，表达内心中占有了李迎春的自豪。可今日听了分外觉得刺耳。他陡然阴沉了脸不做回应，生生将一股妒火憋回心中暗烧。

平日里这个时候，李迎春总是在灶台前忙乎，整个外间屋热气腾腾的。今天，家里的烟筒都没冒烟，韩百济立马想到李迎春可能是出去招蜂惹蝶了。把猪肉和韭菜重重地摔到锅盖上，进屋之后却看到李迎春躺在炕上一动不动。

“这是什么味儿？你咋啦？”韩百济闻到一股酸酸的味道。

“我……”李迎春还没说出啥话，突然捂着嘴跳下炕，还没等跑出去，就在外间屋呕吐起来。

韩百济追出去，方才生起的火暂时压了压，问道：“你这是吃啥啦？该不是坏肚子了吧？”

李迎春蹲在屋门口，像是小鸡打嗝似的，伸一下脖子吐一口，开始时还能吐出些食物残渣，后来就是胃液消化到最后的酸水，现在嘴巴合不上就那么张着，也不知是胃里的黏液还是口水就那样哩哩啦啦地滴落下来。

韩百济手里拿着水瓢从旁边看着，也帮不上啥忙。强烈的呕吐后遗症让李迎春连漱嘴的需求都没有了。此时，她鼻涕眼泪抹了一脸，狼狈至极！

“那木成日本人了，他不见我。可能是恨我跟你好上了……”韩百济将水瓢里的水洒到门前的浮土上，借着夕阳黄红色的余光，灰尘纷纷扬扬，像从地狱里放出来的小鬼一样，张牙舞爪包裹在李迎春身前身后。

本来李迎春已经稍稍稳定下来了，这么一刺激，又是一阵干呕，可惜她再也吐不出什么，想跟韩百济发脾气也力不从心。她想说，那木成了日本人跟咱俩有啥关系？你去见他干啥？可她说不出来，只是吁吁地喘着气，强制地压抑着一股股往出吐的冲动。

韩百济不懂李迎春的这种呕吐是孕吐，他也很难体会这种呕吐与平常吃坏肚子有啥不同。他见李迎春不答话，心情就更不爽。

“一提起那木你就成了锯了嘴的葫芦，你是不是还不死心？他成了日本人，你是不是就更动心了？我告诉你，你别做美梦！那木以前看不上你，现在也不会要你，将来跟你就更不可能！这辈子，你别想着还有啥指望了！”

要是在平时，听到韩百济说这样的话，李迎春肯定会跳起来跟他打一架，直到韩百济最后屈服。可这次，李迎春因身体的局限实在无法反驳，看起来不免显得有些懦弱，这更助长了韩百济的气焰。

韩百济从开始的愤愤不平到后来的破口大骂，李迎春始终不发一言。惊动了左邻右舍都围过来借劝架的名义看热闹，韩百济还怒气不消。

因为李迎春不言不语不反驳，一直保持着低头蹲在地上的姿势，左邻右舍好像猜到了什么秘密一样，露出恍然大悟的表情……

有人附在韩百济耳边悄声问道：“迎春儿跟哪个野男人厮混被你撞见啦？”

这句话好像是引火索一样，骤然引爆韩百济的五脏六腑。他开始又砸又摔，房檐下的大酱缸、咸菜坛都被他砸漏，水桶也滚出老远。韩百济把所有的无名火都一并撒出来，像知道丈夫有了外遇的女人一般！

韩百济气得大喘，突然看到李迎春一头栽到地上。

国乱城乱家也乱。可世俗百姓管不了那么多，再怎么乱，也得容许平凡的人娶妻生子，养儿育女。虽然韩百济与李迎春的亲事还没有操办，但俩人却在这个时候先荣升为父母了。

李迎春似乎仅剩下肚子里孕育的宝宝没有吐出来，足足熬了三个月，才算熬过了怀孕初期的不适。

得知李迎春有孕之后，韩百济本想马上办喜酒成亲，可看李迎春折腾得翻天动地的样子，也只好作罢。等到李迎春的肚子一日日大起来，这个时候成亲就显得没什么必要了。

在这几个月的时间里，韩百济兽医技校的工作开展得很不顺利，汉城军马补充部发出通知，结束跟他的供应关系。韩百济托小山一郎去跟宫崎日月求情，后来才得知，这不是求情不求情的事儿。

日本方面经过资源整合统计，发现“满洲国”范围内的军马供应直接通过栖川那木筹建的军马防疫厂就可以了，没必要再转着圈往朝鲜运。经过军马防疫厂培训出来的军马，无论是从安全角度还是实用角度都远远好过一个挂靠的不正规兽医技校。

韩百济有些懊恼，技校里的孩子们都是穷苦出身，本来都是免学费并且付给他们很低的工资，现在没有了供应关系，赚不到钱就没办法维持。突然间跟学生收学费，一部分人就走了。

李迎春挺着个肚子，现在两个人的日子得当成三个人来过，没有钱可不行。韩百济为了这个事总要去麻烦小山一郎，因为那家的产业都被小山一郎把持着，韩百济只得到了兽医技校的那片林场的管理权。

但小山一郎可不管韩百济的这些芝麻绿豆的小事，他正在酝酿更大的事。他把韩百济的担子从左肩移到右肩，告诉他，去找那木吧！只要他给你活路，哪怕是跪在地上舔他的脚后跟，你也要试一试！

韩百济为此恨透了小山一郎。

从那木失踪开始，小山一郎父子就在内贼韩百济的接应下一点点介入了那家的所有产业，经过这几年的苦心经营，已经渗透到了整个那家的方方面面。

“九·一八事变”以后，整个东北的学校就将日语定为国语。所以，日文老师的需求倍增，光靠从日本引进实在远水解不了近渴，小山日文学校培养的日文老师就成了当红炙热的抢手货。小山日文学校从最初的为安东县的日本人服务到后来的招收中国人，以至于发展到如今，逐渐成为向中国学校输送日文老师的专门培训机构。

针对处于日本控制下的傀儡“满洲国”国民，日本制定了具有长远意义的特殊教育计划。正所谓重赏之下必有勇夫，高官厚禄利诱人心。“凡中国学生之稍寒者，不收学费，毕业后且尽力为之介绍职业。”这一点征服了大部分的中国人心，试想，那些在底层苦苦攀爬的世间父母，谁人不想自己的子女受教育有发展呢？不管是日本人还是中国人还是“满洲国”人，最重要的是能够作为人而活着，如果能够更体面地活着，就实在无法顾及太多。

日本人免去了中国人的学费这一措施，在当时抵消了很大一部分的抗日反清情绪。但说白了，羊毛出在羊身上，在穷苦人家那里少收的学费，日本人通过高强度压榨又在其他中国人身上赚回来。兜兜转转，只不过是老张家少交的学费摊到了老李家头上。

经济、文化、政治、军事，这些部门行动起来是独立作战，但总体上的战略是一致的，并且密不可分。依赖满铁这条生命线，日本人将东北三省的矿产、粮食、木材等等，纷纷汇聚到安东县火车站，然后经由鸭绿江大桥过界朝鲜送达至釜山，最后通过水路运输回日本本土。反过来，这些资源又成为日本侵华的源源不绝的力量支撑。

小山一郎也深谙此道。这也就不难解释为何他如此积极卖力地控制那家并且不顾一切占领那家了。

用那家的钱来养他的学校，培养出忠于大日本帝国的人才反过来治理中国人。可见，小山一郎的这种资源整合巧妙循环利用真是一招一网打尽的连环计，任谁也逃脱不了。况且，穷苦人家是大多数，像那家这样的大户只是个别个体。这样，为日本人叫好的就以压倒性的姿态完胜了受压榨的大户。这种思想上的攻心术更是让一些明白人有苦说不出，从而蒙蔽了大多数只看表面与眼前的百姓。

在日本人的教育理念中，培养优良人才被列为终极目标。将提升整体国民素质和掌握实业技能作为最基础的教育。这些教育措施上的积极进步，确实对当时的“满洲国”人才培养、教育制度发展起到了良好促进的作用。

在实行的过程中，对中国人好的一面都是被大张旗鼓宣扬的，对中国人的盘剥压榨则靠在背后要阴招神不知鬼不觉。

实际上这些现象的产生虽然有日本方面刻意而为之的因素，但也有其形成的特定自身原因。日本政府中长期以来无论是军方还是社会各界都存在着对华政策的不同声音。其中以藤原井这一类为代表的是“大东亚共荣”理想派，以小山一郎这一类为代表的是“伪大东亚共荣”实战派。

“大东亚共荣”理想派确实希望通过扶持建立一个好的政治体系展示

给整个中国看，让他们自愿地效仿，逐步达到真正的东亚共荣。在他们的理想中，大东亚共荣圈就是中国、日本、朝鲜的合体。而另一派虽然口号喊着“大东亚共荣”，但实际所行的却完全是为圣战做先锋的铺垫。他们并不把东北当成是实现理想的试验田，只是把东北当成输送血液的养料瓶，东北人民就自然而然成了制造养料的机器。

“满洲国”三等公民就是在这样的情况下形成的。

因为这两种类型的混杂结合，造成了日本对华政策实施过程中的多面性复杂性。很多人在舆论中被蒙蔽，有时候因为对真相的不了解，加上主观臆断来揣测日本的好与坏，这些人往往是那些不看大局不能从根本上挖掘问题根源的大众。整个东北三省被一种让人看不出欺骗的阴险云层笼罩，在这样的大势之下，在以后长达半个世纪的历史追踪下，这个特定的时代给整个安东县人，给整个东北人民留下了复杂莫名的日本印象。

那木急于让明珠了解自己，就是为了避免这种情况，他希望，如果一旦他有不测，至少有一个人知道真相，不会把他想成真正叛国求荣的败类。

“满洲国”是傀儡，那木很清楚，实际上溥仪不也很清楚吗？但为什么还要这么做？那木心里不住地叹息。身不由己也好，心存幻想也罢，不管怎么说，“满洲国”毕竟满足了他们内心中隐隐残存的民族归属感。从白山黑水间发家的满族人，如今只在名义上守住了这发家之地。真不是一声叹息就可以概括的悲哀！

军马防疫厂组建完毕，对那家前前后后发生的事情也调查得越来越清楚，想到韩百济，想到小山一郎父子，再想到李迎春，那木心里发出一阵阵冷笑。

李迎春恢复正常之后继续到小山一郎的学校去上班。现在，她跟韩百济的关系发生了逆转。按常理，再怎么男尊女卑的时代，女人怀孕到生孩子期间，男人都得是哄着捧着才对，毕竟事关传宗接代的大事。可韩百济算准了李迎春这下可跑不掉了，对她就越来越随便，以往憋屈在心里的畸形念头现在都爆发出来。

李迎春反过来开始哄着捧着韩百济了。原本毫无顾忌的她现在变得温顺了，甚至学会了看韩百济的脸色。李迎春这么做，是因为她知道自己已经不是一个毫无顾忌的寡妇，而即将成为一个母亲。

在各种错位的关系中，男人和女人总有一方会胜出。有些男人，在不确定得到一个女人的时候，愿意使出十二万分的努力去争取，一旦到手，就会安然放下心来。有些女人，在看透了这样的男人之后还得跟他继续绑在一起，理由只有一个，那就是她有了俩人共同的孩子。

韩百济和李迎春的关系就是一个最好的例子。

韩百济的兽医技校开办在那家的一片林场里，学生走得差不多，大部分的活儿都要他亲自来干。八月的天气，一动就是一身汗，韩百济忙活完所有的工作，在井边准备冲洗身子，一个小学徒站在旁边的石头上用瓢舀着水浇到韩百济的背上，新汲出来的井水像混杂了冰块似的不仅凉快还带着几分冰爽，韩百济抖动着膀子，吸着气大喊痛快！

李迎春在孕期，在夫妻生活上韩百济也不敢造次。每天被这样的井水浇一浇，韩百济觉得真是治病败火。

栖川那木的军马防疫厂招收了大量的当地兽医和正值学龄的孩子，一些从韩百济的兽医技校退学的半成品学徒也被招了进去。

韩百济因为心中有鬼，不敢再去惹那木。无论是从前还是现在，那木都要高他一头。韩百济眼看着兽医技校日益为艰，撑不了几天，他就对那木生出更多的恨意。可光凭这些恨意又奈何不得那木什么。

想着这些让人懊恼的事，韩百济大喊着让小学徒继续浇水。这时，一阵汽车的喇叭声响起，一辆军用货车随后停下来，从后车厢里跳下十来名日本兵，手里拿着警戒条迅速而有序地将兽医技校的林场给封了。

韩百济甩头甩脸，瞪着眼睛看明白了之后，刚想上前阻止，只见一个身穿便服的人从驾驶室里跳下来，理也没理韩百济，将一张纸贴在了一棵大树上。这是栖川那木的贴身助手小桥。

韩百济裸着上身，裤子被水弄得湿漉漉地贴在身上，他走过去冲小桥喊道：“你们这是干什么？”

小桥扫了一眼韩百济，仍是没有理会，用手指了指贴在树身上的通告，之后转身上车，十来名日本兵也迅速收队回车。汽车绕了一圈加大油门发出用力的轰鸣声离开。

韩百济看了那张通告之后，气得眼睛发蓝。兽医技校被军马防疫厂收编，所有工作人员去留问题将由军马防疫厂全权负责，限期十日内做好交接工作。

韩百济简直无法接受这样的事实，这哪里是什么通告，简直就是明抢明盗的通知书。

三十五

不动声色的那木开始一步步收网，像韩百济这种处于边缘的小鱼小虾当然会率先触网。其实，从宫崎日月的军马补充部跟他的兽医技校断绝供应关系开始，然后学生又逐个流失，韩百济已经在那木的收网过程中频频受到制约。直到现在，网收到一定程度，韩百济就像是时刻准备着被扔上岸的鱼虾，毫无生还的余地。

军马防疫厂的主要任务就是为日本陆军提供军马及饲养照顾军马的兽医人员，其中整合安东县的兽医技校培养兽医学员是工作中的一个重点。

这直接断了韩百济的生财之道。

韩百济跟小山一郎没法比，他只有这个兽医技校。而且，那木是以日本军方的名义收编了他的技校，韩百济有苦说不出，主要是他也不敢说。

韩百济看透了小山一郎，知道找他也没有用，只好去找明珠碰碰运气。谁知明珠反问他道："他当真是那木为什么你现在才说？领事馆的地都是那家无偿让出来的，又不能因为区区一块林场再得罪了日本军方。"

索隆高娃在旁边听了也发牢骚道："那片林场一直是你在打理，该不是你故意卖好让给了日本人吧？这会儿倒回来假装维护那家的财产，你可别欺负那家只有我们两个女人！"

韩百济被揶揄得无言以对。

明珠适时地劝慰他道："日本人接手也没什么可怕的，林场的工作你最熟悉，横竖他们也得用你。有你在那儿照看着，日本人也搬不走那么大一片树林。"

"栖川那木的手伸得可够长，嫂嫂，他这该不是惦记着那家，惦记着你了吧?！"索隆高娃故意要放出谣言，让明珠跟其他男人搅和到一起，这样就堵死了藤原井这个人的路。

以往明珠听到索隆高娃这样说，不摔盘子也得摔碗。可现在，她改变了处事的风格。

明珠笑着掐了索隆高娃的腰一下，爽朗地说道:“依着你的意思，全天下的男人都惦着我呢！大姑娘家的，也不臊得慌！你这样，我这个嫂嫂更不敢把你随便往外嫁了。”

明珠用像是过来人一样的口吻跟索隆高娃歪缠，让索隆高娃惊觉狡猾的明珠又变换了招法来对付她。面对明珠新修炼的独门秘籍索隆高娃一时无法破解，这让她气得牙根儿痒痒又无处下口。

索隆高娃跟明珠斗法，每隔一段时间就得变换招数。明珠也是一样。两个人你来我往，斗争暗中升级。

韩百济无心继续旁观这两个不用忧心钱财的姑嫂对战，垂头丧气地告辞离开。

男人在外面窝囊，在家里就显得特别威风。韩百济受了栖川那木的气，无处诉苦只好回家把气都撒到李迎春身上。韩百济现在很享用他跟李迎春的新关系，每次跟李迎春大发雷霆之后，都觉得浑身舒坦。仿佛随心所欲地抓烂软柿子，这种人本性中的劣质会随着另一方的退让和不争愈演愈烈。

韩百济只顾着自己发泄，完全看不出李迎春是如何在看他。像看猴子杂耍一样，李迎春任由他发泄。那是因为李迎春自认已经看透了人生，尤其是自己的人生，所以觉得一切都无所谓。

那木身上遍布伤疤，李迎春留给他的抓痕已经混杂在其中毫不显眼。回到安东县，那木曾迫切地想见李迎春一面。就在知道了她跟韩百济已经走到一起之后，也还曾这样想过。

那木想告诉李迎春，没有等着生死未卜的他，选择找一个可以依靠的人是正确的。他不怪她，他没有资格和权利来怪她。可还没等那木把这些酸溜溜的话找机会跟李迎春说，他竟发现韩百济和小山一郎是造成他和那家遭受如此灾难的罪魁祸首。

事情很简单，李迎春只要稍加动脑就能戳破韩百济的伪装，可她竟然选择委身于韩百济，这不能不让那木心寒。由此，那木甚至后悔当初与李迎春私奔，如果没有那样鲁莽冲动的选择，也不会让祖父惨死。

那木曾守着田下死去，曾亲手结果“吹口哨”，自己也曾在片岗的子弹下死里逃生，如今面对祖父那老太爷的死就显得极为冷静。沧海桑田般的事过境迁感，让那木一直找不到宣泄的出口。情感的堤坝越筑越高，仿佛魔高一尺道高一丈的降服斗法，那木用恣意汪洋的洒脱不羁完全掩盖了世俗人小儿小女的纠结扭曲。

那木急切地想找个机会见李迎春一面的想法被这种愤恨掩盖，他一直在找一个机会，找一个让他把一切的痛苦倾泻到李迎春身上的机会！

那木是那木，又不是那木。这个来自于那木的肉体，已经被注入了重新打磨后的灵魂……

栖川那木将韩百济踢出了兽医技校。明珠本来交给韩百济打理的那家林场也被划归到了军马防疫厂的管辖范围，这样一来，他就成了一无所有的人。

韩百济想重新回那家，可明珠说，原本你是那木身边的体己人，那木不在，你回来又能做什么呢？那家倒不差多你这一个人的饭吃，可你一个男人总得有事做才行呀！明珠说着竟一反常态地拂袖离去，将韩百济独自晾晒在那里。

韩百济无奈中只好再去找小山一郎，却正赶上小山一郎去了“满洲国首都”新京，也就是长春。想到小山一郎对自己的冷酷，韩百济觉得没见到反而更好，至少不用再受另外一层的挖苦。

韩百济之所以在那家和小山一郎附近打转转，并不是真正找不到活干。凭着技术和一身力气，一个大男人是饿不死的。但韩百济已经从人生的第一个台阶蹦上了另一个台阶，这时若要他从上面再往下跳，就说什么也舍不得了。就算没有了兽医技校，如果能够回到那家，也比自己出去找一份工体面。可如今回那家的路也被堵得死死的，明珠明明是把林场交给了他，可却被栖川那木给占有了。想来想去，韩百济就觉得一百个不甘心。

从小山日文学校会客室里出来的时候，韩百济看到了李迎春。李迎春显怀了，但也就是肚子凸出来那么一点，整个人还是瘦瘦的。一般妇女怀孕时的难看相一点也没有在她的身上脸上显现。甚至于，因为怀孕了的缘故，熬过了怀孕初期的折磨之后，李迎春似乎比以往要更加精神奕奕，浑身上下都笼罩着要为人母的自豪光辉。

李迎春正在给几名年轻教员开会，四男两女分排坐着，一一地向李迎春汇报着工作中遇到的事情。韩百济听了几句，发觉都是中国教员在讲述工作中遇到的困难，日本人不理解，中国人也不理解，弄得里外不是人，工作很难开展。

小山日文学校的教员原本除了李迎春之外全都是日本人。经过这几年日本人对安东县的整体控制，也是为了加大学校办学力度，一些优秀的中国人，尤其是对日本教育方针政策很认同的中国人就被留了下来。

事实上，李迎春现在应该算是小山一郎的左膀右臂，因为对日本教育的认同，又深受没文化愚昧无知的下层百姓揶揄挖苦嘲笑之苦，李迎春觉得唯有通过这种略带强制性的教育体制来提升中国人的整体素质。

小山一郎对李迎春由开始的为学校“做广告”心理到现在对她的重用，也是经过了一系列的考验的。

李迎春开会的对象就都是中国教员，她用自己的工作经验来为他们解答困惑。她先是对日本教育理念做了充分的阐述，之后一再强调道:“人们的天分良莠不齐，怎样因材施教很重要。脑袋够用的人，就培养他搞研究做学问;四肢够用的人，就培养他学技术至少能够养家糊口。健全的人格是学习的基础，对日本人不要有抵触情绪。对那些有偏见的人，更要耐心劝说。我们在做的是功在千秋的大事，是在为‘满洲国’文化教育事业打最基本的底子……日本人能够撇家舍业来到安东县施教，难道我们安东县人不愿意为自己家乡尽力吗?小山日文学校培养了很多人才，遍布整个‘满洲国’的教育系统，能够留在学校继续任教的，更应该珍惜这样的机会……以前穷苦人家的孩子想要上学，哪里有机会?……”

韩百济看着越说越激动的李迎春，呆呆地躲到了暗处的阴影中。耳畔又传来李迎春坚定的透露着无限感慨的话:“没有知识和文化只能在愚昧无知的道路上瞎跑，跑着跑着，一辈子就过去了，直到跑到人生的终点，仍然是混沌的未开化的!这样的日子，我们从父辈祖辈那里都看到了，难道还不够触目惊心吗?为了让更多的孩子更多的后人不要重蹈覆辙，我们这些人应该抛弃所谓的民族国家意识，把传播先进知识科技文化艺术作为一项很高尚的事业来做。有人说我是日本人的狗腿子、叛徒、不要脸的寡妇……我觉得这些都无所谓，但我害怕以他们这样的智慧根本分不清对错、美丑、优劣，那样，他们又怎么会教育好下一代呢?整个‘满洲国’，整个中华都会毁于一旦……”

李迎春说出“中华”这两个字的时候，声音明显弱了下来，并且顿了顿。

如今，“满洲国”里是不允许说“中华、中国”的，谁在公开场合提到了，若是被日本兵或者那些文化警察发现，轻则抽两鞭子，重则就会被关进监狱，不把祖上三代彻底查清不会放出来。

韩百济惊讶李迎春的大胆，更惊讶李迎春居然会说出这样一番话。

在韩百济眼里，李迎春不过是一个会唱两句日文歌，在酒桌上会跳两下助兴舞蹈的普通女子。没想到她在外面竟然有如此风度。

方才那一幕，让韩百济看到了如同佛像开光一般散发出职业魅力的李迎春，简直映得他眼冒金星。这个在外面看起来处于上风指手画脚的领导人物不过就是往日在家里的受气包罢了！

这一点让他实在难以接受！更加难以接受的是，在李迎春面前叱咤风云的自己，在外面竟然是个任人踢来踢去的软皮球！

李迎春的得意更加映衬韩百济的不如意，他顿觉浑身血液乱窜。内心的黑暗像无处躲藏害怕光明的鬼魅一般，依托着韩百济这个寄主，操控着他，左右着他。

韩百济的心指使他去兽医技校，那里是他的地盘，那是他几年来扩建的属于自己的巢，是誓死也要捍卫的权益。可被鬼魅驱使着的脚却把韩百济硬是带到了军马防疫厂。

栖川那木曾吩咐小桥妥善处理军马防疫厂的兼并工作，尤其是对韩百济的兽医技校，不要激起不必要的冲突，因为这里面还涉及安东县的大户那家的林场占地问题。小桥按照正常的工作程序，给韩百济留了一个位置，只是由最高领导校长一职转变为教务主任。但韩百济留下了饿死也不来这里要饭的豪言壮语，背着铺盖卷儿一身傲骨地走了。

韩百济表面上是不服从军马防疫厂的安排，抗议日本人的强权侵占。实际上他是害怕跟栖川那木正面交接，害怕一旦沦落到跟栖川那木紧密相连，最后连怎么死的都不知道！

韩百济与日本军马补充部的往来账小桥都查得一清二楚，对韩百济这种当了婊子还非要给自己立牌坊的举动非常反感，当然也就非常不屑。但他还是把这作为工作内容一一上报到栖川那木这里。栖川那木没有做任何表态。

如果韩百济认为这就是对他的报复的话，那他是不了解报复一个人的最高境界是什么。一刀毙命是最低级的惩罚，乱刀凌迟才是终极追求。

栖川那木如果急于对韩百济进行报复，不仅会让日本方面认为他处理公务有失妥当，更会让一些社会上流传的他是那木的风言风语借风起浪。那时不了解内情的人会以为他因为一个女人而有失身份跟下人计较，而韩百济则会自以为是觉得他是盘多么了不起的菜，能够得到如此的报复优先权。

韩百济在军马防疫厂的第一道关卡被拦了下来，如同上次一样被告知，没有预约栖川厂长不会客。韩百济搬出自己是兽医技校校长的招牌也未能获得通融，反而引起守卫的警觉，认为他对军马防疫厂图谋不轨，将他扣住进行全身搜查。

烈日下，韩百济任由两个守卫日本兵推来搡去。他咬牙忍耐，最后从兜里掏出全部的“满洲国”钱币试图贿赂日本兵。日本兵收下了钱，对着他龇牙一笑。韩百济以为可以被放行了，却冷不防被两个日本兵一人一脚踹翻在地。

“巴嘎亚路！”枪口对准韩百济的同时，两个日本兵厉声咒骂。

韩百济用胳膊肘支撑着身体向后一点点挪动，他想不到会受到这样的羞辱。

这时，一辆军用吉普车压出一股强烈的灰尘在韩百济身后停下来。

日本兵赶忙立正敬礼，很怕影响了大人物的通行，一边一个迅速将韩百济拖到路边。

韩百济不由向车窗里望去，只见栖川那木正坐在后座位上。戴着墨镜的栖川那木，显得更加冷酷高傲不可触摸，韩百济感受到了那一抹能够刺穿一切的目光。

刚刚站稳脚步的韩百济正想跟栖川那木打招呼，汽车已经发动继续前行。

韩百济不顾一切地跟上去，并且大喊大叫要栖川厂长等等他见他一面给他机会，还没等这些话都喊完，韩百济就被追上来的两个日本兵狠狠地扑倒在地。

一顿拳打脚踢让韩百济晕头转向。

韩百济仰面朝天躺在地上，强烈的太阳光遮盖了他眼里的怒火，像锅里热油煎着的咸鱼一样，韩百济觉得自己就要被炸干了。两个日本兵举枪一直对准着韩百济看他是否还能蹦跶，黑漆漆的两杆枪像翻弄咸鱼的锅铲。

“只要他给你活路，哪怕是跪在地上舔他的脚后跟，你也要试一试呀！”小山一郎的话再次出现，从左耳绕到右耳，不断敲打着韩百济的脸庞。

有时候，有人愿意给你搭梯了的时候，玉皇大帝也可以一睹尊容；有时候，人家不愿意脱鞋的时候，你想舔脚后跟也舔不着。

三十六

蒙着眼睛被带进军马防疫厂，韩百济觉得栖川那木可能是愿意为他把鞋脱下来了，被打得有些僵硬的全身零部件又开始活泛起来。虽然什么都看不到，但心里面他还是幻想了跟栖川那木友好相见的场景。

军马防疫厂的工作室里，韩百济终于被摘去眼罩，看到了栖川那木。

栖川那木穿着白大褂，戴着口罩和帽子，标准的大夫穿戴。工作台上躺着一匹马，瞪着大眼睛，嘴巴大张着，鼻孔里丝丝拉拉不时喷出一些血沫。

韩百济原先想好的开场白和解释狡辩之词一时无法派上用场，他只有愣在栖川那木面前。马血的腥味直灌进鼻子里迅速呛进肺管，韩百济忍不住咳嗽起来，低头的瞬间看到工作台下摆着几个水桶，里面装满了从工作台特制的孔中导流而入的马血。韩百济赶忙抬起头，压抑着血腥味让他产生的呕吐感，看着栖川那木。

栖川那木摘去口罩和帽子，塞到白大褂的衣兜里，从容地指挥着身边的手下，交代他们怎么处置死马，包括要将马最后流干一滴血后的时间、状态等都做记录。

吩咐完这些之后，栖川那木皱了皱眉头。韩百济以为是血腥味刺激了栖川那木，实际上这些血腥味对他来说已算不上什么，是韩百济那副嘴脸让他倒胃口。

栖川那木径直向外面走去，在门口脱掉白大褂扔到一个衣筐中。韩百济怯怯地跟在后面。

这里是防疫厂的实验室，出了实验室，韩百济跟着栖川那木向办公室走去。一路上都有日本兵把守站岗，见到栖川那木经过都会立正敬礼。韩百济虽然走在那木的后面，但却连腰都直不起来。

韩百济突然想到以前那老太爷教训下人说“挺胸做人”，那时觉得这么简单的道理老太爷真是多余讲，但现在他可不那么想了。

如果挺胸才能做人的话，那么直不起腰的韩百济如今是在做什么呢？

栖川那木回到办公室，小桥早已等候在那里准备报告工作，之后又提出预算与计划。栖川那木逐个做出批示与处理。

韩百济从内心里感激小桥，方才若不是小桥从外面回来看见了他，恐怕他仍是见不到栖川那木。

韩百济一直躲在门口的拐角处不敢做声，只是默默地看着这一切。等到栖川那木闲下来的时候，整个办公室都暗下来。

夜晚降临前的最后一抹光明稍纵即逝，栖川那木神情倦怠，点燃一根烟慢条斯理地吸起来。屋子里缭绕着有些辛辣又焦煳的味道。

栖川那木的姿态是惯常心理战术中最简单又最有效的一种。越是不说话，就越会让对方乱了阵脚。

“我，我还想回学校去工作，当教务主任也行，干兽医也行，总之，我希望你能再给我一次机会，我肯定会好好干……李迎春已经有了，家里很艰难，看在，看在……看在……”韩百济卡住了，像受潮的老唱片卡在了某处一样，不断重复地唱着一句。

“看在都是为大日本帝国效忠的分上，伸把手帮帮我们……”韩百济说出这句话之后，腰更加弓起来，像煮熟的大虾一样，连带着脸色也憋得通红。

栖川那木吐着烟圈，看也没看韩百济，但是颧骨处的肌肉明显动了动，牵连着嘴角向上翘了翘。

韩百济心里明白以栖川那木的实力，想调查些陈年旧事一点都不难。自己跟小山一郎和小山广文的那点事很可能早已被栖川那木了如指掌。但韩百济也是聪明人，此时他只能这么说。他既不想跟栖川那木求证什么，也不想再提已经过去了的前因后果，更不说什么道歉求饶的话，他只需要摆出一副可怜样，须臾应酬着再次站到一个社会地位上就足够了，至于以后，是死是活是好是坏，那都是以后再需要考虑的问题。

韩百济正要再次表明态度表忠心，门外传来汇报的声音。是工作人员前来汇报马匹死亡的相关数据。栖川那木似乎对此很感兴趣，有些急切地站起来，随手将吸到一半的烟头扔到盆景底部的绿苔上面，接过工作人员递过来的报告很认真地看起来。

半燃的烟头将花盆底部用作装饰的绿苔熏得蔫了一片，慢慢跌落到绿苔中间，余烟在缠绕交错的绿苔底部漫开，之后慢慢上升，整个盆景显得仙气十足。

栖川那木自始至终都没有跟韩百济说一句话，是因为他看透了韩百济的小人本质，多说一句话都会显得自己智商不足。

“濒临死亡的马仍然有巨大的潜能，充分利用的话，这种能量完全可以在足够的时间做完相应的战备工作。”栖川那木看完报告，颇有用意地对工作人员分析道。

韩百济听出了栖川那木的话外之音，但也庆幸他的仁慈。既然还有利用的价值，就罪不至死。一瞬间，韩百济甚至恍惚起来，他觉得这个人肯定不是那木。

栖川那木把韩百济晾在一边，理也不理。最后，是小桥出来下逐客令。韩百济看小桥年纪不大，但是工作作风很是严谨，想主动示好巴结，谁知却被小桥随手扇了两个嘴巴。

“混账！给你点好脸色就摇尾乞怜！你这低贱的朝鲜人！”小桥从衣兜里掏出一些“满洲国”钱币猛然摔在韩百济的头脸上，“除了巴结贿赂，你们还会干什么？大日本帝国不会允许你们这些肮脏的蛀虫存在！带上你的臭钱，滚！”

韩百济本来还以为小桥好说话，比较好打交道，谁知竟比栖川那木还可怕。

实际上，真正的可怕是无形的。可世间人恰恰就害怕这种表露在外的公然震慑。这是敬酒不吃吃罚酒的人性本质在起作用。

小桥轻蔑的冷笑，让韩百济心生畏惧。他唯唯诺诺地捡起那些纸钞，想了想之后收回到自己的衣兜里。这些贿赂看门日本兵的钱转了一圈又回来了，也算是一件让韩百济欣慰的事。但自己兜兜转转了一圈又回到原点，则让他实在难以接受。

军马防疫厂有马待的地方，难道就不能有他韩百济的容身之处吗？想到这里，韩百济突然又有了勇气。他郑重地跟小桥请求说，哪怕就让他当个马匹饲养员，他也不嫌弃！以后一定会誓死效忠天皇，为大日本帝国尽心尽力！

如果依着小桥的性子，韩百济这样的人肯定没有机会了。但因为栖川那木的关系，小桥在羞辱了韩百济一番之后，让他明天去兽医技校找主管人报到。

韩百济又回到了兽医技校，教务主任的职位早就没有了，连马匹饲养员也都安排好了人，他只好成了兽医技校的看门人。

苦尽了，酸来了，辣来了，咸来了，唯独甜没来。

这是人生的常态，但在急功近利的韩百济眼中，舔了栖川那木的脚后跟就应该是一切的终结，既然没有达到预期的目的，这一切的怨怒非但没有消失，反而又重重地扣到了栖川那木的头上。

小人与君子，栖川那木分得很清楚。韩百济的小人之态很明显地表露在脑门上，栖川那木不会被韩百济的一时表象所迷惑，也不会再犯当年冲动鲁莽的错。能容小人是大人，且看他能蹦跶到几时？

祖父已经长眠地下，妹妹索隆高娃正在倒贴日本人藤原井；情人李迎春已经怀了韩百济的孩子；小山一郎的眼线遍布那家的大小产业……

回到了安东县，对于那木来讲，一切都变了。当然，也包括他自己。唯有明珠还在那家媳妇这条既定的道路上继续前行。

“笃信好学，守死善道，危邦不入，乱邦不居。天下有道则见，无道则隐。邦有道，贫且贱焉，耻也！邦无道，富且贵焉，耻也！”栖川那木在心里反复默念这句孔夫子的箴言，但是却仍然深陷泥潭找不到出路。

作为日本军马防疫厂的厂长，作为对天皇对大日本帝国效忠服务的栖川那木，正在与以复兴华夏为己任，像濒死的马匹一样穷尽全力散发最后潜能的那木融为一个复杂的矛盾体。这是那木无法以死为抗争而带来的永久煎熬，也是存活在世上因无法自主选择只好扭曲心灵而必须留下的污点和遗憾。

张牙舞爪的耻字牢牢地抓住栖川那木的心，试图一口吞下。等到这颗心完全被耻字盖住，灵魂就无法射出原始的光芒。善与恶，荣与辱，悲与喜……永远对立又永远并存，以人的躯体为战场，终生展开着角逐……

1934年9月18日，民国二十三年秋，“满洲国”大同三年、康德元年，从1927年4月12日蒋介石的国民政府将刀枪对准共产党人造成国共两党对立加深开始，到东北被日军占领的三周年之际，中华民国内忧外患不断加深，在这一年显得尤为突出。

“攘外必先安内”造成的巨大内耗加上“物必先腐而后虫生”的魔咒，让日军在华的势力更加突出，对整个“满洲国”在一文一武的双重控制中也达到了初步的稳定。这种稳定让无数的升斗小民有了暂时喘息的机会。

自古就有民心如水一说，所以才会有“水能载舟亦能覆舟”的名言警句。但所有邪恶的统治者都摸准了水的特性，那就是不把水逼到一定程度，只要给水留有一丝空隙，它就会继续发扬“善利万物而不争，处众人之所恶”“有容乃大”的本质。

野草无法言语，只能默默忍受秋去冬来；沙粒无法言语，只能任凭潮来潮往；星星无法言语，只能静观日月交替……升斗小民更是无法言语，看不透大局，也看不清前路后路，只求在乱世中能有一条存活之路，一天天活下去迎接最终的归宿。

又是一个失眠之夜，跟无数的升斗小民一样，栖川那木也在苟且存活中一天天往前挨着。不同的是，从国家大事、民族大业到个人安危、仁义道德，栖川那木逐一想了个遍。

临近凌晨三点钟的时候，栖川那木突然涌上来一股睡意。迷糊中很快进入了梦境，他看到一个熟悉的背影蹲在地上，似乎用力挖掘着什么一样。走近看清楚，原来是见樱拿着小小的铁锹在挖着一个小坑，他问见樱这是在干什么？可见樱不回答，只是用力地挖。很快见樱不知从哪里抱过来一个婴儿，将他放进了小坑中。婴儿挥舞着四肢，但见樱却将土扬在婴儿的身上，很快将婴儿覆盖。那木急着阻止见樱，但不管怎么用力都无法抢过见樱手里的小铁锹，挣脱拉扯着的时候，见樱抬起来的脸竟然变成了李迎春的脸……

栖川那木在瞬间被惊醒。凌晨四点，只睡了一个小时，仿佛都用来做这个冗长而又让他心里发堵的梦。就在这时，伴随着敲门声门外传来小桥急切的呼唤：“报告厂长！兽医技校发生血案，情况严重！”

栖川那木本已清醒，只是还在回味那个梦境。听到这样的报告，迅速起身穿着睡衣就拉开了房门，他请小桥进来说话。

拉开木窗，迎面吹着清早凉凉的风，他觉得很舒服。

“什么时间发生的？”

“上半夜发生的。三个人重伤，其他人都是皮外伤。好像只为了偷马并不想伤人，总共被偷走了十七匹马。”

“十七匹马？”

“三匹马是从防疫厂淘汰的，八头驴中有三头是刚从老百姓手中收购的，还有六匹骡子。总共是十七匹。都是教学用的。”小桥赶忙解释。

“要妥善处理受伤的工作人员，至于丢失的牲口要明察暗访，不能放弃追踪。从防疫厂走出去的牲口都有相应标记，很容易查到。注意，不要大张旗鼓。”

“可军方已经介入了。”

“这么快？谁上报的？”

“我得到通知的时候，就已经开始搜捕盗马贼了。”

栖川那木看着小桥，眼神透露出疑惑还有怀疑：“这样的事，应该由你我上报到军方……”

“我也很奇怪又无法定夺，所以才急着来报告。”对于栖川那木的略带怀疑性质的话，小桥并不挑剔。能够从北海道的军马育种场中脱颖而出被选为栖川那木的贴身随员，小桥一直以忠诚和严谨的作风深得重用。

栖川那木和小桥都清楚，这件事一旦军方介入，就没有他们俩处理的权力了。栖川那木对军马防疫厂只有管理权，一切的军事行动都要由军方来做。军方有军方的做法，栖川那木也奈何不得。他不想军方过多干预防疫厂的工作，尤其是兽医技校的运作。

军方这么快就介入了此事，看来其中肯定另有因由。以此为由头掀起日中直接对战的风波，这是栖川那木不想看到的局面，也正是他担心的地方。

“那个韩百济，原来的校长，也受伤了。不过只是皮外伤。他好像知道什么内幕，但……”小桥停住了有些犹豫。

栖川那木看向他，示意他不要避讳只管如实讲。

“韩百济已经被军方带走了。”小桥说完有些不安地看着栖川那木。

“其他人呢？那些受伤的也都算上，召集亲历第一现场的证人，全部带到防疫厂，我有话要问。”

小桥为难地道：“这些人都受了伤，这个时候带过来不太好吧？”

小桥看着栖川那木，觉得自己冒失地这么早将此事告诉他实在有失妥当。因为军方的直接插手，栖川那木又能再做什么定夺呢？

果然，栖川那木沉默了一会儿，歪着头问小桥道：“这件事还需要我做什么呢？你我就是兽医，管得了那么多吗？”

小桥无言以对。

日本军方之所以大动干戈是因为在城外进行的剿匪活动中多次处于不利形势，他们认定这次军马失盗事件肯定又是那些土匪胡子在搞鬼。

借着军马失盗案件，日本军方果然加紧了对安东县的控制。整个安东县为此加设关卡，全城戒严。日本兵城里城外四处抓捕盗马贼，老百姓举报有功，隐匿有罪，一时间闹得鸡飞狗跳，人心惶惶。

日本军方打着剿匪的名义，无非是要做到师出有名而已。真正的悍匪大部分已经跟他们勾结在一起成了控制安东县的“满洲国”警察，而他们嘴里的“匪”则是一些有民族意识的草莽英雄组成的抗日联军！

这些事，可以说明眼人一看便知。但世人又有几个是明眼人？在乱世中又有几个人愿意做明眼人呢？何况，就算是明眼人看了知了又能如何？别说一般的百姓，就是那些身在高位振臂一挥有非同凡响影响力的人，又有几个做到努力抗争了呢？

有形的封锁不过是堵塞了几条路而已，去不了李庄还可以去王庄。无形的封锁则把一切有关于精神信仰的路堵死，真理与真相只能在界外徘徊，世上就多了些至死不明的行尸走肉。

血腥很容易被掩盖，人民也很容易被愚弄。

在当政者当权派的刻意扭曲、美化和掩盖之下，真相就显得扑朔迷离。众口一词的结果，就是说着说着，假的也成了真的。久而久之，连心知肚明的撒谎者也都信了自己的鬼话。

日本就是这样统治殖民地的百姓的。

他们不怕遗臭万年，不怕成为历史上的罪人。在一系列的侵华行动中，日本总结出了一个“模糊定律”。

历史是强者的历史，后人看到的所谓史实在很大程度上都存在着出入。时间久了，无人考证，也无法考证，就都被当成了货真价实的历史。

有些事情以讹传讹，竟然把好人说成了坏人，把坏事传成了好事。颠倒是非曲直，也成了公说公有理婆说婆有理的客观解读。尤其是，随着时间推进，那些想为前人翻案一探究竟的考证人员，也在正方反方的不断敲打中产生了怀疑一切的态度。知道真相的人逐渐死翘翘，还不任由他们胡说？

真真假假，虚虚实实，等到人们越来越公正客观不敢妄下定论的时候，真相就更加被掩盖，历史就成了远看有型，近看模糊的碎镜面。

所幸的是镜面碎了也可以映出人影。因为实质没有变更。日本侵略者在战后的毁尸灭迹上做足了文章，可以说百般抵赖死不要脸，力图为自己开脱，造成一部分人甚至真的信以为真相信了他们一厢情愿的说法，什么大东亚共荣，什么日本人是把“满洲国”当成自己的国家来建设的等等……

残留的血淋淋的印迹不容抹去，历史这面大镜框不容篡改。模糊定律最终只能成为日本政府掩耳盗铃一叶障目不见泰山的可笑话柄！

三十七

栖川那木收到了日本军方发给他的盗马贼名单。七名盗马贼已经抓到了六个。军方每天押着这六个人游街示众，明明是打伤了几个人，但他们反复向老百姓宣传土匪残忍杀害兽医……

因为此次事件中受伤的兽医都是本地人，所以在日军的宣传中，就成了安东县的盗马贼杀害了安东县的兽医。这样，不明真相的老百姓就被激起了强烈的愤恨。每当游街的时候，便有人随手捡起石头瓦块一顿乱砸！

在日本军方的阴谋操控下，老百姓像墙头草一样，随风而动。怨恨之气四处漫延，令知情者不敢公然说出真相，如此，盗马贼的同情者与受害兽医的支持者便难免发生冲突！

栖川那木看着这种场面，比看到真刀真枪跟日本人奋战而死的英雄还要觉得痛心疾首。

整树整树的银杏叶大面积开始发黄，给这个凉意渐浓的秋天带来一抹虚假的色调上的温暖。

盗马贼只剩下最后一个人没有抓获，日本军方决定先处决这六人以慰民心，实际上是急于对抗日队伍进行震慑。

人生就像过河，虽然能够看到对岸，但又无法预知河水深浅，所以每走一步都要小心翼翼。看得到结果，却预测不出过程。就是因为这样的特质才支撑着所有的人不去想死亡这个最终目的，而更多的关注活在世上的每一天。

栖川那木受邀准备前去行刑场“督斩”。虽然没有决定权，但却有欣赏权。这不是杀鸡宰鸭，而是斩人。这种事相信但凡心理正常的人都不会愿意观摩。栖川那木已经想好了借口推辞，就在这时，索隆高娃突然找上门来，让他不得不改变了行动。

索隆高娃派人先递过来一封信笺，要求见栖川那木厂长，信里措辞很客气但很严肃，说有一件天大的重要事必须要当面跟您谈。栖川那木早就想见索隆高娃，见她信里又说得这么恳切，顺水推舟就接见了她。

虽然准备接见索隆高娃，但那木仍有他的底线，他不想在索隆高娃面前承认自己的真实身份，索隆高娃可不是深明大义的明珠，一旦被她粘上，恐怕会坏了大事。想到索隆高娃可能是为了认亲才说有天大的重要事，那木心里稍感安慰。自从在临济寺见了索隆高娃一面之后，兄妹二人再没有过交集。

那木了解妹妹的性情，对于自己这个失踪几年的哥哥，索隆高娃并不热情。但相比较明珠和李迎春，索隆高娃毕竟是血缘上最亲近的人。想到索隆高娃的名字都是自己给取的，那木又回想起以前的点滴，祖父那老太爷的面庞又闪现在眼前……栖川那木还沉浸在自己儿时情感的回忆中，索隆高娃身着盛装有板有眼地来了。

索隆高娃恭敬而客气地称呼栖川那木为栖川大人，并且自嘲地说自己日语不太好怕词不达意，不介意的话她就用汉语了。

也许是对以往索隆高娃的印象太过于深刻，看到故意如此严肃而又讲究礼节的她，栖川那木竟觉得实在太陌生，过了一阵儿才调整好自己应对的心态。这时他才明白自己的担心是多余的。如果单纯是为了认亲，恐怕索隆高娃就不会来了。

索隆高娃将随身带来的食盒放到栖川那木的办公桌上，颇有韵味地看了他一眼，然后面带微笑地道："听说我要来拜访栖川大人，家嫂明珠特地准备了些吃的，实在不成敬意。"

还没等那木说出什么客套的感谢话，索隆高娃伸手打开食盒上层的盖子，她快言快语地介绍道："这是家嫂最拿手的，满族人的特色小吃苏叶饽饽。栖川大人不要放不开，趁着还没凉，现在就尝一个怎么样？"

看得出来，一开始索隆高娃在竭力模仿明珠，让自己看起来像个有教养的大家闺秀，但很快就掩饰不住自己本性中的特色。她的这番表现，终于让那木看到了那个熟悉的妹妹。

食盒里转着圈摆放着六个苏叶饽饽，实话说，这手工并不精益求精，也许是黏高粱米面中加入了过多的苞米面而不那么黏了的缘故，蒸熟的苏叶饽饽上留有细细的手指印迹。

这扑鼻而来的特殊味道，勾起了那木味蕾的记忆。他不由自主地拿起一个苏叶饽饽，放到鼻子底下细细地闻着这股苏子叶与黏高粱米面和苞米面融合在一起的混合气味。这是记忆中那木熟悉的小时候的味道。

栖川那木没有吃苏叶饽饽，只是陶醉地闻了又闻，又放回了食盒里。他问索隆高娃道："直说吧，来找我有什么事？"

索隆高娃立马笑得花枝乱颤，顿时原形毕露。她凑到那木身边，神秘兮兮地说道："明珠的六哥被当成盗马贼给抓起来了，听说要被处死，富察家都乱了套了……"索隆高娃察看着栖川那木的神色，进一步说道，"富察家怎么可能出盗马贼？这可是天大的笑话！我劝明珠来求你，可明珠死也不肯……她说，她说她跟你毫无交情，她可张不开这个嘴。但是，栖川大人，家嫂素来对日本人不理不睬，但似乎对您颇有好感……"

索隆高娃说完期待地看着栖川那木。她虽然不是真心替明珠的六哥来找门路，但她还是期望栖川那木会给她一个说法。这样撮合栖川那木和明珠就容易得多了。等到撮合了栖川那木和明珠，自己跟藤原井之间就没有任何障碍，所以索隆高娃才背着明珠擅作主张前来找栖川那木。

如果那木和明珠知道了索隆高娃真正的想法不过是因为自己的这样一点小小私念而并不是真的看在人命关天的大事上，真要气得吐血。

但想一想，因为某人的一点小小私念往往会搅起大的波澜，所谓的倾国倾城所谓的亡家亡国不都是因为无数个某人的一点小小私念吗？

"索隆高娃小姐，公是公私是私。盗马贼一事，属于公事。且杀人者偿命，欠债者还钱。不管是谁都难以逃脱。此乃天经地义，也甚为公道。看来你今天算是白来了，这苏叶饽饽我只是闻了闻，对于您所说的这番话，我也权当耳旁风听听算了。恕不远送！"栖川那木说完站起身看着索隆高娃，脸上毫无表情，显得既冷漠又急切。

"闻一闻就算啦？告诉你，闻一闻也不行！你闻过的东西我还能再拿回去吗？哼！满嘴天理人道的，也不想想自己是谁！六亲不认，没脸没皮！当了日本人，高人一等，真是了不起啊！"索隆高娃被栖川那木的话激怒了，但她的话显然是无理取闹，起不到任何作用。可她不管这些，脾气上来不管不顾说得起劲儿，抓起苏叶饽饽欲扔掉跟栖川那木撒泼。

栖川那木毫不犹豫地出手，打了索隆高娃一耳光，制止了这场闹剧。从小到大，这样的索隆高娃本应挨了无数的耳光，可那木从没有动过她一根手指头。不是舍不得，是觉得若去打这样的妹妹就显得自己也实在不懂事。但今日今时，那木没有时间跟她歪扯，也没有当年的心情宠着她等她发泄完毕。

索隆高娃呆愣在原地，直到栖川那木离开都没缓过神来。她总算明白为什么他不回那家，这个男人已经变成了冷血怪物。可也用不着这么冷酷无情呀！至此，索隆高娃真的相信了明珠所说的话，这个男人不是那木。

栖川那木隐约记得明珠的六哥叫海龙，但在盗马贼的名单上却没有这个人名。因为完全不知道他长什么样，栖川那木无法去监狱里辨认……

栖川那木在李迎春家里找到韩百济的时候，这两个人也正被一群人围攻。几个妇女拉扯着孩子坐满了这张小土炕。看到栖川那木进来，都露出惊恐又警惕的目光。抱着吃奶孩子的妇女慌忙扭过身去躲避，话说到一半的妇女则张着嘴巴打住，有几位年龄比较大的大婶满脸皱纹，晒成土褐色的面庞抹着泪痕和鼻涕，像糨糊刷在了历经百年的土城墙上……

在街上，不免经常看到这样的人。但却完全没有此时的视觉冲击力。芸芸众生犹如草芥，只有在汇聚在一起的时候，才凸显出某些隐藏的力量。

栖川那木一时愣住了，可他没有时间发愣。他冲韩百济点了点头，又扫视了一眼李迎春。

韩百济看了看李迎春，又看了看炕上坐着的人，从一只木质的小板凳上站起来跟着栖川那木出去了。

李迎春撑着腰，越过这些人的头顶透过窗户看到韩百济跟着栖川那木上了一辆汽车。她猜不到栖川那木来干什么，也不想猜测，生活的河流早已奔流向前，她已经随波逐流地忘记了这个男人。

这些女人和孩子都是挖门盗洞穿针引线找到门上来求李迎春和韩百济的。盗马贼中的六人就要被处斩了，他们的亲戚的亲戚的亲戚也都出来四处活动，只要能够免去一死，他们真是找遍了所有能找得上的人。

在她们眼里，韩百济和李迎春能够跟日本人说得上话，肯定有门路。殊不知，她们眼里的能人也不过是任日本人随意差遣的草民。无论处于哪个层次，总会有力所不及的事，有无法企及的人。

栖川那木拉着韩百济去了一家有名的日式餐馆，老板娘风姿绰约，似乎跟栖川那木很熟的样子。实际上，对于商家来说，来者都是客，尤其是像栖川那木这种能够开车前来的人，不用猜也知道是有来头的主儿。

韩百济只管默默地跟着，在不确定栖川那木找他有什么事的情况下，他实在害怕说错了话惹出乱子。上次去军马防疫厂，韩百济已经领教了栖川那木一言不发暗藏的威力。

守着鸭绿江，这家日式餐馆的原材料绝对新鲜。这也非常符合日本人的饮食习惯。虽然栖川那木只点了两碗海鲜面，但老板娘还是笑着亲自送过来，并且加赠了四个小咸菜。

栖川那木越是这样，韩百济越是犯糊涂。

栖川那木拿起筷子之后，看着韩百济说道："吃呀！"

韩百济也拿起筷子，咽了一口唾沫心事重重地吃起来。

栖川那木的姿态让韩百济想起了当初跟随在那木身边的日子，在那木失踪之后，他曾极力不去回想。如今，再次坐在那木的对面跟他一起吃饭，韩百济顿时有种云里雾里不真实的感觉。这碗做工细致用料上乘的海鲜面，他吃得没滋没味。

栖川那木吃得很香，放下碗筷的时候，碗里连一滴汤都没有剩。

韩百济的碗里剩下的都是海鲜，他习惯先吃不好的，留下最好的慢慢品尝。可今天，因为心里有事，吃完了那些筋道的面条，平日里喜欢的海鲜反而咽不下去了。韩百济心里嘲笑自己的小家子气，拿着筷子不确定是继续硬撑着吃下去还是放弃。

"你以为跟日本军方搭上关系，就可以甩开我单干了吗？"栖川那木颇具玩味地看着韩百济，像是在发问，但实际上是施加压力的叱责。

"我，我没这么想过。是他们找到我的，我不得不说……"韩百济知道辩解没有用，说了栖川那木也不信，可他就是要这样说。因为他摸准了栖川那木拿他没辙。

"看来你对盗马贼很熟悉，该不会是你都认识吧？是你故意放他们进来，然后控制不了局面才酿成了那样的结果，之后，你又协助军方一一剿灭他们……"栖川那木顺着推论简单地就分析出这样一个脉络，他一边说一边看着韩百济。

韩百济简直心惊肉跳，恨不得将方才吃下去的面条一根根拽出来。他用一只手抹着喉结处，仍然感到栖川那木冰冷的目光像刀一样砍过来。

"去李迎春家里的那些人居然来求你。哼，错把催命阎王当成救命菩萨拜了，白白浪费了香烛钱！如果他们要是知道那六个盗马贼都是你提供线索协助日本兵抓到的，你说以后你还敢在安东县混吗？"

栖川那木对韩百济终审定罪，就差最后发落了。

韩百济心跳加速，结巴着问道："我早，早就知道会有这么一天，你肯定会报复我！说吧，你想怎样？你要干什么？”

“报复你？”

“不是我强迫李迎春跟我的，是她主动的。你生死下落不明，我们没办法……”

“我叫你来不是为了听你解释这个。盗马贼的名单上有七个人，只抓住了六个，没理由漏掉一个。是你故意让他跑了，是不是？”

“你是替日本人问的吗？”

“如果是替日本人，就不会在这里了。”

韩百济终于缓了一口气，他压低声音道：“我没有那么大本事。不过，日本兵抓不到那个人了。”

“你这么肯定，看来跟那个人很熟了？”

“其实跟他更熟的人是你。他是明珠的六哥。”绕了一圈，原来栖川那木是来打探这个消息的。韩百济顿觉有一种力挽狂澜反败为胜的感觉。“富察家可不是普通人家，谁知道却出了这样一个人。真让人想不通……那六个人肯定没救了，跟错了人，弄得连命都搭上了！”

栖川那木不想再听韩百济说三道四，他已经得到了他想要的答案。韩百济的话让他产生了一种挑战的冲动。为什么那六个人肯定没救了呢？现在下定论为时尚早。

栖川那木想起在北海道第一次被日本军方扣押时吃的那碗海鲜面，这也是为何日后他钟情于日式海鲜面的原因。现在回想起来，一碗海鲜面决定了生死，如同易经所讲的“一生二,二生三,三生万物”是同样的道理。

只要这口气还没断，因缘际会之下，谁也说不准下一步会发生什么。

“做梦也不敢想的事，如果发生了，是不是也会看得平淡了呢？”栖川那木慢条斯理的话像筋道十足的面条一样带有弹性，“几辈子都不敢奢求的事儿，现在唾手可得，恐怕就忘了当初的诚惶诚恐了吧？！”

“好了伤疤忘了疼，是狗改不了吃屎。人之本性。这些盗马贼早就被日本人盯上了，还不知道收敛，顶着风抬头，不被砍了脖子才怪呢！”韩百济明知栖川那木话中的意思是指自己得到李迎春的事，可他故意拧着说到盗马贼身上。

栖川那木觉得韩百济还是像当年一样喜欢揣摩着主子的心思说话，只是因为境况异于从前，比当年放肆了许多。

“跟李迎春好好过吧，既然是你的女人，就应该让她幸福。我会让小桥给你多些照顾的。”栖川那木终于说出实质性的话。说完后，他自己冷笑了几声，估计是很清楚这话是多么的言不由衷。

紧跟着，栖川那木的话不免带有凌驾一切的威胁，至少韩百济听来是这样的感觉。

“至于这些盗马贼，是狗是狼还很难定。能否被砍脖子，我们不妨打个赌怎么样？”栖川那木站起身，留下这句话走了。

韩百济被这句话噎住了，但却觉得胃里心里突然变得很空。方才的一阵对话消耗了他太多的精力，他急于补充能量。风卷残云一样将碗里的海鲜统统塞进嘴里，他觉得仍然填不满空虚的灵魂。

三十八

韩百济跟在军方后面献计献策妄图得到重用而逃离看门人的角色，但抓捕工作结束了，他也就没有了作用。他不得不仍旧回到兽医技校当他的看门人。

可能确实受到了栖川那木的嘱咐，小桥对韩百济不免有些关照。但无非也就是个受到关照的看门人。

就在韩百济疑惑不解，不知道栖川那木到底有何用意的时候，整个安东县因为栖川那木再次沸腾了。

原因是栖川那木在行刑现场用三言两语就从日本兵的屠刀下救出了六个盗马贼。

没有亲历现场的人追着那些亲临处斩现场的人问来问去，那些人就不厌其烦地一遍又一遍复述栖川那木的壮举，而每一次都难免要添枝加叶多说几句，末了还会加上一句说，栖川那木当时的原话不是这样的，但就是这个意思。最后，传来传去，栖川那木刀下救人的传奇就传成了好几个完全不同的版本。

日本人栖川那木救了盗马贼，可那白白被杀死的兽医谁来偿命？难道白死吗？这自然就成了民情关注的焦点。实际上，日本军方放出死了几个兽医的歪风儿，不过是为了打击抗日力量的借口。既然实质上没有人死，也就不会有人站出来跟栖川那木叫板。

栖川那木本来就吩咐小桥要妥善处理这些受伤兽医，现在，为了缓解这些人及家属心中的不满，栖川那木亲自出面。除了医疗费用之外，又额外地补贴了些因伤不能工作的生活费。

贫苦人的悲哀就在于很难在金钱面前不低头。更何况一直处于三等公民的中国人，想也没敢想会得到日本人的超额赔偿还有额外补助。因为期望值很低，所以一旦所得超出预期，谁还会死揪着盗马贼的那儿记拳脚不放呢！

临济寺为此大做法事，驱鬼迎神。几位大师借机又大肆宣扬了一番威力无边的天照大神和皇恩浩荡的天皇，并且请居士做亲身示范演讲，讲述因为信仰天照大神而得到的心灵安宁及全方位庇护，最后归结为日满同心如出一家是上天的旨意……

救人是栖川那木的最终目的，至于过程，他也无法把握。他一手策划导演了这场法场救人的日满亲善大剧，也成功地引起全安东县人的关注。

一开始觉得束手无策的栖川那木，怎么突然就有了如此神勇过人的智慧和勇气？不得不说是韩百济的态度让他受到了刺激。还有一个更重要的原因就是，兽医技校新上任的校长从新京开会回来，带来了一个让他灵光乍现的信息！

继“九·一八事变”日本接管东北三省后，借由“满洲国”召开过一次类似的“全国教育大会”，这次大会的盛况有过之而无不及。充分说明了日本对“满洲国”的控制在文治这方面又进行了深入和细化。

整个“满洲国”教育界的任职人员，不分日满，都前去新京开会。包括教育局局长、教育促进会会长，以及各个学校的校长等。连一些教会学校，像安东县丹麦人开的基督会学校也得派代表前去聆听会议精神。

这些前去的代表人物要深入学习会议精神，并且做好记录，仿佛头上顶着神圣光圈来求取真经的圣僧一样，回去还要弘扬新法普度众生。

兽医技校的新校长将会议记录及时地上报给栖川那木，以便于对防疫厂全体兽医进行统一的思想培训。

借助会议精神，栖川那木说服了军方。理由很简单，那就是日本政府正在努力修复日满关系，如果此时进行杀戮引起日满关系激化，会引起上层不满。不如借机因势利导，既能够得到上层的欣赏，又能够化解安东县各界的仇日情绪。

就这样，栖川那木化解了一场流血的斗争。但也为自己招来了更多的妒恨。有褒就有贬。但对栖川那木来说这些都不重要，他只不过是在做自己。

韩百济想到栖川那木跟他说过的话，再联想到盗马贼被救的事，他觉得栖川那木反复无常，无法捉摸，实在有些可怕。可是这些，他只能自己在心里翻来覆去地想，不能跟任何人说，尤其是不能对李迎春说。

因为李迎春的选择性失忆，韩百济才得以能够跟她有这样的姻缘。所以，韩百济一直都在祈求上苍让李迎春这辈子都不要恢复才好。临济寺那木的突然出现让她受到了些许刺激，但只是时断时续头疼了几天就平静了下来。这次，那木法场救人的事太轰轰烈烈，韩百济对李迎春密集观察，确信她真的没有什么异常才放下心来……

栖川那木回安东县几个月时间里，小山一郎可谓用尽了心思想找出他的破绽，随时准备一把掐住他的脖子将他置于死地。可观察了这么久，始终找不到这种可以一击而破的漏洞。

栖川那木居然左右了军方的行动，让小山一郎觉得是时候跟栖川那木面对面地过过招了。他对栖川那木充满了好奇和不解。这个满洲人如今摇身一变成了日本人，对韩百济也不采取报复行动，反倒仍留下韩百济当看门狗，难道是真心信奉了“日满一家亲”的信条吗?

小山一郎设好了一个局，他自己非常满意。他郑重地给栖川那木发了请帖，半公半私地约请栖川那木来日文学校参观赴宴。

为了栖川那木，小山一郎特意宴请了几个人来作陪：韩百济夫妇，藤原井，明珠和索隆高娃。这等于把跟那木关系最为密切的人都网了来。小山一郎幻想栖川那木在这个宴席上会有如何表现，心中不禁充满了期待。

因为并不知道小山一郎真正宴请的人是栖川那木，更不知道他内心抱着刺激栖川那木的目的，赴宴的人都在自己身上做猜想。

韩百济对小山一郎突然邀请他们夫妇表示出的热情充满了期待，以为是小山一郎对他的示好；李迎春以为是自己工作令小山一郎满意获得了这份殊荣；明珠则以为小山一郎是为了拉拢她好方便跟那家做生意；索隆高娃习惯了在社交场合兜兜转转，听说还请了藤原井，想也没想就应承了；藤原井惯性地以为小山一郎可能有求于他，这不过是一种正常的社会交际……

栖川那木想到小山一郎肯定会刁难自己，但没有想到竟邀约了所有他想见到的人。

等到栖川那木隆重登场之时，这些人都顿时明白了主角是谁，心中就更是难以平静。让这个宴会继续下去的是这些人之间拉扯不断的关系线。唯有藤原井算是半个局外人，要不是因为跟明珠和索隆高娃的关系以及特殊的身份地位，恐怕不能列为小山一郎的邀请名单之上。

李迎春首先提出身体不适，率先离开了。韩百济明白了小山一郎恶毒的利用之后，强忍着不满喝光了一壶酒，在失态之前借着出去方便就再也没有回来。

只有索隆高娃巴不得有这样的机会来撮合明珠和栖川那木成全自己跟藤原井，她附和着小山一郎，在酒桌上活跃气氛，谁知看起来却像是贤内助在搞家政外交一样。

看着索隆高娃娇嫩的面庞，鲜红湿润不断吐出温言软语的小嘴儿，小山一郎不禁生出些许幻想，多年寂灭的男女之事仿佛又有了复苏的迹象。他有些遗憾自己身边这么多年一直没有这样一个女主人。

栖川那木和藤原井相谈甚欢，明珠则始终保持着矜持。索隆高娃盯着栖川那木，想起那天的一巴掌，也不敢太过于靠前。

因为没有为难住栖川那木，小山一郎满心的不快，觉得请藤原井来是个失误，而韩百济和李迎春这两个上不得台面的家伙最可恨。

最后，藤原井充当护花使者护送明珠和索隆高娃回家，整个宴会终于只剩下栖川那木和小山一郎。

这时的小山一郎已经没有了玩弄栖川那木的心情，他有些慵懒地不愿再应酬他，只想尽快将他送走。但栖川那木仿佛意犹未尽，那颇带醉意的脸庞上展露了一抹带着嘲讽和不屑的笑。

小山一郎被这笑又给激怒了。但仔细一看，却发现，栖川那木并不是在对着他笑，眼神是虚虚地向上挑着。

栖川那木确实不是在看小山一郎，他的目光越过小山一郎的秃头顶，落在墙上挂着的一幅字上。

海角崖山一线斜，从今也不属中华。
更无鱼腹捐躯地，况有龙涎泛海槎？
望断关河非汉帜，吹残日月是胡笳。
嫦娥老大无归处，独倚银轮哭桂花。

昭和八年小山一郎书于镇江山巅

那木心中不得不承认，小山一郎的行书大得王羲之的精髓。可看在眼里，却恼在心上。

这首诗是钱谦益的《后秋兴之十三》。小山一郎特地将此诗挂在那木的眼前，分明是一种挑衅和侮辱。是日本人坚持“满蒙非中国”论的一个以子之矛攻子之盾的伎俩，更是日本人高调标榜自己才是传统中国文化的传承，妄图分裂中国文化精神的野心和战略。

栖川那木突然把目光收回，看似无所谓地把玩着手中的酒杯，随即一干而尽：“好酒！”

小山一郎随即露出了招牌式的微笑，他觉得栖川那木终于接招了。

为了掩饰内心的促狭和狂妄，小山一郎明显练就了常人无法一气呵成的高难动作。仿佛每个耳朵上生有一只手，当笑容露出一半的时候，顺着耳垂把嘴角向脸两侧拉了拉，直至拉到他认为合适的位置。这样，小山一郎的笑既在表面上带有讨好和谦恭，又准确地露出心底的刁难和轻视。

那木心里很清楚这一点，之所以会这样，完全是因为自己现在的身份，让小山一郎不敢明目张胆地表露轻狂。但他对那木的本来身份却一直耿耿于怀，揪住不放。

小山一郎的日文学校，在吃饭之前那木已经参观过。

孩子们不谙世事的天真与童趣让他顿觉若有所失。如同自己的亲生儿子投向另一个妇人的怀抱，那木被一种强烈的遗弃感击中！

上课之前，全体学生老师在操场集合，先升日本国旗，孩子们用日语唱日本国歌，再升“满洲国国旗”，用满语唱“满洲国国歌”。向日本皇宫遥拜，向伪满帝宫遥拜，面向正东行“最敬礼”，向“建国神庙”遥拜……

地辟兮天开，
松之涯兮白之隈。
我伸大义兮，绳于祖武；
我行博爱兮，怀于九垓。
善守国兮以仁，
不善守兮以兵。
天不爱道，地不爱宝。
货恶其于地兮，献诸苍昊，
孰非横目之民兮，视此洪造。

参观学校的过程中，“满洲国国歌”一直在那木的心头萦绕。

日本教育融合了清王朝教育，两种文化交融的教学让那木本来非常抵触的心似乎缓解了一下。但小山一郎似乎步步紧逼，非要让那木承认些什么才肯罢休。这犹如一股邪风，吹得那木靠理智压抑的怒火陡然四窜。如果是以前的那木，小山一郎那把老骨头早已被拆散，但现在，那木不是那木。

“中华文化源远流长，小山君何以对钱谦益情有独钟？”

“情有独钟谈不上，但确实对钱君感兴趣。身为汉人，官至礼部侍郎，投靠清廷后又写下这样的诗篇，栖川君如何看待此人此事？”

这实在是一个险恶的问题，尤其问到的对象是那木。在小山一郎眼中，满清跟蒙元都是外来入侵华夏的异族！

栖川那木浓眉一挑道：“如果，小山君发现妻子与他人通奸，会如何处置？”

小山一郎面露尴尬道：“栖川君何出此言？”

栖川那木淡淡地笑了笑道：“钱谦益说‘国破君亡，士大夫尚不能全节，乃以不能守身责一女子耶？’”

小山一郎有些不快道：“岂能把妇人不能守身与士大夫不能守节相提并论？”

栖川那木言辞铮铮地回击道：“人性的复杂，单凭一首诗两首诗是看不清楚的。钱谦益先明后清，又欲反清复明，他有何颜面说崖山，何来资格谈中华？难道，在他眼里，崖山之后的明朝也不是中华吗？”

小山一郎猛灌了一口酒，咬着嘴唇说不出话来。

“他自己不能守节，才会容忍柳如是不能守身。若不是钱谦益说水太凉我们改天再跳，这个失身的柳如是恰恰成全了失节的钱谦益。如此说来，柳如是虽未守身，但却守节。”那木的目光平静如水，直逼小山一郎，“小山君是对钱谦益感兴趣呢？还是对我感兴趣？其实，不用小山君提醒，我也知道自己的身份。我们都对彼此的立场心知肚明，不是吗？”

被栖川那木直接挑明，小山一郎反而一下子变得底气不足。小山一郎再度调整面部以摆出一个合适的微笑，看那木的眼神发生了些许变化，拿着酒壶的手刻意地摆出郑重其事的姿势。

这个画面看起来有些滑稽，栖川那木不禁冷笑。

小山一郎重新认识了那木。

小山一郎邀请那木参观学校并请他喝酒，本来是为了对那木进行主动攻击。谁知却在气焰上落了下风。他在心里无数次预演过有朝一日要对着那木喊出来的话：别忘了你自己的身份，一个戴着日本人头衔的满人，你这低贱的异族，不配拥有与大和民族一样的野心和伟大目标！可这些话现在看来只能再留在肚子里了。

小山一郎从这一刻开始，把那木当成了真正的栖川那木。对他有了谨慎而理智的警惕和提防。

清廷入关后，对汉人实施的政策，小山一郎倒背如流，那是他参照的标本，借鉴的宝典。在某些意义上来讲，对朝鲜、对台湾，他们早已略有变通地如法炮制过，且有了明显的成果。以前忽视那木，是因为小山一郎一直以为那木不过是一个没经过风霜雪雨躲在那老太爷背后的公子哥儿。现在，却不得不对那木刮目相看。

崇拜强者，践踏弱者。卑鄙小人惯常如此。

栖川那木就着酱油和辣根儿在小山一郎的纸质拉门上洒脱地留下一幅字后告辞。临走前，他告诉小山一郎，饮酒以养性，草书以畅志，钱谦益的《后秋兴》用草书才能表达心意。亡国也好，亡家也罢，比起领土的流失更让人痛心的是文化与传统的流失，是中国魂的流失。敢于面对这种流失，也是中国魂的一种。和那些动不动就死，动不动就拿气节要挟别人来成全自己私念的思想奴隶相比，苟且地活下去，需要更多的勇气和智慧……

满屋子里充斥着咸辣鲜香之气，拉门上的草书《后秋兴》大气磅礴，宛然游龙一般。没有搅拌均匀的土黄色辣根混杂在黑色的酱油色中，像金丝金粉混在黑色墨水中一样，闪着星星点点的光。

栖川那木的姿态表明他已经走出了自己的心魔。什么汉人满人，什么中国人日本人，是人就要遵循天道人道！否则，就算贴上标签也代表不了什么。

这样的栖川那木，小山一郎觉得确实是个对手！

三十九

李迎春两次从栖川那木的面前逃离，让喝了点酒有些压抑不住心火的栖川那木觉得非常不舒服。他一直不敢直面李迎春，开始是因为心里觉得有愧，后来是因为心里有怨。有愧是因为他跟见樱结了婚首先背弃了当初跟李迎春的誓言，有怨则是因为李迎春曾撕心裂肺地喊着说要等他回来，可现在都已经怀了韩百济的孩子了。

俗话说酒壮夙人胆，何况是栖川那木这样一个男人。有些人爱耍酒疯，事后把所有冲动过激鲁莽归罪于酒性发作。实际上，醉酒的人心里最清楚透亮，往日想不通的都想通了，往日不敢说不想说的都一股脑有条有理地说了。若说真有那么一些人喝醉后什么都不记得了，那确实是喝得到了一定度，真要到了那个份上，也就没有耍酒疯一说了，只能是烂醉如泥不省人事罢了。

栖川那木不会沦落到耍酒疯，可却露出了平日里掩藏起来的真性情。他要当着韩百济的面跟李迎春三方对质，为什么他们要这么做，这么对他?

开着车子，驶过日本领事馆时，栖川那木突然踩上一脚刹车。车子停下来，他的思绪也跟着停下来。栖川那木重又发动车子，调转车头，原路驶了回去。

透过车窗，栖川那木看到了那扇熟悉的门，门前仿佛还站着那个熟悉的身影，那老太爷像叶发叶落的银杏树，从那木的童年一直守护着到了青年。

亦父亦母亦师亦友，对于那木来说，祖父是他今生融于血肉的亲情。可生离死别，悲欢离合，人世间的事由不得人说了算，这恐怕是世事无常扇给世人最响亮的嘴巴子!

大门底部的石质门墩支撑着门轴的百转千动，伴随着大门的开开合合一同守护着那家。风霜雪雨的磨砺，几代主人的更迭，岁月的河流在它上面涌过，重新洗刷出沧桑的历史痕迹，原来那些寓意幸福吉祥安康的雕刻，如今显得是那么的模糊不清。

李迎春，韩百济，小山一郎……这些人，都会受到惩罚。去不去对质就显得没有什么意义了。

沉浸在这股浓重的伤感之中，喝进去的酒开始往外涌，栖川那木打开车门，跳下车。清冷的晚秋之风，让他的内心慢慢得以平复。

这时，一队“满洲国”警察持枪向领事馆方向跑去，可能是看到了那特殊的车牌，路过栖川那木身边的时候，领头队长的目光充满了打探扫向栖川那木。

栖川那木无法在家门口再逗留，他害怕待着待着就会不由自主地走进家门。正要上车离开的时候，见大门打开，藤原井踉跄着扑出来，紧跟着，索隆高娃叉着腰站在门口指着藤原井骂道：“滚！以后不许你再登那家的门！”

藤原井站稳脚步，脸色绯红，越过索隆高娃向院子里张望，搜寻明珠的身影。但很快失望的神色挂满脸上，他劝慰索隆高娃道：“感情的事不是强求来的，就算明珠不答应我，我对小姐你的心思也不会改变。你又何必大动肝火呢？”

“明珠是我嫂嫂，不许你轻薄她！我告诉你，除非你打一辈子光棍，否则，哪个女人敢围在你身边，都要过了我这一关！你别想甩掉我！”索隆高娃说完怒气冲冲地将大门关上。

藤原井整了整衣冠，顺着石头铺好的小路向大路走来，冷不防看到盯着他看的栖川那木。藤原井先是一愣，不知道为何栖川那木也来到那家门前，但马上又想到方才那一幕很可能已经被栖川那木看个清楚听得明白，他有些不自然地笑了笑，算是打招呼。

“藤原兄要往哪里走？不妨坐我的车子。”

“栖川君好意心领了，我想随便走走。”

“索隆高娃确实难缠，不过也不失为一个好姑娘。我看藤原兄与索隆高娃，一个成熟潇洒风度翩翩，一个青春貌美娇艳无双，应该是郎才女貌天造地设的一对，为何藤原兄惹恼了她，让她那么光火呢？”栖川那木说完这番话，自己都觉得舌头发痒。

果然，藤原井有些迷惘困惑地看着栖川那木道：“栖川君，你这是何意？有话不妨直说，若是嘲笑，也大可以直言不讳！”

栖川那木打开车门，将藤原井推上车，自己也拉开车门坐到驾驶位上，发动了车子之后，才回答道："我哪里有资格嘲笑藤原兄，方才只不过是玩笑话罢了。恕我不恭啊！其实，我都被自己的言不由衷给吓坏了！"栖川那木突然开心地笑起来补充道，"其实我想说的是明珠跟藤原兄才是一对。"

"唉！你这么想有什么用？"

"明珠怎么想？"

"中国男人对女人的贞洁观进行了无耻的洗脑，既束缚了身体又控制了思想，实在可怕。"藤原井感慨万千。

"听说明珠是那家的寡妇，不过新婚之夜前夕新郎就失踪了，当然连房都没有圆，难道这辈子她都要一个人这么过下去，再也不嫁人了吗？"栖川那木问藤原井，也是在叩问自己的心，如果明珠一直这么等下去，错过了最美的人生花期，他就罪不可赦！

"可能是在等丈夫回来吧！"藤原井突然伤感起来。

"如果死了，不是再也等不回来了？就算没死，万一在外面又娶了一个，乐不思蜀，明珠不也是白等吗？藤原兄应该劝劝她明白这些道理才是！"栖川那木有些埋怨的味道。

车子慢慢悠悠地驶向领事馆方向，跟藤原井聊了聊，栖川那木心情好了很多。

"我又何尝不想？可感情这种事……"藤原井的话还没有说完，车子突然急刹车停下，因为速度不快惯性不大，他只是上半身稍稍向前倾了一下。

领事馆前面不远处的路上，"满洲国"警察围成一个大圈，一批批的警察仍不断赶过来，像不断竖起的篱笆桩一样继续在这个大圈外围上增加桩柱，围得越来越紧越来越密。

大圈之外不远处的三岔路被拉上了警戒线，几个警察在疏导行人和车辆。

"这是怎么了？"藤原井问。

"过去看看就知道了。"栖川那木说完一脚油门，车子快速驶过去。

来到三岔路口的时候，警察挥舞着双臂示意不准车子通行，栖川那木恶作剧一般提速，吓得警察慌忙躲到一边大喊大叫。

车子撞过警戒线之后，栖川那木才把车停下来。藤原井探出头冲后面的警察喊道："为什么封路？前面在干什么？"

一警察捅了捅另外一个警察道："去，你去给他们解释一下。"

"为什么是我啊？"

"你这高丽棒子，你不是会日本话吗？快去！"

被称作"高丽棒子"的警察不情愿地来到栖川那木的车边，操着不熟练的日语解释说前面有人在领事馆那儿游行抗议，怕聚集太多的人引起冲突，你们是日本人过去也没事。

"你是朝鲜人？"听完他的叙述，栖川那木用朝鲜话问道。

"高丽棒子"警察两眼发直，似乎听不懂一样没有做出反应。

栖川那木又改用汉语重复了一遍，并且好奇地追问道："你是朝鲜人，为什么不会朝鲜话？而且日语又学得这么差？"

"高丽棒子"警察听明白了之后，无所谓地回答道："从小我就说汉语，日语是才学的当然说不好。"

藤原井看栖川那木居然在这个问题上问来问去，问不到重点，觉得栖川那木真是奇怪，他不由发问道："什么人在游行？为什么游行啊？"

"这我就不知道了，上面没有交代。我们只负责拦路。"

栖川那木发动车子驶过去，"高丽棒子"警察嘟囔着把被车剐走的警戒线拉回来，重又将路封上。

里三层外三层的警察一致面向圈里，警惕地注视着里面游行的人的动向。没有人注意栖川那木和藤原井从外围一点点挤进来。等看明白了是怎么一回事后，两个人不禁面面相觑。

这是一场对日本人干预教育文化的抗议。

大概有二十几名中国学生，身穿白上衣不吵不闹，静坐在领事馆前的路上，表示出精神上的抗争。白上衣的背后用毛笔写着"抗议日本人大肆修改教学材料，还中国人真正史实原貌"。

为了不被那些文化警察事先察觉到这个计划，他们都是分散开穿着不同的衣服，等到了领事馆前之后才集体露出表示抗议的白上衣。

静坐的学生圈外，站着几名外国人，其中一个老者满头白发，戴着眼镜，令栖川那木非常眼熟。还有一个手拿相机的年轻女性则对"满洲国"警察拍照片。

栖川那木看着那个白头发的老者，突然失声地喊了一句道："艾里克！"

当初推荐那木去上海圣约翰大学的就是这位老者艾里克，他也是安东县第一家教会学校的校长。

栖川那木恍然大悟，这些“满洲国”警察之所以不敢贸然上前动用武力，原来是因为怯于教会学校的出面。得到艾里克的声援，中国学生才得以获得暂时的安全。

这些随时可以进行围攻的“满洲国”警察不过是第一梯队，一旦闹得不可收场，那些蠢蠢欲动的大批日本兵会紧随其后冲上来进行血腥镇压。看看那个手拿相机的年轻女教师，栖川那木明白艾里克是做足了准备的。

能够如此立场鲜明不顾安危地声援中国人，艾里克是站在客观公正的角度上才做出的决定。

自从日本人开始对东北进行文化教育方面的控制，只有信奉基督的教会学校是不唱日本国歌和“满洲国国歌”的。因为这一点，安东县的日本人几次三番找教会学校的麻烦，但相对较对中国学校的野蛮态度，还不敢太过分，毕竟这涉及国际舆论。

这次在新京召开的“全国教育大会”结束之后，整个东北三省从小学到大学，原有的所有教材都被集中销毁，经过日本的专家学者精心编译的针对“满洲国”国民的新教材应运而生。这种行为，在教育界刮起了一股极强的民族碰撞之风。

以艾里克为代表的教会学校为了表示对日本人在教育上的指手画脚和强制性规范感到的不满，借着这次学生静坐抗议表达出来。

栖川那木的喊声让身边几个“满洲国”警察为之侧目，等他们发现栖川那木和藤原井的存在时，两个人已经挤出包围圈，走到了艾里克等人的身边。

艾里克看到那木，脸色很难看。他没理会那木的热情，反而只是冷冷地说有什么事以后再说，现在不是叙旧的时候。

藤原井的脸色也冷冷的，他质问艾里克道：“利用这些学生当炮弹在前方轰炸，你们躲在后面观看，是唯恐天下不乱吗？这样的抗议能扭转大局力转乾坤吗？！”

栖川那木拉扯藤原井，试图让他冷静下来。但藤原井显得很激动。

艾里克看着藤原井，严肃而郑重地回答道：“没试过的事我从来不靠猜测断定行还是不行。你说那些中国学生是炮弹，我认同你的说法……”艾里克说到这儿，看了看围观的“满洲国”警察，然后又看了看那些静坐的学生们，最后把目光又扫视到藤原井身上，“但他们不是在为我挡敌人，而是为他们自己。如果有被利用的价值，我也可以随时当炮弹。不过不是为了某一方，而是为了真理与正义！”

艾里克的汉语讲得不是很流利，他一边说一边用一只手比比划划，似乎是为了加强力度让对方明白自己阐述的观点。

藤原井有些无奈，像是下命令一样，他果断地道：“叫上这些学生，趁还没闹出什么大乱子，散了吧！让那个女教师也不要拍来拍去的，这样没有好处。”

栖川那木实际上跟藤原井是一个态度，但艾里克爱理不理的态度让他没机会多说什么。听到藤原井这么说，他想帮腔劝劝艾里克，让他带着学生先走。

可是，还没等他们这边把话说清楚，带队警察已经开始跟学生谈判。可能是言语发生冲撞，或者是等得不耐烦，二十几个学生都站起来，更多的警察也拥上来。

这是场面失控的前奏，也是大家都不愿意看到的局面。艾里克显然料到会这样，女教师拿着相机不停地拍照。

这些外国教师也加入人群中去护着那些学生。因为外国人的特殊身份，警察稍微收敛了些。

藤原井问栖川那木道：“怎么办？这些学生恐怕只听艾里克的。”

“可那些‘满洲国’警察应该能听藤原兄你的。”栖川那木想到在临济寺藤原井曾指挥过那些文化警察。文化警察跟这些警察应该没什么不同吧？

藤原井狠狠地拍了栖川那木的后背两下，然后向学生那边跑过去。

栖川那木停在原地，他想在远处仔细地看着。越是走近危险，反而越看不到危险。他要在这里为大家守住后方，必要的时候，他会采取必要的行动。他的手不由伸到风衣的内兜里，身体的热量一直熨帖着它，让它在必要的时候充满能量。

突然，一声枪响，让栖川那木的手不禁一抖。随着枪声，他看到了一个熟悉的脸庞。这个脸庞跟当年一样，看起来白净斯文，但眼神却射出冷酷的光。

小山广文也许一直都站在那里，只是被众多的警察淹没了。这时，他一只手拿枪，另一只手则对着枪筒口敲了敲，并且闭上一只眼，用另一只眼堵着枪口往里看。天知道他在看什么！

照相的女教师惊讶地愣在原地，看着被子弹穿过的相机落到地上摔得四分五裂。

众人也都把目光聚焦到小山广文身上。

栖川那木的脚步移了移，他找准了一个角度。如果小山广文再敢有任何的暴力举动，栖川那木很可能会掏出手枪干掉他。可小山广文没有给他这个机会。

“这里是领事馆，不是解决问题的地方。对文化教育不满，你们要去教育局或者是教育促进会。还有，你，对，我说的就是你！照相的这位……”小山广文一步步逼近女教师，“不要以为你是外国人就可以在‘满洲国’领土上惹是生非，挑拨事端，以为拍拍照发到什么‘公报母报’上就会有人来充当救世主吗？我告诉你，不可能！谁是带头的？给我听好了！马上离开，不要闹事！否则后果自负！”

小山广文说完，目光刷地盯向栖川那木。原来他早就看到了栖川那木。

学生们仍不甘心，但小山广文似乎无意跟他们一般见识一样，对各个队长下达了收队的命令。警察们听到这个命令后比来时还快就分散着离开了。他们只是听从命令，谁也不愿意溜着小冷风，像掉秃了叶子的树一样在这儿站着盯人。

一些领队留下来，小山广文似乎要给他们训话。但没想到，小山广文径直走到栖川那木身边，笑着跟他打了招呼。

艾里克和藤原井等人没有听到小山广文跟栖川那木说了什么，但从二人的表情来看，应该不是在发生冲突。

实际上，小山广文的话让那木恨不得掏出枪来马上跟他做一个了断。但他忍住了，他现在不想浪费自己生的机会跟这样像野狗一样的人死斗。

“支那猪运气不错，居然还能活着回来！不过，运气这东西可不是神仙用来腾云驾雾的仙气，总是围绕着谁。小心点，我可一直看着你呢！”小山广文扔下这句话走了，边走边冲那些留下来的警察队长们嚷道，“以后，不管是游行抗议还是静坐抗议，只要是学生，就用不着如临大敌，大动干戈！他们是年轻人，血气方刚容易受人挑拨，由他们去吧！”

小山广文打碎了照相机，但也遣散了围攻的警察，看起来并不想发生直接冲突。

这次的事件，可以说是龙卷风刮到了隔壁村子，暂时还没把一切都卷进去。

四十

把学生们安全地送回家，并且一一做了相应的嘱咐，等回到了位于元宝山下的学校之后，已经是夜里十一点多了。

藤原井一直跟着栖川那木和艾里克。现在，只剩下三个人。

藤原井先是跟艾里克道歉，说自己当时是太为那些学生紧张了。

“你是日本人，为什么要替中国人担心？”艾里克问道。

“您是丹麦人，不也同样在为中国人担心吗？”藤原井反问道。

“我既为中国人担心，也为日本人担心。高压之下必有反抗，不可调和的时候，就会爆炸……我只是一名老师，我的职责是教书育人。对于政局和时事，能力有限，恐怕影响不了什么。”

“我明白。其实，我是土生土长在中国的日本人，对于日本当局在文化教育上强加于‘满洲国’的做法，我也不是很认同……”

“一杯清水因滴入一滴污水而变污浊，一杯污水却不会因一滴清水的存在而变清澈。藤原君，中国也好，日本也好，都已经超出了一杯水的范围。对你对我而言都太过于浩瀚了，不是吗？你我不过是一滴水，除了能选择是做清水还是污水之外，现在的处境之下都很难影响到整个大势……”

藤原井和艾里克越谈越投机，栖川那木成了一个忠实的听众。艾里克始终没有跟栖川那木说什么，也没问什么。但他在跟藤原井谈话的间隙中从抽屉里拿出几个信封递给了栖川那木。

从这些信中，栖川那木了解了导师詹姆士是如何一遍又一遍地打探他的情况，在知道他失踪了之后又是何等的关注他的下落……

银杏树的叶子铺满一地，无所不能的人类却无法阻止四季的交替。抗议事件之后，日本方面也没有做出什么报复行为，众人都渐渐放下心来。

因为无意中撞见了学生抗议的事，栖川那木错过了找李迎春对质的冲动，因为错过了找李迎春对质，他就无法知道李迎春失忆的事，因为不知道李迎春失忆，他就越发误会着她……

栖川那木与李迎春的关系，就好像是错过了一班车，就无法准时到达下一个目的地，不能准时到达下一个目的地，就无法准时到达最终的目的地一样，真是一错再错，错到无法再错。从来没有正点赶上车的栖川那木和李迎春，只好继续错下去。

安东县的雪跟北海道的雪很像，几场雪下来，整个小城都变成了白色的。看起来像是童话中虚构的一样，显得很不真实。

安东县几所仅有的中国人学校里，几名校长还有老师隔三差五就无故神秘失踪，而且事先没有任何征兆，之后又没有留下任何线索。

以小山广文为首的警察对安东县进行了严查，但仍然没有任何结果。实际上这不过是贼喊捉贼的把戏。大部分的老百姓哪里知道内情？有的人家还以为是撞邪了，不安和恐惧在安东县逐渐蔓延。

李迎春应该说是最了解内情的人，但她实在不知道这件事会如何结果。

栖川那木料到是小山广文在搞鬼，可是却看不到任何破绽。直到韩百济辞工穿上了警察的衣服跟在小山广文身后，紧跟着兽医技校的两名兽医也相继失踪，栖川那木终于找到了跟小山广文直面交锋的借口。事实上，在兽医失踪之前，栖川那木就已经成了被严密监控的对象。如果依照小山广文以往的性格，说不定失踪的就是栖川那木而不是那两个兽医了。

托小山广文的福，韩百济再度威风起来。就算是狐假虎威，他也自得其乐找到了一只猛虎。这下，他跟李迎春两个人就都成了为日本人服务的二等公民。不同的是，李迎春是为了让广大百姓都接受教育，为了这个信念，她可以说是忍辱负重不怕被人戳脊梁骨，而韩百济不过是为了借助日本人的威风让自己过得更好，为了心中的私欲，他可以阿谀奉承两面三刀无所不为！

李迎春跟韩百济的矛盾就像是怀胎十月孕育而成的娃娃一样，终于在特定的时间呱呱落地。李迎春原本以为跟韩百济的矛盾是因为中间夹了一个那木，现在看来，俩人之间的矛盾是因为思想品格完全不同。

世俗夫妻所求的不过是传宗接代，衣食住行。一旦上升到对另一半思想品质是否认同上，就显得不切实际……

临近过年，那家照旧要杀年猪。因为年头不好，有些老百姓连口粮都不够，可那家的黑毛猪仍长得膘肥肉厚。

这就是现实，无论在何样的乱世中，也总有歌舞升平的一面。

中国人重视过年，所谓“过年过年”，整整一年的劳苦和不如意，都会因为这几天的犒赏而过去。真不知是人们太天真还是太容易满足？

明珠本想邀请栖川那木回那家来吃猪肉，可索隆高娃说，如果要请栖川那木，就要把藤原井请来。明珠问索隆高娃说你不怕藤原井起外心啦？索隆高娃则说，有那木在，藤原井想起外心，你也不容他呀！明珠听了只能冷笑。

每年杀年猪，是那家上下全都聚在一起的日子，如果闹出什么笑话，明珠可承受不来。看透为那家服务的这些人对她的真实心态，明珠就更不想再留下什么话柄。所以，她果断地对索隆高娃说那就算了。索隆高娃想不到明珠这么绝，但也无可奈何。

但是，杀年猪那天，藤原井和栖川那木一前一后像是约好了似的，都来到了那家。

明珠和索隆高娃互相对视，都以为是对方约请的。但很快俩人就明白，这两个人是不请自来的。明珠和索隆高娃二人自然是喜出望外地欢迎了，至于原因，谁还能想那么多呢！

明珠掩饰着内心的欣喜，为了避嫌反而让索隆高娃出面，将栖川那木和藤原井两个人安排在厢房的小火炕上。这是贵宾的待遇。

李迎春裹着厚厚的头巾，因为身材瘦小又穿着宽松棉袄的缘故看起来并不是太显怀，要不是站在韩百济身边，明珠都要认不出来是她。

韩百济是回那家来帮忙的。不管怎么说，那家是他的老东家，杀年猪就是大家在一起热闹，没理由怕多他一张嘴。

自从当上了警察，韩百济在外面的应酬多了起来。李迎春对他从来不多问，因为她自己也忙得不可开交。得知韩百济今天要来那家帮忙，李迎春竟主动说我也去。韩百济以为李迎春是孕妇可能嘴馋，想也没有多想就带着她来了。反正他认定了明珠可不是那种计较的人。

如果是平时，明珠倒不介意见李迎春。但今天，因为那木的缘故，明珠心里突然有些不自在。她把李迎春拉进书房，但还没等她发问，李迎春倒先开口问起来：“藤原井来了吗？我有重要的事要跟他讲。”

明珠明显一愣，她想不到李迎春竟然跟藤原井约好了在这里见面。还没等做多余的反应，李迎春就自顾自地念叨，实际上是跟明珠解释："藤原井说让我来你家找他，谁知道你家今天杀年猪，人多眼杂的，他可真是不怕事儿的家伙。"李迎春突然降低了声音，靠近明珠说道，"那些老师都是被日本人给抓起来了，我只有找藤原井想办法救他们……"

"你怎么知道的？藤原井能听你的吗？他是日本人会救中国人的老师吗？我能帮上什么忙吗？……"

明珠有一连串的话要问，可索隆高娃突然推开门大声喊道："你躲这儿干啥呀？那木找你呢！"索隆高娃一眼又看到了李迎春，放肆地大声笑起来问道，"你俩鬼鬼祟祟地研究什么呢？该不是为了某个人俩人在协商什么吧？"

"别胡说！今天来了这么多人，你最好把住你的嘴！"明珠疾言厉色，这股威严让索隆高娃顿觉没趣。

"知道啦，我又不是白痴，就算不顾及你的脸面还要顾及那家的脸面呢！"索隆高娃扭着腰离开。

明珠欲引领李迎春去见藤原井，但李迎春却愣住了，没有挪动脚步。她没打算见栖川那木，尤其是她要跟藤原井要谈的是事关十几名老师性命的事。韩百济也在场的情况下，一旦搞砸了，李迎春害怕自身难保。

传统的满族铜盆火锅冒着热气，发出咕嘟咕嘟的炖煮声，里面用猪骨熬制的高汤煨着五花肉、血肠、酸菜、冻豆腐、粉条，这主打的五样是火锅里必不可少的配料，满族人习惯在冬天吃这样热汤热水的杀猪菜。确切地说，整个东北的人都喜欢这样吃。

栖川那木对此很熟悉。这曾是他最熟悉的"年"的味道。

在北海道的时候，他曾吃过海鲜火锅，只是把这里的猪肉什么的，换成了螃蟹大虾等海产品。想起这些，他又想到见樱和凌子，不知道她们母女二人现在如何？

想到这儿，栖川那木不禁笑起来。

当初在北海道吃海鲜火锅的时候，栖川那木曾想过安东县的祖父和妹妹还有李迎春是如何过年的，是不是吃着猪肉火锅在想他？如今，在安东县的家里吃着猪肉火锅的他，又想起了北海道的海鲜火锅和吃海鲜火锅的人。

栖川那木一开始拒绝了藤原井约他来那家的提议，但后来架不住藤原井的一再游说，觉得借着去那家吃杀猪菜做掩护，不会引起太多的关注。

栖川那木和李迎春都以为藤原井只邀请了自己。当明珠引领着李迎春进来的时候，栖川那木明显表情异样。可今天，不是谈儿女私情的时候。明珠得体地添汤加菜，然后借口要去招呼其他客人就退了出去。

李迎春知道内情，而且是详细的内情。这比身处高位的日本人藤原井所了解的还要多。

李迎春之所以知道得这么详细，是因为小山一郎派她去给这些老师们上思想课，希望通过这种带有恐吓的游说来给他们洗脑。可现在，情势有变，父子俩的想法完全不同，小山一郎只是要吓唬吓唬这些老师，让他们不要鼓动学生们生事，而小山广文则是要秘密处死这些老师。

“他们这么做，真是太大胆了！区区一个‘满洲国’警察就敢这么放肆！”藤原井不断地搓着手，显然又紧张又气愤。

“‘满洲国’警察的背后就是关东军，他们肯定是得到了军方的首肯。只是这次做得太绝，这哪里是为大日本帝国尽忠，简直就是给日本政府脸上抹狗屎。”栖川那木说得慢悠悠，手里拿着筷子将葱花韭菜花酱调到一起，看起来是要准备吃火锅了。

“听了这消息，你还能吃得下去？”藤原井问栖川那木。

这也是李迎春想问的。

“我又没说非吃不可。先把酱料调一调，再说这猪肉不怕炖。”栖川那木好像是有意要气藤原井一样，说完之后把筷子放进嘴里吸了一下，咂巴了一下嘴。

李迎春看着栖川那木有些发愣，她印象中的那木可不是这个样子的。

火锅中的五花肉皮肉相连，看得出来这是一头皮糙肉厚的猪。猪皮闪着油亮的光，越炖会越透明。

栖川那木也不想这样，可每当出现这种急得火上房的事发生的时候，就仿佛有一种无穷的力量拖着他稳着他，让他不至于急得东倒西歪。他觉得自己现在也是一头皮糙肉厚的猪了，所以，不怕火大，也不怕火急，多炖一会儿少炖一会儿都奈何不了他。

“藤原兄，你把我叫到那家来谈这么机密的事，也不怕泄露风声？再说，这会给那家带来灾祸的！连累了那家，你要负责！”这些话栖川那木可是非常认真的。

藤原井有些无奈地说道：“我自身难保，对谁都不能负责。这也是我约你来的原因。至于选择那家，是为了要见明珠一面……你是军方的人，能够左右他们，上次盗马贼的事不就是你平息的吗？”

“那六个人现在还关在警察局，我只不过是拖延了他们的死期。现在又要我去救十几名老师，说轻了，他们是些以教书为名义混口饭吃的，说重了，他们是政治犯。你是情报处处长，这事你难道不清楚吗？！再说，你的身份应该最适合出面！”

“我就是因为出面了，才被从处长的位置上给拉下来。别说我没提醒你，你也要小心行事。一旦丢了位置，就更没有发言权！”

得知藤原井已经被罢免，栖川那木愣了愣，但很快他反问道：“告诉我，我能怎么做？十几个人，我怎么救？早就说过让他们不要乱出头……”

李迎春听着两个人的对话，一直看着冒热气的火锅。她以为找到藤原井就可以万事大吉，谁知道藤原井已经被罢免了。看样子，那木为求自保也不敢接这个茬儿。

李迎春想起那些老师们对她的冷眼和唾骂，现在又为不能救他们而焦心。她不想再待下去了，韩百济正在外面忙着，如果知道那木也在这里，这个年恐怕就过不去了。为了肚子里的孩子，她不想在吵来吵去中过日子。

藤原井交代李迎春，下次再去给那些老师们上课的时候，一定要想尽一切办法打探出关押的具体地点。

虽然小山一郎已如此重用李迎春，但说到底不过是利用，还没有完全信任。每次去给这些老师们上课，来去的路上，李迎春都是被蒙着眼睛的。想要摸清楚具体位置还真不是容易的事。

李迎春重又围上头巾，连口汤也没喝就走了。剩下藤原井和栖川那木俩人，守着一锅炖得正是时候的肉和菜，却一时谁都难以动筷子。

为了替那些老师们说话，藤原井得罪了上层被贬职，这下他打定主意搬到安东县定居，为了在地理上拉近跟明珠的距离，他搬到了小沙河下游的一处民居里，一边潜心研究佛法以躲避那些仍旧严密注意他动向的人，一边找机会接近明珠试图感化她赢得芳心。他这么做，避开了锋芒。

索隆高娃为此气得要死，但也无可奈何。人心，竟然是这么难得的东西。

明珠也为那些被捕的老师们担心，但她又实在不知道该怎么办。

吃过杀猪菜之后不久，栖川那木给了明珠一份名单，说这些人生活上有困难，希望那家能在力所能及的范围内做出适当的帮助。

明珠问他，是不是那些老师们的家属？栖川那木点头默认，并且嘱咐明珠，做事要小心，别太惹人眼目。

明珠把名单还给栖川那木，告诉他说，再怎么小心，如果只帮助这些人的话也会招来流言蜚语，说不定还会给他们带来进一步的伤害。这些被捕老师们的家属不能够再引起关注了，否则日本人连他们也都会不放过的。那家有这么多钱，又能都留给谁呢？别怪我擅作主张，小学中学，教会学校，还有育婴堂，还有，包括一些日本人建立的学校，以那家的名义，我都捐了钱……过年了，让大家都得到些许温暖，我想，你不会怪我吧？

明珠说完这番话，直盯盯地看着栖川那木，她希望自己的举动能够得到这个男人的赏识，人不回那家就算了，至少他的心留一半给自己。

栖川那木划了根火柴，烧掉了名单。火柴燃到头，烫了他的手指肚儿，心也跟着疼了一下。

藤原井公开支持中国老师而被罢免，栖川那木只能放聪明转为暗中支持，在他的不断放风运作之下，安东县各界开始对这次的老师神秘失踪事件进行关注。

日本方面虽然害怕消息泄露遭受舆论谴责，但处于强势的他们极尽可能地封锁一切不利言论，为了杀一儆百达到震慑觉醒的中国人的目的，处死这些老师们就成了当务之急！

强权之下，弱者的声音被掩盖。

这些老师并非同日同时同地被处死，但肯定无一生还。后来疯传的细节和详情大部分都来自于人们因刻骨仇恨而发出的杜撰，还有就是对残酷恐怖极尽可能的想象。真实的内幕被留在日本军方的档案袋中，远远超出人们的想象极限。

白色的恐怖在很长时间内像难以融化的雪久久地覆盖在安东县的土地上。这种残忍的伤害让更多的人觉醒，也让更多的人加入到了抗日的队伍中。

随着对华侵略政策的不断调整，日本一层层揭开虚伪的面纱，露出真实的鬼面。大有人挡杀人，鬼挡捉鬼的架势。觉醒的中国人，杀！妇人之仁的日本人，杀！杀得红了眼，杀得敌我血肉交融。

藤原井如果不及早退出，恐怕也不能幸免。栖川那木如果不是披着日本军马防疫厂厂长的外衣又打着擦边球，在小山广文的超强嗅觉下，怕也早已问罪处斩。

这场血雨腥风让这个冬天更加寒冷……

四十一

“天长地久。天地所以能长且久者，以其不自生，故能长生。是以圣人后其身而身先，外其身而身存。非以其无私邪，故能成其私……”栖川那木翻看书案上一叠手抄《道德经》，看到这一句被抄写了足足有十多遍，每一遍都用不同的字体，很是感到奇怪，不觉玩味地吟诵。

藤原井扎着围裙，像家庭主妇一样在拌饺子馅儿，面板上放着和好的面团。

“过来帮我包饺子，别瞎翻我的东西。”藤原井招呼着，动作麻利地把面团揉成长条，揪出一小块一小块。

栖川那木放下藤原井的手稿过来帮忙，心不在焉地拿着擀面杖像擀面饼一样擀饺子皮，问道：“你对《道德经》挺有研究的呀！只可惜，《道德经》不能改变‘春秋战国’之乱，恐怕对现在中国的情势也无法力挽狂澜，总觉得这些都是忽悠人的……”

“连你都这么想，老子真后悔留下这五千言啊！”

“为什么这一章你抄写了这么多遍？”

“‘以其无私，故能成其私’，我总是在想，如果日本真的爱民如子，真的把‘满洲国’当成自己的家园，那么大东亚共荣就不是一个口号，也不是一个幻想。也许开始的时候仅仅是一个希望和梦想，但终究会成为历史上的美谈。这就是无私而成其私的最高境界。但现在，日本为了达到占有控制‘满洲国’的目的，只凭武力逞强，最终却无法达到梦想的结果……”藤原井拿过栖川那木擀好的不规则饺子皮，一边包饺子一边说，神情黯然，动作也慢了下来。

栖川那木身材高大，双手细长，显得擀面杖格外小，配合他小题大做的擀饺子皮方式，看起来非常不协调，但却显出笨拙的可爱。

“哪有你这么擀饺子皮的，真是笑死人。”

“我擀得不好吗？薄厚均匀，大小不一，满足多种需求……”栖川那木一本正经，说着说着自己忍不住笑起来。

“别逗我开心了。大年夜，你跟我一起凑什么热闹呢？”

“我要是不来，你这里可哪有热闹。你跟明珠……进展得怎么样了？”

听到栖川那木问起明珠的事，藤原井的表情突然表现出少男般的羞涩。他把包好的饺子扔到面板上，反问栖川那木道：“你怎么像个八婆一样，专爱打听别人的情事！为什么不说说你自己？”

“你不问，我不说。”

“你今年有三十吗？”

“没有。”

“可怎么觉得你像个小老头儿似的。”

“像八婆，像小老头儿……还有什么可像的，统统说出来。你个老不正经的！”栖川那木说完，哈哈大笑，并且不忘催促藤原井快点包饺子。

“我四十岁了才看好个媳妇，只能说不正常，有什么不正经的？”藤原井很认真地说。

这倒着实让栖川那木吃惊起来，谁能相信藤原井是一直未婚呢！

藤原井的爸妈都是学者，在中国结婚生下了他，可先后感染疾病而死。藤原井是在中国的育婴堂长大的。一晃就到了四十岁，唯一看上的女人就是明珠。

藤原井讲完了自己的单纯经历，也麻利地煮好了饺子。

两个人守着地炉，边吃边聊。

藤原井告诉栖川那木说，明珠是个特别的女子。为了找一个心仪的伴侣，他已经等到了四十岁，他不介意再等下去。他会一直等到明珠点头同意……

栖川那木觉得从这一点上来说，藤原井跟明珠实在般配，都有一股执着等待的心。

但执着可以改变命运吗？栖川那木不断叩打自己的心，也还是无法下一个定论。他无法劝说自己，也就无法劝说藤原井。却冷不防听到藤原井带有试探性地问他道：“明珠是不是在等你？”

栖川那木不想欺骗藤原井，但他也不想一一地讲述发生在自己身上的那些遭遇。那些遭遇牵扯着不止明珠一个女孩，每一个人都让他无限感慨！

栖川那木的沉默，让藤原井误以为说错了话。他解释说，是索隆高娃跟我讲的这番话，可是我不相信。再说，我对明珠怎么样，明珠对我怎么样，是我俩的事。我可不是那种因为自己得不到就怨三怨四迁怒别人的人！

藤原井的坦荡和直率栖川那木一开始就觉察到了。所以两个人才能成为朋友。在中国土生土长的日本人藤原井，有着日本人身份的地道中国人栖川那木，两个人从本质上很像。在日本人和中国人的夹缝中生活，同样是两头不讨好的人。对于栖川那木而言还有一层更为尴尬的身份，那就是正统的满族人。“满洲国”的建立无异于俗语所说的认贼作父，每个人都有自己的立场，栖川那木能理解溥仪，但是却难以赞同。

为了缓和气氛，藤原井像突然想起什么一样，从抽屉里拿出一包咖啡，并且说是艾里克从上海回来带给他的。

提到艾里克，栖川那木不禁问道：“他去上海为何没有告诉我一声？”

藤原井觉得莫名其妙，反问道：“为什么要告诉你，你跟他很熟吗？”

“总归要比你跟他熟呀！我原来在上海念书，就是艾里克推荐我去的。”

“学什么？”

“学医。”

“怪不得你长着这样的一双手！一开始看到，我还在心里一直念叨说，男人长这样的手真是罪过……”藤原井将泡好的咖啡递给栖川那木。

“想不到你爱喝这玩意儿……”栖川那木象征性地喝了一口，放到一边，双手上下翻了两番，炉膛里红红的炭火映得他的手骨肉分明。他翻看着自己的手，看起来像是在烘烤五指肉排，自嘲地说道，“现在这双手每天给马动手术。”

“马要天天动手术吗？是给那些在战场上受伤的军马吗？”藤原井津津有味地喝着咖啡不解地问。

“嗯，那只是一少部分。你不知道吗？所有的军马都是被骗过的，明白了？”栖川那木把手放到鼻子旁，有些嫌恶地闻了闻。

“救人的大夫成了骗马的兽医，你是怎么完成这一转变的？不觉得别扭吗？”藤原井对栖川那木越来越好奇。

栖川那木笑着回道：“人在没有选择的时候，对任何事情都不会觉得别扭。说我是救人的大夫，不敢当！但是骗马的兽医却实至名归。艾里克还在生我的气呢，所以去上海见詹姆士都不告诉我……”

栖川那木跟藤原井讲起了自己的童年时光，求学生涯，其中自然少不了讲起了自己的祖父。对藤原井打开部分心扉，栖川那木也卸下了一些属于自己的秘密。

但栖川那木始终没有讲起自己是如何被绑架，如何去了日本。为了岔开话题，他抛出了一个问题，他问藤原井道：“你知道日本历史上为什么没有宦官吗？”

从给马做阉割手术谈到了阉人，藤原井被这个问题给问住了。他确实未曾考虑过，在中国如此风靡的宦官文化，为何没有影响到日本呢？

藤原井愿闻其详，专注地看着栖川那木，等着下文。但栖川那木明显也在等着藤原井的回答。栖川那木认为，藤原井肯定熟悉这个问题，因为日本人中一个著名的学者就曾公开发表过这样的研究性文章。

但看藤原井的神态，是真不知道。

当栖川那木旁敲侧击地提到桑原骘藏时，藤原井露出恍然大悟的表情，但却吃惊地问栖川那木道：“你还真把他的文章当成是研究得出的真理了呀？所谓‘死者为大’，我真不是想说桑原的坏话，可他的文章太偏激，难道说中国的不好，就能证明日本的好？这种宣扬，只能让日本人自己蒙羞。想不到连你都被影响了！”

果然不出栖川那木所料，作为在文化圈任职的藤原井又怎么会不知道桑原和桑原的《东洋史说苑》呢？

就是这个桑原，虽然写的是“东洋史”，但却直言不讳地说，他所说的东洋是狭义的东洋，就是指中国。

《中国人辫发史》《中国人吃人肉风习》《中国人的文弱和保守》《中国的宦官》等等，这一系列标着研究标签的文章，都是在写中国怎么怎么样，中国人怎么怎么样，但这些文章结集出版时却被冠以“东洋史”。

在《中国的宦官》一文中，桑原写道：“中国人是嫉妒心极强的国民。为避免男女嫌疑、慰藉嫉妒心，使唤中性的宦官，或许是顺理成章……独我国自隋唐以来广泛采用中国的制度文物，但唯有宦官制度不拿来，这不能不说实在是好事。英国的斯坦特曾发表论文《中国的宦官》，一语道破：东洋各国如此普通的宦官制度在西洋却不太流行，这完全托基督教的福。然而，我国丝毫不指望宗教的力量，竟然不沾染此一蛮风，岂不更足以自负。我们就此也必须十分感谢我国当时先觉者的思考辨别……”

桑原的《东洋史说苑》不仅得到过日本国内很多学者文人的认可和吹捧，甚至得到过中国人的高评价，而且还是有名的中国人。这其中就包括梁启超和王国维。梁启超评价道:“此书为最晚出之书，颇能包罗诸家之所长……繁简得宜，论断有识。”王国维则评价说:“简而赅，博而要，以视集合无系统之事实者，尚高下得失，识者自能辨之。”

梁启超和王国维的评价高则高矣，但却有着不同。作为维新派代表人物的梁启超，似乎是抱着对国人“哀其不幸怒其不争”的心态做出了“论断有识”的评价，而王国维的一句“识者自能辨之”也充分说明了他对此书并不完全认同的客观看法。

栖川那木感到意外的是，藤原井并不买桑原的账。好像害怕栖川那木受了荼毒与戕害一样，藤原井特地以长者老大哥的身份对他说道:“文人最怕跟政治接轨，所说的多有险恶用意。就算力图公平公正客观，但自家人护着自家人的特定性也会造成文章的偏袒性……桑原一方面批判中国人的国民劣根性，但又大力地褒扬孔子等先秦圣人的伟大思想，你不觉得他自己本身就很矛盾吗？”

栖川那木想也没想就回答道:“不觉得你自己本身也很矛盾吗？桑原所说的并不是无凭无据，你难道没看见中国人是如何面貌？没有尊严，不过是麻木而苟且地活着罢了！”

“虽然我是日本人的后代，但我长在中国，我比你清楚中国，也接触过更多的中国人。龙王有九子，九子九个样，十个手指难齐平。别说中国，世界上哪个国家敢夸口说自己的国民都是一样的好？桑原的价值观只能说是代表了一部分人的想法，往积极的一面想，他这是为了通过揭露中国的阴暗面来鞭笞中国政府前进，往不好听了说，他的价值观世界观是日本被撞开国门之后形成的强盗逻辑，用这些西化的所谓主流价值观来衡量一个历史进程中处于末路的传统民族，并且以揭人短儿的形式大肆宣扬，在我看来，这是小人之姿。桑原推崇孔孟之道的用意也有待考究！”

看着藤原井越说越激动，栖川那木不禁笑起来。

藤原井用手拍了他的头一下，严厉地训斥道:“注意听，严肃点！”

“我是觉得你对桑原有偏见。”栖川那木斟酌着对藤原井下了个结论。

红色的蜡烛燃去了半截，蜡烛芯儿耷拉着，滚热的蜡烛油借着蜡烛周边豁开的一点点缺口涌出来，沿着蜡烛身往下流。栖川那木拿着剪刀，将蜡烛芯儿剪断，又挑了挑，烛火又稳定地燃烧起来。

很奇怪，藤原井并没有反驳栖川那木的话，他思索的表情让人看不出什么异样，只是他自己的脑海里正有两个人在交锋。

“听你这么一说，看来我的想法又要被颠覆了。华夏文明历来为日本人所推崇，但自从打了几仗之后，日本国内支持桑原学说的人很多呢！都以为中国成了落后的番邦，而中国人都是保守麻木野蛮的古代人……”栖川那木进一步借自己的嘴说出日本的普遍情况。

“这就是桑原这些人要达到的目的，很有成效呀！借着研究‘东洋史’的名义丑化了中国和中国人，他们口口声声承认曾经的华夏文明，但却否认文化与文明的传承。从神坛上请下来的是神，可从神坛上拉下来的就是狗屎一摊。中国以前是神，现在就成了狗屎。这就是桑原想向日本人灌输的新观点。”藤原井的话听起来刻薄，但却话糙理不糙。

“想不到，想不到！”栖川那木故意摇着头嘟囔。

“你想不到什么？”

“你有这样的思想和言论，想不到才被罢免！居然情报处处长的位置上待了那么多年！佩服！”

“你这是讽刺挖苦，我听出来了。但单就一点来说，大国始终有小国永远都赶不上的优点！”藤原井看起来冷静了很多。

好比帮着外人打了自家人一顿，反应过来之后又不能说自己错，又不想说自家人是因为错了才该打，只好让自己冷静下来坐到谈判桌上好好分析一番。

“哪一点？”

“包容。”

“按你的逻辑，藏污纳垢也应该算包容的一种吧？”栖川那木摆明了要挑战藤原井的底线，他带着坏笑偷偷地离藤原井远了点，防止万一藤原井一时忍不住跟他动手。

“你成心找打是不是？我跟你说正经的，你偏要跟我对着干！就是因为有你们这些人，还提什么大东亚共荣，就是个屁！”藤原井彻底被栖川那木激怒了。

中国人栖川那木站在日本人的立场上跟藤原井交流着意见，他说桑原有偏见，他自己岂不是也好不到哪里去？

栖川那木看着藤原井，却觉得这个人的脸跟自己的脸融为一体，也同样这样看着自己。在某种意义上来讲，栖川那木从藤原井的身上看到了自己。而藤原井则从栖川那木身上发现了深深埋藏在自己内心中的阴影。

特定的历史时代，造就了很多矛盾扭曲的人。栖川那木是中国人，可他现在是日本人的立场。藤原井是日本人，可他更是中国人。两个人一时间所站立场的不同本身就是一种矛盾。自身的矛盾性促使了栖川那木和藤原井对桑原的偏见都是各不相同的。

实际上，每个人对自己都很难下准确的定论，又何况别人呢？与其说藤原井对桑原有偏见，不如说他对自己也有偏见。栖川那木也是一样，每个人对自己都有偏见。

如果不是这种矛盾纠结和扭曲，历史就无法像拧着的麻花绳一样越拧越结实，越编越远……

说来说去，那么，为何以中国为学习借鉴典范的日本没有把中国的宦官制度引进过去呢？

藤原井否定了桑原鹭藏的说法，自己也没有什么能够说服人的高明见解。倒是栖川那木从兽医学中马的阉割上找到了突破口。他探讨性地说了一句道："可能是日本人的阉割术不行吧？连马都不会骗，又怎么会骗人呢？"

这句话让藤原井笑得岔气。他指着栖川那木说道："你可真是个下流的兽医！"

栖川那木却很认真地解释道："我这是从根本上来回答这个问题，难道你真相信是因为日本女人不嫉妒才不用阉割的吗？"

藤原井一边笑一边回答他道："不嫉妒的女人还叫女人吗？说日本女人不嫉妒才没有宦官这纯属意淫。"

"这就对了。其实，日本古语里没有'去势'一词，《去势术》才写出来多久？去势，说得很通俗，就是把动物的'势'，也就是野性给去掉，最终便于家养和使用的技术，简单说就是畜牧技术。这样的技术发展到一定程度，当然就被应用到宫廷生活中，当权当政者不过是把人当成动物来驯养罢了！好在日本没把这损招学去！"

"中国好的坏的多着呢，你以为日本人什么都能学去呀？"

"你这是典型的护短！"

"就护着了怎么着？"

"……"

传统的阴历年，大年三十之夜，两个男人有争有论从东扯到西，从给马做阉割手术扯到日本为何没有宦官，又从宦官制度延展到中日文人的对抗，看起来似乎没有条理没有目的地漫谈着，真是一幅围炉夜话的美好画卷。

美吗?

也许美的最高境界就是如此。带有三分的淡然，两分不经意的伤感，再加上几分无可奈何的残破，比起花红柳绿莺歌燕舞，这种虽暗流涌动却以平淡示人的画面就构成了无法参透的美。

“国破山河在”的无奈豪情，“恰似一江春水向东流”的意犹未尽，都因为其深藏的残缺而成为美的典范。

过了今夜，这一年的日历就该摘掉，新一年就到了。

四十二

年好过，日子却难熬……

上没有公婆，下没有儿女，又没有丈夫，在索隆高娃的一再劝说下，明珠在大年初一就回了娘家。索隆高娃用不着明珠给做伴，相反觉得她是个累赘。借着明珠不在家，索隆高娃要与藤原井来个了断。

索隆高娃从初一请到了初五，总算把藤原井请到了那家。但还没等她对藤原井使出所有逼供的招法，小山广文带着一队警察闯了进来。韩百济跟在小山广文后面，他极力地掩饰着自己内心的得意，但那副嘴脸却不争气地泄露了一切。

索隆高娃一直看韩百济不顺眼，想起以前韩百济讨好明珠跟自己作对，这次又搅黄了自己跟藤原井如此难逢的约会，满腔怒气真是不打一处来。

索隆高娃本想暴跳如雷地训斥韩百济一顿，准备说出口的一瞬间又把所有的怒火压下去，她觉得明珠不在家，这个时候她应该拿出当家人的威严，于是她刻意地把语气放缓，不理会小山广文，故意把韩百济当作原来的家奴撒火道："韩百济，大年初一你不上门来给我拜年，挨到初五来，又带着这么多人，算什么意思？"

"这个，是这样的，大小姐，前段时间的盗马贼一案经过深入调查，发现那家通贼通匪，所以，警察局要进行例行的搜查和审讯，希望你能深明大义配合一下！"韩百济说话的时候仍旧装出当初那副奴才相，但话里话外的内容可毫不客气。

索隆高娃听到通贼通匪顿时双眉紧挑，凤眼圆睁，红红的嘴唇张开就啐了韩百济一口道："呸！狗嘴里吐不出象牙！通贼通匪？满安东县去打听打听，那家是什么人家？别以为现在只剩下我们姑嫂两个弱女子就随便捡个理由来敲诈，我告诉你，我不怕！证据呢？证人呢？捉贼捉赃，盗马贼都被你们给放了，难不成还要来那家搜赃吗？”

“无凭无据当然不敢，不过证据确凿的话就另当别论！”韩百济的口气硬起来，神态也没有那么恭敬了。

“刚吃完猪肉就跑到那家来拉屎啦？韩百济，你可真够不要脸的！怎么啦？穿上警察的衣服，你也用不着这么得意，什么时候轮得到你跟我要横！”索隆高娃丝毫不给韩百济面子，同时也是说给小山广文听，“把证人和证据都摆到我面前来，要不然就滚！”

韩百济受到了这样的羞辱，正想着怎么把话顶回去，这时看到小山广文皱了皱眉头。韩百济明白主子已经没有耐心了。他赶忙把话拉回来，语气缓和了些道：“大小姐，你用不着这么激动。这事跟你没关系，让当家的明珠出来，她肯定比你更清楚。”

索隆高娃突然想到明珠的六哥海龙，可明珠是嫁出来的女儿，就算海龙的事被翻出来，也轮不到那家当顶锅的，富察家自会出面解决。她思忖了一会儿，也把口气缓和下来问道：“跟我没关系？韩百济，你说话算数吗？广文君，我能相信韩百济的话吗？”

小山广文不屑回答索隆高娃，他冲韩百济吩咐道：“少说废话，让明珠出来就是了。”

“大小姐，你听到了，跟你没关系。”韩百济受到主子的首肯，更加肯定地回复索隆高娃。

藤原井在旁边一直打量着小山广文，本来脸色就很难看。听到索隆高娃居然为求自保而要献出明珠，脸色就更难看。

“跟我没关系的事，我自然不会管。可跟那家有关就是跟我有关！所以，我希望你说清楚，这件事到底是跟明珠有关，还是跟那家有关？到底是那家通贼通匪还是明珠通贼通匪？”索隆高娃的话问得正是关键，这也是她担心的问题。如果跟明珠有关，那就是明珠自己的事，不要牵连她和那家，如果是跟那家有关，那就是跟她有关，她自然不会轻易罢休。

韩百济和小山广文被这句话给问住了。其实，他们找明珠的麻烦最终的目的就是找那家的麻烦，这个索隆高娃可真是个把自我利益看得比什么都重的势利眼儿。

这下，韩百济不敢轻易回答了，看着小山广文。小山广文字斟句酌地回答道：“明珠是那家的当家人，此事如果跟她有关，当然也就跟那家有关。”

“哼！说来说去，那就是跟我有关喽？”索隆高娃摆出一副不好惹的神情，看着藤原井。她觉得这个时候藤原井就算不为她为了明珠也应该出头。可藤原井只是坐在那儿，没有任何举动。

“有没有关系要靠事实说话！搜！”小山广文挥了一下手，强硬地回复道。

韩百济赶忙熟门熟路地带着警察去找明珠。

“你们找也没用！明珠根本不在家！”索隆高娃得意地说道。

“在不在，一会儿就知道了。”小山广文慢悠悠地坐到藤原井对面的椅子上，跷起二郎腿跟索隆高娃斗嘴，眼角的余光扫视着藤原井，带有着挑衅的意思。

藤原井知道明珠不在，心里有底，所以喝着茶不动声色。果然，韩百济带着一队警察垂头丧气地回到中堂，对着小山广文摇了摇头。

小山广文站起身，指着索隆高娃道：“把她带走！”

“你们敢？”索隆高娃大喊，“方才是谁说跟我没关系的？”

两个警察上来欲拧住索隆高娃，被藤原井挡住。

小山广文出其不意地一拳打在藤原井头上，藤原井被打得顿时捂着头部蹲在了地上。

“都是那家的人，抓谁都一样！任何人不得阻碍公务，否则以同党论处！”小山广文摆明了是要生事。

就在小山广文扭回头的一瞬间，冷不防被人连扇了两个嘴巴，等他定睛细看的时候，才发现竟然是明珠。

正在闹哄的众人竟没发现明珠何时出现在门前。

明珠身后站着两名高大威猛的壮汉，索隆高娃认出那是富察家的下人，每次明珠从娘家回来都是由这两个人护送。当下，索隆高娃像看到了救星一样，扑到明珠身边道：“嫂嫂，你可回来了！”

明珠没有理会索隆高娃，对着藤原井施礼道：“藤原君，连累你跟着受辱了。”

藤原井摇摇头，想说什么但却疼得直皱眉。

“小山广文，我是那家的当家人，有什么事尽管跟我说！但你在那家随意殴打贵宾，犯了那家的家规，这两个嘴巴是我赏你的！”明珠的话掷地有声，威严不容侵犯。一时间让那家上下的人顿时觉得吐出了一口恶气。

韩百济凑上来，面对明珠突然有些磕巴地道：“通，通，通……”

小山广文恼恨地推开韩百济，大声喝道："明珠涉嫌通贼通匪，带走！"

藤原井拉过明珠藏到身后，挡住冲过来的警察。

小山广文又要发飙，向藤原井逼过来。

两名壮汉猛然像合体的两扇门一样站在藤原井前面。

明珠呵住道："让开！"

两名壮汉听到命令又迅速分开，恭顺地站在明珠面前。

"你们先退下。涉嫌通贼通匪……"明珠冷笑着好似在玩味这几个字，然后反问道，"既然说是涉嫌，就是还没有定论了？不就是调查吗？我跟你们回去，不过，不许你们再难为那家的客人！龙吟，虎啸，你们两个护送藤原君回去。"

藤原井伸手拉住明珠，看着明珠，眼神复杂无奈中又带有痛苦。如果他还是情报处处长，小山广文岂敢如此放肆？

明珠被小山广文带走，索隆高娃也知道了藤原井已经被罢免的内情，对藤原井的失势和软弱不禁感到失望。藤原井连明珠都不能保护了，还能保护谁呢？

对于索隆高娃来说，本应是高高兴兴过大年的，谁知道竟出了这么闹心的事。实际上，现在的东北三省都跟日本一样实行了新历法，所谓的过大年都是老百姓私下里自己的庆祝。过大年是几千年流传下来的，岂能说改就改？可以吃苦受罪，可以吃糠咽菜，可是年却不能不过。这也是苦难中老百姓唯一的盼头和乐趣。

明珠被带走，让藤原井意识到自己失权失势的无能。他急匆匆地找上了栖川那木的门，向他求救。听了藤原井的叙述，看着他太阳穴上的淤青，栖川那木拳头握得紧紧的，他对藤原井说道："你放心，我一定会让明珠平安回来，少一根汗毛，我就用小山广文的人头来祭奠！"

以往栖川那木给外人的印象是彬彬有礼毫无狂妄之态，所以当藤原井听到栖川那木这样说时，觉得有些意外，甚至觉得这番话带有夸大之嫌。但只要藤原井仔细看看栖川那木此时的目光就会有所发现，这个时候的栖川那木跟往日不同。狮子与老虎在平日吃饱喝足的状态下也并不吓人，一旦露出狰狞的捕食之姿，才会让人战栗！

虽然栖川那木说得如此肯定又坚决，但藤原井不敢把鸡蛋放到同一个筐里，尤其是事关明珠安危的事，他决定多方面运作。

富察家第一时间就知道了此事。海龙跟着抗日联军的队伍一直在钻山沟，家里分给他的田地和家产早就被他变卖后拿去支持革命。因为这个原因，背负上了两个截然不同的名声，一个是败家子，一个是英雄。剩下的五个哥哥，除了大哥留在家里侍奉双亲之外，那四个都在外面，做官的做官，经商的经商。

明珠是富察家唯一的女儿，名如其人，在富察家的地位就是被捧在掌上的“明珠”。但这次被抓进警察局，相较之栖川那木和藤原井等人的紧张，富察家的冷静看起来实在有悖常理。

实际上，富察家几个在外的阿哥都已经知道了此事，也都在调动自己的力量来探究这件事，只是不明白为何日本人突然把矛头对准了无辜的妹妹？为国民党效劳的哥哥，认为是海龙连累了明珠；为共产党效劳的哥哥，则认为是日本人借挟持明珠来逼迫海龙脱离抗日联军为他们所用。猜来猜去都没有猜到，是小山广文要利用明珠来指认栖川那木叛国通敌，叛的是大日本帝国，通的是中国抗日联军！

处于观望状态的富察家，看起来好像很沉得住气，实际上是因为他们心中有数，就算日本人再狂再野再没有人性，也要懂得分寸，什么人该动什么人不该动！这件事，不动声色反而是最好的策略，如果几个哥哥一听风声就涌上去，反而无事也要给说成有事。更何况海龙已经是日本人名单上通缉的有名土匪，他们就更不便于表现得过于紧张积极。

在小山广文眼里，明珠不过是一个小姑娘，以为很好对付。谁知挨了两个嘴巴后他才知道韩百济所说非虚，明珠实在不是一个普通的女人。连续几天提审明珠都一无所获，反而被明珠反驳得无力招架。明珠说，海龙早已跟富察家脱离关系，别说跟那家就是跟我明珠也没有任何关系。再说，栖川那木是日本关东军驻安东县军马防疫厂厂长，一个日本人又怎么会跟我们有过密接触？

小山广文说栖川那木包庇六个盗马贼就是为了在内策应海龙，又拿出栖川那木去那家吃杀猪菜的事来证明他们过往甚密。明珠反问说，栖川那木包庇海龙，跟我有什么关系？跟那家又有什么关系？至于你拿吃猪肉说事，不觉得可笑吗？那家家大业大，上门的乞丐也要吃上三杯热酒，凭什么就不能请尊贵的日本客人呢？说我涉嫌通贼通匪，现在无凭无据，倒想使出敲山震虎的法儿让我自己承认，小山广文，如果换作是你，你会吗？

小山广文被明珠一顿抢白，所幸拿出无赖的嘴脸，直截了当地告诉明珠，管他是栖川那木还是那木，他就是想要置他于死地。你不说也无所谓，我总归会找到他的破绽。那六个盗马贼肯定会招供，到时候你们谁都别想跑！你就乖乖地在这里等着那木进来的那天吧！

明珠突然有种力不从心的感觉，但很快她就镇静下来。她算准了小山广文不能对她怎么样，她只祈求那木能够自保。

接下来的几天内，小山广文接待了两位安东县有头有脸的人物，言辞之间都在询问小山广文喜欢什么，说无论喜欢什么，都有人想要拿来孝敬他。小山广文笑着拒绝说，我想要的谁都拿不来，只能等我自己去取。至于此人的好意，我心领了，你们告诉他，我不会难为一个女人的。

小山广文明白是富察家的人来贿赂他，但那木的脑袋他们拿得来吗？至于明珠，他要把她当作诱饵。这女人不好惹，那就好吃好喝供起来，看他们在外面怎么表演！

六个本应处以死刑的盗马贼再一次把脑袋放到了刀口上。小山广文不能撒在明珠身上的气总得找个出口。这也是他的一个苦肉计。以这些盗马贼引海龙上钩，看那木能不能坐视不理？不管那木理不理，最后只要盗马贼众口一词，那木逃也逃不掉。小山广文想象着当年将那木玩弄于股掌之中的乐趣，觉得现在再要弄那木一次也不错。况且，父亲小山一郎一直担心那木会做出不利于大日本帝国的事，早日锄奸没有坏处。

因为慑于栖川那木的身份，小山广文只能从侧面下手。他不理会父亲小山一郎的警告，还是把栖川那木看作当初的那木，不免显得过于轻敌。

四十三

李迎春被小山广文派去见明珠，要她充当说客劝明珠识时务。韩百济则被小山广文派去整天在暗中调查跟踪栖川那木。这两口子真可谓都被派上了大用场，只是各自的心情截然不同。

李迎春从明珠那里得不到任何消息，但还是要照例去小山广文那里汇报，这种行为连她自己都觉得可耻。相对较李迎春的无功而返，韩百济似乎发现了栖川那木的可疑动作。李迎春从小山广文办公室出来的时候，正赶上韩百济急匆匆地进去。

李迎春突然替自己悲哀起来，不知道是从哪一天哪一步开始的，就走到了今天这条路上。方才明珠问她，你还在恨着那木吗？为什么要替小山广文做事？李迎春一边走一边思索这句话，觉得浑身像爬满了蚂蚁一样，既痒痒又恶心。她哪里还有理由和机会去恨那木啊！自从跟韩百济绑在一起，她离那木就越来越远了。看着韩百济如今的所作所为，李迎春却无法叱责，因为她自己也成了跟韩百济一样的人。

何能尽如人意但求无愧我心。李迎春在明珠家看过栖川那木对她的冷眼和不屑，她忍了，如今听到明珠对她的诘问，她也忍了。除了这些之外，那些难听的话难看的脸色她早就习以为常。她可以不在乎别人对她的误会，可她不能昧着良心做人做事。她自知从韩百济那里得不到任何消息，如果要救明珠，她恐怕只能找那木或者藤原井。想来想去，她还是选择了藤原井。她害怕跟栖川那木见面。恼不得，怨不得，更恨不得，这个男人，成了李迎春心里无法愈合的一道疤。

藤原井刚从奉天回来，不仅白跑了一趟，而且得到一个很窝火的消息。小山一郎居然代替他当上了情报处处长，这下，他们父子一文一武绝妙配合把安东县围了个密不透风。

以东北三省“满洲国”为据点主张向北扩张的皇道派和以全面侵华驱

逐欧美各国对华势力扩张的统制派发生了很严重的派系斗争，虽然大体上都是以侵华为基调，但各自的主战方针南辕北辙，实施手法也大相径庭。所以，藤原井昔日的上司中被贬的被贬，剩下仍在位的都表示不愿插手。有人好意地提醒他，为了一个女人，不值得跟当局发生冲突。

藤原井无功而返，急于到栖川那木那里去打探情况。李迎春只好告诉他说，小山广文就是要对付栖川那木，他们好像已经发现了什么，要栖川那木务必小心注意。明珠在里面还好，小山广文并没有为难她。

韩百济确实抓到了栖川那木的把柄，他发现了栖川那木跟海龙接头的秘密。如果不是身边带的人不够多，他早就带人将他们一同抓起来了。他急急地跑回来告诉小山广文，让他调兵遣将去抓人。

小山广文不相信栖川那木敢明晃晃地跟土匪头子见面。但韩百济赌咒发誓说，那肯定是海龙没错。当时那老太爷的葬礼上，明珠和她的六个哥哥都来了，他记得清清楚楚。虽然几年没见，但海龙的脸他还是不会认错的。

小山广文本想马上派人过去逮捕栖川那木，可突然想到也许这是个陷阱。栖川那木故意跟海龙见面，恐怕在搞什么把戏。他命令韩百济，让他继续跟踪观察，及时回来汇报。他要等栖川那木跟海龙彻底勾结到一起时果断出手，抓着他俩脏兮兮的手腕子，看他们还有什么可说的！

通过审问这些盗马贼，小山广文早就证实了那木与海龙的关系。抓了明珠，终于引逗得他们不能不露出真面目。小山广文得意地说，既然那木敢公然跟土匪勾结，里面肯定埋着大炸弹。上次他包庇盗马贼又安抚了兽医家属，赚了好名声，这次，我要他里外不是人！让安东县人恨他，让土匪恨他，并且揭开他伪装成日本人的真面目！

安东县满城都在贴公审盗马贼的布告。六个盗马贼的画像下标注了姓名和匪名，并且简要罗列了各自曾有过的罪行。以前的旧案被翻出来而且还要公审，一下子就把十几名老师莫名失踪的事件给覆盖起来。

小山一郎破天荒对小山广文赞赏有加，说他终于能够动脑去解决问题了。而且这样一来，免得那些居心叵测的小人揪着教师失踪的事不放。小山广文则笑着说，这是我给父亲大人的高升贺礼，以后，整个安东县风雨云电，还不都归我们控制，这帮贱民被愚弄着也可以混混沌沌地安心去死了！

栖川那木到底要怎么对付小山广文怎么营救明珠，藤原井一点都摸不着头脑。栖川那木出出进进忙着防疫厂的事，每天仍要给马做手术，给见习生做培训，还要亲自关照接见那些牲口贩子。藤原井每次去找栖川那木，他不是在牲口圈里就是在手术台上。正所谓轻诺寡信，当时栖川那木的回答太过于容易而简单了，这让藤原井更加觉得栖川那木最初说的话不靠谱。

藤原井找到小山广文历陈明珠无罪应该马上释放，可小山广文说，有没有罪是我来判定的，你有什么资格来胡闹？再不看清楚形势，小心丢掉的就不是官位，而是你颈上的人头！

跟小山广文交涉无果，藤原井又去找小山一郎。可小山一郎说得很委婉，他说如果是事关文化教育的事，我义不容辞，可事关通匪，就算我能说得上话也不能乱求情呀，安东县的老百姓都看着呢！小山广文如果不能秉公执法，这可是有损大日本帝国威严的事。

藤原井奔走徒劳，去临济寺做佛法交流的时候偶遇了一个刚从日本来到中国的和尚，听他说跟小山广文在日本的时候就是朋友，小山广文肯定能听他的话，不过此事不能按常态处理，恐怕要上下打点。就这样，藤原井将大半的积蓄交给了此和尚。但之后，藤原井就再也没有在临济寺看到过那个和尚，问住持，住持说那就是一个游方的和尚，想找一个落脚的寺庙，被发现他手脚不干净，还没等撵他走，自己就溜了。

藤原井苦笑自己病急乱投医，救不了心爱的女人，不觉神情沮丧。

滚头岭因是安东县有名的行刑场而得名。自从日本人接管了安东县，滚头岭就变得更加名不虚传。为了增加威慑力，公审盗马贼也被安排在了这里，不难看出曾在鬼门关外徘徊了一阵子的这六个人的最终命运。

当时安东县也不乏一批假的抗日联军队伍，他们既没有被日本人招安，也没有形成真的抗日体系，游离在两者之间。为了拉拢队伍，他们按照绿林好汉的义气来约束队员，但因为队伍中的人良莠不齐匪气太重，又屡屡骚扰到老百姓。所以，这六个盗马贼被日本人宣扬成土匪，老百姓一时也真假难辨。

在恐怖的高压之下，人们的思想神经都绷得紧紧的，有了这样一个可以恣意宣泄的机会，只要是腿脚还利落的安东县人都跑去看热闹，当然其中也不乏跟这件事这些人有关系的人去侦察情报。

公审之前，小山广文已经跟这些盗马贼达成协议，只要他们当众供出主谋海龙和栖川那木的相互勾结，就可以免去一死。

韩百济不能理解小山广文，既然想要那木死，还搞这么多名堂干什么，随便在什么地方暗中给他一枪不就解决了？

小山广文笑他没脑子，现在那木是栖川那木，如果被人谋杀了岂不成全他做了为国捐躯式的英雄？而我们本来是为国锄奸难道要背负幕后凶手的骂名吗？

可韩百济害怕那些盗马贼到时改口，他跟小山广文说出这点疑虑的时候，小山广文则满不在乎地叱责他说，你动动脑袋好不好！这些人要是不按照我说的做，就是掉脑袋。有谁明知是死还要包庇别人？

韩百济前怕狼后怕虎，惹得小山广文很不爽。两个人一个锅里吃饭，但却各用各的勺子，当然互相看对方不顺眼。但韩百济再怎么看不惯小山广文也没有用，谁叫他是奴才呢！小山广文随时都可以把他一脚踢开，当权者最不缺的就是听话的狗腿子。少他一个韩百济，更多的韩百济很快就会拥上来。

公审如期进行。小山广文押着六个盗马贼刚到滚头岭，还没来得及将犯人卸车，一名警察骑着自行车抄小道狂追过来。山路颠簸，车轱辘差点磕破。他是来送加急情报的。

栖川那木亲自押送了一批军马送给土匪头子海龙，双方在边门接头。韩百济已经将他们给包围了，请小山广文赶快带人过去增援。

确切来讲，边门是一个标志性的统称。清朝初期，曾在东北地区设有二十多处关卡。从中朝界河鸭绿江往北到盛京（民国时期的奉天），所经第一个卡就是凤凰城边门，因为这个，凤凰城边门被誉为清朝辽东第一门。

这个第一，并不仅仅是因为地理位置上的无有其二，还因为它独特的功能也是其他边门所不具备的。它是清朝时朝鲜进入中国的第一道关卡。

因此，位于这里的车站、乡镇皆以“边门”为名。等到日本人占据了东北后，修筑的安奉火车线路就有边门站，但日本人不叫边门站，而是称为“高丽门站”。韩百济就是在这里发现了栖川那木。

小山广文坚信韩百济的情报无误，认定栖川那木选择边门是为了跟海龙交接，还有一个重要的因素，就是因为这里是富察家的所在地。

曾经居住在凤凰城边门的许多满族家族在清朝时都是望族，做官者众。富察家就是其中之一。

“九·一八事变”之后，以邓铁梅、苗可秀等为首组织的抗日义勇军就是在这里不断地跟日本人周旋，比起不抵抗的东北军，这些“散兵游勇”更让世人为之侧目。

溥仪继续过着因他坚持日满亲善而带来的傀儡帝王生活，也有一些追随他的大臣过着被世人称为汉奸的高官厚禄日子，但并不代表所有的满族人都是如此。在民族意识不断觉醒且越来越清晰的情况下，为了摆脱殖民统治，为了驱赶日本入侵者，大批满族人加入了义勇军队伍，其中不乏代表性人物，海龙就是其中之一。

小山广文想不到栖川那木敢在今天做出这么大的举动，这简直就是公然向他挑战。他吩咐副手在此看守盗马贼，他要亲自上阵抓捕那木，到时将他们一同处死。

小山广文离开后，滚头岭渐渐热闹起来。附近村庄的老百姓最先赶来，之后是十里八村的老百姓。

三月末的安东县，正是乍暖还寒的时候，海上的暖流与山间的寒气不断碰撞，上下交融，一场大雪说下就下。这是安东县普遍的气候现象，因为有黄海和鸭绿江的关系，每年的这个时候都要降下这种看起来纷纷洒洒似乎能淹没一切的雪。但这种雪存不住，落下来很快就化了。因此，整个路上汤汤水水，弄得行人跟泥猴子似的，所以也让人生厌。

老百姓都叽叽喳喳地议论开了，大家七嘴八舌，都当成是等待公审的消遣。

有的说今年开春不愁田里干，好播种，是吉兆；有的说吉兆个屁，每年都要下一场，到底年景咋样谁能说准了？但更多的人则说，早不下晚不下，偏偏赶在小日本儿公审盗马贼的这一天，肯定是小日本儿冤枉好人，老天发怒啊！

人们总是把自己的臆想跟巧合的自然现象结合起来。如果真是老天发怒，就不应该下雪，而应该下刀子，直接刺中那些无耻的入侵者。就像栖川那木和小山广文一样，他们两个如果发怒，肯定不会向对方身上吐唾沫，定会真刀真枪直指对方的命门。

四十四

小山广文与韩百济会合后，带着大队警察冲上站台，将栖川那木和海龙及两车军马团团围住，军马补充部的宫崎日月也在场，但两个人互相不认识。

只在一瞬间，栖川那木居然笑了一笑，很快就板起脸来怒喝道：“什么人？胆敢妨碍军事行动?！”

小山广文气定神闲地走到栖川那木身边，生硬地缴了他腰间挂着的枪，随手扔到地上。

“那木，你还想装到什么时候？扒了你这一身假皮，看你还能骗谁?！韩百济，把海龙给我捆了！”小山广文盯着栖川那木但却狠狠地命令韩百济。

韩百济没有动手，眼神中露出惊恐的表情，他发现一直监视着的打扮成海龙模样的人竟然是小桥。紧跟着，韩百济更加站立不稳，原来他们自以为将栖川那木包围，实际上他们自己也被大批的日军包围了。好像是夹馅一样被夹在栖川那木和日军中间。

站在栖川那木旁边的宫崎日月，更是让韩百济头皮一阵阵发麻，这摆明了不是在跟海龙勾结而是正常的军马运输。可此时，如果去告诉小山广文真相，韩百济觉得会死得更快。他只好站在原地不动，祈求老天开恩。

宫崎日月只要发出命令，这些“满洲国”警察瞬间就会被射杀。走狗就要有走狗的样子，反过来咬主人，下场只能是死。但栖川那木没有表态，宫崎日月只是静观其变。

小山广文看那木并不接茬，反倒强调他妨碍军马交接。不觉火冒三丈，他对那木躲在日本人的保护壳里这种做法简直忍无可忍。本来他是为了激怒那木，反而自己先怒了。他把那木一顿痛斥，说他像缩头乌龟一样躲在日本人的保护壳里，跟土匪头子海龙勾结偷运军马，更是罪上加罪！

“真不知你在说些什么！不要无理取闹！还不快滚?！否则，别怪我不客气！”栖川那木拿出防疫厂厂长的威风怒叱道。

“滚?我想让你给我示范一个看看！那木，非要我把你的老底给揭出来，你才肯乖乖地配合，是不是?让我来讲一讲你们尊敬的防疫厂厂长究竟是个什么东西！大家听着……”小山广文冲外围的日军喊起来，“他根本就不是日本人，几年前……”

小山广文为了说服那些日本兵感情投入地高喊着，把那木如何逃婚，如何被流放，如今又如何改头换面成了日本人添油加醋地描绘了一番。

“这么说，那木能够有今天都是拜你所赐了?那老太爷也是因为你而死?”栖川那木冷静地问道。

小山广文英雄似的挺胸承认道：“这还用问吗?当然是！怎么样，那木，你不承认也不行了吧?！”

栖川那木则面无表情地回答道：“你说的是跟那个倒霉蛋儿那木的陈年旧账，跟我栖川那木又有何关?你现在妨碍军马交接工作，破坏大日本帝国军事行动，罪不可恕！来人，把他的枪给我缴了！”

两名日本兵冲过来就要夺小山广文的枪，小山广文暴怒地嘶吼道：“千万别相信这个栖川那木，他是奸细，是混进来的奸细！我是日本人，我才是日本人！我对天皇忠心耿耿！对大日本帝国忠心耿耿！你们敢动我?！”

小山广文揭露了那木的一切，又表白自己的忠心，但他的这番话根本不起作用。

在日本军马界，栖川那木因为是栖川五马的女婿而被他们另眼相看，尤其是他在军马改良上所做出的理论与实践性的突破，更让他们不敢轻视。还有一批人因为栖川那木是田下五十六的唯一弟子，更是将他奉为兽医界的标杆。

这样的栖川那木也许在日本军界和政府高官的眼里并不出众，但在军马界则是响当当的人物。纵然小山广文说的都是实情，又有谁能去相信他呢?更何况，栖川那木只是在进行正当的军马交接，没有任何证据或者迹象表明他叛国通敌！宫崎日月认识小山一郎，可并不认识小山广文。再说，就算是认识，对于这些经受过严格训练的军人来讲，任何妨碍行动的人都是敌人，格杀勿论！

小山广文见没人听他的，为了逼退过来扭绑他的日本兵，只好鸣枪示威。但紧跟着又传出两声枪响。与此同时，包围着的那些警察们本来就精神紧张，看小山广文开枪，又听到接连的枪响，以为是开战的信号，也都举枪欲射击，但似乎还没扣动扳机，就被外围的日本兵一顿射杀。

混乱很快就过去，“满洲国”警察死的死，伤的伤。雪花不断落在血迹斑斑的尸体上，很快就跟鲜血融为一体，化成大片大片的血水。

栖川那木和小桥似乎对此毫不在意，跟宫崎日月有条不紊地做好交接，逐一地将军马都装上火车目送着火车离开。之后，才反过来处理这些警察。

小山广文身上中了多枪，但都不是立即致命的要害部位。现在，他躺在地上，成了别人案板上的肉，无力抗争只好紧咬牙关双眼盯着栖川那木。他不过冲天开了两枪，却不料引发了这场混乱的枪战！

后来的那两枪是栖川那木连发的，如果想直接杀死小山广文，栖川那木大可以将他一枪毙命。但他觉得那对于小山广文来讲简直就是恩赐。祖父之死对于那木而言是彻骨的恨，他无时无刻不在想着复仇。

尽管如此，栖川那木还是不想让自己的双手再沾染上恶心的血腥。“吹口哨”是他杀死的第一个人，在当时那种不是他死就是己亡的情况下，他没有选择。如今，杀死小山广文只需要一点点技巧。

韩百济的胯骨挨了一枪，撅着屁股努力地站起来混在其他侥幸逃生的警察中间，举着双手表示投降。

栖川那木越过几具尸体，走到小山广文身边，发现他还活着，不禁露出惊讶的神色。他用脚轻轻地踢了踢小山广文，但小山广文一动不动，只是嘴角不断往外冒血沫。

栖川那木早就领悟到生与死的玄妙。等到把所有的气都呼出来，然后不管你甘心不甘心都只得离开。小山广文现在就处于只有出气没有进气的阶段，也就是生与死一线之隔的临界点上。

韩百济撅着屁股看着栖川那木，不觉心惊胆战。他把一幕幕从脑袋中上演了一遍之后，彻底明白了这一切都是预谋！

雪花一片片落到小山广文的脸上，化成血水，小山广文大张着的眼睛终于停留在最后的一瞬，瞳孔中一直映现的栖川那木的脸庞也成了凝固的虚影……

小山广文肯定很不甘心，他本以为会抓住那木，把他押到滚头岭同那些盗马贼一起处斩，谁知却在毫无征兆的猝不及防中丢了性命。

相对较小山广文的轻敌和狂躁，栖川那木可以说是慎重又缜密。每一个环节都被他充分利用。

韩百济确实见过海龙和栖川那木在一起，但那是唯一的一次。海龙找到栖川那木，是因为他认为妹夫成功混进日本人的队伍中，完全可以救出明珠。如果以栖川那木的身份现在有难度，他可以用自己来交换明珠。可栖川那木劝说他，如果他这样乖乖送上门，不仅保不住明珠，整个那家也都跟着完了。还不如陪着他演出戏，他自有打算。

等到这次去押送军马，韩百济看到的海龙，不过是穿着同样衣服身材差不多的小桥罢了。真正的海龙早就带着弟兄混装成老百姓去看公审了，等到小山广文去抓他和栖川那木的时候，他就带着兄弟先是鼓动老百姓燃起反日的情绪，然后趁乱抡刀鸣枪地跟那些“满洲国”警察打起来……

小山广文本以为是他主宰那木的生死大权，却完全没有考虑过自己的生死掌握在谁的手中。

顺风顺水走惯了的人是经不起激流险滩的，而从大风大浪里冲杀出来的人虽然看起来谨小慎微，其实胸中自有乾坤。

猫捉耗子据说总是先逗弄一阵耗子，直到玩够了然后一口咬死吃掉。就怕有些猫玩大了，最后没吃掉耗子，反而被耗子给玩了。小山广文跟栖川那木就是在玩猫捉耗子的游戏，只是最后成了这个样子，实在出乎猫的意料。

韩百济领着剩下的警察回到署里的时候，看到了身上缠得像粽子的副手，剩下半条命的副手告诉他，六个盗马贼被劫走了。这伙人一看就是有备而来，因为大肆煽动，说盗马贼只杀日本人，是抗日英雄，最后老百姓也跟着起哄。公审现场被搅得乱七八糟，所有的警察都被打个半死……

这就更加印证了韩百济的猜测，所有的一切都是栖川那木的阴谋。他想不好该怎样告诉小山一郎这些信息，也无法想象因为小山广文的死小山一郎会如何迁怒于自己。

还没等送信的警察将小山一郎请来，藤原井和多幕勒就上门来要人了。转了一圈，韩百济发现小山广文这次可是输大了。明珠是最后的一张牌，如果再交出去，还有什么砝码？可这个事，他说了不算。他自己的这半个身子还留不留得住都两说，他以急于治疗枪伤为掩护先溜了，剩下的烂摊子就交给小山一郎吧！

小山一郎并没有像韩百济想象的那样发怒，他很冷静地看待了小山广文的死。一般的父亲是不可能有这个定力的。这也就看出小山一郎实在是非常之人。

警察局里乱七八糟，一股难闻的血腥和泥水的土腥混合在一起的气味，令人难以忍受。

盗马贼被劫走，小山广文严重失职。又因为阻拦日本军方军马运输，小山广文死于乱枪之下。小山一郎不得不挺直了腰，把这件事扛起来。明珠不放也得放，小山一郎看着小山广文的尸体，努力把失去亲人的痛苦屏蔽，期望通过理智把这件事的来龙去脉捋顺……

藤原井不知道栖川那木的整个谋划，当然就猜不到为何这次去就能把明珠接出来。等到他后来一点一点从栖川那木嘴里问出一二三四五之后，不觉对栖川那木更加另眼相看。

多幕勒也对这个似真非真似假不假的妹夫改变了看法。当初富察家可是抱着让明珠守一辈子寡才来到那家的，等到栖川那木重又出现的时候，他们对那木身份的转变都有着怀疑的态度。如果从某些满族人借日本人之势恢复大清朝的理念出发，也倒没有什么可怀疑的。可如果从民族大义来讲，那木不是投敌叛国的华夏败类吗？

看来，那木注定要承受投敌叛国这个骂名。当他是那木的人这样说，当他是栖川那木的人也这样说。

栖川那木结束培训回到办公室的时候，被一股浓重的焦煳味儿呛得直咳嗽。小桥蹲在炉子旁边，正在扒拉着余下的灰烬。栖川那木一边洗手一边问小桥在烧什么东西？小桥没有回答。等到栖川那木坐下之后，小桥很严肃地看着他，说有些事情要跟他好好谈谈。

“方才烧的是海龙的衣服，我想你也不希望保留着它。中国有句话说‘身在曹营心在汉’，用来形容现在的你，应该很贴切。为了栖川家，我不得不提醒你，再这么做，你就会彻底没命……”

“谢谢你帮我……”沉默了好久，栖川那木只说了这句话。

“我不是帮你，是不想看到见樱也当寡妇！小山广文是在针对你，但我不希望看到你做损害大日本帝国利益的事情！”

“我跟小山广文之间不涉及国家利害关系。只是复仇。这一点你要理解我！”

“如果我不理解你，会成为你的帮凶吗？”

在这样混乱的漩涡中，每个人都是复杂矛盾的。小桥知道栖川那木跟小山广文的深仇大恨。但小桥同样是日本人，同样要效忠天皇与大日本帝国。栖川那木则撇开了个人身份，只是在强调正义与邪恶之争！

如果抛开个人身份的话，没有了各自背后的立场，是不是斗争就更纯粹些？只是不管是复杂的还是纯粹的，终究都难逃斗争，怎么改头换面也还是难逃本意。

四十五

明珠回到那家，还没来得及洗去在警察局粘上的满身晦气，下人回报说极乐庵的尼姑水镜在门外等候，欲求见夫人一面。

明珠重新梳洗穿戴停当，想了又想总觉得不太对劲。极乐庵她听说过，是建在元宝山上的尼姑庵。但她却从没去过，更不认识什么尼姑水镜。

明朝陶宗仪著《辍耕录》，特地讲了“三姑六婆”。其中三姑者：尼姑、道姑、卦姑也；六婆者：牙婆、媒婆、师婆、虔婆、药婆、稳婆也。

在中国的古体小说中，大凡涉及“三姑六婆”，总是以负面形象居多。《镜花缘》中则特地批出一大段专门讲述其危害。但那是旧时代，妇女不读书不知天下事，整日里只在锅台枕边转悠，精神世界匮乏自然容易受这些能够在市井间游晃的妇女蒙骗。“内言不出于阃，外言不入于阃。”也都是几千年前的旧例。

人在精神空虚没有支柱的时候最容易被邪魔入侵。乱世中那些披着人皮的魔鬼又最易蛊惑人心。

安东县的临济寺本就是日本和尚建的，除此之外，安东县还有宝龙庵、吕祖庙、关岳庙、天后宫、三官庙、火神庙、药王庙、碧霞宫、九灵宫、祖师庙等，当然也包括这座极乐庵。这些统管不同领域的神被供奉在不同的寺庙中，特有的寺庙风格建筑构成了颇具规模的庙宇建筑群。

在长久的文化传承和累积中，人们把虚幻的“天”分拆成各路神仙，然后建造出满足自己设想的寺庙，好用来当作精神和灵魂的寄托。

这些表面上是神或者超能力者的聚居场所，如今都无一例外被日本人进行了直接或间接的渗透式接管。极乐庵自然也不例外。这些宗教性质的能够聚集大众精神的地方，如今也都成了宣扬日本天照大神和天皇神威盖世的最佳场所。

一直谨奉“敬鬼神而远之”的明珠，似乎对寺啊庙啊，什么尼姑和尚道士之流持有特有的偏见。但偏见归偏见，敬还是要有的。

明珠听到是尼姑登门，马上联想到这些三姑六婆的厉害，又想到这些宗教的被曲解和篡改，不免心中惴惴，一时重又绷紧了脑神经出去应对。

等到明珠出来见客的时候，只见那水镜已经跟索隆高娃聊得火热。见了明珠，左右打探，那眼神分明也不是个清心寡欲的出家人。明珠心里当即就产生了反感，脸色也不禁淡了下来。

索隆高娃这次倒识趣地道：“水镜师傅，这就是家嫂。家嫂宅心仁厚，你有什么事就跟她直说，我还有事，就不打扰你们清谈了。”说完，冲明珠眨了眨眼，然后就走了。

听索隆高娃这么一说，明珠以为水镜有可能是来化缘的。只好礼节上跟水镜打招呼，之后坐在那儿喝茶，等水镜主动开口说出要求。

自古以来大家大户都会定期地给当地的寺庙捐些香火钱，所求不外乎是自家的富足有余，那家也不例外。

自从明珠当家之后，她把这笔钱捐给了学校和育婴堂。索隆高娃看不透，连下人们也不理解。烧香拜佛求菩萨，是为了得到保佑。把白花花的大洋给了那些穷鬼白眼狼能换来什么？但明珠是当家人，她有权做出这个决定。

索隆高娃自己每年挥霍的钱也不在少数，只要明珠不难为她，她当然不会主动找明珠的麻烦。下人们也没少得明珠的好处，自然发发牢骚就算了。

明珠不求他们的理解，更何况以他们的品性和修养也理解不了。世人多求保佑，而明珠求的是自己良心的安稳。修身齐家治国平天下。身不修，何来齐家？又更何谈治国平天下？明珠所作所为，不外乎遵守一个修身的原则。

水镜端着茶碗慢条斯理地喝了几口，然后笑着对明珠道：“大小姐倒少有的害羞了。也倒是，毕竟是给她做媒的事。她一个姑娘家哪有脸好意思抻着脖子听呢！今天一见夫人，真是气貌非凡，怪不得能够撑得起这么大的家业。大小姐往日在我面前没少说夫人的好……”

水镜一说起来就收不住嘴，明珠也没有心思插话。就当听说书人讲故事逗趣了。谁知，等到听明白水镜是替何人来提亲之后，明珠当下站起身，直截了当地对水镜道：“师傅不必多言，那家是不会跟日本人结亲的。

不管对方是谁，只要是日本人就没得商量。师傅请回吧！”

水镜料不到明珠竟是如此不通气的人，方才一顿滔滔不绝的演说竟然丝毫没有打动明珠的心，让她顿觉气馁。走家串户，替无数寡妇少女排忧解难占卦撮合，十有九成，居然在这样一个小妮子面前败下阵来。正所谓十有九成，明珠就是那未成的一份。

可以说，明珠是介于新旧女性之间的人。熟读四书五经让她浸淫在古典世界当中，那些古书就给了她最基本的规矩。一听说是极乐庵的尼姑来访，心里马上就设置了数道防线的明珠，不可能被水镜的几句话给忽悠住。作为新女性，明珠毕竟掌管着那家大小生意十数处，并非是窝在家里不谙世事的小女子，当然就更不可能对水镜的阿谀奉承当真进而迷失自我。

最最重要的一条是，水镜是替小山一郎来提亲的。这简直就是痴人说梦。明珠只说跟日本人结亲就免谈，是不想把矛头对准小山一郎而已。这已经够客气了！实际上，她心中有数，如果索隆高娃最终能与藤原井携手，她自然会成人之美。可居然是小山一郎，明珠从心底里升起一股恶心。她突然明白索隆高娃临走时的眨眼一笑了！

明珠不想把事做绝让索隆高娃难做人，于是又吩咐下人道：“给水镜师傅五十大洋，权当那家的香钱。送客！”

水镜领教了明珠的厉害，一改开始的仙姑风范，露出市井泼妇的嘴脸，居然挑拨说，明珠自己做寡妇拉着小姑当垫背的，阻碍小姑出嫁，这是要下十八层地狱的！水镜说完不忘从下人的手中扯过装大洋的包袱，洋洋自得地往外就走。

这是明珠最不能容忍的话，尤其是从一个不请自来的尼姑嘴里说出来，简直让她忍无可忍。明珠追到门口，喊着回了水镜一句道：“如果我这样的人要下十八层地狱，恐怕你得跪在十九层地狱里仰头看我！”

水镜那时已经夹着装着大洋的包袱出了二门。听到明珠喊的话只是不屑地笑了笑，然后大模大样地出了大门下了台阶，走了。

明珠等了索隆高娃一整天，也气了一整天。直到晚饭过后，才看到脸色通红，明显喷出酒气的索隆高娃从外面回来。明珠堵着索隆高娃问她道：“水镜是不是你自己请来的？是不是你想出嫁想疯了，才会同意让小山一郎上门提亲？”

索隆高娃一边走一边把头上的头饰一一拔掉，随手乱扔了一地。基因遗传让索隆高娃有一头略带棕褐色的头发，长长的头发散开来，配合她小麦色的皮肤，灯光下，整个人带有一股妖气。她解开衣襟，喘着粗气，不耐烦又嫌恶地看着明珠，先是吩咐下人去给她沏茶，然后回答道："是，又怎么样？我就是想嫁人想疯了，你又能把我怎么样？明珠，活该你当寡妇，活该那木回来了，也不认你！你也不照照镜子，看看你自己是什么德性，偏偏要拿出长嫂的架儿管着我！以后，别在我眼前装清高装大家闺秀了，你难道不想男人？你难道愿意一辈子就这么独守空房？明珠，半夜睡不着觉的时候，扒开你的心口问问你自己，看看你的心是怎么跟你说的！"

索隆高娃一口气说完，一个劲儿地咽唾沫，脸色更加红。下人的茶迟迟没有送来，索隆高娃不禁大喊大叫道："都死光了，茶呢？茶！"

一看到索隆高娃要跟明珠对战，下人就都跑个精光。哪个下人愿意看主子斗法？谁胜谁败最后都是一片狼藉。

听到索隆高娃大喊，只好战战兢兢把茶送上来。

索隆高娃忙着喝茶解渴，终于闭嘴。

明珠看着索隆高娃的丑态，觉得这真是家门不幸。为什么那家竟然有如此一个人，不讲道理，没有廉耻，简直可以说把人性中的劣根都一一呈现出来。明珠突然觉得有心无力，面对这样的索隆高娃，她真是彻底败了。

"如果你执意要嫁给日本人，我也无法阻拦。只是，为什么你放弃了藤原井？你难道没想过小山一郎是什么样的人吗？"明珠试图求证她实在理解不了的问题。

"住嘴！别再提藤原井！明珠，你也太阴了！当初，你左拦右挡的，现在，知道藤原井被罢了官，什么都不是，你倒同意我跟他在一起了？晚了！晚了！晚了！"索隆高娃一连喊了一串晚了，然后吐出嘴里的茶叶梗。透过丝丝长发，索隆高娃看到明珠脸色苍白，不觉像出尽了心中的恶气一般开心地大笑起来。

"你跟任何人成亲，我都不会再管，但只要是小山一郎，我就不会同意！那家由我说了算，想要越过我跟他成亲，你只能是做梦！"明珠撂下这句话就要回去休息，她实在是太累了。

"你算哪门子那家说了算的？别拿旧时代的那一套来归置我！等人凑齐了，那家就要召开大会，我要跟你分家！听好了，明珠，我要跟你分家！看那家是你的还是我的？！你以为你能得到什么吗？被人喊了几年大人，叫了几声嫂嫂，就真以为是那家的人了！你是天真得过头傻了吧！"

索隆高娃的笑看起来像是醉酒后的傻笑，但却透露着冷冷的撕破脸皮后的满不在乎。

索隆高娃以为这是对明珠最大的抗衡和打击，谁知却见明珠表现出如释重负的表情。明珠一句话都没说，踩过索隆高娃扔到地上的金银头饰回房去睡觉了。明珠想：若果真能够卸下那家的这副担子，她会睡得更香更甜。

“绿水本无忧，因风皱面。青山原不老，为雪白头。”人世间一切自有天道人道，何劳他人忧天？说到底，她明珠不过是本着自己的心来做事，又何必弄得人怨沸腾呢？

姑嫂两个，一个自以为抗争胜利，另一个则认为责任到头。真是各得其所。

小山广文之死一事在小山一郎的周旋和善后下似乎没有引起太高的声浪。这也是他努力追求的结果。否则，日本警察被日本兵乱枪射死的事传得满大街都是，只能让中国人看热闹讲笑话来得更起劲儿。

韩百济没有受到小山一郎的迁怒，反而出乎意料地再次得到了重用。小山一郎的这种收买人心的功力，似乎比当年吴起大将军给屁股长疮的士兵吸脓水还要让韩百济感动。栖川那木让韩百济心有余悸，小山一郎此时的怀柔政策则让他服服帖帖。

李迎春快生了，近期留在家里养胎。韩百济胯骨的枪伤需要静养，但他却每天早出晚归忙个不停。李迎春一再嘱咐韩百济不要乱动，否则会留下残疾。但韩百济不听。因为他忙着暗中帮索隆高娃跟明珠分家，还要忙着操办分家后小山一郎与索隆高娃的亲事，除此之外，还要忙着替小山一郎搜集置栖川那木于死地的证据……

总之，韩百济很忙，忙得胯骨上的枪伤一直没有得到有效的治疗。撅着屁股弓着腰就成了他的标志性姿势，似乎是见人就在弯腰行礼一样。也罢，这也倒符合他的身份，以后用不着伪装成听话的奴才样儿了。只是以前他可以选择恭敬谁作践谁，现在无法直起腰，只好从眼神上弥补这一缺陷。

警察局派来了新局长，工作作风收敛了很多。可能是因为小山广文的死给了他们警惕，警察们的工作变得不那么张扬，开始转入暗中活动，也就是玩儿阴的。韩百济就更加地早出晚归。

四十六

人多好干活，人少好吃饭。这都是老百姓嘴里的常话。韩百济不在家，就只剩李迎春一个人。正所谓一个人吃饱全家不饿。李迎春熬了一锅粥，去屋檐下的酱坛子里捞了些酱菜，洗洗涮涮切成细丝，拍了几瓣大蒜，随手拿过醋瓶子，却发现是空的。

酱菜应该是安东县人每顿饭必不可少的佐餐小菜，家家户户都有最基本的三大缸，即大酱缸、酸菜缸、咸菜缸。人口少的人家就用粗瓷坛子。总之，东北地区因为冬季漫长，对蔬菜的保存能力有限，就只能用腌制的方式来保存蔬菜。

不了解实情的人会问，既然酱缸里就可以腌咸菜，为何还要单独辟出一个咸菜缸呢?

实际上，咸菜缸里的咸菜跟酱腌或盐腌的咸菜有本质的区别。安东县人称之为高丽菜，后人统称为泡菜的就是它。

不仅是安东县如此，整个东北都有这样的饮食习惯。这是民族融合过程中互相影响的结果。

满汉藏回蒙五族共和，是民国初期的政治口号。以“驱除鞑虏还我中华”为口号推翻了封建清王朝不过是借力打鬼，最终期待以“五族共和”来完成华夏的蜕变也似乎显得过于狭隘。

在长久的历史文化渊源中多民族多信仰是无法磨掉的中华烙印。因为多民族多信仰才能够多包容，因为多包容才彰显出华夏之大。

有容乃大的华夏已经在不断拆分又组合的变异中融为了一身新血肉的中国。这是所有华夏儿女公认的事实。

看看家家户户房檐儿下的坛坛罐罐，就能够感受到这种融合后的气息。三大缸里的奥妙也就成了一种彰显民族融合的生动画面。

黄瓜、辣椒、霜打的茄子、胡萝卜、白萝卜、青萝卜、姜不辣……这些菜都是做酱菜的最佳原材料，切成细丝用大蒜和陈醋外加卤虾油一拌，就成了最美味的开胃小菜。

可能是怀孕后胃口改变了的缘故，李迎春近期只喜欢吃这口儿。没有了醋，味道就大不一样。

“杂货刘”家距李迎春家不远。他是沿街叫卖的小贩，白天走街串巷。酱油老陈醋、蜢虾酱虾油、臭豆腐腐乳还有各种调料等都被装在一个小推车上，气运丹田，杂货刘能够一口气把这些名儿全报一遍，末了还会来个回味悠长的“咧”。

想到杂货刘，李迎春突然打了个冷战。她害怕的倒不是杂货刘，而是想到杂货刘就突然想到了他家隔壁住着的张大万，这才让李迎春突然产生这种感觉。

大概是一周前，张大万莫名死在了自家铺子中。据说七窍流血，牙床暴突，全身青紫……反正，据传言那简直就没有个人样儿，跟地狱里拖出来的鬼似的。

这些都是传闻，李迎春没有亲眼所见。但有些事情往往都是因为没有被亲眼证实才会留有无穷无尽的想象空间，再加上被众人添枝加叶地以讹传讹，就更是达到了混淆真相的效果。李迎春也不例外，她也只能靠想象来猜测张大万暴毙的原因，越想思绪越乱，越想越觉得心里发堵。

虽然张大万辱骂过她，但公道说，张大万不能算坏人。他倒买倒卖日本人的画不假，但那是为了谋生。而且，也没有损害过老百姓的权益。他把日本人的画卖给那些附庸风雅的“满洲国”汉奸也是另外一种意义上的爱国。

张大万嘴不好，得罪的人就多。死了，就死了。除了成为话柄和谈资，再无其他。

食欲被这种心情完全破坏掉。李迎春放下醋瓶子，拿起一根咸菜条放进嘴里干嚼着……

韩百济突然推门进来，吓得李迎春一激灵差点碰翻了粥盆。韩百济这一阵子早出晚归，很少在家吃上一顿饭，今天这个时候回来让李迎春觉得好奇。

“你咋这么早就回来了？吓我一跳！正好，去帮我打瓶醋。”李迎春随手拿过醋瓶子递给韩百济。

韩百济白了李迎春一眼，扫了扫饭桌上的那碟咸菜和一盆粥，不耐烦地道："刚回来喘口气，你就有活儿指派我。没空！我吃口东西马上就得走。"

"也没让你买金子买银子，就去打一瓶醋你看你这个样儿！没有醋，这咸菜我都吃不下去！"

"你不会自己去打醋啊？到杂货刘家几步远的路，你是不能走了还是咋的？仗着怀个孩子，还啥活都不能干了呗？吃饭咋不用别人替你吃呢？！"

这已经是韩百济跟李迎春交流的最文雅方式，褪去了当初因得不到而忐忑不安极力伪装的面孔后，俩人的沟通也越来越与寻常夫妻雷同。

李迎春确实饿，确实就想吃这口酸溜溜的拌咸菜，可韩百济居然这么说，噎得她直咽唾沫，最后忍住气道："我不敢去，我害怕张大万……"

"张大万咋了？"一听张大万，韩百济好像被针扎了似的，身子明显一挺。但他瞬间又恢复正常道，"一个死人你怕他干啥！你看你这个胆儿呀！人家杂货刘住在隔壁都不怕，离这么远，你倒怕上了。你还能以后都不路过张大万家门口了啊？"

"听说死得可惨了，闹鬼……"

韩百济突然一拍桌子，大声呵斥道："老娘们儿咋这么碎嘴子呢？！那些乱七八糟的事儿，你少听！有那个闲心做点好吃的，让肚子里的孩子也跟着沾点光，别一天天神道道的，生个孩子精神病，呸呸呸！我这臭嘴，臭嘴！"李迎春提起张大万的死让韩百济不厌其烦，心中本来藏了太多事的他，说起话来也颠三倒四。

李迎春气鼓鼓地抢过韩百济的饭碗随手扔到地上，也大声地吵道："你跟我吼什么吼？平时不回家，回来了就惹我生气！让你去打瓶醋你看你推三阻四的，行行行，我自己去，自己去！张大万也不是我害死的，我害怕个屁，闹鬼也闹不到我头上！"

借着这股气驱散了心中的胆怯，李迎春说完就要走。但她后面说的话触动了韩百济。

韩百济的眼睛明显发出了不一样的亮光，他一把抓住李迎春的胳膊问道："张大万明明是自杀，你这些鬼话都是听谁说的？"

"满大街都在传，张大万是被人给害死的，你却说他是自杀？"

"警察调查的还会有假吗？"

李迎春听了只有冷笑，她也不去打醋了，坐在炕上跟韩百济翻起旧账来。把"满洲国"警察干的坏事统统说了一遍，末了告诉韩百济道："看看你现在走路的这个样子，不就是因为跟着小山广文吃的苦头吗？当时，要不是栖川那木饶了你，你连命都丢了！还帮着日本人做缺德事，小心点儿，报应说来就来！”

“你不也是跟在日本人屁股后面摇尾乞怜吗？有什么资格质问我？说起帮小山一郎干的坏事，你李迎春不比我少！还敢提栖川那木，挺着个大肚子想别的野男人，你也不嫌臊得慌！”

“你少拿这样的歪话来恶心我！我就是贱，找了你这个翻脸不认人的白眼狼！”李迎春说完气得一个劲儿喘气。

“我警告你，李迎春，肚子里怀着的是我的孩子，你要是再想着别的男人，我饶不了你！”

“哼！我想着谁你管得着吗？我就想，我看你能怎么的？！大不了你现在就杀了我，一尸两命！都别活了！”李迎春情绪激动冲到韩百济面前。

“你以为我不敢杀人吗？”韩百济的舌头仿佛堵在喉咙口，每一个字都憋足了劲儿才冒出来，“逼急了，没有我不敢杀的人，别说是你！”

韩百济说完，盯着李迎春看了几眼，最后目光落到肚子上，说出一句冷冰冰恶狠狠的话：“要不是看在你怀了孩子……”

李迎春看到韩百济的眼中冒出恶毒的气泡。她自己也气得要死。胎动越来越明显，似乎在劝慰李迎春不要生气。可强行压抑着这种怒火会憋出内伤来的，李迎春愤怒地端起装着粥的盆，狠狠地摔在地上。

韩百济理也未理，哼了一声就走了。

因为一瓶醋惹出这场口舌，这已经不是寻常夫妻所谓的话不投机半句多了，韩百济跟李迎春已经成了一个锅里吃饭的敌人。

李迎春听得出韩百济话中有话。“逼急了，没有我不敢杀的人……”李迎春猛然想到，张大万难道是韩百济杀的？一时间她的脑海里各种思绪胡乱碰撞。联想到明珠被抓之后小山广文的死，又联想到十几名教师的死，再想到那木救了盗马贼，盗马贼又被人离奇地救走……到如今，如果张大万的离奇死亡真的跟韩百济有关，那么，这一切是不是都跟那木有关系呢？

李迎春感到整个屋子里都充斥着不祥的回音。

自从栖川那木出现，李迎春有过几次跟他接触的机会，但李迎春都刻意地回避了。李迎春不是不知进退不知深浅不知好歹的女人。那木自始至终也没有给过她任何承诺，俩人之间曾经有过的那点少年时期的暧昧也以自己嫁人成了寡妇而告终。

如今，一切看似都已经尘埃落定，但落定的尘埃再被卷起又是另一场大乱。

李迎春对韩百济失望，对这个世道黑白颠倒失望，甚至对自己也失望。

孩子快出生了，李迎春也没来得及缝出几套像样的衣服预备着。一是因为她太忙了，再有就是小时候她娘教的那点针线功夫随着这些年的闲置变得越来越生疏。倒是明珠送了不少小衣服。李迎春把这些小衣服从包袱里拿出来，一件件摆在炕上欣赏，没有吃饭，又生了一场气，胃里和心里同样空得慌。

那木在李迎春的脑子里挥之不去……

大着肚子的孕妇穿着宽松的夹袄，夜风吹歪了松散围着的头巾，自行车的零部件随着颠簸发出零散的杂音。小山一郎那辆破旧的自行车赏给了李迎春，现在李迎春骑着它在夜路上行驶。

早春的泥土被积雪浸润得发出湿喇喇的清香味儿，在夜晚的静谧中显得更加浓厚。借助月亮的清光，李迎春的眼神闪着混沌的光。她头脑不清，只是在凭本能行动，她要去找那木。这股念头执着得让李迎春觉得害怕。

一路上，李迎春千头万绪，有种抓心挠肝的感觉一直困扰着她。如果按照所谓的科学来解释，这是怀孕期的正常生理现象。如果往感性了说，则是每个人对逝去的不可再重来的感情的残存执念。更为确切地说，李迎春害怕那木也在小山一郎和韩百济等人的阴谋下不明不白地消失！

如果回头看，人生处处是三岔口。每走一步都是一个不同的选择。

李迎春在军马防疫厂附近徘徊，想着如何通过日本兵把守的大门时，韩百济已经拿着逮捕令跟栖川那木面对面地进行交涉了。为了防止栖川那木进行反抗，韩百济让小山一郎向新警察局长申请了精兵三十人以防不测。

看清楚逮捕令，栖川那木只说了我去换身衣服就跟你们走。没有任何抵抗，如此的顺利，让韩百济顿时松了一口气。其实，就算他带三百人来，如果栖川那木不配合，也抵抗不了军马防疫厂里的驻兵。

三十名警察组成的队伍名义上押着栖川那木但看起来更像是簇拥着他

出了防疫厂的大门。小桥送到门口，似乎想说什么，但是终究没有开口。栖川那木则轻松地挥了挥手，刚欲上车，却发现了车灯照射着的李迎春。韩百济也在栖川那木的停顿中发现了异样，扭头看到李迎春时，差点被气死！

李迎春撒开车龙头，车子摔在地上，发出零件散落的声音。迎着车灯的照射，李迎春有些颤抖地走了过去。

韩百济撇下栖川那木，近乎暴怒地冲了过去。但还没等他发威，却遭到了李迎春的疯狂撕打和怒骂。这种悲愤的宣泄让在场的人都愣在原地。

车灯打在韩百济和李迎春身上，两个人像是舞台上的主演一样卖力地取悦着观众。韩百济先是闻到了一股血腥味，然后才注意到李迎春下身穿着的二棉裤沁出来的血迹。韩百济被吓住了，李迎春趁势一推，推开了他，自己也趔趄着差点摔倒。这时腹部的疼痛才传到注意力一直集中在跟韩百济斗争的李迎春大脑里。

顿时强烈的疼痛一阵一阵地搅得李迎春再也喊不出声，她紧咬牙关，用手指着韩百济。韩百济爬起来，顾不得别的，欲抱住李迎春带她上车，但却被李迎春狠狠地推开。

“不用你管我，报应来了！”李迎春说完这句话重重地摔倒在地上。倒下的一瞬间，李迎春的眼里似乎闪现出一道奇特的极光，映得她大脑一片空白！

韩百济很快冷静下来，押解着栖川那木上了车，然后吩咐司机快开车，他急着带李迎春赶回城里去抢救。

车子没驶出二里地就爆了胎，韩百济揪住栖川那木的脖领子压着嗓子喝令他，让他回防疫厂开车送李迎春去医院。栖川那木没有拒绝。

爆了胎的破旧敞篷车颠簸着回到了军马防疫厂时，李迎春已经因为失血过多和反复的折腾进入了深度昏迷。生与死的交战，再一次在栖川那木面前上演。这一次，注定了他仍要做选择。

栖川那木告诉韩百济，现在回城里只能看着李迎春和孩子一尸两命。我如果想跑，方才也不会跟你上车。不想看到李迎春死，你现在就听我的。

此时的韩百济除了听话之外，没有任何的主见。他没想到会变成这样的局面。

栖川那木命令助手将李迎春推进了防疫厂的实验室，大门闭合后，隔绝了门外的一切。

生之门死之门，门里门外。

韩百济突然疯狂地向大门撞去，他突然意识到，这个实验室他其实来过，当时他看到躺在手术台上的是濒临死亡的马。现在，他很难想象李迎春躺在手术台上是什么情景。栖川那木已经是兽医这个事实突然一下子击中了韩百济的脑袋，他不觉一阵惶恐。这种惶恐混杂着往日跟李迎春的情感纠葛让他的良知瞬间冒出来。越是这样他就越紧张……

四十七

栖川那木迅速换上手术服，手部消毒。一边做这些准备工作一边吩咐助手进行手术台布置，手术器械消毒。四名助手显然训练有素，但这种训练都是针对给大型马匹做手术的流程。

栖川那木像选择武器的行家一样在准备好的手术器械中挑出适合进行剖腹产手术的工具。

实验室的大门被撞得发出咣咣的响声，栖川那木却丝毫不受影响。

在一旁的助手不安地询问栖川那木道："这是人，您有把握吗？"

栖川那木看了看大门的方向随后把目光落在李迎春的面庞上，没有回答，继续进行手术刀选择。

那木想李迎春的到来，绝对是天意。天意难违，他一定要救她。

这个手术实在是一个挑战。因为栖川那木的解剖学实践都是来自于实验对象：马。给人做手术，这是第一次，恐怕也将是此生的唯一一次。

用大剪刀剪开李迎春的二棉裤时，流出的血还残留着温热。进行了基本的去污消毒后，栖川那木命令助手进行半身局部麻醉。

"不进行全身麻醉吗？如果手术中途醒过来怎么办？"助手问。

"如果进行全身麻醉，就不知道她能不能醒过来了。"栖川那木带着大口罩，两道浓眉下的双眼像聚光灯一样闪亮。

剖腹产手术对于专业妇科大夫来说并不是什么大手术。但李迎春的情况很特殊，孕妇如果疼得死去活来有精力跟大夫跟丈夫发泄的话，应该算是好现象。但现在的李迎春只是静静地躺在手术台上，如果不是胸膛仍旧起伏着，很难相信她还活着。这也是栖川那木为何做出只给她局部麻醉决定的原因。

相对较之下，李迎春的小身材更加映衬得这专门给马设置的手术台是多么的大。仿佛是在空旷的四野上横陈了一具女尸。这让栖川那木的心也跟着荒芜起来。但这个时候，不允许他临阵退缩。

麻醉剂注射完毕，李迎春竟突然睁开了眼睛。仿佛是给石膏像注入了灵魂一样，李迎春的眼神焕发出一种独特的光彩。

李迎春第一时间本能地摸了摸肚子，却发现肚皮裸露着，棉裤也被脱掉，一时间不免羞恁难耐。她想坐起来，却发现双腿沉得厉害。

栖川那木和四个助手都穿着白大褂，戴着口罩，各种各样手术器械摆在旁边。这种场面，让李迎春一时间目瞪口呆。等到栖川那木摘下了口罩，她才稍稍平静下来。

栖川那木告诉李迎春说，刚刚给你注射了麻醉剂，马上要进行手术，希望你相信我。

李迎春本来苍白的毫无血色的脸似乎涌上来一股红潮，面对栖川那木的灼灼目光，她轻轻地歪过头躲避开来，只说了句“一定要救我的孩子”，之后紧紧地闭上双眼，眼泪由眼角滚滚而落。

李迎春在昏迷的时间内把过往遗失的记忆都找了回来……

栖川那木则抛开所有的顾虑和男女间的避嫌，凭着过往的记忆给李迎春做手术……

人，马，大夫，兽医，没有人能分得清楚……

感觉不到疼痛，只听到刀具划开肚皮的声音。栖川那木的刀法是娴熟的。在整个手术过程中，他用专业代替了复杂的所思所想。取出婴儿，缝合伤口。等到这一切都结束时，栖川那木扔掉缝合用的针线，手不由自主地一个劲儿抖动。

空旷的实验室里升腾起不一样的血腥。

杀人和救人有时是同样的手法。

栖川那木急于看一眼孩子，因为婴儿直到现在还没有发出啼哭。但助手对他摇了摇头。手术台上是清洗过后的男婴，肉红色的躯体像顶级玛瑙一样晶莹剔透中又带有凝润，只是没有一丝生机，眼睛闭合着，跟熟睡时不同的是，那是从未张开过的紧闭。

李迎春在手术中途重又陷入昏迷，现在仍没有醒过来。出血止住了，麻醉应该很快就会失效。到时李迎春肯定会因疼痛而醒过来！

栖川那木突然有种害怕的感觉。他没能救活婴儿，虽然助手说取出来之后婴儿就没有心跳，但这个时候讲这些有用吗？

失去了就是失去了。

栖川那木将婴儿用临时准备的纱布包裹起来，放到李迎春身边，然后站在旁边一动不动。他害怕搅起一丁点儿的气息都会扰乱这母子俩的酣眠……

韩百济如愿将栖川那木送进了警察局的监狱，但却同时失去了儿子和李迎春。失去孩子是因为婴儿先天夭折，失去李迎春是因为他被赶出了家门。

“因为醋，全都是因为那瓶醋，我要是给她去打醋就不会成了今天这样了……”韩百济在心里算计来算计去，觉得就是因为醋。

李迎春已经记起了韩百济的种种恶劣，包括当年出卖了那木并且毁了那家。这一切李迎春都想起来了。没有了孩子的维系，李迎春跟韩百济连陌路都算不上，应该是彻彻底底的仇人。李迎春想起了跟那木在大东沟海边的事，也想起了那木被海盗抓走时自己痛彻心扉的疼痛！

孩子没了，李迎春没有掉一滴眼泪。她觉得这是最好的结果。与其生出来受罪，不如早早地回去再投胎。

韩百济不知道李迎春已经恢复了记忆，只当是失去孩子的愤怒。开始他还好言相劝，试图安慰李迎春。并且恨恨地说，肯定是那木在作怪，害死了咱们的孩子。他让李迎春放心，这次不会轻易放过那木的，要他抵命……后来，看李迎春始终不见好，索性说，孩子没了算啥，再生一个不就行了。这句话，让虚弱的李迎春拿起了菜刀。所有的恨在一瞬间爆发，李迎春挥舞着菜刀，刀刀砍向韩百济的要害，这疯狂的举动，吓得韩百济滚爬着逃了。

李迎春的哭声像撕裂了嗓子一样从街这头传到了街那头，可没人理会这惨烈的哀号……

这次被逮捕，栖川那木甚至不知道自己的罪名是什么。他能猜想到的就是小山一郎在报杀子之仇。可能是在北海道被日本军方抓抓放放，又经历过在他人枪下的生生死死，栖川那木对于这次的被逮捕并没有任何的心理波动，显示出常人所不能及的从容。兵来将挡水来土屯，敌不动我不动，敌已动，我仍不动。有了这样的定力，才能用理智的眼光来看清楚战局。

如果栖川那木知道是他写在小山一郎纸质拉门上的《后秋兴》是最根本的诱因，他就会明白小山一郎为了置他于死地做了多少努力。小山广文被杀不过起到了推波助澜的作用而已。

栖川那木曾就着酱油和辣根儿在小山一郎的纸质拉门上留下了一副草书的钱谦益的《后秋兴》，笔力非凡，当时曾让小山一郎很是下不来台。这也是栖川那木留给小山一郎的把柄，让他可以找人高度模仿，然后仿制出一副栖川那木反日反满煽动日满分裂的字。加上栖川那木真实的身份及一系列成长背景，小山一郎认为就算栖川那木不能被处死，也肯定会被扒层皮。至少，他带着的日本人的这张假面肯定会被摘下去，到那时，不管怎么杀死那木都易如反掌！

这就是栖川那木被逮捕的原因。一张反日反满的字画。证据确凿。当然，这只是赝品，是张大万给韩百济做出的高仿。为了这个，张大万已经惨死在家中。造假的事就被永远地带到了另外一个世界。小山一郎决定把所有的后患都一一铲除。

警察局为了表示栖川那木的罪过，将他的真实身份及回到安东县后的所作所为总结成一个罪状交给军方，然后提出共审。警察局的做法看起来公正，不过是让军方没有话说，然后随意处置栖川那木的伎俩。这也是小山一郎从背后运作的结果。

栖川那木能够将计就计借刀杀了小山广文，小山一郎当然也可以靠诬陷造假反手杀了栖川那木。斗争就是这样，虽然不免损兵折将，但能够这样你来我往，至少有一种势均力敌棋逢对手的快感。

栖川那木被捕，同时促进了明珠和索隆高娃的分家大战。

之前水镜和韩百济在中间撮合，已经敲定了小山一郎和索隆高娃的亲事，只等着分家结束就速办喜事。因为分家迟迟不决，没有一分钱嫁妆如何嫁人？索隆高娃为此恨死了明珠！

索隆高娃能够做出这样的决定完全是因为看到藤原井失势后的窘态，当时藤原井连明珠都无法保护，又何谈保护别人呢？这让索隆高娃实在觉得不安。

女人唯一的出路就是嫁人，对于索隆高娃这样的女人来说就更是唯一之中的唯一。嫁给谁自然是大事中的大事。索隆高娃突然想到祖父，而且是带着一种感恩的心情，因为那老太爷从小给她灌输的思想就是如何嫁得好。

最初，水镜跟索隆高娃提出小山一郎这个人选时，她的第一反应是恶心，第二反应还是恶心。年龄大，长得丑，区区一个清汤寡水的校长，除了是日本人这个身份之外，真是毫无可取之处。可是随着事态的变化，小山一郎上位代替了藤原井，这让索隆高娃看到了些许生机。所以她才下定决心跟明珠彻底决裂。

分家说起来容易，但实际分起来还是有难度。那家除了账上的钱还有那么多的实业，这些可不是你一个我一个就分得了的。

别看那家的老人在索隆高娃多花几个大洋上宽容，但在谁更能使生意做下去大家都有饭吃这件事上，还是更倾向于信任明珠。所以，那些实际的负责人当然也在暗中挑来挑去，一多部分人都愿意划归到明珠这边。

索隆高娃奈何不得人心，只能暗自吞下这口气。等到传来栖川那木被逮捕的消息，战局又扭转了，索隆高娃抓住机会正可以威胁明珠。

索隆高娃的威胁可以说既卑鄙又无情。她告诉明珠，如果不想那木在里面受罪死得快，就乖乖地放弃你的那一半。要不然，我就让小山一郎马上给那木点苦头尝尝，你看怎么样？

明珠被这个要求弄得一时愣住了，反应过来之后，她近乎是哭笑不得地问索隆高娃，难道那木不是你哥哥吗？我没去要挟你，你反倒敢要挟我？

“人不为己天诛地灭。宁可我负天下人，不可天下人负我。明珠，你太天真了。你看的那些书，没有写这些吗？跟我争，你配吗？”索隆高娃的这番话字字千钧。

明珠被压得喘不过气来。之所以要跟索隆高娃争，明珠并不是为自己。本想卸下担子一走了之的明珠，想来想去觉得这是懦弱的不负责任。她想起了那木的嘱托，再想想索隆高娃的为人，如果那家落到她手上，被水镜之流撺掇着，真不知道她会干出什么事来！为了那家和她等待的那木，明珠决定跟索隆高娃一争到底。

可如今，那木出事了，生杀大权似乎掌握在小山一郎手中。再看看索隆高娃这薄情寡义的架势，明珠只能无奈地妥协了。

最后的结果是，那家大宅留给明珠，权当名义上的守着那家。那家的一切资产尽皆归索隆高娃所有。但明珠最后咬定只能先交出一半，剩下的一半一定要等到那木出来后再兑现。索隆高娃痛快应承，说只要明珠肯放弃跟她争财产，她肯定会让小山一郎放那木出来。

问罪栖川那木与张罗亲事同时进行，小山一郎可谓称心如意。连安东县人都没有忘记他刚刚死了儿子，可他自己似乎已经把这一切都抛到了身后！

事实上，小山一郎也有他自己难念的经。

小山广文是小山一郎的二儿子。大儿子几年前战死，老婆承受不了打击抑郁而终。如今剩下的独子又死，小山一郎为了子嗣也不能再等了。小山广文的死他也难过，但更多的则是对这个儿子鲁莽不成器的遗憾。

老年再娶，且娶得妆奁丰厚的美娇娘，缓解了丧子之痛又能报复那木，对此，小山一郎甚至有些沾沾自喜。

人心说到底不过是一团肉，但却是人体中蕴含无限能量的主宰。悲伤的时候它可以让人笑，欢喜的时候它可以让人哭……杀人的时候，可能面露慈悲，救人的时候，却显示狰狞……

失去孩子，那木被捕，恢复记忆……一连串的变故让李迎春近乎思想崩溃，她躲在家里见不得人。

背弃了跟那木的生死承诺，李迎春跟韩百济又发展到了今天这步田地。在找回当初跟那木的那段记忆后，让她有种生不如死的纠结。失去记忆后的这段生活，又让她有种脱光了衣服在大街上展览的羞耻感。这复杂的人生百味，在一瞬间侵蚀了她的心。

藤原井四处打探栖川那木的信息，但却一无所获。这次的秘密逮捕并没有给外界留下任何播撒消息的机会。因为栖川那木的特殊身份，还有小山一郎的防备，消息更是被严密封锁。

小山一郎如愿娶了索隆高娃，韩百济在小山一郎身边围前围后，祈求获得提携和重用。

藤原井安慰不了明珠，只好跟明珠一起等待索隆高娃的消息。期待着小山一郎能够听从新婚娇妻的枕边风，从而放过那木一马。

“三朝回门”是指新婚夫妇在结婚第三天回娘家拜见双亲的礼仪。按照中国人的习俗，“三朝回门”时，小山一郎跟索隆高娃双双回到那家大宅。

看着这一对新人，明珠有说不出的嫌恶。如果不是为了那木，她甚至会拒绝小山一郎和索隆高娃登门。那家没有索隆高娃的父母，她自己连哥哥那木都不认，还会认明珠这个虚设的嫂嫂吗？明珠只求舍弃所有家财换来那木的平安！

小山一郎和索隆高娃显然是来谈判的，开门见山提出，只要明珠交出另一半财产的地契房契等，就马上放了那木。明珠说，不是说好了放了那木我立马交出另一半财产吗？

小山一郎则说，这个事也不是我一个人说了算的，不是要上下打点吗？我总不能预先替你花费啊！

明珠最后只得说，口说无凭，立个字据。想不到小山一郎早有准备，直接掏出字据给明珠过目。

明珠救那木心切，只好给了小山一郎和索隆高娃想要的，仅留下了那家大宅。

但很显然，明珠上当受骗了。那木没有被放出来。等她亲自上门去找索隆高娃要说法的时候，却听到索隆高娃笑着问她道：“明珠，亏你识文断字的，那个字据你没看清楚吗？”

听索隆高娃这么一说，明珠掏出字据，仔细看了一遍，没错！但接下来听了索隆高娃的话，明珠就彻底清醒了。

索隆高娃说，字据上写着的是那木，可监狱里关着的是栖川那木，你让我丈夫放谁？不怕告诉你，你若是执意坚持，正好可以给关着的栖川那木验明正身。证明了他是那木，没有了日本军马防疫厂厂长的保护伞罩着，他死得更快！

那家的家产尽皆归索隆高娃，也就是变相地到了小山一郎手中。正如索隆高娃所说，明珠如果拿着这个字据去跟小山一郎争辩，只怕更会伤及到那木……

这实在是太恶毒了，让明珠吞下了黄连还要装作哑巴般不能喊不能说。

四十八

明珠回到家里的时候，看到了面容枯槁的李迎春。两个女人，都变了颜色。因为那木，或许两个人可以试着互相依靠寻找勇气。

李迎春来找明珠，是为了告诉明珠提防韩百济。当年那木如何被海盗抓走，两个人如何在成亲的前一天私奔，李迎春也都原原本本地告诉了明珠。本以为明珠会吃惊会吃醋会一问再问，但明珠只说了句，我都明白了，就再也没有了下文。

综合那木和李迎春的话，明珠已经彻底弄明白了本应是自己成亲的大喜之日到底发生了什么，不觉神志大伤。她陷入了对自己命运的深度探索，来不及去怨天尤人。

李迎春看明珠这种无知无觉的样子，觉得自己自讨没趣，只好站起身告辞。但一只手却突然被明珠一把抓住，明珠的那双眼让李迎春一时呆住了。她很难想象那是一双十七八岁少女的眼睛，本该是清澈明亮的，本该是无忧无虑的，可现在却成了一双深邃的无底渊！

明珠心事飘渺，虽然不知道该跟李迎春说些什么，可这个时候，她希望有个人能够跟她一起来承担。

傍晚的时候，多幕勒在龙吟虎啸两个人的陪伴下来了。他给明珠送来了银票，说那木身在敌营却不惧日本人，是好样的。为了营救那木，这些钱不够随时张口，家里定会全力支持。

明珠则说，若不是被索隆高娃算计，我说什么也不能再收大哥的这份钱。这钱我先收着，总有一日会还给大哥的。

多幕勒则劝慰明珠说，被索隆高娃带走的不算什么，你来那家本也不是图的那些。哥哥为你高兴，你没白来那家，没白白地傻等，终于等回了那木。记着，你不仅仅是在替那木守着那家，你是在替这个世道守着最宝贵的良心……

多幕勒说这些话的时候，李迎春也在场。明珠静静地听，可李迎春却泪流满面。纯净得毫无杂质的明珠，只有她才配有这样的坚守。至于李迎春，无论是那木还是其他的谁，都不需要她来守着什么了！更别说这个世道还有什么需要她坚守的。如果硬要说有的话，无非是让她更自由自在活着的那点信念。

多幕勒的这番话，让李迎春获得了彻底的解放，却囚禁了明珠一生。

第二天早上天还没大亮，那家祖坟的守墓人刘大哥就哭哭咧咧地跑上门来。明珠一时有一种极强烈的不安。果不其然，那老太爷的坟被盗了！

这个消息，仿若炸雷一般震得明珠顿时瘫软在地上……

审讯栖川那木很简单。由三人组成的审问组，首位是军方代表，其次是小山一郎，之后是警察局长。这三个人，除了军方代表是就事论事地来审讯栖川那木外，剩下的那两个只能算是来指认栖川那木的。

小山一郎出示了家里的纸质拉门，上面留有那木的笔迹，虽然是酱油混合辣根所写，颜色已经变淡，但仍能看清楚字体的气势。

警察局长让韩百济出示了一幅栖川那木的字，跟拉门上的字同样笔迹，是一首词。词的内容不消说，是明明白白直抒胸臆的反日反满论调。除此之外，还有大量零零散散的练笔之作，都是栖川那木的笔迹，且内容无一例外都表明了他对日本和“满洲国”政府的仇恨！

看到这里，栖川那木明白了他们的伎俩。但要以此为由治他的罪，他可不怕。

那些拙劣的模仿岂能跟他的笔迹相提并论，他在心里暗笑小山一郎的浅薄。扫到韩百济那龌龊的嘴脸时，栖川那木更是不屑地笑了笑，但这种不屑在此时对小山一郎和韩百济他们来说已经没有任何意义了。

韩百济最后呈上来的是四本厚厚的线装书。放在托盘里，并且用塑料袋密封着，他故意绕到栖川那木前面晃悠了一下才走过去。

栖川那木对它太熟悉了，这仿佛是一道追魂秘籍，映得他顿时神游太虚。但很快他又清醒过来，那家的族谱丢了，难道这是小山一郎伪造的，还是说当初就是小山一郎偷走了那家的族谱呢？

小山一郎迫不及待要让那木尝尝痛苦的滋味。他站起身，盯着那木，然后发问道：“看到这个你还不承认自己是那木吗？这可是为了让你认祖归宗特地从那老太爷的棺材里翻出来的。”

“还真让你费心了，如果真是那家的族谱，也不会在那老太爷的棺材里吧！据我所知，它早就丢了。为了证实我的身份而挖别人家的祖坟，你也不怕鬼上身！”那木如果保住栖川那木的身份，小山一郎光凭那些伪造的字词是无法定他的罪的。所以，他的话绕来绕去还是没有要承认的意思。

“看来，你是不信了。拿给他自己看！”小山一郎命令韩百济将那家的族谱呈到那木面前。

那木的双手被铐着，韩百济打开塑料袋，一股特殊的味道迅速传出来。厚厚的族谱被打开，一行行名字像大树的枝枝杈杈般罗列在一起。韩百济略过其他，最后重点翻到后面几页，这里记载了那老太爷和那木的父亲及那木等人！那木顿时呆了。这果真是那家的族谱！

追随着那老太爷埋于地下的那家族谱再次重见天日。对于那木来说，看到这族谱就仿佛看见了历代的祖先一样。

当初，小山广文偷走了那家的族谱，那老太爷葬礼时小山一郎慑于心中的阴魂将族谱归还作为陪葬。如今，为了让栖川那木承认自己是那木，小山一郎用了在人间最阴损的招儿：刨祖坟！

这混合着墓穴潮湿霉气尸臭的族谱，让那木相信了小山一郎的话。他只需要求证一个问题就可以了，可还没等他先问，小山一郎就直接相告道：“这下你信了吧，当初，你祖父死的时候，可是我送还了这贵重的族谱哦！”

那木彻底地暴怒了。这失态的扭曲的脸孔，这躁动的激怒的姿态，让小山一郎感到称心如意的痛快！

栖川那木的冷静和不屑，都在这一刻褪去，赤裸裸的残酷直逼那木。让他疯狂，让他痛绝，但却无能为力！

“小山一郎，我要杀了你！我不会放过你的！不会放过你！”那木的嘶吼是触动了他底线的狂怒，但这个时候失去冷静，正是小山一郎需要的。

那木被警察死死地压住，动弹不得。

小山一郎近在咫尺，但那木却奈何不得他。两个人对视着，这回轮到小山一郎冷笑和不屑，他站起身，走近那木道：“终于露出你伪装的面孔了。还想杀死我，做梦吧！这些证据，足以让你先死几个回合了！”

小山一郎将这些证据凑到一起，摆在军方代表的面前，只等对那木的宣判。

对这种反日反满的言论，尤其是从有影响力的人物嘴里说出来或留下这种可以四处传播的文学艺术作品，在整个日本人控制的东北就可以被判死罪。

军方代表看着这些证据，目光重点扫在那木的那首词上，似乎被它吸引。小山一郎心中暗笑，这可是他让张大万绞尽脑汁做出来的一首。当初，张大万在临济寺赏樱花时露了一手，让小山一郎颇为欣赏。能有如此诗词功力，非一般人所能及，用来诬陷那木也算抬举他！

虽然小山一郎和警察局长也算是审讯人之一，但真正的决定权还是掌握在军方手里。军方代表不发言，就无法给那木定罪。

"不管写的是什么，都跟我没有关系！这肯定是有人为了陷害我而伪造的！不错，我是那木，也是栖川那木，这不过是一个名字而已。如果不能证明这是我写的，休想给我定罪！至于你，小山一郎，刨那家祖坟，这笔账，人神共愤！"

那木在短时间内冷静下来，他不能认输！他要跟小山一郎斗争到底，看谁才是赢家！

也许是那木的这番话起了作用，也许是军方代表另有他图，那木又被押下去。没有定罪，只是说择日再审。

小山一郎对此很不满意，他给军方代表施压，说那木是混进大日本帝国中的满狗，没有理智，见人就咬。我的儿子小山广文就是死在他的算计之下。而且，他包庇盗马贼跟共匪勾结，这样的人为何不立地处决？

军方代表听了，思索了一会儿，又看了看那四本厚厚的族谱，略有嫌恶地警告小山一郎，栖川那木是否有罪，光看你出示的这些证据实在太牵强。刨祖坟的行为如果属实，只能说你太绝了。还有，我要找人来验证这些字词是否是栖川那木所作。这需要鉴定，光靠肉眼能看得清吗？栖川那木在军马防疫厂这个岗位上无失无过，莫不是真如他自己所说被人诬陷？

小山一郎则辩解道，要被定罪的人有几个不说自己是冤枉的？垂死挣扎罢了！那幅字上写的词还不够明显吗？那是明明白白的反动之词，恐怕三岁孩子听了也明白什么意思。可不能因为他在为军方工作就有所偏袒啊！

军方代表则反驳小山一郎，你说三岁孩子都能明白什么意思，那没有明白的人是不是连三岁孩子都不如了呢？你觉得以栖川那木的智商会把这样明显的反动之心表露给他人吗？要实现大东亚共荣，自己人之间先内斗可不行！

这句话让小山一郎不免一惊。军方代表就是代表军方，他既然如此说，看来对栖川那木是有所包庇了！小山一郎心里真是太不是滋味了……

所有证据被军方代表一并带走，择日再审只能是夜长梦多。小山一郎决定趁热打铁。好在那木仍被关在警察局，要下手比较容易。

小山一郎如果想直接杀死那木，现在是个好机会。可想到小山广文的惨死，小山一郎跟当初那木的想法是一样的，一枪毙命对于敌人来说是仁慈的。他必须把这种痛苦同样倾泻到那木身上，然后让那木的心灵饱受折磨之后死去，这样，小山一郎心里才会觉得舒坦。多么贪婪险恶又复杂的人心啊！

小山广文因为轻敌，命丧乱枪之下。小山一郎因为错误地估计了栖川那木这个兽医在日本军方中的重要性，而大意失机会。为了弥补这些，小山一郎终于要跟那木面对面地交战。

小山一郎把当初是如何算计那家，算计那老太爷的事都和盘托出，并且指着韩百济告诉那木说，李迎春失忆后就跟了你的仆人，想不到你还好心地替她接生，男人若都像你这样，真是伟大啊！还有，你可能还不知道吧，我已经娶了索隆高娃，明珠为了祝贺，把那家所有的家产都当作了嫁妆……

小山一郎嘴角分别冒出一点白沫，随着话越说越快，嘴唇张张合合，像缺水状态的螃蟹在吐泡一样。他所说的这些事情，唯一能够再次触动那木的应该就算是李迎春失忆这件事了。怪不得从他回来第一次见李迎春，就觉得她怪怪的。除此之外，小山一郎口中的这些缺德至极的事早就已经不能让那木痛苦崩溃了，否则他就白白经历过那些生死场。

“除了像个女人一样在这里嚼些陈芝麻烂谷子，你还能说点别的吗？”那木打断小山一郎的话头，像是唠家常一样反问道。

面对这样似乎刀枪不入的那木，小山一郎终于掏出了手枪。

那木脸色陡变，怒喝道：“你敢！”

“哼！去死吧！”小山一郎说完就要扣动扳机。

突然，监狱的大门被打开，警察局长带着人匆匆闯进来，趴在小山一郎耳朵边嘀嘀咕咕地说了些什么。小山一郎挣脱开，还想枪杀那木，但却被警察局长死死地拦住。

两名警察打开关押那木的门，将那木放出来。就在那木刚一出门的当口，小山一郎突然开了冷枪，正中那木的右手臂。

那木捂着伤口，打量着小山一郎。灯光下，小山一郎的脸闪出油亮的光彩，像是传说中为了显富而故意用猪皮涂上的油。脸上的咬肌因为愤怒弹动得非常明显。举枪的手颤抖着，却不敢再次扣动扳机。

那木禁不住哈哈大笑。这笑泄尽了心中的愤怒。只要还有口气在，谁胜谁负就很难定。

草草包扎了一下，那木就被拉去接受审讯。这次，多了一个审讯人。看清楚此人的脸时，那木笑了。小山一郎更是不解，觉得那木真是个怪物！

那木之所以笑，是因为此人正是片岗深春。也就是所谓军方代表请来的权威，来验证这些笔迹是真是假，还有那首词的反动意味够不够浓。

小山一郎等人自然以为片岗是验明字画的专家，但实际上，身处关系网最中央的片岗，是收到了关于那木反叛信息的报告特地赶来的。那木是他一手造就的，对于那木的所作所为，无论是好的还是坏的，他都要负全责。况且，以那木如今的身份地位，军方为慎重起见特地逐级上报，片岗获悉此事也就理所当然。

片岗还带来了一位好助手，但今天的审讯，她不适合参加，是需要回避的。但在她一再承诺不干扰审讯的情况下，才得以女扮男装作为片岗的助手坐在不显眼的旁听席上，她就是见樱。

当见樱看到那木伤了的右手臂时，心头不禁一紧。一年没见，那木又一次处在生死关头。这个男人，在几次三番的生死关头，都需要见樱来见证！

见樱缓下心来，静静地看。

四十九

当着小山一郎的面，军方代表将那些证据一一展示给片岗看：

我是安东那家郎，
天地不敢比疏狂。
曾中日鬼暗中箭，
累得祖父含冤亡。

关东驹，满洲蟒，
几时褪下伪新装？
绿江两畔激流荡，
且唤华夏莫醉亡。

鹧鸪天·江边怀憾　民国二十三年春

片岗当众将这首词念了出来，抑扬顿挫。众人听后都看向那木，那木则直盯盯地看着片岗。片岗放下这首词，又翻看了其他的一些零散的字词，似乎是练笔之作，没有完整的。最后，片岗将这首《鹧鸪天》跟纸质拉门上的笔迹对照着看了又看。

小山一郎一直关注着片岗，假的毕竟是假的，说不定内行真能看出来。这个时候，他倒是有些担心了。但以他自己在书法方面的造诣，他觉得张大万的模仿很厉害，应该没有问题。小山一郎偷眼瞄一瞄那木，见那木目光发亮，似乎胸有成竹无所畏惧的样子，这让他很是不甘心。除了让那木死，小山一郎更希望看到那木脱下伪装后的狼狈相。

可这次，真正狼狈的是在场审讯的人。那木用独特的表达方式让这些人既无法给他定罪，又深深感受到文化精神传承力量的无法抗拒！

小山一郎以为伤了那木的右臂就可以阻止那木当场挥毫，却没料到那木可以双手写字，左右两手都是从小练出来的童子功，根本分不出差别。

那木写了一遍这首《鹧鸪天》，比起张大万那张赝品更接近于纸质拉门上的笔锋。这让小山一郎懊悔不迭，恨自己当初少开了一枪。

诬陷他的人可以模仿他的字，但是却无法模仿他的才情和思想。像张大万之流，在韩百济的授意之下，只能从表面上揣度那木，极尽诬陷之能事，心不正又何能做出真正忧国忧民的词呢？不管张大万是迫于压力还是受到诱惑，总之他不管人间正义做出来那样一首粗俗露骨的反动之言，最后非但没有自保反而落得个被小山一郎杀人灭口。

那木打定了主意要让在座的人看清楚，他是何样的心胸。这是他绝地求生反败为胜的机会。几次死里逃生的实战经验，让他甚至产生了莫名的急于挑战的快感。也许还因为面对的人是片岗，让那木想起了自己在死亡之前的一瞬间感到的羞耻与无助。这些，都促成了那木的高度应急系统瞬间开启！

一气呵成，那木挥笔写了一首七言律诗。因为右臂的枪伤，再加上精神的高度集中，写完之后，手笔相连似乎无法分开。

莫为危时遍怆神，前程往往有期因。
须知海岳归明主，未必乾坤陷吉人。
道德几时曾去世，舟车何处不通津。
但教方寸无诸恶，狼虎丛中也立身。

那木的书法因为融合了他的感情在内，所以显得比平日更为有力，通过笔墨将自身的意念牢牢地印记在宣纸上。

这首七言律诗，已经将那木的立场表明清晰，正所谓“海岳归明主”，那木虽然在为日本人做事，但他可并不认为日本人就是中华的主宰。日本也好，“满洲国”也好，在那木眼里，都不过是狼虎，而自己不过是想在险恶之中立身而已。

如此一来，真所谓高下立见。那首仿造的《鹧鸪天》，马上就失去了光彩。随后，那木承认了自己是安东县的那木，也表明了自己对日本对“满洲国”的态度。

“‘见与师齐，减师半德，见过于师，方堪传授。’这是百丈禅师所说，大家都知道是什么意思。引用这句话，是为了方便打一个比方……”那木说着，停顿了下来，在别人看来只是轻轻的一顿，但是在那木的脑海中已经是火花四射激烈碰撞。下面的话，是生与死的赌注。对于那木而言，不下也得下，没得选择！

“日本与中华，就是学生与师祖，儿子与祖宗的关系！”

此话一出，众人皆哗然。这狂妄自大的言论就足可以将那木就地处死。

那木的话斩钉截铁掷地有声。面对片岗，求饶只能是死得更快。那木在此话出口的前一秒已经清清楚楚想明白了怎样做出对决。

“因为无法超越，就只好惦记着师祖和祖宗手里的那点遗产，想尽办法去争去抢，为此不择手段。血腥厮杀，精神高压，武力与文化渗透双重侵略，但却仍然无法达到理想的目的。而这一切的恶果终究要日本自己品尝。最终，日本也必会为这种疯狂的执念付出代价！如果真正做到了超越，就不会执着于跟中华过不去，跟世界过不去，不应该以高姿态来影响带动落后于自己的中华乃至世界吗？！安东县十几名教师无辜惨死，整个东北三省会有多少？以为不让老百姓提中国、中华就能阻止他们内心这样说吗？防民之口甚于防川！所有一切都只能是徒劳！”

那木的话逐渐变得咄咄逼人。这是他的立场，也是他要让在座的人明白的一个道理。这个时候，他已经无所畏惧。他需要把这种思想传播出去。能有这个机会，真要感谢小山一郎。

“无法超越？你怎么会这么认为？这简直就是睁眼说瞎话！中日军事实力对比已经摆在世界面前，能够不费吹灰之力拿下东北三省已经说明了这一点。经济、文化，哪一项日本没有超越中国？”小山一郎禁不住冲那木喊道。

“物必先腐而后虫生。亡中国者中国也。拿下东北三省是因为日军实力强大吗？是因为根本没有遇到抵抗！再说经济，把整个日本都卖了，又能值几个大洋，够不够整个中国的三分之一？依托满铁这条生命线从东北三省源源不绝运回去多少宝贵资源无从统计，但就安东县来说，一个小小的轻金属株式会社的铝产量就可以匹敌整个日本的产量！日本经济的飞跃，依托的基础不正是这些吗？！至于文化，从始至终，日本一直想继承华夏文明的衣钵，为此不是还在宣称自己是华夏正统吗？如果不是强烈的民族自卑感在作祟，日本何以急着露出这种侵略的恶形恶状？！”

在那木陈述的过程中，所有的人都被这大胆的言论震惊得说不出话，开始的哗然变成了死寂！

见樱紧张得双手紧紧握在一起。那木离开北海道的这一年里，见樱慢慢见识了片岗的残酷。那木说的没有错，可假话如果不能够说到让自己沉迷不悟的境界，又何以去说服他人呢？揭露了这些，那木恐怕难逃此劫。见樱打定主意，如果片岗执意要处死那木的话，她不可能坐视不理。放弃一切，带着那木回北海道，做一名普通的兽医聊度余生，这样总该可以吧？这是见樱最后能为那木做的。

片岗显然被那木的直言堵住了嘴。这些道理，可能在他的心里也曾反复出现过。

“大东亚共荣不就是一个虚幻的口号吗？所谓日满一心同体不就是一个幌子吗？拍拍自己的胸口，问问自己，是不是心中也这样想的，只不过没有像我这样说出来呢？假话说到让自己沉迷不悟的境界，也着实让人佩服！”

道理向来都是正反两面的，那木说完了那面又转向了这面。在演说的过程中，他的目光一直与片岗对视。但从片岗的目光中，却看不到任何波动。那木了解片岗，知道他不会轻易放过自己。

片岗眨了眨眼，走到那木身边，用手拍了拍那木的肩膀。他人以为这是片岗在示好那木，其实，只有那木能够感受到片岗手上传递的力量！

“看来，你还是没变。难道忘记了我给你的机会只有一次吗？”

“一直都不敢忘怀。”

“为什么还要这么做？”

“你看到的，那是有人诬陷我。如果我有反动之心，就不会暗地里写那样的词给自己留下把柄。”

“可你却公然嘲笑大日本帝国的宏愿！”

“原是心中想即为愿，大日本帝国明晃晃的是野心和行动。千万不要把嘲笑行动和嘲笑愿望混为一谈。”

“你还是那么天真。就凭你一个兽医凭什么嘲笑大日本帝国的行动？难不成你还想指导天皇的思想和行动吗？”

“指导就谈不上，你口中的嘲笑于我也不过是发发牢骚而已。整个东北的情况，你应该比我更清楚，况且，对日本当局持反对意见的可不仅仅是中国人！”

“耍嘴皮子是你最擅长的，诡辩起来谁也比你不及。不过，你最怕的是什么，我比你还清楚！”

片岗说完下令销毁那些用来给那木定罪的证据。看到那厚厚的四本族谱时，片岗笑了，眼神中闪过一丝狡黠。那木这时才注意到旁听席上坐着的见樱。

虽然穿着男装，但见樱秀气的脸庞是掩盖不了的。那木的心骤然弹动。

见樱将族谱收起来，不动声色地跟着片岗离开。军方代表则下令将那木带走。

小山一郎摸不清楚底细，不敢随便乱发作，只得听之任之，以观后效……

第二天，伴随着樱花的飘飘洒洒，广播在安东县持续了整整一天。电波发散到每一个角落，将溥仪的《回銮训民诏书》昭告他自认为的“满洲国”臣民。

> 朕自登基以来，亟思躬访日本皇室，修睦联欢，以伸积慕。今次东渡，宿愿克遂。日本皇室，恳切相待，备极优隆，其臣民热诚迎送，亦无不殚竭礼敬。衷怀铭刻，殊不能忘。深维我国建立，以达今兹，皆赖友邦之仗义尽力，以奠丕基。兹幸致诚佃，复加意观察，知其政本所立，在乎仁爱，教本所重，在乎忠孝；民心之尊君亲上，如天如地，莫不忠勇奉公，诚意为国，故能安内攘外，讲信恤邻，以维持万世一系之皇统。朕今躬接其上下，咸以至诚相结，气同道合，依赖不渝。朕与日本天皇陛下，精神如一体。尔众庶等，更当仰体此意，与友邦一心一德，以奠定两国永久之基础，发扬东方道德之真义。则大局和平，人类福祉，必可致也。凡我臣民，务遵朕旨，以垂万口。钦此！

据说，溥仪让人草拟的训民诏书并没有“朕与日本天皇陛下，精神如一体。尔众庶等，更当仰体此意，与友邦一心一德，以奠定两国永久之基础，发扬东方道德之真义”。此句，是明治天皇口授溥仪才加上去的。

总之，那木在这种电波的起伏中再次得到了赦免。

等小山一郎知道这个消息的时候，恨得面目扭曲。他开枪打伤栖川那木的事足以让他受到惩罚，但总务厅的领导跟小山一郎同样都是狂热的军国主义推崇者，他压下了对小山一郎的处罚，只是转达了上峰的警告:“为大日本帝国尽忠更要顾及大日本帝国的脸面，不管是刨谁的祖坟，都是一种让人唾弃不齿的行为！”

小山一郎心存侥幸诺诺称是。

那老太爷的坟得以重新修葺，族谱得以重见天日，那木也得以恢复真正的自己。

那木、见樱、明珠，三个人在那老太爷的坟前相聚，这是对那家列祖列宗的敬意，也是对那老太爷的一个交代。只是，晚了几年罢了。

那木的那首七言律诗，并非他自己所作。当时的紧急情况下，他只好借用了一名古人的《偶作》。

此人就是唐末五代十国时的冯道。当时，五胡闹中华，乱了一百多年。冯道在这样的乱世中，曾事四姓，相六帝，为相二十多年。可以说，此人为那些有气节的文人墨客所不待见。

气节自然指民族气节。抛开这个来讲，冯道如果不能有其独特的为官为人的品性，那么，就不可能谁当政都来找他当宰相了。

今天的那木和那时的冯道不是身处同样的处境吗？向谁效忠，为谁服务，这些都不是脆弱的个人所能决定的，但修身养德则完全可以做到。那木向片岗传达了自己的立场，并非像众人从表面上理解的是激烈对抗。他想告诉片岗的是，无论我是那木还是栖川那木，无论我在做什么，都会遵从天道，这也是他内心深处用来说服自己的道理。

片岗并非一开始就要放了那木。当他听完那木讲述跟小山一郎的恩怨，又得知小山一郎居然刨祖坟挖出那家的族谱时，对那木已经带有了三分同情。当他听明白那木讲解的冯道之后，他就更理解了那木。

要不是因为这首诗，要不是因为那木将自己与冯道进行了代入式的对比讲解，片岗这次很难放过他。

终究还有一点，就是那木还有不可或缺的利用价值。留下见樱当眼线，片岗自然不怕那木捣鬼。

五十

在那家大宅，明珠做东，李迎春作陪，宴请了那木与见樱。

复杂的情感纠葛，乱世中的恩怨情仇，都被稀释在时代的洪流中。

犹如这一桌满汉全席一样，相互辉映的同时也互相争奇斗艳。只能凭吃的人来判断好坏。

如今，那木的真实身份得以大白于安东县，正是回归那家，重振那家的大好时机。明珠一直守着那家，不就是在等待这一天吗？所以，明珠的这次宴请，也可以说是为了欢迎那木回来的接风宴。

明珠是那家的女主人，自然以女主人的姿态来招呼客人。但在她心中，那木又岂能算是客人呢？连带着跟那木有夫妻之名又有夫妻之实的见樱，在明珠心里都被划分为那家的人。李迎春呢？如果把她当作外人，明珠就不可能让她来作陪。自从得知了李迎春跟那木过往的那一段，明珠就把李迎春也看作了跟那家有着深厚关系的人。

李迎春把这次跟那木的会面当成是诀别，是跟那木真正彻底的决裂。否则，她就没有勇气面对这三个人。明珠是那木明媒正娶的妻，见樱也是。想到明珠承诺不会告诉那木关于她失忆的事，李迎春得到某种解脱。她很庆幸那木不知道，这样就会一直把她当作背信弃义水性杨花的女人。李迎春宁可那木带着对她的怨怒也不愿接受那木的怜悯。只是，那木已经知道了。

见樱在陪伴那木去祭祖的时候，就知道了明珠的存在。想不到赴宴时又看到了李迎春。一时间，心里的滋味可想而知。那木回来的这一年中，贤妻旧情人左拥右抱的场面在见樱的脑海中慢慢地一波一波卷起了波浪。想到母亲凌子不止一次说过父亲的事，在这样的时刻，一股脑都涌上了见樱的心，紧跟着就变了脸色……

那木呢？那木是男人。爱他的，他爱的……期望，失望，愧疚，补偿……种种想法都有。

明珠的爱是等待，李迎春的爱是失忆后凄惨的遭遇，见樱的爱是生死关头的相随相伴，这些，对于那木来说，都重要！

这次宴请，是四个人人生的分水岭。界定了彼此的距离，划分了各自的生活范围，也决定了每个人的不一样发展方向。

如果人心也能够这样被界定的话，就没有了种种人世上的阴差阳错悲欢离合。

明珠注定要继续等待，李迎春狠心斩断了情缘，见樱则陷入复杂的情感漩涡。那木想起当初生死存亡之际对见樱一生一世的诺言，但在面对明珠和李迎春的此时此刻，心里却产生了动摇。有那么一瞬间，那木甚至产生出一种对爱情和温暖的强烈渴望。渴望得到，也渴望付出。

这就是无法界定的人心。

那木从小山一郎设的局中暂时抽身出来，只不过是一个开始。在经过了这一系列的磨难稍稍安定下来之后，他本该获得些许安慰。但绝不是三妻四妾的温柔乡。这只能是他一瞬间的天真幻想。等待他的除了小山一郎的步步紧逼，还有日本侵华步履加快带来的心灵炼狱……

从生出来开始，被注入了灵魂的人们就要饱受思想的折磨。大慈大悲、大恩大怨、大是大非，这些留给伟人和圣人的人生历练在平凡人的世界中被小小的邪恶嫉妒、微不足道的无耻心愿、肮脏扭曲的执念所代替。无以如此不能成其包罗万象的人间地狱！

那木在军马防疫厂的工作越来越繁忙，业务已经不仅仅限于东北三省境内。跟在北海道一样，那木又不可避免地搅和进赛马育种领域。一些大型赛马俱乐部的老板慕名而来，提出优厚的条件让那木把更多的精力放到马匹育种改良上，大家一致认为军马始终是低级的需求。

那木不可能再犯当初的错误，他除了婉拒之外，只能在尽可能的范围内做出尝试。

通过这一点，那木也看清了，无论什么世道，总得需要一名普通兽医的存在。无论战火怎样蔓延，寻欢作乐大冒险仍是人世上的常态，也可以说，这就是发起战争的初衷。

那家的一切都成了索隆高娃的嫁妆，军马防疫厂管辖下的兽医技校也面临着占地问题。索隆高娃提出，只要让韩百济来担任校长，这块地仍旧无偿提供给军马防疫厂。索隆高娃的意见也就是小山一郎的意见，他需要韩百济这样的人为他当开路先锋。

公事公办，那木同意了。对索隆高娃，那木既不想抱怨也不想责怪。为了活着，为了活得更好，无数七尺男儿都弯腰驼背，何以苛责一个肩不能担担手不能提篮的大小姐呢？

小山日文学校发展得更快，像李迎春这样资历够深的人已经可以被派到中国人的学校去当校长了。当小山一郎把任命传达给李迎春时，李迎春差一点喜极而泣。一个卑微的剃头匠的女儿，能够走到今天这一步，实在是太难太不容易了。

白天，李迎春是刻板严肃的小学校长，晚上，李迎春是放浪形骸的风骚寡妇，两种灵魂寄居在同一个躯体内。看起来矛盾，但又无比的协调。没人能拯救李迎春，因为每个人都忙着拯救自己。

韩百济与李迎春在事业上可以说是齐头并进，但两个人的关系却再也无法回到某一特定的状态。孩子没了，李迎春又从噩梦中醒来，她对韩百济剩下的只有恨。可韩百济仍旧以从前的眼光来看待李迎春。在用尽了所有无赖手段仍不能使李迎春就范之后，他才觉得若有所失。进不去李迎春的家门，就跟李迎春没了任何关系，绕了一圈，韩百济又将一无所有。

索隆高娃是小山一郎的得力贤内助，在她的左右挑拨之下，为了那木，明珠与见樱日生隔阂。明珠无法左右那木，只能独自等待。见樱则不然，她是片岗培训出来的对华研究人员，此次能够留在那木身边，可不仅仅是为了履行妻子的职责。

女性特有的嫉妒与国家利益的相互冲撞，让见樱与那木之间矛盾再起。这不同于简单的夫妻不和，因为触动了各自的政治立场。

藤原井默默地等待着，期望有一天明珠能够走出思想的牢笼，放眼天下看到他的存在。

无论是悲苦还是欢喜，都成了过往。时光就这样流走，急急地驶向未知但却既定的海洋……

从甲午战争获胜到日俄战争后对在华利益的进一步巩固，日本用了整整十年的时间；之后，用七年的时间内敲外打撼动瓦解了清王朝；又之后，历时二十载到了1931年，终于迈出了侵华的大步伐，整个东北三省成了日本的傀儡附属国。

仿佛摇摇晃晃学步的幼儿，迈出第一步之后就迅速成长。日本从1931年9月18日侵占中国东北三省到1937年7月7日打响全面侵华第一枪，仅用了不到六年的时间。

“物壮则老，是谓不道，不道早已。”极具的膨胀必然带来急速的灭亡。日本用近乎半个世纪的时间处心积虑欲侵占吞并中国，却在进行全面侵华的八年后就被赶了出去。

万流归宗入大海，流经的地方千差万别但目的地一致。抗日战争胜利之前的安东县，如无数急于奔流入海的溪流一样，虽然坚信一定会入海，但却不知道那一刻在何时。

1945年春季的安东县，樱花如期绽放。十年之间，就这样开开谢谢，看的人也换了一茬又一茬。

大和号战列舰沉没的消息就是在这个时候通过广播传达到了安东县，这时，距大和号沉没的准确时间4月7日，已经过去了半个多月。

大和号从1937年末开始建造，历时四年完成。可以说被日本海军看成是最后的绝牌。也就意味着，一旦动用了大和号，肯定是到了战争的末路时期。足以可见它的威力和在海上战略中的地位。

大和号于1942年初开始服役。此时正赶上战列舰的霸主地位被航空母舰所取代的时代。太平洋战争期间，在美国航空母舰特混舰队的打击下，大和号几乎派不上用场。可以说空有一身好武艺但却只能眼巴巴看着别人打架。

在东北三省，所有的消息都是被筛选后公布出来的，至于选择在这个时候公布这样重大的战事消息，日本方面自然有着特殊的目的。

英勇悲壮，慷慨就义，这是一场世纪性的战争……总之，广播中将大和号当作伟大的英雄进行了全方位的介绍和赞扬。对于沉没的场景和作战时的情况，进行了渲染性的播报。实际上，这种渲染跟真正的战争场面比起来是何等的苍白无力。

日本全面侵华后制造了举世震惊的南京大屠杀，中国当局关键时刻的国共合作，在一场场失败和胜利不断交错的战役中，国际大势也形成了不可逆转的新格局……

自从日军在太平洋战役上失利，本土又连遭空袭轰炸之后，安东县的广播中就频繁传来这种以哀乐为背景的播报，但内容无一例外都是为了鼓舞士气，打起精神，作战到底！

被统治了十四年的安东县，不仅是大批的日本人，包括那些被成功洗脑的中国人，都沉浸在这种国将不国但又要继续作战的悲壮中。

像大和号这样，明知是死也要义无反顾奔赴战场的行为，是日本军国主义作战精神的最终极体现。

赶在樱花飘落的时节播出这样的消息，无疑更具有煽动力蛊惑力。

这次的赏樱花大会恐怕是最具规模的一次，安东县军、政、商、文化教育、宗教等各界人士，聚集在临济寺为日本未来的命运祈福！

那木、见樱、小山一郎夫妇、明珠、李迎春、韩百济等人分坐在人群中不同位置。

在大和号沉没的反复播报声中，藤原井主持了这次的赏樱花大会。

藤原井打理临济寺已经三年多，原来的住持圆寂后就由他接管，这是总务厅做出的任命，也算是对当初罢免藤原井而做出的补偿。也因此，藤原井不用落发为僧。

从十几岁到二十几岁再到三十几岁，和四十几岁到五十几岁再到六十几岁，同样是十年的时间，但不同年龄段的跨度造成了截然不同的面貌改变。

明珠、索隆高娃是从十几岁到二十几岁；那木、见樱、李迎春，是从二十几岁到三十几岁；韩百济是从三十几岁到四十几岁，而藤原井是四十几岁到五十几岁，小山一郎属于最后一阶段的六十几岁。

明珠与索隆高娃两个人显得最为娇嫩，但还有些差别，那是因为索隆高娃已经生育过一对龙凤胎，而明珠还是大姑娘之身。

那木、见樱与李迎春，这三人褪去了当初的青涩，都显露出成熟的风度和风韵。那木沉稳，见樱干练，李迎春知性。韩百济四十几岁，人至中年，略有发福。藤原井褪去了四十岁时的风度翩翩，露出五十岁时的知天命之姿。因为索隆高娃的娇艳映衬，小山一郎不得不老态毕露。

像被蜘蛛网粘住的猎物一样，这群人都固守在各自的生命轨迹上。

这次的赏樱花大会实际上就是募捐大会。因为日本国内物资紧缺、作战人员紧缺，一直充当战略物资人员补给基地的东北三省和朝鲜半岛要继续履行这样的职责。在“国难当头”的此时，更是需要全民动员起来。有物捐物，有钱捐钱，有人捐人……

藤原井把这层意思传达完毕，在座的人并没有如预期表现出过多的热情，实际上，自从日本全面侵华开始，这些商户们就开始源源不绝地为支持“圣战”输送钱粮，到了今天这个时候，可以说已经被榨得只剩下骨头渣。

眼看着就要冷场，这时，小山一郎站出来，径直向藤原井走去。小山一郎在过去的十年之间，可以说将索隆高娃的嫁妆当作救命的血液一样，不断输送回日本。

这些年，每当听到这种募捐的信息，索隆高娃都要心惊肉颤。看到小山一郎再次带头站出来，她实在是忍不住了，还没等小山一郎开口说出捐什么捐多少，她大声喊道：“捐捐捐，再捐就把我们娘儿三个都捐出去，这日子还怎么过呀？没享几天福，倒跟着担惊受怕遭了不少罪！打仗，是我们逼着他们打的吗？凭什么让我们跟着吃苦？”索隆高娃带着哭腔喊出来这样一番话，之后就坐在地上撒泼。

小山一郎没有理睬索隆高娃。大体上老夫少妻的相处之道中最突出的一条就是超乎寻常的包容。况且，索隆高娃很争气，为小山家一下就添了对龙凤胎，再说，捐出去的可都是她的嫁妆，也就是那家的资产，索隆高娃有闹的权利，只要她最后妥协，小山一郎就没理由再叱责她什么。他不会要求索隆高娃既有爱国的操守、大义的品性，又有无限舍得的宽广胸怀。小山一郎觉得人性中丑陋的东西居多，只是都被人为地掩盖了。有的人掩盖的时间长，就当了一辈子老好人，有的人不巧没有掩盖到底，就成了人人喊打的坏人。

“试玉要烧三日满，辨材须待七年期。向使当初身便死，一生真伪复谁知？”白居易的这首诗，被小山一郎套用到自己身上。老婆儿子死个干净，只剩下他自己。他也曾怀疑过，是不是因为自己所做的事情太缺德，太阴损，所以才遭此报应。但每当念过一遍这首诗，他就会告诫自己，自己所做的一切都是遵从天皇遵从大日本帝国的旨意，就算一时有人不理解，总归会有人理解的。活到他这把年纪，已把这些看得透透的。

对执意坚守的信仰，对坚信不破的人间大道，每个人都曾有过动摇。不论是世人眼中的好人还是坏人，无一例外。

索隆高娃一开始闹，其他人也就开始各抒己见。

大和民族是不能够跟那些下贱的“满洲国”人一样的！可以说，是索隆高娃的自私自利反衬了这些人的高尚无私，他们开始再次被自己心中树立的崇高理想所鼓舞！

“大东亚共荣，支持圣战，跟日本同存亡……”这些口号又被喊得响起来。他们坚信，毕竟安东县如此富饶，捐出去的还可以再赚回来。只要日本人仍占据着东北三省，这些财富就是属于大日本帝国的！

开始的时候只是一些激进的日本人，后来捐献的人越来越多。这些人中不仅仅包括日本人，也有部分中国人。中国人心里很清楚，这种募捐，开始的时候是鼓励动员，最后无一例外是明抢暗夺。已经吃过类似的苦头无数次，想不学乖都很难。

这是羊群效应的最佳例子。小山一郎不过是那只带头的羊而已。后来者就算眼睁睁看着领头的那只羊跌进万丈深渊也会义无反顾追随。就这样，在头羊的带领下，在某些信念的支撑下，这群不用牧羊人挥舞鞭子抽打就聚集在一起的羊又主动地让人家剪了一次羊毛。

一时间，临济寺被一种空前高涨的士气鼓舞着。在人群中，因为不是孤立的个体，有其他人的陪伴，格外容易产生冲动和热情。只有等到捐过了财物，回到各自的家里，才会像从梦中醒过来一样，那时无法言喻的空虚迷惘伴随着头脑发热后的冷静，像没有出路的激流一样一股股地冲向身体的每一个神经末梢。

五十一

明珠已经一次性将整个那家捐给了小山一郎和索隆高娃，也就是变相地捐给了大日本帝国，而见樱这些年则像零售的小贩一样，一点点逐一地把那木创造的财富捐出去。

看到见樱再次加入这样的人群，那木只有苦笑。

索隆高娃闹累了，坐在一边看热闹。小山一郎从人群中挤出来，凑到索隆高娃身边低声赔着不是，试图缓和矛盾。那对龙凤胎从用人的手中挣脱开，聚到俩人身边撒娇。一人抱一个，一家四口慢慢向山下走去。

“你找了个不下蛋的母鸡，没有资格教训别人。那家就要在你手里断子绝孙了，你还唧唧歪歪讲什么国家大义民族气节？再说，你娶了个日本女人，就算生出那家的子孙，也不是纯正满洲血统！你跟明珠何必偷偷摸摸的，本来就是名正言顺的夫妻，有什么见不得人的？不如光明正大在一起，也算对得起祖父……”那木想起索隆高娃的这番话，因为实事求是就显得更为恶毒！

为什么小山一郎那样的人居然可以儿女双全，而那木与见樱却一无所有呢？两个人都在心里问过对方无数次，但真要开口的时候，都咽了回去。这成了两个人心中不能搅起的浑水，一旦掀起微波就会染掉整颗心的颜色。

那木曾想过，没有孩子也好。这样的世道，如果跟见樱生下孩子，让孩子归属于哪里呢？是中国人，还是日本人？到那时，中国人不愿意接纳他，日本人也不愿意。生下来的孩子有错吗？没错。他没有权利决定生在何门何户。但所有人生下来就开始站队，往往会因为立场的不同而排斥本身没有任何错的他人。

藤原井一直在等明珠，可明珠一直在等那木。这样看来，那木应该是藤原井的情敌。但两个人在成为情敌之前之后，都一直保持着思想相通的朋友关系。同样是这种情况，在见樱、明珠、李迎春这三个尚且算是识大体的女人之间，却难逃间隙与隔阂！

明珠与见樱与李迎春，这三个女人，在过去的十年之间，像是那木的梦魇，把他对爱情所有的幻想一一破碎。

李迎春主动退出后的自暴自弃，让那木甚为愧疚和心疼。他试图接近李迎春，想把心中的话讲开，但李迎春没有给他哪怕一次这样的机会。

明珠执着地等待，无非是期望那木回到那家。她无数次眼巴巴地望着那木，那种渴望，那种哀怨，让那木心碎一地。

见樱是被娇宠惯了的妻子，突然冒出来的明珠和李迎春，让她时刻提防着。这也是她跟那木之间关系越来越紧张的诱因。

这三个女人，都是那木的骄傲。都在用各自不同的方式爱着那木，只是，对于那木而言，被爱的甜蜜甚少，无奈和酸涩颇多。

有些人因为有人爱而苦恼，有些人苦恼是因为得不到爱人。好像没有苦恼就不能称之为人生一样。

人生真就是这样，一件事看透了不代表所有的事都能看透，一时看透了也不代表永远都会看透。就是这样睡睡醒醒，清清混混，一大半的光阴就过去了。

募捐过后，整个安东县都被大幅标语占据，除几所小学校外，中学校及其他技校一律停课，开始大规模的救国救亡活动。好多十三四岁的学生穿戴整齐身披红花被送上火车汽车，充实到不同的日军队伍中然后再奔赴不同的战场。

凌子带着二女儿的五个孩子就是在这个时候从奉天来到安东县投奔见樱与那木的。

乍看凌子，那木吓了一跳。凌子一点都没有老，居然还停留在当年的容貌上。走进了细看，才发现这都要归功于化妆术，当年薄施粉黛的凌子，如今也搽了厚厚的粉。毕竟，十年过去了，谁能永远不老呢？但凌子的风度仍不减当年。被隔代的五个孩子簇拥着，非但没有老态，反而像女王一样颐指气使。

见樱二姐家有五个孩子，三男两女。分别是十五岁、十三岁、十二岁、七岁、六岁。其中老大老二老三都是男孩，两个小的是女孩。

母女相见，凌子与见樱叙别离之情。那木则跟这五个孩子闹成一片。三个大男孩有些拘谨，两个小女孩似乎把那木当成了爸爸，缠着他不放，活泼可爱又天真无邪。那木的心仿佛被融化了，软软的。

带着几个孩子逛公园，去城隍庙尝小吃看杂耍。那木想，如果做父亲，应该就是这样吧？

五个孩子围坐在一张小桌旁，吃着焖子。煎焖子的人围在一个大铁板旁不断翻动着已经煎得黄灿灿的焖子，分装到小碟子里，然后撒上虾油麻酱等调料，递给等待的客人。

一个年纪不大但却佝偻着背的父亲同样带着三个儿子在吃焖子。那木听到这位父亲一劲儿地念叨着："吃吧，这次管够，以后还不知道能不能吃得上……战场上可不比种地爬垄沟，后脑勺都得长眼睛，可得机灵些啊！"

那木心中叹息，为三个儿子饯行也无非是吃了顿焖子而已。如果能够糊口哪个父亲会把儿子送到战场？更让人痛心的是，中国人上战场居然是替日本人打中国人！

凌子跟见樱其实没什么可说的。因为战争需要，那木和见樱相继来中国后，军方就直接接管了育种场。开始，凌子有些解不开心结，总以为等那木夫妇回来，这还是栖川家的百年产业。但随着战况发生变化，整个日本国内都被一种狂热的圣战情节笼罩，一切都是天皇的，一切都是为了无比崇高的理想，所以，凌子也想开了，乐得无事一身轻。对于她来说，反正这些东西早晚都是别人的，就算是保存着，也无非是栖川这一姓氏而已。

二女婿和女儿战死后，日本军方不知该如何安置这几个大小不一的孩子，凌子得知消息后，当即决定亲自来中国处理后事带孩子。就这样，她来到了奉天。

别人的生老病死往往能够成为别人的口中闲谈，一旦涉及自身非常亲密的人或事，闲谈就成了揭开伤疤的痛苦举动。凌子将这些事轻轻带过，见樱也再张不开嘴多问。

好在说完了伤心事，凌子对见樱跟那木还能维持这样的婚姻感到很满意。她对见樱说，我生了你们姐妹四个，都没能留住你父亲的心，难得你跟那木没有孩子还能过得这么好。这句话让见樱差点委屈得掉眼泪。

凌子看到见樱神色异样，露出疑惑的神情。见樱心里的苦闷无人分担，母亲凌子成了她倾泻的唯一对象。言谈中说出了明珠和李迎春的存在，但见樱强调说，那都是那木去日本遇见她之前的事了，这十年来，那木毕竟跟她生活在一起。

“认识你之前的事就不是事了吗？怪不得你们一直没有孩子，是不是那木不想跟你生？”凌子说完这话愣了愣。生孩子可不是夫妻两个人中谁不想生就能独自做主的事。看到见樱羞涩又难堪，凌子推了她一把，大声强调道，“这么说，那木在你之前就妻妾成双了？哈，当初我就说他靠不住……”

大概是长久的孤独和更年期妇女的特有生理特点造成的，凌子说起来没完没了，见樱根本插不进嘴。虽然见樱抱怨那木，但毕竟不完全是凌子曲解的那样。

夫妻矛盾有时候越来越大，往往跟其他人掺和进来有关。一件事，看的角度不同，所处的角色不同，自然理解的就更不同。但凌子说的话有些还是触动了见樱的心，毕竟，跟丈夫的前妻和旧情人同在一城生活，像见樱这种受过新时代思想熏陶的女性接受起来还是很难。这十年，她跟那木为了这些事不知吵过多少回。

听着凌子替自己抱打不平而肆意攻击那木，又连带着扯上已故的父亲栖川五马，见樱突然觉得宁可忍受那木的不是，也不想再听母亲这样的帮腔。有些痛苦，藏在心里比较安全，拿出来展览在众人面前，被众人搓麻绳一样揉来捻去，其实更痛苦。

那木带着五个孩子回来的时候，正赶上吃晚饭。但几个孩子因为吃了太多的小吃，面对丰盛的晚饭都没有了胃口，逛公园的疲倦让他们早早睡去。

餐桌上，凌子跟那木相谈甚欢。当听到那木夸赞她容颜不变的时候，凌子笑得花枝乱颤。这让见樱以为是错觉，好像方才比自己骂得还凶的不是自己的母亲而是另外一个人。

不断传来的战事消息让那木敏感地觉察到中日之战似乎快要走到了尽头，军马防疫厂的工作也越来越难做。见樱忙着协助小山一郎动员安东县人参军的事，为此，那木跟见樱很认真地谈过几次，但见樱根本听不进去。

留下三个男孩，凌子很快就带着两个外孙女离开了安东县，坐火车跨过鸭绿江大桥奔往釜山，然后回东京。

那木不解为何只带走那两个小的，等送走了凌子，跟见樱出了车站，那木一边发动汽车一边问见樱。

见樱说道：“我们没有孩子，这三个男孩以后就是我们的孩子了，不好吗？”

见樱的话听起来没有什么问题，但那木却觉得不够真诚。见樱的二姐夫是关东军里的一名少佐。如今战死了是英雄，他家的男孩怎么可能这么随便就成为栖川家的孩子？那木把自己的想法说出来，一再追问见樱。

见樱盯着那木，颇有用意地问道：“是不是觉得不是自己生的，心存芥蒂？我二姐夫和二姐都已经在战争中殉职了，我们收养他们的孩子，不行吗？”

“说这话就没意思了。”那木听出见樱的话外音，不想接茬。为了缓解心中的不高兴没有节奏地敲打着方向盘。

那木的小动作，见樱很熟悉。每当那木不高兴又不想跟她吵时，总会对触手可及的东西拍拍打打来转移注意力。对于没有属于自己的孩子，见樱同样不能释怀。她用这样的话来刺激那木，实际上自己心里更痛。看到那木这样，见樱心里一时涌起各种念头。

车子驶过那木家附近的领事馆，很快，见樱瞥见了那家漆成朱红色的大门。十年来，明珠像一道风景守在那木与见樱前行的路上，不管你看还是不看，承认还是不承认，她就在那里不动不摇。

“二姐家的这三个孩子，明天就去报名参军。就算我自己生不出，也还不至于让别人家的孩子来给栖川家继香火……”见樱说着自嘲式地冷笑了一下，“如果是你跟别的女人生的孩子，我倒可以考虑考虑。”

“你这是说的气话还是认真的？”

“是气话，但也是认真的。作为一个不称职的妻子，我也不能要求你收养日本人的孩子。怎么，你真的跟别的女人生了孩子？”

“你有什么权利决定让那三个孩子去参军？如今的局势，让他们去不就是去送死吗？有什么意义？”

“活着有活着的意义，死也有死的意义。有没有意义，有什么意义，不是你和我能够判定的。你是中国人，替日本人操什么心呢？”见樱说话冷得很，以前无论在多么失态的情况下，她都很难说出这番话。可今天，说出来后，居然露出一丝毫不在乎豁出去的笑。

那木感到陌生，一直以来，见樱说话都是有分寸的。俗话说“良言一句三冬暖，恶语伤人六月寒”，夫妻之间最终分道扬镳恐怕都是因为平常日积月累的恶语。以前，见樱不说，那木也不说。

“见樱，你这是强词夺理。他们还那么小，自己没有判断的能力。可你我不同，怎么能说不能判断？中国人，日本人，如果不是人，是哪国人还那么重要吗？”那木仍旧试图劝说见樱。

“我问你的话你还没回答呢！你真的跟别的女人生了孩子吗？”

见樱眼睛直直地盯着前面，等着听那木的回答。可等了好一会儿也没听见那木说话。见樱扭过头去看那木，正看到那木斜扫过来的眼神。与见樱的目光相碰之后，那木用力地白了她一眼，然后收回目光，面色沉沉地开车。

迎面一辆卡车上拉着刚刚入伍参军的孩子，一张张脸居然带着笑颜。

“你早就该跟明珠生个孩子……”

见樱的这句话达到了引爆两人矛盾的燃点。

那木低沉地吼了一句：“够了！你还有完没完？！你难道要跟小山一郎一样冷血吗？把那些孩子送上战场，做无谓的牺牲就是为国为民吗？因为你还活着，才会对死亡那么的轻贱！你知道死的滋味吗？你死过吗？真要让你去死，还会不会这么肤浅地想当然？！”

“你这么高尚，无非是让我别把这三个孩子送去参军。可我在外面动员别人家的孩子，难道我的孩子不去吗？这不是更卑鄙无耻自私自利吗？”

“你的孩子？这是你的孩子吗？你有吗？你要是真能生出孩子，你会这么做吗？”

那木的话虽然低沉，但是却力有千钧。

今天，两个人的关系似乎到了临界点。

“这才是你的心里话，那木，为什么你不早说呢？爱你的女人那么多，你随便找一个现在都儿女成群了，为什么还留在我身边？说我对死亡轻贱，看法肤浅，你呢？还不是为了活着违背了自己的真心？活着就那么好吗？违心地装出跟我陷入爱河，违心地跟我盖一床被子，顶着骂名当日本人的军马防疫厂厂长……为了活着做出这么多肤浅又虚伪的事的人，不正是你吗？”

“你说的没错，这就是我。为了活着，才跟你结婚，才打算认命地留在育种场，留在北海道……跟你在一起的这十年里，我……”

“住嘴！不要再说了！”

“你听我说完……”

“不要说了，不要说了！”

见樱恣意地拍打那木的胳膊，哭得上气不接下气。

那木不理会见樱，冷酷地专注着开车。

其实，那木最后想对见樱说，爱情也是肤浅的，一时的心动和短暂的浪漫都是虚幻又稍纵即逝的，只有生死关头的不离不弃还有细水长流的相随相伴，才是男女之间最佳的相处方式。但见樱不想再听那木说什么了，她已经被她自己心中设下的陷阱套住，再加上那木开始的冷言冷语，她伤透了心。

见樱最终还是让二姐家的三个孩子参了军。为此，她跟那木一直冷战着。这次，她不想再妥协。那木毕竟是中国人，跟她的立场又怎么会一致呢？他不过为了活着，而自己是有着光荣使命的大日本帝国子民。这恐怕是见樱与那木从相识到现在矛盾最为突出的时刻。

五十二

安东县已经牢牢地被日本人打上殖民地的印迹。年轻人一口流利的日语，年老的则说着特有的“协和语”。“你的白菜的多少钱一斤？”“大白萝卜的好吃。”“元宝山的哪里走？”等等等等，日常生活中，中国人惯有的语式慢慢地将会被完全替代。等到这一辈怎么学也学不会日语的老人消亡后，由安东县来看整个东北三省，那时跟日本本土又有什么两样？

这就是更加强大的文化侵占。

亡国的真正意义在于忘掉了祖宗是谁，连最基本的语言都忘掉，又何谈文化与传统呢？

等到日本人被赶出中国，对于文化教育与传统的修复仍是一项长期而艰巨的任务。

那木想起明珠为了“颁金节”而做的努力，那可是满族诞生的节日，可如今又有谁还记得呢？包括自己在内，又为国家做了些什么呢？为了活着，做了很多肤浅又虚伪的事。见樱的话还真是总结概括得到位。

那木在去明珠那儿的时候，遇到了李迎春。李迎春是来跟明珠借钱的，拿了钱看也没看那木一眼，急匆匆跟明珠说了句“我走了”就要离开。明珠拉住她，小声地嘀咕了些什么，李迎春这才扫了一眼那木，然后对着明珠笑了笑，到底脚步匆匆地走了。

面对那木，李迎春也想象明珠一样坦荡自然，可她实在做不到。反而是跟明珠，倒越走越近。打消了互相嫉妒心理的女人，才能成为朋友。

那木的工作越来越清闲。军马防疫厂可以改良马匹品种，但却不能代替每一匹马的成长。战争每天都需要军马，但一匹军马从出生到可以服役，按照严格的要求应该在六年左右，这对战争来说实在是一个漫长的过程。因为需求的加大，本应该严格执行军马饲养和培训的流程被越缩越短。有些时候军队只好就地取材，从老百姓手里抢耕地用的驴、牛，遇上一两匹骡子就已经是欢庆了。

那木来明珠这儿是为了去书房查些资料。在田下四十八的笔记基础上，那木把这些年关于马匹临床试验得出的结果及技术改良的记录都补充进来。

那木站在木梯上在书架的最高层找书，明珠在一旁看着。举案齐眉呀，夫唱妇随呀，这些明珠从书中看到的景象，都不如眼前这情景让人向往。明珠就是在这种期待中度过了十载。

“日本可能要撑不住了。虽然当局没有明说，但整个形势已经显露出来了。”那木拿出一本书，翻看了两下又塞回去。

“如果有那么一天，你会留下的吧？”明珠仰着头，目光闪烁，每个字都咬得很紧，仿佛加重了语气，就能得到满意的答复。

“那是自然。我不可能跟着他们走。”

那木的回答毫不犹豫。这是明珠期望的答案，但她却犹豫着问道：“那，见樱呢？”明珠只问到见樱，却没有下文。

那木沉吟了一会儿，痛快地回道：“她肯定是要回日本的，不可能跟我一起留下。”

那木如此肯定，是因为他觉得跟见樱的矛盾实在不好调和。在那木眼里，这十年来，被狭隘的国家主义迷住的见樱，似乎变成了冷血没有人性的怪物。在见樱送那三个孩子上战场的时候，那木准确地给她下了这样的定论。这是定论，也是咒语。

那木会留下，见樱会回日本，李迎春早就已经退出了竞争，明珠觉得乌云终将散去，彩虹定会高悬。这样一来，她就更加期盼着日本被赶出中国的那天。但明珠心中仍有些不安，为李迎春保守了这么多年的秘密，看似是为了李迎春，难道不也是为了自己吗？在今天这样的日子，明珠决定告诉那木，李迎春曾经失忆的事。

那木听明珠说到这件事，只是淡淡地略有伤感地回答说，他早就知道了。因为看到李迎春好像不愿提起的样子，不想再扒开以前的旧伤口了。

“李迎春还是一个人吗？好像韩百济一直在缠着她。”那木还是忍不住问道。

“当初，我还以为韩百济是个好人，真没想到他把李迎春害得这么惨。”明珠叹息着道。

正说着话，书房的门一下被推开，一个粗壮的妇女大声地说道：“临济寺的藤原井在外面等夫人呢！”说完好像屁股被火烧了似的扭身就跑，嘴里还嚷嚷着，“不好了，不好了，豆浆要漕锅了。”

那木哈哈大笑，问明珠这是从哪儿请来的帮用，以前服侍你的丫头呢？明珠有些不好意思，说那些丫头不顶用，比自己胆子还小，都打发了。别看海螺嫂大大咧咧的，遇事可不慌，有章程呢！家里什么都离不开她。得靠海螺嫂，自己才继续当省心的大小姐。

那木的话让明珠的等待更为坚定，藤原井人已经住进了临济寺，恐怕心也该献给佛祖才是。

那木对大局的把握很准确。战事消息一点点渗透过来，就算不想公之于众也不行。能够掩盖得住时，还证明日本在中国的整个战局没有失控。如今，摧枯拉朽一般，一股日本马上就要战败的消息横卷安东县。

天气越来越热，安东县的日本人就更像是热锅上的蚂蚁。人心惶惶，如丧考妣……

小山一郎不想认输，仍在声嘶力竭地鼓励动员学生和青年去参军去前线去报效天皇和大日本帝国。韩百济跟在他后面，尽心尽力。

就是因为有这些人，深深地蒙蔽又影响了被统治的人们。在战争期间，朝鲜举国皆兵支持圣战，臭名昭著的南京大屠杀，三万人组成的先驱部队就是由朝鲜人组成。如今，小山一郎等人还在进行着这样的勾当，而且变本加厉，要让中国人打中国人。

韩百济给小山一郎出主意，说只有钱是最好使的。有些穷人过不下去了，还卖儿卖女呢！给他们几个钱没有啥事他们不干！再者，谁说上战场一定得死，死不了回来的那就是英雄！

其实，在这段时间内，不仅东北三省和朝鲜，包括日本本土在内，所有的人都被日本政府引领着，走上了不归路。更多的穷人充当了炮灰，得到的仅仅是一点点能够糊口的钱。更可悲的是，安东县人得到的是“满洲国”钱，等到日本投降“满洲国”倒台，这些钱比纸还不如。

小山一郎认可韩百济的话，但现在，他实在没有钱了。最后，只好哄着骗着，告诉索隆高娃说以后回了日本，要什么有什么，等过了这一关，你要什么我给你买什么。就这样，索隆高娃半信半疑把仅有的压箱底的金银首饰都拿了出来。

也许是要洗刷日本人在安东县造下的罪孽，雨一场接着一场，下个没完没了。第一批参军少年阵亡的信息逐一传过来，但都被日本军方严密地封锁着，如果这样的消息传出去，还怎么动员其他人呢？

见樱在阵亡名单中看到了两个熟悉的名字，那是她的二侄子和三侄子。明天，也许会传来大侄子阵亡的消息。上战场可能会死，这是见樱早就知道的结果。只是没想到会这么快。

门口衣架上挂着湿淋淋的雨衣，雨水顺着衣服流下去，一滴滴在雨衣底下聚成了一摊水。那木在家。见樱的嘴角露出一丝诡秘的笑。脱下灌满了水的鞋子，见樱看到那木的鞋子湿漉漉地歪放着，她冷漠地扫视了一眼，然后把自己的鞋子随便扔在地上。仿佛吸水过度的海绵一样，见樱浑身沉重地拉开门径直走了进去，身后留下一溜水迹。

这场雨下过之后，天气肯定会大晴，到时就不会这么憋闷了。见樱这么想着，往楼梯口走去。屋子里有些暗，所以，当见樱抬头看到从楼梯拐角处无声无息站立着正居高临下地审视她的那木时，不觉吓了一跳。见樱不打算跟那木说话，尤其是在今天的这个时候。

但显然，那木是在等着见樱的。当见樱走到他身边的时候，那木一把抓住见樱的手腕，那么有力，仿佛那五指本就是嵌在见樱手腕上的一样。

“你要干什么？”见樱有些慌。

“我要跟你好好谈谈。”那木的声音很平静，似乎还带有一种痛心疾首的怜悯。

“跟你我没什么好谈的。放开我！”也许是裹着一身湿衣服有些冷，也许是心中藏着两个侄子阵亡的消息而心虚，见樱的话带着颤抖，胳膊有气无力地甩来甩去，根本无法挣脱开那木的手。

那木拖着见樱的胳膊拽着她一同下楼梯，没有穿袜子的脚底板与木质楼梯相撞击，发出啪啪的响声。

屋子越来越暗，雨点打在窗户上、屋顶上，声音密集又没有规律可循。见樱从心里往外发出一波波的颤抖。突然，她发出惊人的力量，出其不意地挣脱开那木的手，但却因用力过猛身体控制不住惯性从楼梯上滚了下去。

“见樱，见樱！”那木一边呼喊着一边向见樱跑去，一阵啪啪啪踩踏地板的声音回响在原本空旷又静谧的房子里。

见樱俯身在地，没等那木过去搀扶她，慢慢地自己弓着身跪坐起来。

那木站在见樱旁边，蹲下身，仔细打量见樱，轻声地问道：“伤到哪里没有？”

见樱不说话，整个人有些呆呆的。

“能自己站起来吗？如果有哪里疼，千万不要乱动。”那木一边嘱咐见樱，一边站起身打开楼梯口的壁灯。

橘黄色的灯光像投影仪将两个人的身影放大到墙上。见樱额头上的伤口被头发中残留的雨水浸润着，稀释后的血顺着鼻梁滴落到微微翘起的上唇人中处。两个人原本都透着无限冷漠的脸被灯光的暖色照得仿佛热烈起来……

给见樱简单地处理了额头上磕碰的皮外伤，又帮她换了干爽的衣服，铺好榻榻米，做完这一切，那木看着见樱。只见她脸色惨白，双唇仿佛都蒙上了一层灰白色的霜一样。盖了冬天的被子，见樱仍像很冷似的蜷缩着。

“我去给你熬碗姜汤。”那木说完欲站起身离开。

“不用了，你不是有话要跟我说吗？说吧！”

“等你好些再说吧！”

“次熊与少熊阵亡了，你想说的是这个，对不对？”

见樱本来闭着眼睛，说完这句话，突然睁开眼睛，裹着棉被坐起来，直瞪瞪地看着那木。

“你有点发烧，躺下睡一觉，有什么事，等你好了再说吧！也不急于这一时。”

那木说完站起身就走。

“我是故意把他们三个送上战场的，反正，白白去死的也不只他们几个……我这样的人，老天都知道不配做母亲。所以，我只能接受惩罚。”

“为什么要这么做？不觉得他们很无辜吗？”

“无辜？”见樱冷笑，“谁不无辜？‘人生自古谁无死，留取丹心照汗青’，中国人不早就这样说了吗？能够堂堂正正地为了某种目标和信仰而死，不是死得其所吗？日本就要战败了，你期待的日子就要来临，心中肯定充满了激动吧？等待你的明珠，对你用情至深的初恋情人李迎春，你们藏在心底的笑这下可以出声了……”见樱的声音像毫无规律的落雨一般，打击着那木和她自己的心。

“把话故意说成这样，你就高兴了？见樱，为什么你要隐瞒这个，为什么？为什么你知道了这个反而还要把那么无辜的孩子送上战场？”那木边说边从衣兜里拿出一张纸，扔到见樱面前。

见樱从棉被中伸出手，仿佛被烫到了一样碰了一下那张纸，很快又弹开，犹豫了一段时间之后，她迅速地抓起那张纸，揉成一团，然后，从棉被中站起身。见樱仿佛换了一个人一样，脸色通红，嘴唇也涌上了血色。她目光闪烁，但却凝聚着一束绝望的光直射向那木的双眼。她把那纸团扔到那木的脸上，仿佛被赋予了力量一般，突然变得底气十足地道："都是因为你，我才那么做的，那三个孩子是母亲特地留下来送给我们的。但你拒绝了他们，也拒绝了我，我不把他们送上战场难道真的要留在你我的身边吗？你会同意吗？如果日本战败了，我们怎么办？你告诉我，我们怎么办？"

很明显，这是发烧越来越严重的表现，但这种体内的热烧得见樱神志越来越清晰。既然那木已经知道了，索性都说明白了才好，免得自己一个人忍受煎熬。这张纸是她的出生证明，她不是栖川家的小女儿，不是栖川五马和凌子的孩子，而是两个人领养的朝鲜人！

凌子本来也没打算终生瞒着见樱，只是一直在寻找合适的机会。当初领养见樱的时候，她就想到了日后要见樱为日本做贡献的归宿。如果不是因为见樱真正身份的特殊性，凌子也不会领养她，毕竟她自己已经有了三个女儿，就算领养，恐怕也会希望领养一个男婴吧？仿佛是对名牌或古董的羡慕好奇与强烈占有欲一样，见樱是朝鲜末代李氏王朝的公主，这一王室出身，让凌子不惜费力说服了五马，最终才得以收养了见樱。

见樱得知后一时之间根本接受不了这个事实。奴化别人的人，同样也是被他人奴化的人。这错综复杂神魂颠倒的因果循环，让见樱此生都找不到归属感。

见樱在凌子走后打算将这个秘密长久地埋藏起来，尤其是对那木。这样，她仍然是大日本帝国忠诚的臣民，她所做的一切都是合理的。她为了宏伟的目标，将三个侄子送上了战场，就更是一种伟大而崇高的举动，以此动员其他人就更有说服力。

"我没想过你这么在乎有没有孩子，我以为，这十年来，没有孩子，我们两个也过得很好……"

"十年过去了，下一个十年呢？再下一个呢？你还敢说你不后悔吗？别自欺欺人了……你是中国人，你可以留下，我呢？如果不是日本人，那么，我是谁？我从哪里来？我又该往哪里去？你告诉我，你告诉我啊？！"几滴泪很快就在见樱滚热的脸上蒸发掉。她的喊声嘶哑又无力，但却是发自内心的呐喊。

“如果，你一直以日本人的身份活下去，你会怎么做？”那木看着见樱，冷静地问道。

“那样，我所做的一切就都有了依据，一切就都合情合理，把这三个孩子送上战场，我就不是杀人犯刽子手，我就是伟大的母亲！”

“依据？那不是依据，那只是借口！现在你知道自己是朝鲜人了，觉得自己的所作所为是错的吗？你感觉到痛苦了吗？这点痛苦，不是因为你白白葬送了那么多无辜的少年，仅仅是因为没有为自己开脱的借口，没有了让自己走出来的出口吗？！”

“你说得没错！送三个孩子上战场，是我的报复，是我以日本人的身份做出的卑鄙的报复！这就是我，这才是真正的我！”

见樱说完哈哈大笑，发烧让她的嘴唇崩裂，渗出丝丝血迹。这个样子的见樱，像是嗜血的魔鬼。那木看着她，心痛得再说不出话。

高烧一直不退，见樱被烧得终于开始说胡话，就像在噩梦中被魇住了一样。那木试图喂她姜糖水再给她物理降温，可见樱喝了又吐，抓起敷在额头的毛巾随手乱丢。说说哭哭，哭哭笑笑，笑笑再哭，就这样，整整一夜，那木也筋疲力尽，最后，见樱终于疲倦地闭上了眼睛，嗓子肿痛也让她彻底发不出声音。

本来，那木知道两个侄子阵亡的消息后是要对见樱兴师问罪的，但却在整理书稿的时候发现了那一纸身份证明。最后变成这样的结果，那木觉得是冥冥中注定的。他应该庆幸。

看着见樱昏睡的面庞，那木思绪杂乱。他想起北海道广阔石狩平原的军马育种场，想起奔跑起来俊秀英气的樱花，想起在阿伊努人岛上与见樱的重逢，又想起在片岗的枪下苟且求生时见樱对她温暖的拥抱……

那木想起了自己的先祖，想起早已灭亡的清王朝，如同看见见樱如何在李氏王朝的风雨飘摇中身不由己地游走。如果不能感同身受，我们永远不能理解别人，甚至无法理解自己。那木原谅了见樱，实际上也是在原谅自己。或许，准确地说是接受了见樱和自己。

五十三

那木决定阻止小山一郎和韩百济继续征兵。说得好听是征兵，其实跟买人差不多。小山日文学校已经成了招募处，一些衣衫破烂的家长来时领着孩子，出去的时候抹着眼泪怀里揣着少得可怜的卖身钱。

那木没有看到小山一郎，只见韩百济在一张桌子前大声地喊号，并且吩咐旁边负责登记的人给来的孩子发衣服，给孩子的家人发钱。

旧时枪伤造成的后遗症，将永远伴随韩百济。当那木站在他面前时，他再怎么努力也终究是弯腰鞠躬的下贱相，这让他懊恼不迭。直不起的腰板，扶不起的尊严。有些人一辈子注定要为某些轻飘飘的东西牵连，最后沉没在耻辱的泥潭里。

韩百济略略仰着头，直视那木时，仿佛还带了些许的理直气壮，真不知他从哪里生出来的勇气。他告诉那木，小山一郎出去还没有回来，有什么事他可以转达。

那木说，我让你马上解散这个招募处，将这些孩子打发各回各家。你能做得了这个主吗？

韩百济露出为难的表情，但是他的话却冲劲儿十足。他说，我是做不了这个主，可你能做得了小山一郎的主吗？军马防疫厂你说了算，可为大日本帝国招募兵丁，谁有权阻止？你老婆见樱不是一直跟在小山一郎屁股后面吗？三个侄子都送去参军了。她不在了，你就敢跑到这儿来耍威风了？

韩百济吊儿郎当地掏出大烟袋，还没等点着火，那木的枪就顶在了他的太阳穴上。哪壶不开提哪壶，韩百济不该在这个时候提见樱。那木想吓唬吓唬他，并没有打算开枪。但这个举动，让在场的人顿时乱了套。

“你，你别乱来啊！当初我做了那么多的错事，你都没有杀我，现在为了这几个蚂蚁一样的小孩子，你可要考虑清楚，杀了我，你也活不成……”韩百济是真的害怕了。依着他做过的那些事，那木杀他几个来回都够。他把话拉回，听起来好像强硬但是却是在跟那木讨价还价，“你杀了我跟李迎春的孩子，让我跟李迎春不死不活地熬了这么多年，我也没找你算账，也算对得起你！”

“为了那么一点点的小小私愿就害得我家破人亡，李迎春失忆的事，你以为我不知道吗？当初，你应该跟小山广文一起去死，但老天把你留下了。我一时没跟你算账，你就把这些大度看成是好欺负和软弱，实在愚蠢！这些年，你又做了多少缺德事，现在，我打死你，是替天行道！人在做天在看的宽容，你都不懂，还敢跟我死撑?！你不知道日本就要败亡了吗？还让这些孩子上战场，你的心是什么做的？”

“你现在可是日本人，你说这样的话是扰乱军心，趁小山一郎没回来，我劝你快走！”

韩百济的话音还没落，一辆军用卡车驶进来。小山一郎从车上跳下来，看了看那木跟韩百济，很随意地将那木的手臂搪过去，说道：“这个时候，不是自己人内讧的时候。栖川君，你这是干什么？”说完小山一郎气定神闲地指挥韩百济道，“别愣着，继续。招够了一车，直接送过去。”

小山一郎也算身经百战，他的淡定可不是故作姿态。跟那木的较量中，他自认占了上风。事实上也是如此，如果勉强说些情有可原的话，那么，那木也算是跟他打了个平手吧！毕竟，那木的处境实在凶险。

“跟我进去喝杯茶吧，见见妹妹索隆高娃，还有那对可爱的外甥，我跟你不是朋友也不是敌人，这么多年，从索隆高娃这头算起来，不应该是亲戚吗?！别那么较真啦！”小山一郎真堪称千面人，而且可以随时调整情绪。

等到一个人能够随意控制自己的情绪，这种力量是很惊人的。那木曾见识过，那是他第一次产生模仿的对象栖川五马。如今的小山一郎，让他觉得望尘莫及。不过，现在那木虽然还没达到这些人的水准，但至少不会随意失控。

那木略一思索，对着小山一郎挤出了些许笑意，意味深长地道：“好啊，有些话还是慢慢谈比较好。”

那木话音刚落，就在脸上伪装出来的僵硬笑容还没来得及撤下之时，一辆军用吉普卷起一阵尘土冲进来，那木认出这是军马防疫厂的车，紧跟着小桥从车上跳下来，跑到那木身边，对着他耳语了几句，神色极度异常与凝重。

就在小桥等着那木反应的当口，小山一郎的助手也跑过来，对着小山一郎低声耳语，小山一郎听后，看了看那木，两个人一阵对视。

其他人不明所以，韩百济仍在吆喝着让那些少年登记领钱，然后在一旁等待。

今天是1945年8月18日，距离日本宣布投降已经过了三天。可以说，那木等人得到这个消息有点晚。8月15日日本投降后，关东军并没有向地面部队发布停止战争的命令，只是命令已经名存实亡的空军不再起飞。日本投降了，可安东县的日军还在为继续抵抗而做战备。这时候，本已将主力部队向东北纵深腹地推进了大约五十到四百公里的苏联红军更是乘势向奉天、新京和哈尔滨等大城市进攻。

在与小山一郎对视的短短时间内，那木看到他急剧的变化。仿佛在瞬间被风干的木乃伊，小山一郎由有血有肉鲜活的人变成了面部狰狞恐怖的干尸。稍稍一动，好似能听到他全身上下骨头摩擦而发出的咔咔声。深陷的空洞的眼眶中汪着两泡浑浊的泪，这是小山一郎用心血化作的无奈抗议。日本投降，对于小山一郎这样的战争狂人来讲，无异于釜底抽薪，本来热气沸腾的大锅，不得不就这样冷却下来！方才还与那木游刃有余地潇洒周旋，顿时成了绝大的讽刺！

小山一郎痛苦的姿态是他应得的惩罚，那木突然产生强烈的嫌恶，他不想看下去，他还有更重要的事情要做。

“大家听着，日本已经投降了！不用参军上战场啦！快回家去吧！你们现在还参什么军？还去给谁卖命？！快回家吧……”那木大声地喊起来。

这喊声让全场霎时一片肃静，大家都把目光投向那木，紧跟着一片哗然，大家议论纷纷。但他们的眼神是如此的空洞，表情是如此的麻木，看起来像刚刚从洞穴中爬出来的小老鼠一样左顾右盼，畏首畏尾。

那木还想再说什么，就在这时，小山一郎突然出其不意地死死掐住了那木的脖子，并且嘶吼道：“闭嘴！闭嘴！你敢说大日本帝国投降了？你这个叛徒！我现在就处决你！”小山一郎再也无法控制情绪，他失控地肆意发泄起来。

小桥拔出手枪，对准小山一郎，但却被那木制止了。那木用双手抓住小山一郎的手腕，用力地将他的双臂拉开，然后使劲地将小山一郎摔倒在地。那木的脖子上被小山一郎抓出了两道血痕。

小山一郎从地上爬起来，还要跟那木撒泼。这简直就是索隆高娃的拿手伎俩，但发生在小山一郎身上显然只能让人恶心。

一声枪响让全场顿时静下来。小山一郎也惊恐地张大嘴巴四处查看声源。最后目光落在面前的那木身上。

那木举枪对天鸣放，他的目光居高临下看着小山一郎，露出不顾一切的轻蔑。

“听清楚！日本已经投降，速速解散，各回各家！不得延误！”那木露出冷面。

人群僵僵地伫在原地，不知道这两个日本人在闹什么戏。

小山一郎在一瞬间站起身，抹干了脸上的泪痕，他也掏出枪来，对天鸣放，然后冲着人群大声喊道：“别动！都给我站住！栖川那木疯了，他是大日本帝国头号叛徒！不要信他的鬼话！圣战迫在眉睫，急需你们上战场为国效力，为天皇尽忠！谁敢轻举妄动扰乱军心，我毙了谁！”说完，小山一郎把枪口对准了那木咬牙切齿地道，“栖川那木，你再敢胡说八道，我现在就代表大日本帝国毙了你！”

那木用手摸了摸脖子上的伤痕，怒瞪小山一郎道：“都这个时候了，你还在逞强？有意义吗？”

小山一郎突然仰天大笑。那木不解其意，以为是他发神经。小山一郎用拿枪的手向人群指了指，示意那木去看。

那木循着小山一郎的示意看去，只见人群已经恢复了原来的秩序和沉默，而且队伍排得比先前更为整齐，逐一在韩百济那里登记领饷，随后有序地上了那辆敞篷卡车。

那木看到这个场面，原来听到日本投降时的那份高兴顿时消散。

那木简直无法相信自己的眼睛，刹那，他青筋暴突，脖子上的伤口再次崩裂，血迹一丝丝流下来，像蚯蚓一样爬满了脖颈。那木高喊着，走到人群旁边，反复强调日本已经投降了，早就投降了，可任他再怎么说，这些人不为所动。

小桥上前试图拉住那木，但被那木挣脱开。

等到这些少年一个不落地全都上了敞篷卡车，小山一郎喝令韩百济道：“快送他们去日军驻地！不得有误！”

韩百济有些滑稽地冲着小山一郎敬了个军礼，然后随车离去。

这时，索隆高娃带着那对龙凤胎急匆匆赶来。她看了看那木，连招呼也没有打，径直问小山一郎道：“日本真的投降了吗？咱们可怎么办？我要不要这就收拾东西？”一边问一边扭头又问那木，“哥哥，你是不是也要回日本？要是跟我们一起走，路上也有个照应……”

“胡说八道！大日本帝国怎么会投降？妇道人家，看好孩子，这些事，用不着你操心！快回去！”小山一郎说着，捏了捏两个孩子的小脸蛋儿，然后拍了拍索隆高娃的肩膀。小山一郎的话带有无法抗拒的威严，但动作却充满了柔情。

索隆高娃似乎长出了一口气，她太相信小山一郎了，于是一手拉着一个孩子没再说什么就回去了。

小山一郎把深深的悲愤和不甘心强制性地封存在心底，看着那木的失态。

“是不是很痛苦，很难以接受？那木，你以为日本投降了，就意味着中国战胜了吗？不是！绝对不是！看看那些你心中所谓的中国人吧，他们只听命于日本人，只愿意为大日本帝国上战场去厮杀！这就是我的胜利！就是大和民族高贵种族的胜利！低贱的中国人，愚蠢麻木苟且偷生的中国人，不过是任人摆弄的绵羊！中国人已经没救了，日本投降不投降，大日本帝国种在中国土地上的种子已经生根发芽，无人能阻挡这股强烈的萌生之态！更可悲的是，那木，你是谁呢？让我来告诉你吧，你是满洲狗，你不是中国人！你连悲哀的权利都没有，所以，收起你那张忧国忧民的脸，别让我再看到你！”

这一番话配上方才那些被愚弄得忘了本的老百姓的行动，像幻灯一样在那木的眼前不断上映，晃得他心乱如麻，口鼻冒火。毒火攻心之下，那木只能急促地气喘。

小山一郎与那木就这样无言地久久对视。

日本投降了，可小山一郎却胜利了。那木没有品尝到胜利的喜悦，反而陷入了无形的沮丧之中……

到了最后的时刻，小山一郎仍用恶毒至极的语言羞辱了那木，可那木已经不想再跟他逞口舌之勇了。被小桥拉扯着，那木机械性地上了吉普车。那木的脸紧紧地贴在车窗上，像是被压扁了的标本，隔着车窗，他对着小山一郎露出了一抹看似诡异的笑。这笑让小山一郎浑身为之一颤，他觉得分外迷惑，细细品咂也无法了解那木在笑什么。

对于无法扭转大日本帝国的颓势，小山一郎感到很有些英雄气短，但他对自己的成绩很满意。还有很重要的一点是，无论如何他都不会认输。日本投降了，他也绝不会投降。在这场事关国民改造传统文化大侵袭奴化教育的战役中，看看方才那些就算得知日本投降也仍旧乖乖地上车的中国人，就已经说明了一切！中国人忘记了自己是谁，忘记了祖宗是谁，输了！彻底地输了！那木不也无言地灰溜溜地走了吗？他还能说什么？他还敢说什么？

那木与小山一郎，在得知了日本投降这个消息后，都先后坐了几次天堂与地狱、地狱与天堂的过山车，翻来覆去被蹂躏了几遍之后，个中感觉非常人可以了解。

小山一郎无法参透那木的笑，是因为他还无法把目光看得更远。事实上，那木的笑很普通，可以理解成饱经沧桑无奈又酸涩的笑，也可以理解成找到了真正的解脱之道后才会有的洒脱之笑，总之，不同的人看了会有不同的感触。但真正的含义，或许只有那木自己明白。

“子曰：殷因于夏礼，所损益可知也。周因于殷礼，所损益可知也。其或继周者，虽百世可知也。”

殷商的文化是继承了夏朝的文化经过适应性影响与融合演变而来的，在改朝换代的或剧烈或温吞的变迁中，夏朝原有的文化，有的减损，有的增益，这种减损和增减也都是基于前一代的影响。周朝的文化是从殷商渐变而来的，所以，由此不难看出，每个朝代都会有自己鲜明的特色，但也有着同样抠不掉的诸多前代烙印。也就说，华夏历朝历代都在不知不觉中延续着上一代的痕迹才走出了自己的路。

不能嘲笑祖宗否定祖宗的原因大体在此，尽管不是那么尽善尽美，但没有根就没有因它衍生出的一切。

什么是传统？什么是正统？华夏几千年的历史，就是在这样一代代的减损与增益中传承了下来。这种兼容并包的文化最终也会将日本人进行的文化侵略篡改历史的野心淹没。

变或者不变，变中又有不变，这才是中华文化渊源流长的根本！

真真好一个“其或继周者，虽百世可知也”！

日本侵华的这段历史，将以一个承前启后的鲜明疤痕，站在华夏历史特定的位置上。不逃避，亦不修饰，要堂堂正正坦坦荡荡地接受。逆来顺受地消极躲避，不知几斤几两地逞能，都不是最佳选择。

那木应该把这番话告诉小山一郎，可当时他自己也没有厘清这个道理。有一瞬，那木觉得比起跟小山一郎说，战后的祖国更需要他来讲出这番话。毕竟这是反思和希望……

五十四

防疫厂在撤退之前需要做的工作很多，那木不能告诉小桥他要留下的想法，他在等待最佳时机。实际上，在关于何时撤退，如何撤退，小桥比那木更清楚。只是，还没有到最后关头不能跟那木讲而已。因为那木的特殊身份，日本军方应该说在派小桥来的时候就做好了某些打算。

见樱病了之后就再也没有跟那木说过话也不再出门，一直把自己囚禁在屋子里。当那木告诉她日本投降的消息后，她面带笑容但眼泪却止不住地流。是该哭呢还是该笑？悲与喜曾是那么的对立，但对此时的见樱来说却如此混淆又模糊。

一部分日本人正在有序撤退，一部分则如丧考妣哭天抢地，还有一部分则静观其变有所期待……

三五日之内，形势更是急转直下。街上的日本人随时都有被抓起来的危险，更别提那些平日里欺负中国人的朝鲜人和汉奸走狗。

随着日本投降的消息被扩大着传播开去，一开始反应麻木又迟钝的中国人也渐渐活泛起来，一些投机的人又开始磨刀霍霍，只是对象仍仅限于那些曾为日本人服务尽忠的朝鲜人和中国人。这个时候，日本人正在忙着撤退。在日本的统治之下，不是所有为日本人工作的人都是汉奸，但在这个敏感的时刻，那些真正的汉奸反而率先喊出捉贼的口号，一些无辜的人就成了替罪羊。在一些别有用心的人的鼓动和带领下，被压抑了许久如今迅速引爆了的狂热人群冲向了日本人的学校、工厂、报馆、图书馆、饭店……

看到小山日文学校被当初驯服得像绵羊一样的人群占领，小山一郎的心仿佛被撕碎了。中国人接管了日文学校之后，就把它暂时当成了关押汉奸的地方。李迎春和韩百济就被关在这里。

韩百济可以说罪有应得，但李迎春又有什么错呢？非但无错，反而应该算有功。在最后的征兵阶段，李迎春把自己的钱都拿出来贴补了那些穷学生，最后还不得不跟明珠借钱度日。可狂热的人群管不了那么多，一张网窟窿眼均等大小，鱼虾蟹子只要符合这个网眼就都被网了进来。

在大势面前，有人不得不低头，有人甚至被砍头，像小山一郎这样的人该怎么办呢？他是不会低头的，等着被人砍头也不符合他一贯的作风。按照上级要求，他必须销毁机密文件，然后在限定的时间内转移到指定的安全地方。实际上，他已经想好了最完美的销毁方式和最安全的地方。

军马防疫厂的紧要文件等已经处理妥当，剩下的无非是些空房子和无关紧要的实验器械。那木觉得自己的任务也彻底结束，从此，他该过属于他自己的生活。小桥也松了一口气，说今晚我们好好喝一杯，只等命令一下，不一定什么时候就得起身回日本了。那木笑了笑，回答说好。

这么多年，小桥一直陪伴在那木身边。当初去北海道军马育种场实习就是由那木接待的他们。那时，小桥只是其中一名不起眼的学生，而那木那时还是栖川五马身边的关门弟子。

那木想，是应该跟小桥好好喝一杯，以后，可能就再也没有这个机会了。由此，那木想到见樱，想到见樱的身世，再看看见樱如今的状态，那木觉得让她跟自己留在中国比较好。但这都要看见樱的态度。但是，那木无法猜测，见樱到底会回哪里。这也是见樱无法决定不能决定根本就是无从决定的一个问题！

黄昏的时候，小桥拿着酒菜来到那木和见樱的家。但是那木却不在，这让小桥顿感紧张。见樱告诉小桥，说那木走的时候说晚饭的时候回来，如果你早到的话就等一等他。听了见樱这么说，小桥的神情才放松下来。

那木是在收到了一个神秘的纸条后出去的。纸条上说李迎春被关在日文学校的教室里，已经被折磨得人不像人鬼不像鬼，你要还是男人就快来救她。

那木没时间想是谁给他这样的信息，也不在乎这是不是一个陷阱。他稍做准备之后跟见樱打了个招呼就出去了。

日本投降，安东县的“地方维持会”迅速成立，局势混乱，维持会自然鱼龙混杂。小山日文学校里关押的这些汉奸就是由维持会会员把守。

这些年，李迎春为了实现自己心中的教育观，跟日本人走得近，所以上层路线搞得好，一般底层人根本接近不了她。风流美艳还是个寡妇，听起来应该是个坏名声，但大部分的男人都愿意跟这样的坏女人接触，既心安理得又不用费脑筋去想该不该负责。所以，李迎春自然很有人脉。但日本投降了，日本人撤了，所谓的上层人士也都各求自保，她就成了最直接的替罪羊。

这些会员对李迎春的大名可以说艳羡已久，事实上整个安东县的男人没有谁不知道她的大名。眼下似乎正是这些人兴风作浪的大好时机。就这样，李迎春遭受了无法想象的凌辱。

韩百济如果不是因为曾跟李迎春有过那么一段，恐怕这次也不会遭到如此待遇。他被人捆绑着，与李迎春共处一室，目睹了李迎春被人肆意蹂躏的惨剧。这是一出在特定的时间准时上演的最龌龊最丑恶的人性闹剧……

开始时，韩百济冷眼嘲笑旁观，到了最后，哭的人却由李迎春变成了他……

小山日文学校的几间校舍突然开始着火，一点点蔓延着，看守的维持会会员仅有的人手都跑去四处救火。这仿佛是为那木特地准备的绝佳时机，他按照秘密纸条上说的摸索着靠近了关押李迎春的教室。撬开门借着外面的火光，那木看到了衣衫不整四肢被捆绑在书桌四腿上的李迎春，还有被缠在柱子上发出嘤嘤抽泣的韩百济……

李迎春穿上了那木的上衣，但仍然觉得这是不真实的。被那木抱在怀里，李迎春感觉到了那木的呼吸和滴落的泪水，她确定这是真的那木，是他来找她了。她的手因被长时间捆绑血脉不通而冰冷青紫，为了给那木擦干眼泪，李迎春用意念指挥着僵硬的手划过那木的脸庞，对着那木笑了。

那木抱着李迎春慢慢站起身，却听到韩百济用嗓子缝儿里挤出来的声音呼唤道：“救救我，也救救我吧！我不想死，真的不想死……”

外面的火光越来越亮，众人救火的嘈杂声越来越大。

那木犹豫了一下，却听到李迎春缓缓地说道：“放了他吧……”

“迎春儿，迎春儿……”韩百济听到李迎春为他求情，像叫魂一样不断地呼唤着李迎春的名字。

那木长长地呼出一口气，将李迎春轻轻地放下，然后恨恨地将韩百济身上捆绑的绳子解开。

不知是捆绑得失去了知觉还是发自内心的感恩，韩百济刚被松绑就双膝跪地，双手拉住那木的衣襟，这种惯性拉扯得那木身子一闪，几乎与此同时，那木躲过了向他致命位置射来的冷枪，子弹擦着他的脸飞过去。

这就算是韩百济的报恩吧！但小山一郎可不是只有一颗子弹，他设计引来那木，就是为了杀死他。

韩百济慌乱中跪地仰望着小山一郎，嘴巴张了又张也许是求饶也许是祈祷。但在小山一郎的意识中，他已经不再是活人。今天晚上，这里的人都得死。包括他自己。

后院的住宅里有他亲手杀死的索隆高娃和一双儿女，他只需杀死那木就马上追随他们而去。小山一郎本可以接受军方的安排带着妻子儿女先行撤退，可是在最后一刻，他还是选择了玉石俱焚！

灭绝人性的血腥屠杀让小山一郎有些麻木，动作也显得机械而痉挛，他只管射击。混乱中，那木就势一滚躲到一张桌子后面，他的动作是敏捷的，眼光则带着冷酷和残忍，与此同时拔枪射向了小山一郎。这是致命的一枪，小山一郎的目光最后传达了生者的意念，但仅仅是一闪念的迟疑，然后倒地不起。

韩百济不再呆傻，摸爬着凑到李迎春身边，架起她欲走。倒地的小山一郎就在这时连连扣动了扳机，正中韩百济与李迎春的身体。

小山一郎瞪着眼睛，眼仁中尽是火光，这种不甘的仇恨之火直到最后时刻仍然燃烧得如此热烈！

整间教室已经被蔓延而来的火燃起来，木材烧着的焦煳味儿让人窒息。

火光熊熊，劈啪作响，整个安东县仿佛在进行盛大的篝火狂欢晚会。

火光中的那木，抱着李迎春不断地呼喊着，这简直是生离死别的又一次轮回，就像当初在大东沟李迎春对那木呐喊的一样，“要活着回来，我等你！”只是，在这个时刻，换作那木对李迎春呐喊。无论如何，那木都要李迎春活下去！跟着他一起活下去！

小桥在晚饭的时间仍然没有等回那木，他只好启动应急方案。

小桥先是开车去了那家大宅询问明珠，但从明珠的神情推断，那木根本没有来过。

果不其然，送走了小桥，明珠就派海螺嫂出去打探外面的消息，自己则在家里紧张地等待，她猜想，那木有可能是为了留在安东县暂时躲起来了……

小桥接着又去了教会学校，但艾里克不在，顺路回来的时候，看到李迎春家的门紧闭，屋子里没有一星亮光……

那木可能会去的地方，小桥转了一圈，这时，他才感到不安。因为小山日文学校失火，安东县街区内开始乱糟糟的。小桥急匆匆驾车返回那木和见樱的家，却在门口发现了抱着李迎春的那木，见樱则站在对面不知所措地发愣。

看到小桥从车上下来，那木露出惊喜的神色命令道：“快，快送我们去医院，去最近的医院！”

那木抱着李迎春来到车门旁，见樱打开车门，小桥接过李迎春，示意让那木先上车，等那木坐稳后，小桥有些迟疑但还是迅速地将李迎春递给了那木。

见樱关上车门，看着那木的脸和他怀中的李迎春站在车外犹豫。这时，小桥拉住她，将她推到副驾驶的位置，然后上车加大油门离去。

车里渐渐升腾起一股浓浓的血腥味。

“醒醒，迎春，你醒醒！马上就到医院了，迎春，你一定要活下去！我等你！你听到了吗？听到了吗？”那木贴着李迎春的耳边呼唤着，期望能够将她唤醒。

“我，不要，去医院，要……跟你……回大东沟，我们一起去海边捉蟹子……”李迎春终于睁开眼睛，但目光却毫无光彩。

“等你身体恢复了，我们再去！你一定要好起来！跟我说话，说什么都行，李迎春，李迎春！”那木抱紧李迎春，大声地呼唤着，李迎春能够说话，这让那木似乎是看到了生机一样。

“怎么还没到医院？”那木问小桥。

小桥默不作声。

那木透过车窗看外面的街景，虽然天是黑的，但那木却觉察到这根本不是去医院的路。

就在这时，小桥告诉那木道：“听李迎春小姐的吧，我们去大东沟……”

见樱疑惑地看向小桥，只见小桥神色凝重。

“你想抗命吗？去医院，我说去医院！”那木掏出枪顶在了小桥的头上，却突然感觉到李迎春的手捂住了他的嘴，然后很快又滑了下去。她的声音虽然很轻，但却比方才连贯了许多：“别浪费时间了，求你，带我去海边吧，我想跟你一起再听听海浪的声音……”

李迎春的手纤细冰冷又僵硬，那木忍不住紧紧握在手心里，放到自己的唇边，印上了发自生命深处的热吻……

车子来到大东沟的海边，已经是凌晨了，那木抱着李迎春坐在沙滩上。见樱远远地沿着海滩漫无目的地散步，她不明白小桥为何要拉着她一同来见证那木与李迎春的爱情。远远地看着那木与李迎春的轮廓，再想一想李迎春知道自己不行了才要求跟那木回到有着共同回忆的地方，这种混杂着无限悲怆的美，让见樱一时流下眼泪。这是为谁而流的泪，这是为谁而涌起的伤悲，似乎很难确切地讲出一个具体的对象．也许是为李迎春和那木，也许是为她自己，也许是为那些在这场战争中或灰飞烟灭或遍体鳞伤的人们……

这是海上日出之前的时光，太阳很快就应该从海天交接处冒出来，但是只要那一秒没到，就是看不到那丝光芒。

在这个空旷的海滩上，没人打扰那木与李迎春，直到日出的第一缕光射到他们的身上。李迎春面带微笑紧闭着双眼，永远睡在了那木温暖的怀里。最后的时刻，没人知道他们说了些什么，也可能什么都没说。

第一次撕裂血肉般的离别时，那木还有未褪掉的青涩和懵懂，如今的他满身伤痕心事飘渺，但却成熟而豁达。李迎春的身体已经变得冰冷，但那木仍然觉得手上有她残留的体温。

五十五

一辆小型客船在不远处的码头上停下来，小桥将车上的两个大皮箱送到船上，然后，走到那木身边，对他轻声说道："人死不能复生，让她安息吧！"

那木抬头看了看小桥。

小桥指了指远处的船，轻描淡写地说道："带着李迎春小姐一起上船吧！对不起……"

"你没有错，我跟李迎春都要谢谢你，谢谢你带我俩回到这里……"那木抱着李迎春有些费力地站起身，慢慢向船只走过去。

那木内心中对小桥涌起了贴心的感动，他认为小桥是为了让他水葬李迎春才弄来了这条船。虽然小桥也有此意，但只要那木上了这条船，就跟安东县永别了，这才是他说对不起的真正含义。

见樱赖在后面不动，小桥仍像昨晚那样跑过去拉住她，推着她一边往前走，一边用虽然很小但是却有力的声音劝慰她道："那木正是伤心的时候，你应该体谅他才对，快跟过去啊！"

见樱看起来无动于衷道："他跟旧情人……我不去……"

"活人还要跟死人较劲儿吗？我看你永远都长不大！"小桥丢下这句话，加快脚步走了。

见樱想了想，只好跟上去并且冷冷地问小桥道："上船去干什么？要水葬吗？"

小桥点点头。

见樱再次想了想，然后默不作声小跑着去追那木，在离那木有三两米远的地方又停下来。

那木抱着李迎春上了船，见樱也跟着上了船，小桥最后看了看扔在海滩上的吉普车，车牌子正拿在他手上，然后登船径直走进驾驶室命令船长开船……

这一天，苏联红军入驻安东县，驻安东县的日军缴械投降，新一轮的复杂形势下，安东县又要经受必须经历的蜕变。但这一切，都跟那木等人没有了关系。

那木再一次进行漂泊之旅，上一次是被迫，这一次是被骗。

没有了思想和灵魂的躯体，不过是活人纪念的载体，尘归尘土归土，谁人也无法逃脱这终极的宿命。

那木水葬了李迎春，看起来很是平静，也许是因为最终能够与李迎春回到定情的地方而觉得安慰吧！

海风粗粝，裹挟着咸湿的海洋之气打在脸上，带有厚重的质感。

小桥陪在那木旁边，俩人站在甲板迎风处，看着不断被船头劈开的海面。

见樱靠在一旁的船舷上看着这两个男人。

在这个乱世上，哪怕是一瞬间的内心平静都显得如此珍贵。生离死别的轮番上演，若是在浓缩的时间内集中到一个人的身上，会产生怎样的残忍效应？

就在那木与李迎春生死相别的这段时间内，其实也正是他与明珠从此天涯两别的分离过程。不同的是，那木与李迎春有了一个完满的告别，而跟明珠，注定要永远错过。

不能见最后一面，对于那木来说或许只是一种人生无法弥补的缺憾，但对明珠而言，这无疑会成为终生无法愈合的伤口……

明珠满脑子都在回响着那日在书房里那木跟她说过的话。他说，他会留下来，留下来……这是那木对明珠下的咒。凭着这样一句话，明珠找了他一夜。仿佛是有种感知一样，她觉得那木就在触手可得的身边，只要再向前一步，就能够见到他。可是，一步又一步挨下来，明珠每一次都抓了个空。那木不在这个城里，不在她的触摸范围之内了。

没有预料的死亡，没有准备的离别，仓促的，不堪的，永远无法回首的……这样纠结这样不分轻重一股脑地涌上了明珠的心。

十里长亭为离人，送了又送，等到这一腔的愁思化解在旅途的困倦中，分别也就显得不那么让人难以接受。

如果那木从来都没有出现过，在波澜不起的平静中，明珠的等待就不会像此时这般惨烈。可是，如果那木从未出现过，也就不会有这十几年等待过程中的甜蜜苦涩交织相伴。亦苦亦甜，亦喜亦忧，用十几年的等待，明珠把一颗剔透的水晶心浸染成了五彩斑斓的绝世美玉，就在打磨的最后一刻功亏一篑。耗尽了青春的热血，换来一个没道保重的离别，这简直逼疯了明珠……

那木与明珠的新房十几年如一日地空着，看起来仍跟当年一样。一天天，仿佛是为了将堆积在心头的那份望眼欲穿轻轻拂去，明珠每天都要打扫一番。喜庆的红，热烈的红，如今，竟成了刺眼的灼热，烧得明珠体无完肤！

“为什么？为什么？为什么？！”明珠跪倒在地，发出无尽的呐喊……

明珠无法相信那木无声无息地从她的生活中消失了这一事实。她也无法再困守在那家那空落落的大宅，心空了，一切都是空的。干瘪的她甚至流不出一滴泪。

临济寺的晨钟如常在这个时候响起。明珠仿佛听到了某种感召，或许佛祖可以给她些启示。仿佛出离了俗世的喧嚣登上了九重天外的异界，沿着依附天然山石铺就的不规则石阶，明珠一口气爬到山腰处的临济寺。

雾气笼罩在山下，这座城被淹没了……

明珠在大殿外停住脚步，因为她看到了藤原井。剃了一半头发的藤原井露出不属于这个年龄的天真幼稚之气，这种气质恰恰表明了他的凡心难了。他就那样看着明珠。

“我以为可以放下对你的等待，所以决定落发为僧，但结果……你看到了，这就是结果。”藤原井抓了几把凌乱的头发，语气轻松地自嘲道。

“那木走了。”明珠像找到家长告状的小孩子一样喃喃地自语道。

藤原井想了想，很认真很严肃地回道：“还会回来的。”

“真的吗？”

“佛祖面前不打诳语。”

明珠的眼睛终于在这个时候动了动，目光落在藤原井身上，而眼泪也在这个时候肆意地倾泻而出……

那些等待的日日夜夜，等待的人都做了些什么？想了些什么？被等待的人一无所知，只有同样等待过的人才会了解。

《庄子·盗跖》曾记载：“尾生与女子期于梁下，女子不来，水至不去，抱梁柱而死。”后世以“尾生抱柱”来譬喻信守承诺。

故事的后来写道，姑娘被父母禁锢家中后来逃脱，来到相会的地方，看到尾生的尸体仍紧紧地抱在柱子上，随后相拥着跃入江中。如此看来，因为有承诺去守，所以尾生抱柱而亡死得其所。

明珠与藤原井空守的其实只是各自的心。但明珠宁愿是那木的“尾生”，藤原井也愿做明珠的“尾生”。

这也许将成为仅存的为数不多的在传统士人精神浸淫下不甘被俗世污染的一方灵魂净土！

直到日头当中直射，船仍在大海里前行，看不到岸，也看不到其他。那木这才意识到，这不是在驶回大东沟，很可能这是在驶向日本。他突然明白了为何小桥在李迎春说出去大东沟之前就已经向这里奔来，原来这一切都是有预谋的。想到这里，瞬间的血流量骤升让那木的心突然肿了一倍！

小桥显然早就做好了这样的准备，他不急不恼，只是任由那木发泄，他的底线是只要那木不去影响船长驾驶，一切都随他。安全无误地将那木带回日本，这是小桥最后的使命。

本来，小桥计划跟那木把酒言欢，然后趁着那木酒醉将他带上船。谁知其中加上了那木营救李迎春的一段，事情就在既定的轨道上添枝加叶地发展到这一步。

“像你这样的人留在安东县，下场比李迎春还惨！你心里很清楚，不是吗？”小桥厉声质问那木道。

那木不回答，又给了小桥一拳。小桥已经鼻青脸肿，但他还是没有还手，只是盯着那木。

那木终于颓丧地坐在甲板上，喘着粗气难以平息心中窝下的怒火。那木知道自己留在安东县会面临的处境，但那是他的根，他的心从来就没有离开过。日本投降了，总该轮到他以那木的身份存活了吧？况且，还有一直痴痴等待他的明珠，难道连最后一面都不能见了吗？前几日他还曾给过她要留下来的远景与期待，可今天就这样一走了之，岂不是把明珠好端端的一生都葬送？

想到这里，那木不禁心痒难忍，可是他不想认输，他仍要做最后的挣扎。

“我可以跟你回日本，可你不应该这样骗我上船。先回去，我要跟一个人道别后才能走，否则误了她大好青春年华不算，还会误了她一生，你不觉得这比死还残忍吗？”那木平息了心跳，缓和了语气，仿佛害怕打草惊蛇会惹得小桥不信任一样，说出了这番话。

小桥和见樱都知道他说的是明珠。小桥同情那木，这些年陪在那木身边，看到了那木几经起伏的人生和他身边这几个女人的下场，小桥在同情之余还涌起了一股无尽的敬佩。但这是他个人对那木的评价和私人感情，不等同于国家利益和决定。所以，小桥对着那木无奈地摇了摇头。

“就算我求你，也不行？就这一次，不行吗？”那木终于按捺不住强压下来的感情冲动，语气重又激烈起来。

小桥仍是摇了摇头。

那木快速地站起来，很显然，不知道他想要对小桥做什么。但就在这个时候，只听扑通一声响。

“见樱！”那木与小桥同时喊出声来。两个人扑到船舷边，看到海面上溅起了一股小小的水花，很快被船身行驶分开的波浪掩盖。

那木看着小桥，是扣问亦像自言自语道：“真的不能再回去了，是吧？”

小桥无言。

那木对着小桥凄凉地笑了笑，之后猛然纵身跃入大海！

小桥被这两个人突然跳海的举动给魇住了，他无法动弹，无法出声。在日本投降的这段日子里，有多少同胞因为无法回国而在苦苦挣扎，可这两个享受到如此优厚撤退条件的人，反而自寻死路。

那木的学识和技术是日本军方的宝贵财富，这条船上所有的资料数据都比不上一个那木。因为这些不过都是已经定型的研究成果，而那木的学识修为还有源源不绝的发挥潜力。如果不是因为这个，那木和见樱也很难得到这样的待遇。

见樱跟那木一样不想回日本，可她同样不能留在中国，更不可能回朝鲜。哪里都没有她的空间。

李迎春死了，得到了完美的解脱，对那木来说成为永恒；明珠呢？甚至无法跟那木道声保重，继续要在回忆与等待中抗争终生，这让那木觉得是永远的愧疚；唯有见樱，她还活着，还活在那木身边，想一想以后的日子，见樱就喘不上气来。

痴情的女子，自己画了个圈就把自己困了一辈子……

见樱想起小桥说的话，活人是不能跟死人较劲的。想到这里，她毫不犹豫地跳了下去。

在入水之前的那一刻，见樱还在想，那木曾说过，她轻贱死亡，她不知道死亡的残酷。现在，她要亲自面对了，等尝过了死亡的滋味，她却无法再告诉他……

那木与见樱，一个是满洲贵族遗少，一个是朝鲜李氏王朝的公主，在某些意义上来讲，有着同样的亡国亡家之痛，回不去，哪里都回不去，只能选择这样的终极归宿！

那木一直惧怕死亡，所以苟且至今。但终究无法抗争心底深处的那抹归属感荣誉感。

精神和文化对人的影响，超越了肉体的抗争，超越了生死！

下沉，下沉，直到沉入海底……

整个大海像是一个巨大的摇篮，载着无数的生灵。八月末的海水还残留着夏日的温暖，被海水包裹着的那木和见樱，仿佛回到了出生之前的母体里。

等待出生和等待死亡在此时竟如此相似……

最后一口气就要耗尽，海水的压力突然变大！憋闷的窒息的感觉瞬间充斥见樱的五脏六腑，紧跟着她连喝了几口海水。

眼耳鼻口都被这咸咸的海水肆意灌入，一开始跳海的冲动，被一种与死亡面对面的恐惧替代。见樱手脚并用，慌乱地划着水。纵身一跃的从容变成了垂死挣扎的惨象！

一心求死的见樱很快失去了意识……

入水后的那木越来越清醒，理智逐渐回归到他的大脑中。就在这时，那木的手触碰到了一抹像水草似的东西，一瞬间，他划了两下水，紧跟着露出了海面。一臂之遥是若隐若现起起伏伏的见樱……

甲板上，挤压出喝进去的海水，又经过人工呼吸，见樱缓醒过来。一时间，阳光是那样的刺眼，晃得见樱以为眼前的那木是自己死亡后看到的幻影。

咸咸的海水让眼睛产生无比的酸涩感，见樱的眼泪大滴大滴地滚落。先是无声无息地流泪，紧跟着是抽抽嗒嗒的哭泣，然后，见樱失控地放声痛哭跌跌撞撞地奔向船舷！

见樱趴在船舷上，却再也跳不下去。她回转头看着那木，大声地嘶吼着质问："为什么要救我?！为什么?！为什么……"一连串的为什么喊出去，声音也越来越弱，直到这一口气用尽。

嗓子眼儿被海水灼伤了，热辣辣的疼，见樱忍不住再次干呕起来。

那木看着见樱，心痛得说不出话。他走到见樱身边，给了她一个大大的拥抱，将她整个人都裹进自己的怀里。见樱的双手紧紧地抓着那木的手臂，她颤抖着仰起头，却追随不到那木的目光。

“一起活下去吧！”那木喃喃地说道。

“活下去？”

“对！”

“一起？”

“是的。”

“可以吗？”

“当然！”

“轻贱死亡的我，作践生命的我，为什么要救这样的我？为什么不让我去死？为什么还要跟我活下去？”

那木对着见樱淡淡地笑了笑，用手指轻轻擦掉从她眼角不断流出的泪，放到唇边伸出舌头舔了一下，然后说道：“跟海水比起来，你的眼泪是甜的。”

见樱不知所以地看着那木，不明白这个男人在说些什么。

“海水太咸了，别再跳。”那木再次抱紧见樱！

池水太凉，海水太咸，古有钱谦益，今有那木。

死过一次后的见樱，她无所嫌弃，只是看清了自己对死亡本能的恐惧，从而对生命产生了发自心底的敬畏。

与其换个死法不如换个活法。

那木与见樱紧紧相拥着伫立在甲板之上，海天一片辽阔……

图书在版编目（CIP）数据

那木 / 李振平 著. -- 北京：作家出版社，2015.8
（纪念世界反法西斯战争暨中国人民抗日战争胜利70周年原创长篇小说丛书）
ISBN 978-7-5063-7898-7

Ⅰ. ①那… Ⅱ. ①李… Ⅲ. ①长篇小说－中国－当代
Ⅳ. ①I247.5

中国版本图书馆CIP数据核字（2015）第062820号

那　木

作　　者：李振平
责任编辑：方　叒
装帧设计：曹全弘
出版发行：作家出版社
社　　址：北京农展馆南里10号　　邮　编：100125
电话传真：86-10-65930756（出版发行部）
86-10-65004079（总编室）
86-10-65015116（邮购部）
E-mail:zuojia@zuojia.net.cn
http://www.haozuojia.com（作家在线）
印　　刷：三河市紫恒印装有限公司
成品尺寸：152×230
字　　数：402千字
印　　张：23.25
版　　次：2015年8月第1版
印　　次：2015年8月第1次印刷
ISBN 978-7-5063-7898-7
定　　价：35.00元